Janosch
SCHÄBELS FRAU / SACHARIN IM SALAT

Janosch

SCHÄBELS FRAU

und

SACHARIN IM SALAT

Zwei Romane

Merlin Verlag

SCHÄBELS FRAU

ROMAN

Alles ist auf eine fatale Weise so oder anders

Was heutzutage kaum noch passiert: dass jemand die Notbremse zieht. Man weiß kaum noch, wo sie sich befindet; die Eisenbahnwagen haben sich so verändert, dass sich niemand mehr die Mühe machen würde, sie zu suchen.

Auch die Angewohnheiten sind anders geworden. Man macht heutzutage ganz anderen Unfug. Was früher Fahrschüler zwischen dreizehn und siebzehn begeisterte, dauernd auf der Suche nach den Grenzen des Machbaren oder der Existenz – was auch immer sie darunter verstanden haben mögen –, ist heut' ein alter Hut.

Meist passierte so ein grober Unfug stets auf der gleichen Strecke, denn es war jedes Mal der gleiche Täter. Der sie zog, wenn niemand im Abteil war, ausgenommen vielleicht die Kameraden, vor denen er sich aufspielen wollte. Oder es war eine ganze Bande. Kamen aus der Schule, fuhren von einem Bahnhof zum anderen, einer musste unterwegs aussteigen, wollte sich den Weg abkürzen – Notbremse. Wobei dann darauf zu achten war, auf welcher Seite der Schaffner aus dem Zug sprang. Und dann musst du auf der anderen Seite raus und ab über die Felder.

Macht heute wie gesagt kaum noch einer.

Die es damals machten, kommen heut' vielleicht bei einem Klassentreffen zusammen und schwärmen: „Mann, was waren wir bloß für Gurken."

Oder sie sagen: „Arschlöcher. Ganz schöne Arschlöcher waren wir doch, oder nicht?"

7

Heute dagegen weiß kaum einer mehr, wo die Notbremse ist, und erst recht keiner zieht sie noch.

Und dann plötzlich ... geschah es doch!!

Und zwar im Zug von Salzburg nach Amsterdam, Abfahrt in Salzburg neun Uhr zweiunddreißig, Ankunft, Amsterdam sechs Uhr neun, am nächsten Tag also. Draußen regnete es, dass ein Fisch ersaufen konnte, denn es regnete seit Wochen. Selbst das Geräusch der Eisenbahnschwellen, sonst regelmäßig so penetrant, dass es den Fahrgast die ganze Nacht im Schlaf verfolgt mit seinem *takata takata takata*, selbst dieses Geräusch war heute weicher. Eher ziehend, man meinte das Rauschen der Räder durch das Wasser zu hören.

Da kreischten die Räder des Zuges – dann pfiffen sie, und dann stand der Zug.

Keiner hätte das Geräusch beschreiben können, denn wer nicht schlief, grummelte vor sich hin, sechs Wochen Regen machen einen weder wach noch lustig.

Die meisten erkannten den gewaltsamen Aufenthalt ohnehin nicht als ein unvorhergesehenes Ereignis oder verbotswidrige Unterbrechung.

Krrrrriiirschh... – was heißt das schon!

In der Gegend um Ulm, weiß nicht wo, keiner hätte genau sagen können, wo genau er hielt. Nicht einmal der Zugbegleitschaffner.

Abfahren, ankommen, mehr ist bei so einem verfluchten Hundewetter nicht von Bedeutung. Fahren und nichts wahrnehmen.

Der Zug stand also. Der Schaffner mag im ersten Moment in seinem Kopf nach möglichen Gründen für die plötzliche Bremsung gesucht haben, aber er fand nichts. Ein Signal auf diesem Fahrtabschnitt war ihm nicht bekannt, dabei fuhr er die Strecke dreimal in der Woche.

Dann schreckte er auf: „Die Notbremse!!"

DIE NOTBREMSE?

Er sprang aus dem Waggon; er befand sich vorn im Zug. Erst nur unwillig, doch dann voller Wut, denn er war sofort durchnässt wie ein Hund in der Traufe. Hatte seine Fahrscheinmappe aus Gewohnheit unter dem Arm, sprang zurück zur Tür, warf sie in den Wagen.

Der Schaffner war verstört. So lange er im Dienst der Eisenbahn war, hatte noch nie jemand die Notbremse gezogen.

Er musste den Grund suchen, sagte die Dienstvorschrift.

Natürlich. Klar.

Es konnte sich um einen Notfall handeln. Oder um ein Verbrechen – davor graute es ihn, wenn er nur daran dachte; am Ende musste er einen Bewaffneten stellen, ihn gar festnehmen ...

Das alles schoss ihm durch den Kopf; auch ihn hatte das Regenwetter der letzten sechs Wochen nicht gerade zum fröhlichen Schnelldenker gemacht.

Da sprang im letzten Wagen einer aus der Tür und entfernte sich. Nicht besonders schnell, eher gelassen, schaute sich nicht einmal um, so wie einer an einer Station, wo er immer aussteigt. Der Schaffner meinte, ihn hüpfen zu sehen, wie einen Hasen etwa, und er war bekleidet mit einem Parka, den er oben mit einer Hand zusammenhielt. Die andere hatte er tief in der Tasche vergraben, als müsse er sie vor Regen schützen.

Gepäck hatte er keines. Nicht einmal eine Tasche.

„Gammler verfluchter! Solche wie dich sollte man in ein Lager stecken und ..."

Der Zugbegleitschaffner hatte schnell kapiert, dass hier nur einer unterwegs aussteigen wollte, weil es ihm gerade so passte, und er kletterte zurück in den Waggon. Fluchte dort weiter. Seine Uniform war durch und durch nass bis auf das Futter, und er ging in sein Dienstabteil zurück und zog eine andere Jacke an. Die Hose war nicht ganz so nass, das ging noch, und er hätte sowieso keine Ersatzhose dabeigehabt.

Sie waren zu zweit. Zwei Zugbegleitschaffner.

Heinz Madloch, Jahrgang vierzig, und sein jüngerer Kollege für die andere Hälfte des Zuges.

Der Jüngere war besonnener, was er leicht sein konnte, denn er war ja nicht nass. Er war es, der dem Zugführer das Zeichen zum Weiterfahren gab.

Eigentlich wären sie nach den Vorschriften verpflichtet gewesen, den Täter zu stellen.

Aber was sollten sie machen, wenn der Kerl bei diesem Sauwetter über die Felder hüpfte wie ein Hase?

Hinterherhüpfen und den Zug warten lassen, im Morast stecken bleiben und dann dreckig zurückkommen wie ein Wildschwein, ohne ihn geschnappt zu haben?

Und selbst wenn sie ihn geschnappt hätten, dann hätten sie bei der Polizei lange Formulare ausfüllen müssen, und der Polizist würde mit einem Finger tippen und das alles vielleicht außerhalb der Dienstzeit, also in der Freizeit der Schaffner. Oder der Lümmel setzte sich zur Wehr und haute einem eins in die Fresse und spränge dann weiter, und selbst wenn man das alles auf sich nähme und es dann hinter sich hätte, was geschähe mit dem Lümmel? Er würde freigelassen werden, weil er einen festen Wohnsitz hat, und seelenruhig auf sein Verfahren warten. Und würde dann, wenn es überhaupt zu so einem ‚Verfahren‘ käme, bloß eine kleine Verwarnung erhalten.

„Geh mir doch weg."

Das sagte sich Madloch. Als Dienstälterer hatte er die Verantwortung für den Zug.

„Gammler", hatte er gesagt, denn Langhaarige wie der Kerl, der da über die Felder davongehopst war, waren ihm seit jeher ein Dorn im Auge. Er hätte nicht sagen können, warum. War es der Marsch in die Freiheit, den jene „Gammler" angetreten hatten und den er sich nie würde leisten können – oder: sich zu leisten trauen würde – und den er deswegen so hasste?

Wie auch immer, sie waren ihm ein Ärgernis: Die, die nicht arbeiteten, und sich die Haare nicht schnitten und dabei auch noch sangen. „So ist das."

Gammler, Langhaarige, in Lager stecken. Das war es für Madloch. „Früher gab es das nicht."

Auch das sagte Madloch. Ein Satz, über den er nie nachgedacht hatte, den er einmal aufgeschnappt hatte, möglicherweise von seinem Vater, wenn der von der Hitlerzeit sprach, er war Parteigenosse gewesen. Schlesien, Krieg, dann Flucht nach Dortmund, Heinz Madloch war dort in die Schule gegangen. Jetzt wohnte er in einem Dorf: Hagen. Manchmal ging er zum Kegeln, aber nicht regelmäßig – und da war er nun, und der Zug fuhr weiter nach Amsterdam. Wenn auch die Hose getrocknet sein wird, wird er an den Vorfall nicht mehr denken.

Der da über die Felder sprang wie ein Hase, hieß Schäbel. Bernhard Schäbel, Jahrgang einundfünfzig, verheiratet, abgebrochenes – nein! unterbrochenes Studium der Soziologie, zuvor ein Semester Politologie –, verheiratet. Mit Gesine, geborene Kneiff. Kneiff-Öfen, ein Begriff.

Verheiratet! Zumindest gewesen, oder vielleicht auch immer noch, er wusste es nicht zu sagen.

In seinem Kopf war so eine verfluchte, ganz große Leere, dazu kam der Regen seit sechs Wochen, seine Schuhe waren nach den ersten Sprüngen patschnass und wie Schwämme vollgesogen. Denn das Feld, das sich da vor ihm ausbreitete, war purer Morast, da gab es kein Ausweichen, und auch am Bahndamm entlangzulaufen hätte nichts gebracht. Außerdem war es ihm scheißegal. Das war es, was man in diesem Moment über ihn sagen konnte: „Ihm – war – alles – scheißegal."

Wie in einem Wahn und ohne zu wissen, was er da tat, war Schäbel um acht Uhr aus dem Haus getaumelt, nichts bei sich. Geld ja. Hatte er den Hausschlüssel eingesteckt? Er suchte in nur einer Jackentasche, gab es dann aber auf, wozu auch. „Was für ein verdammter – verfluchter – Dreck!!"

Und war dann zum Bahnhof gegangen, oder war er gefahren?

Hatte er etwas gegessen? Er war irgendwie unheimlich ausgehungert, wie ein Proletarier.

Er verwendete manchmal diese Sprache, sie gefiel ihm: „Irgendwie", „unheimlich", „Proletarier".

Jemand hatte mal gesagt, er könne dieses Dummdeutsch nicht mehr hören. Totale Affenscheiße. Irgendwo. Wer war das noch? Gesine? Er wusste es nicht mehr, und schon gar nicht jetzt. Er versuchte, so über den Acker zu springen, dass er nicht zu tief einsackte.

Er war also in den nächsten Zug eingestiegen, ohne Fahrschein, egal, was passieren würde, was sollte schon noch mehr passieren, als schon geschehen war? Totale Leere im Kopf.

Er trug eine Brille.

Oben abgeflacht mit einem dünnen Rahmen. Dabei hätte er sie gar nicht gebraucht – 0,1 links, rechts 0,2, nicht der Rede wert –, aber mit Brille machte man mehr her. Jedenfalls hatte er das damals wohl irgendwie im Hinterkopf gedacht.

Und bezahlt hatte sie sowieso die Kasse, also: „Was soll's!"

„Was soll's", das dachte er gern, das sagte er auch von allem, was er so sagte, am meisten im Laufe eines Tages. Und dachte es noch viermal mehr, wenn er Probleme in seinem Kopf zu lösen hatte.

„Koch ich mir etwas? Ach, was soll's."

Dann ging er essen, französisch am liebsten, und nicht unter hundert Mark.

Der Tag bestand ohnehin für den Menschen nur aus Problemen. Und „was soll's" – das passte zu allen Problemen. Am besten zu den ausweglosen. Denn die waren ja nur scheinbar ausweglos.

Überhaupt: der Mensch!

Eigentlich war Bernhard nicht direkt ein Mensch, wenn man das einmal so sagen will, denn er war ein Hase.

Es klingt merkwürdig und ist nicht leicht zu glauben, nicht wahr? Zumal Schäbel selbst sich nicht als solchen sah.

ER SAH SICH NICHT ALS HASEN.

Niemals in seinem Leben, er wusste es nicht einmal, denn wer weiß schon, wer er ist?

Wer hat sich denn schon selbst gefunden und kann das von sich mit SICHERHEIT behaupten?

Aber was soll's.

Auch seine Umgebung sah ihn nicht als Hasen, nicht einmal Gesine, welche wohl – man kann darüber streiten – *seine* Frau war, denn sie hatten vor drei Jahren geheiratet. Und welche wohl auch die Ursache war, weshalb er hier durch den Regen sprang. Ohne zu wissen, wer er war.

Niemand sah in ihm einen Hasen.

Selbst seine Mutter nicht, und schon gar nicht sein Vater.

Sein *vermeintlicher* Vater. Georg Schäbel, Bauunternehmer in Markelsheim, einem Ort, den kein Hund kennt, kam nie auf die Idee, *nicht* Bernhards Vater zu sein, denn seine Frau

Irma wäre nie in der Rolle der Untreuen denkbar gewesen. Und in diesem Punkt täuschte sich Georg Schäbel keineswegs. Auch für sie, Irma Schäbel, wäre so etwas stets undenkbar gewesen.

Und in gewisser Weise war sie ihm ja immer treu geblieben. Und doch war Bernhard Schäbel nicht seines Vaters Sohn.

Es war an einem Sonntagnachmittag im Jahre fünfzig. Georg Schäbel war mit seiner Frau unterwegs ins Nachbardorf, da war ein Stück Land zu verkaufen.

Kein Bauland. *Noch* kein Bauland, doch Georg Schäbel war nicht eng, aber doch wieder eng genug mit dem Kreisbaumeister Fuchs befreundet – na ja, man braucht da nicht ausführlicher zu werden, eine Hand hat schon immer die andere gewaschen.

Die Schäbels also fuhren in ihrem kleinen Lieferwagen ins Nachbardorf, und Georg Schäbel ging zu jenem Bauern, um ihm ein Angebot zu machen. Etwa die Hälfte von dem, was der Tölpel sich vorstellte. Denn Schäbel wusste, dass der andere verkaufen *musste*. Seine Frau war fast erblindet, und sie brauchten das Geld, damit sie sich operieren lassen konnte.

In den folgenden Jahren brachte es Georg Schäbel auf diese Weise zu einem beträchtlichen Vermögen.

„Er ist ja auch fleißig", sagten die Leute, als sein Lagerplatz immer größer wurde. Und das Haus wurde angebaut. Später der ältere Teil ganz abgerissen und von Grund auf neu errichtet. Überall Klinker.

Georg Schäbel war also bei jenem Bauern, der das Land verkaufte. Irmi – so rief man seine Frau – lag unterdessen im Schatten nahe einem kleinen Wäldchen. Sie wollte nicht einschlafen. Im Gegenteil, sie versuchte mühsam, *nicht* einzuschlafen, denn sie war nie ganz ohne Furcht, auch wenn sie nicht wusste, wovor sie sich eigentlich fürchtete. Aber irgendwie war ihr gerade wieder der Satz eingefallen: „Wer schläft, den frisst der Wolf." Und so wollte sie lieber wach bleiben.

Und in der Tat, es geschah etwas.

Ein Hase hatte sich – man kann nicht sagen: angeschlichen – genähert. Das passt eher. Also genähert. War ein wenig gehoppelt, hatte sie vielleicht beschnuppert. Das dünne Sommerkleidchen war nur wenig hochgerutscht – ja, doch schon soweit, dass man ihre Bembergseidenhöschen leicht sehen konnte. Sie lag auf der Seite, mehr auf dem Bauch.

Die Bembergseidenhöschen hatte ihr Vater einst im Krieg ihrer Mutter aus Paris mitgebracht. Dunkelblau mit hellen Spitzen, fünf Stück, alle gleich, doch Mutter hatte sie nie gemocht. Obendrein waren sie im Schritt leicht perforiert, was ihnen ein – pardon – perverses Aussehen verlieh.

„Schweinskram", hatte Mutter damals wohl gesagt, Irmi war noch nicht geboren. Sie hatten dann da im Vertiko gelegen, und als Irmi heiratete, hatte sie sie heimlich mitgenommen. Mutter hat nie nach ihnen gesucht. Hätte sie's gewusst, hätte sie Irmi gescholten.

Nicht, um Georg damit zu gefallen, nahm sie sie mit; sie hätte nicht einmal sagen können, was sie zu diesem Frevel bewog. Sie handelte wie in Trance.

Der Hase jedenfalls schob – er mag vorher ein wenig geschnüffelt haben – wohl mit dem Vorderlauf das weite Hosenbein zur Seite und befruchtete – sicher nach Art der Hasen, also ganz kurz und heftig – Irma Schäbel, ohne dass sie direkt merkte, was ihr geschah.

Sie wachte bloß davon auf.

Sie mag auch ein leichtes Stechen oder eine Art Kitzel im Schritt verspürt haben, hielt dies wohl für einen harten Grashalm, rieb sich da ein wenig, fühlte auch einen Hauch Feuchtigkeit – vielleicht, dachte sie, ist es der Morgentau, denn im Schatten hält Tau sich bekanntlich länger – und schob beide Kleidungsstücke, also den Schlüpfer und das leichte Sommerkleid, wieder zurecht.

Und dachte nicht weiter darüber nach.

Was den „Verkehr" angeht, war es so gewesen, dass sie bis zu ihrer Hochzeit mit Georg nichts darüber gewusst hatte. Bei der Hochzeit trug sie leichte Baumwollunterhosen, und in der Hochzeitsnacht hatte Georg wohl ein wenig zuviel getrunken, war dann etwas zu unvorsichtig vorgegangen und zerriss diese, was sie später dazu veranlasste, eine festere Qualität zu kaufen.

Diese hier, also die Bembergkunstseidenen, kannte er gar nicht. Irmi hätte auch nicht sagen können, was er dazu gemeint hätte. Danach gefragt, wie sie das nennen würde, was sie in der Hochzeitsnacht und später mit Georg erlebt hatte, hätte sie keine Antwort gewusst. Zwar kannte sie ein paar Wörter, doch schienen sie nicht auf ihre Situation zu passen.

„Lieben", das hatte sie wohl gehört, doch traf es nicht zu. „Schlafen" – das auch nicht, denn Georg schlief erst *danach*. Und sie selbst schlief danach erst einmal *nicht*. Sie musste sich ja reinigen. Zuerst hatten sie nur kaltes Wasser, das machte hellwach. Später badete sie oft eine halbe Stunde in heißem Wasser, danach konnte sie auch nicht mehr gut schlafen.

Sie hatte sich zuvor nie genaue Vorstellungen gemacht, Georg war ihr erster und einziger Mann gewesen und geblieben bis heute.

Doch manchmal war es ihr, als müsste da noch etwas sein, und so zog sie also immer sonntags die Bembergseidenhöschen an. Eine kleine Freude für sich selbst sozusagen, so wie ein Kind sich in Märchen flüchtet, wenn das Leben gar voller Not ist. Georg trank zum Essen gern Bier, nach dem Essen legte er sich auf sie, sofern er nicht zu müde war, und dann war der ganze Spuk auch schon gleich wieder vorbei, und er schlief neben ihr ein. Legte wenigstens, und sie vermutete, dass er es anstandshalber tat, um sie nicht zu kränken, noch eine Pranke über sie. Er hatte Maurer gelernt, was ein Zugeständnis an seinen Vater war, und aus seiner Zeit als Maurer hatte er noch diese Pranken.

Sie liebte Yves Montand.

Platonisch natürlich, also von der Ferne, vom Kino her. Näher kannte sie ihn nicht, wie denn auch? Freilich hatte sie ein Bild von ihm ausgeschnitten und eingerahmt, aber mehr war da nicht. In der Realität.

Georg wusste nichts von Yves. Sie war zum Glück nie dumm genug gewesen, ihm davon zu erzählen.

Wenn Georg seine Pranke über sie legte, zog er sie bald wieder zurück und drehte ihr den Rücken zu, wobei er den Eindruck zu erwecken versuchte, dass es im Schlaf, also nicht absichtlich geschah. Irmi aber hatte ihn in Verdacht, dass er sich nur schlafend *stellte*, um nicht rücksichtslos zu wirken, wenn er sich so kurz nach der ehelichen Pflichterfüllung von ihr abwandte. Kurzum, schön war's nicht.

Und so zog sie dann an Sonntagen die bembergseidenen Höschen an und ließ sie weich um ihre Haut herumhängen – Bembergseide hängt. Sie ist schwerer als echte Seide und hängt deswegen. Wenn sie alt sind, leiern diese Schlüpfer, doch dazu kam es nicht, dafür trug sie sie zu selten und wechselte unter den fünf Paar natürlich. Schon um sie zu schonen.

Wenn sie sie trug, hatte sie einen anderen Gang. Weil sie bei jedem Schritt versuchte, die Weichheit zu spüren. Und irgendwie fühlte sie sich dann stets ihm – Yves Montand – näher, denn sie wusste natürlich, dass ihr Vater die Höschen aus Paris mitgebracht hatte. Und Yves war Franzose. Sie liebte alles, was französisch war. Sie wusste nicht, ob ihr Vater sich nach etwas Verworfenheit gesehnt hatte oder diese gar kannte; sie hatte auch noch nie einen Gedanken daran gehängt, Verworfenheit kannte sie nur als Wort. Sie hätte sonst wohl überlegt, *warum* diese breiten Schlüpfer in jenen Jahren in Paris *die Mode* gewesen waren. Und wäre darauf gekommen, dass sie manches erleichtern.

Hätte Irmi an jenem Tag also nicht gerade jene perforierten Schlüpfer getragen, hätte der Hase unverrichteter Dinge wieder abziehen müssen, und Bernhard Schäbel wäre kein Hase geworden.

An solchen Kleinigkeiten entscheidet sich das Schicksal. Wahnsinn, oder nicht?

Als Irmi Schäbel die Kleider geordnet hatte, träumte sie noch eine Weile von Yves Montand. Dann kam Georg Schäbel zurück und sagte: „Haut hin."

Was wohl bedeutete: Der Bauer hatte angebissen.

Neun Monate später wurde Schäbel Junior geboren. Der Vater war nicht unfroh, freute sich sogar sehr, denn sein Unternehmen fing längst an, so zu wachsen, dass er an einen Erben denken musste.

Sie nannten ihn Bernhard.

„Yves, oder was hältst du von Yves, Georg?"

„Ach, pah! Ihf. Was soll das? Im Dorf werden sie ihn auslachen und Ihf Schäbel, pff! Wie sieht das aus, wenn es über dem Lagerplatz steht?"

„Dann Bernhard."

Bernhard hatte Irmis erste Liebe geheißen, was weder Georg wusste, noch redete sie mit Bernhard später darüber. Eigentlich hatte sie noch nie mit jemandem darüber gesprochen. Bernhard hatte der Junge in der Nachbarklasse geheißen. Ein Dichter und Denker. Es war nie auch nur zu einem Gespräch zwischen Irma und Bernhard gekommen, sie hatte ihn nur aus der Ferne angehimmelt und nachts von ihm geträumt. Dann war sie jedesmal total verschwitzt aufgewacht, aber was sie damals geträumt hatte, hätte sie jetzt nicht mehr sagen können. Nach der Schulzeit hörte sie nicht mehr viel von ihm, nur dass er studierte.

Studieren sollte ihr Bernhard auch.

„Nicht wahr, Georg, er *muss* studieren?"

„Für was?", hatte Georg gefragt. Bildung braucht der Mensch nicht.

Gegen den Namen hatte keiner was einzuwenden, und so blieb es dabei.

Bernhard Schäbel.

Schon als er geboren wurde, sah das Kind ein wenig merkwürdig aus, natürlich. Wie ein Hase, irgendwie. Doch Kinder sind bei der Geburt selten schön, sie sehen aus wie verhutzelte Birnen, die man ins Wasser gelegt hat. Die Mutterliebe sieht das mit anderen Augen.

Also wunderte sich keiner, und als sich das merkwürdige Aussehen nicht änderte, hatten sich alle daran gewöhnt.

„Er wird etwas Besonderes, das kann man schon sehen", hatte Irma damals gesagt, und sie meinte damit ein Schauspieler wie Yves Montand oder ein Dichter und Denker wie Bernhard. Magie des Namens. Politologe, Soziologe – die Wörter hätte sie da noch nicht gekannt.

Der Junge hieß also nun Bernhard.

Wegen seines Aussehens hatte er eigentlich zeitlebens keinerlei Schwierigkeiten. Georg glaubte sogar, das Kind sähe ihm „besonders ähnlich". Die Verwandten von seiner Seite bestärkten ihn darin: „Ganz der Vater. Natürlich ganz der Vater."

Die Verwandten von Irmis Seite sagten: „Ganz der Opa", und meinten damit Irmas Vater. Der freilich längst nicht mehr lebte. Eine Grippe hatte ihn nach der Gefangenschaft dahingerafft. So geht das: Du überlebst Schlachten in den Kriegen, Hungersnöte und Gefangenschaft, und ein Bazillus, nicht der Rede wert, löscht dich aus.

„Die Kinder gehen fast immer nach den Großeltern."

Man hatte ihn sogar ganz gern. Er war weich, ein wenig hoppelig und sanft wie ein Hase. Das reinste Kuscheltier.

„Wie er sich anfühlt!"

Jeder wollte ihn streicheln. Was Bernhard nur gefiel.

Nun muss man aber sagen – auch wenn es eigentlich jeder weiß: Der Mensch läuft durch die Welt, als wäre er blind, taub und dumm. Sieht nichts, hört nichts und begreift nichts.

Also erkennt er auch nicht, wer unter uns ein Hase ist. Bernhard konnte, wenn er mit den anderen Kindern spielte, immer besonders schnell laufen. Womit er sich nicht gerade beliebt machte, denn jeder möchte gern selbst der Schnellste sein. Oder der Stärkste oder der Größte oder was auch immer. So war Bernie einerseits beliebt wegen seiner Weichheit und andererseits unbeliebt wegen seiner Schnelligkeit in den Beinen. Ansonsten war er eher langsam. Wie ein Hase eben. Konnte stundenlang herumsitzen und mümmeln.

Nur wenn sie Fangen spielten, kam Bewegung in ihn.

Zack! wie ein Hase war er weg.

Irmi Schäbel nannte Bernhard manchmal, wenn sie allein waren: „Ivchen."

Was Bernhard nie verstand und auch überhörte. Und vielleicht merkte selbst Irmi nicht, was sie da eigentlich sagte.

Auch in der Schule hatte Bernhard keine Schwierigkeiten.

Was sein Naturell betraf. Damals fing man auch auf dem Land an, sich gegen Andersartige toleranter zu verhalten. Die Kinder wurden belehrt, dass einer, auch wenn er anders aussah als alle anderen, doch ein vollwertiger Mensch war und in keiner Weise zurückgesetzt werden dürfte. Im Gegenteil hatte er sogar ein paar Privilegien und wurde mit viel Nachsicht behandelt.

Damals tauchten außerdem die ersten Beatbands auf, mit Musikern, die unerhört fremd und eigenartig aussahen; Gruppen, die sich nach Tieren „The Beatles" oder „The Monkeys" nannten und eine tierisch heiße Musik spielten.

Und so akzeptierte man Bernhard so, wie er war.

Manche hielten ihn sogar für einen Begünstigten des Schicksals, der von Natur aus schon anders aussah, eine Art Individuum.

Geistig war Bernhard keine Leuchte.

„Unser Bernie ist kein Goethe oder Schiller. Muss er auch nicht. Er erbt ja den Laden, und vielleicht geht er ja auch in die Politik", sagte Georg Schäbel prophetisch, was man ihm gar nicht so zugetraut hätte.

In den sechs Jahren bis zu Bernies Schulanfang hatte Georg Schäbel einiges an Gewicht zugelegt, hatte etliches Land aufgekauft, dann starb der Kreisbaumeister Fuchs, und es wurde schwieriger. Mit dem Neuen kam er nicht so zurecht. Was die Geschicklichkeit betraf, Bauland aufzukaufen, bevor es als solches ausgewiesen wurde. Der Neue hatte einen Vetter, dem er alles zuschob. Doch die Schäbels hatten ihr Schäfchen im Trockenen.

Georg hätte es gereicht, Bernhard auf die Mittelschule zu schicken. Er wäre dann eher aus der Schule gekommen und hätte Maurer werden können wie der Vater, nur als kleine

Sicherheit in der Hinterhand und um die Branche kennenzu-
lernen.

Doch da blieb die Mutter hart. Bernhard war für ihr Gefühl
zu feingliedrig für einen Maurer. Manchmal meinte sie, er
gleiche Yves Montand, als dieser noch jung gewesen sei.

Mütter sehen so vieles in ihren Kindern, besonders den
Söhnen, so dass sie ihr Leben lang behaupten, an den Kindern
bleibe ihnen nichts verborgen. Sie wissen nicht, dass Kinder
Fremde sind.

Also keinesfalls die Mittelschule.   .

In manchen Dingen sind Frauen – Gott sei gelobt – dann
doch hart wie Granit.

„Bernie wird studieren – und nichts anderes."

Bernie war's egal. Er musste aufs Gymnasium in die nahe
Stadt, blieb nur einmal sitzen. Er war jetzt Fahrschüler, aber
auch unterwegs in der Eisenbahn fiel niemandem auf, dass er
ein Hase war.

Inzwischen versuchte jeder Jugendliche ohnehin so aus-
zusehen wie sonst niemand. Dass sie in ihrer Individualisten-
kluft alle wieder uniform gleich erschienen, wollte keiner so
recht wahrhaben.

Unverwechselbar sein, nur nicht so wie alle anderen, das
war die Parole.

Da fiel Bernie nicht weiter auf. Er sah immer schon von
Natur so aus, wie allein er aussehen konnte. Unter Hasen freilich hätte er seinesgleichen geglichen wie ein Japaner dem
anderen.

Die Mädchen warfen ihm längst sogenannte Blicke zu,
doch er seinerseits verspürte keinen Drang zum anderen Ge-
schlecht, war er doch ein Hase, und die Gene zogen sich nicht
an. Nur wenn der Zug durch die Felder fuhr, etwa zur Zeit
des Vollmondes und gar wenn Frühling war, dann schaute

Bernie gebannt und mit auffallend glasigen Augen auf die Schollen und rutschte nervös auf dem Sitz herum.

Wie ein Hase zur Brunftzeit.

Doch fiel das niemand weiter auf. Nicht einmal er merkte es.

Bernie machte sein Abitur so um die Note drei Komma zwei herum. Damals war das noch kein Beinbruch; damit konnte man studieren. Was, das war ihm egal und seiner Mutter letztlich auch.

Er fuhr in die nächste Universitätsstadt und landete mitten in der Revolution.

Eine Weile wohnte Schäbel unbeholfen in einer Pension; das hatte ihm jemand geraten. Die Mutter hatte ihm reichlich Geld zugesteckt und ihn todschick, wie sie meinte, eingekleidet: mit einem hellen karierten Hemd und einem Seidentuch um den Hals, das in den Hemdkragen gesteckt war. Alles andere eher dezent, aber von guter Qualität.

Yves Montand kleidete sich in dieser Art.

Die Schuhe erster Klasse. Lloyd. Damals schon Lloyd, und er hatte sie heute noch. Zu Hause natürlich. Dass er hier auf diesem Feld wieder Lloyds trug und diese voller Dreck im Schlamm steckten, war eher ein Zufall, denn zwischenzeitlich hatte er eine Phase, wo er nur Clarks trug. Dann wieder nur Italiener.

Schäbel streifte damals ratlos in der Gegend rund um die Uni herum, ging in die Cafes, wo sie alle saßen. Er wusste noch nicht, wo er sich einschreiben musste – und wofür –, aber fand bald heraus, wie der Hase lief, und sagte nun lieber, sein Vater sei Maurer.

Nicht Unternehmer.

So schnell konnte er immerhin denken.

Der Arbeiter war das Idol der Studenten, der Kapitalismus der Erzfeind. Und der Kapitalismus begann schon bei dem, der nur einen einzigen Angestellten ausbeutete.

„Sag bloß nicht Unternehmer, Mann!"

Ein wohlwollender Eingeweihter, neu und wie er also noch zum Verrat an der Sache bereit, sagte das. Andere, die sich schon länger politisch engagierten, hätten ihn erst abgeklopft und dann auf seinen Platz verwiesen. Sohn eines Kapitalisten.

Zuletzt freilich hätte man auch ihn aufgenommen, sofern er seinem Vater abgeschworen hätte. Und das hätte Schäbel, ohne auch nur eine Sekunde zu überlegen, getan. Niemand war ihm so fremd wie sein Vater.

Also sagte er: Maurer.

„Mensch, dann kriegste jede Menge Bafög."

Noch war es nicht das, was ihn im Moment interessierte. Ein Jahr später wurde ihm das zum Hauptanliegen seines Studiums: Herausfinden, an welchen Ecken der kapitalistische Staat angezapft werden, wie man ihn ausbluten konnte – das war ja auch im Sinne der Idee.

Ansonsten ging er in der Stadt flanieren, vertiefte sich in Schuhmarken. Das war vorerst nur so eine kleine lose Liebe, die er, ohne zu denken, von seiner Mutter übernommen hatte. „Die Schuhe müssen in Ordnung sein", sagte sie immer. So wie bei Yves Montand. Dessen Schuhe hatten Stil.

Erst später sollte diese kleine Marotte bei Schäbel zur Leidenschaft werden. Man kann es verstehen, wenn man bedenkt, dass des Hasen Leben oft nur von seinen Läufen abhängt.

Suchte er Kontakt mit jemandem, war's nie leichter als zu dieser Zeit. „Kann ich mich dazusetzen?" Und schon saß er.

„Wofür hast du dich eingeschrieben?"

„Weiß noch nicht."

„Nimm Politologie, dann bist du bei uns. Das tut nicht weh, und dann siehst du weiter. Was soll's!"

Das hatte Gesine gesagt, doch heute wüsste er nicht mehr, dass er ihr gleich in den ersten Tagen begegnet war. Sie fielen sich gegenseitig nicht auf. Sie redeten miteinander, ohne sich wahrzunehmen.

Gesine reichte Schäbel einen Joint, der die Runde machte: „Zieh doch mal!"

Das brachte ihm aber nichts, und er ließ sich bald in Politologie einschreiben, fand dann auch eine Wohnung.

Direkt gegenüber der Uni, achthundert Mark. „Schweineteuer", sagte er, „aber was soll's."

Mag sein, dass bereits da dieses, „Was soll's" ihm das Leben erleichterte.

Es war nicht einmal Gesine gewesen, die ihm geraten hatte, doch aus der Pension auszuziehen. Es war ein anderes Mädchen gewesen; er hätte nicht mehr sagen können, wie sie aussah. Sie hatte bald ohne Umschweife gefragt, ob sie vielleicht eine Weile bei ihm wohnen könne. Er hatte nicht einmal zugestimmt, sie hatte einfach gesagt, sie käme am Donnerstag gegen sieben. Dann war sie am verabredeten Tag doch nicht gekommen; sie war wie vom Erdboden verschluckt, wurde nie mehr gesehen. Das war damals so. Nichts stand fest.

Der Regen war so dicht, dass er nach etwa fünf Metern eine graue Nebelwand bildete. Nicht abzusehen, wo der aufgeweichte Acker ein Ende nahm. Schäbel versuchte die Richtung beizubehalten. Nur nicht im Kreis laufen. Das hatte er oft schon gehört und gelesen: In der Wüste läufst du, wenn du dich nicht an der Sonne orientierst, im Kreis. Und Sonne gab es hier nicht.

„Aber was soll's!", sagte er.

Käme er wieder zum Bahndamm, liefe er eben daran entlang. So unbesiedelt konnte die Gegend gar nicht sein, dass er nicht irgendwo ankommen würde.

Ankommen.

Das war es.

Ankommen.

Bei sich selbst.

„Finde dich erst mal selbst, Schäbel", hatte Gesine ihm gesagt, das letzte Wort zwischen ihnen, eine Woche war das jetzt her, „dann reden wir weiter."

Selbstfindung war angesagt. In den letzten Jahren waren sie alle auf Identitätssuche.

Schäbel nicht.

Schäbel hielt das für eine bloße Mode. Er war Schäbel, was wollte er mehr?

Der Lehm war längst schon in den Schuhen, und er fühlte nur eine kalte Masse bis zu den Waden. Bei jedem Schritt spürte er, wie sie aus den Schuhen schwappte, es ekelte ihn. An Springen war nicht mehr zu denken, und er zog mühsam bei jedem Schritt jeden Fuß einzeln aus dem Schlamm, versuchte, irgendwo eine helle Stelle in der Nebelmasse zu entdecken. Oder einen Strommast, eine Stromleitung, an der er entlanggehen konnte. Sie musste ja zu einem Dorf führen.

Aber da war nichts.

Er zog den Parka zusammen, an den Schultern war er schon durchnässt. Er besaß ihn seit seinem ersten Semester.

„Mit dieser Kluft kannst du dir den Arsch abwischen", hatten sie ihm damals schnell klargemacht. Halstuch ins Hemd gesteckt und Hosen aus Gabardine – *iigitt*. Sie trugen in jenen Jahren alle Parkas. Und Jeans, oben und unten eng. Schäbel trug sie bald besonders eng. Wenn er zahlen wollte, zog er die Schultern hoch, um mit der Hand in die Taschen greifen zu können, da hatte er die Scheine lose. Nicht achtlos verknüllt, sondern klein zusammengefaltet, damit sie nicht zuviel Platz wegnahmen.

Geld musste man verachten, Geld war der Auswurf des Kapitalismus. Ausgepresst und vollgesogen mit dem Schweiß der Arbeiter.

Eine Welt war zu schaffen, in der Geld nicht mehr nötig war. In der alles allen gehörte und jeder das hatte, was er brauchte, nicht mehr. Keiner sollte mehr haben, als er brauchte.

Schäbel hatte das nie so ernst genommen.

Schon im ersten Semester hatten sie ihm gesagt, wenn er in die Partei einträte, könne man mehr machen. Zwar im Moment noch nicht genug, aber von unten her, von der Basis her, müssten die Verhältnisse langsam verändert werden, wo nötig, auch schon mal mit sanfter Gewalt.

Schäbel war nie für Gewalt. Wenn die Jungs und häufig noch mehr die Mädels einen großen Auftritt planten, sagte er immer: „Macht lieber etwas langsamer."

Sie fingen an, ihn ganz gern zu haben. Auch die Frauen, denn Männer alten Schlags hatten ausgedient. Die Herrschaft der Männer war genauso zu brechen wie die der Bourgeoisie. Und Schäbel war der *neue* Mann schlechthin.

In der politischen Arbeit mussten sie hart sein, die Männer, ja, aber vom Gefühl her weich und sensibel. Die Frauen hatten demgegenüber viel unbeugsamer zu sein, sie hatten viel in Ordnung zu bringen. Zweitausend Jahre Unterdrückung und Sklaverei.

Gesine sagte, ihr Vater sei Kapitalist *und* Patriarch, und sie hasse ihn. Sein Geld nahm sie nur, um ihn zu vernichten, und sie warf es mit vollen Händen hinaus. Sie erhielt jedes Jahr eine Ausschüttung aus der Ofenfabrik. So um die sechzig. Tausend. Neben dem Geld, das sie sonst so bekam.

Als im Nebel ein Strommast vor ihm auftauchte, strebte Schäbel zu ihm hin, und als er ihn erreichte, sah er, dass er an einer Straße stand.

Er trat auf die Straße und versuchte auf dem Asphalt den Lehm von seinen Schuhen zu schleudern, was ihm leidlich gelang. Dann ging er die Straße entlang und dachte wohl zum ersten Mal an diesem Tag: „Was tu' ich überhaupt?"

Und wusste keine Antwort.

Er hatte wie in Trance gehandelt, seit einer Woche Ausweglosigkeit innen und außen.

Wenn ein Auto käme, würde er winken; er war als Junge manchmal per Anhalter gefahren, wenn er den Zug versäumt hatte.

Als ein Wagen kam, streckte er den Daumen hinaus, aber das Auto fuhr an ihm vorbei.

Nach vielleicht einem Kilometer kam Schäbel zu einem Dorf. Er sah die Kirche und dachte: „Rund um die Kirche sind die Gasthäuser. Was trinken." Er kam in der Tat an ein Gasthaus, achtete nicht einmal auf den Namen, dachte noch: „Hoffentlich ist es auf", und ging die fünf oder acht Stufen hinauf.

Es war geöffnet.

Ein Flur, rechts ging es ins „Gastzimmer", links in die „Wirtsstube".

Wirtsstube? Er ging in die Wirtsstube.

Das Gasthaus war so um die Jahrhundertwende gebaut worden, hatte dicke ausgetretene Fußbodenbretter, rechts standen Holztische, links eine Theke, weiter hinten ein Kachelofen. Zum Glück war er geheizt, und Schäbel hängte seinen Parka auf einen Haken neben den Ofen.

In der Gaststube saß ein älterer Mann vor einem Glas Bier und starrte vor sich hin.

Schäbel grüßte ihn und nickte dann mehrmals mit dem Kopf zur Wirtin hinüber. Es mochte auf die Mittagszeit zugehen, und wie er so in das Wirtshaus kam, dachte er plötzlich auch an Essen. Vielleicht das erste Mal seit einer Woche, jedenfalls schien es ihm so, und er bekam einen bestialischen Hunger.

„Kann man etwas essen?", fragte er.

„In einer halben Stunde etwa", sagte die Wirtin.

„Was gibt es so?"

„Sauerfleisch mit Kartoffeln, Gemüseeintopf, wenn Sie wollen Steak à la Hawaii – und dann halt kalt, ich könnte Ihnen auch einen Camembert gebacken ..."

Steak à la Hawaii – O Gott! Als Gourmet erkannte Schäbel daran, dass man hier wahrscheinlich nicht besonders kochen konnte. Und als Soziologe durchschaute er den falschen Versuch, sich weltstädtisch zu geben, anstatt auf die Stärke der eigenen Kochkunst zu vertrauen. Irgendwie war das auch eine Art Imperialismus, dem die bürgerlich-bäuerliche Küche zum Opfer zu fallen drohte.

„Erst einen Kaffee." Bernhard Schäbel war Kaffeetrinker. Immer viel Kaffee trinken.

Rudi war Teetrinker.

Rudi war Gesines neuer Lebensgefährte. Früher war er Schäbels Freund und Kampfgenosse gewesen und war es doch wohl immer noch, denn *was soll's!* Keiner war Eigentum des anderen auf immer und ewig.

Gesine hatte gesagt: „Lass mich das erst ausleben", als Schäbel nicht mehr damit zurechtkam.

„Mit Milch?", fragte die Wirtin.

„Nein, stark und ohne. Am liebsten einen Espresso."

War aber nicht zu machen. Damals hatte noch nicht jede Dorfkneipe eine Espressomaschine.

Die Wirtin war eine Frau um die Dreißig, nein, vielleicht achtunddreißig, bewegte sich aber jünger. Ein paar kleine Falten um die Augen, und an den Ellenbogen kannst du das Alter einer Frau erkennen. Also vielleicht dann vierzig. Knapp. So in der Gegend. Sie erinnerte Schäbel an Jeanne Moreau. Ja!! An Jeanne Moreau. Er überlegte, was es war.

„Die Verhärmtheit, diese etwas schlechte Laune ..."

Das war es. Nicht, dass auch sie die Mundwinkel nach unten zog. Aber vielleicht waren es auch die nackten Arme. Die Moreau sah er immer so, als hätte sie nackte Arme, und ihm schien jetzt, als wäre irgendwie etwas zwischen ihnen, zwischen ihm, Schäbel, und der Wirtin hier. Etwas Vertrautes, so als würden sie sich schon länger kennen. Aber es konnte auch etwas anderes sein, er wollte sich da nicht festlegen. Besser erst einmal abwarten.

Sie hatte die dunkelblonden Haare hochgesteckt und war ungeschminkt, doch konnte man sehen, dass sie wusste, wie man sich schminkte. Sie machte irgendwie – dieses irgendwie!!

Er suchte nach einem anderen Wort. Nicht dieses nichtssagende Dummdeutsch! Seit Gesine davon geredet hatte, versuchte er derartige Floskeln und Phrasen zu vermeiden, so gern er sie früher auch gebraucht hatte.

Also gut. Sie kam ihm vor, als kenne sie das Leben von allen Seiten und nicht nur hier auf dem Dorf. „Wie heißt das hier?"

Er meinte: Das Dorf. Wie heißt das Dorf?

Sie verzog den Mund und sagte: „Was meinen Sie?"

Da fragte er nicht weiter.

Der Kaffee machte ihn etwas warm, so dass er darüber nachdenken konnte, was er nun tun wollte.

Erst einmal wollte er die Schuhe loswerden, sich möglichst die Füße waschen – jetzt wäre es gut gewesen, ein paar weiche Clarks dabeizuhaben. Er besaß welche aus Wildleder, die hatte er schon seit zehn Jahren, total ausgelatscht, aber als ob du auf Wolken wandelst. Halbhoch und zum Schnüren, leider mit Kreppsohle, was kein Stil war. Doch er hatte sie natürlich nicht dabei, natürlich, wie auch?

Hier konnte er sich jedenfalls nicht die Schuhe ausziehen.

Als ob sie Gedanken lesen könnte, schaute die Wirtin in diesem Augenblick auf seine Schuhe und sagte: „Sie sind doch nicht zu Fuß unterwegs, oder?"

Jetzt lachte er, und sie lachte wieder, und er fragte:

„Haben Sie auch Zimmer?"

„Haben wir."

„Frei?"

„Frei."

„Da würde ich gern eines nehmen."

„Ich zeig's Ihnen."

Als sie vor ihm herging, blickte Schäbel unwillkürlich auf ihren Rock. Das war kein Hausfrauenrock, das war ein erstklassiger Schnitt. Die Wirtin musste gewusst haben, was sie tat, als sie ihn kaufte. Den hätte die Moreau in jedem Film mit Bravour tragen können. Mein lieber Schäbel!

Das Zimmer lag über den Gaststuben. Im Flur die gleichen ausgetretenen breiten Dielen wie unten, gescheuert, nicht übermäßig sauber, aber was beim Scheuern solcher Dielen möglich war, war gemacht worden. Ob sie da selbst scheuerte? Es gab Intellektuelle, die die Trennung von Hand- und Kopfarbeit auf die Weise beseitigen wollten, dass sie aufs

Land zogen, um das einfache und womöglich harte Leben selbst auszuprobieren und sich so wieder ins Gleichgewicht zu bringen. Bis sie genug davon hatten und wieder in die Stadt zogen und sich vermeintlich geläutert wieder in das schöne süße Szeneleben stürzten. So sah die Frau aus, dachte Schäbel. Vielleicht war sie einem Mann gefolgt, um hier eine Krise zu bereinigen, eine gemeinsame Krise, denn für sich allein machte das wohl kaum einer.

„Da!"

Sie öffnete eine der alten, mit graublauem Lack angestrichenen Türen. „Nummer drei."

Die Klinke war noch so wie vor sechzig Jahren, die Schwelle heruntergetreten. Das jedenfalls registrierte Schäbel trotz seiner Müdigkeit.

Als sie danach ihre IKEA-Möbel kauften, hatte Gesine zuerst partout Trödel gewollt. Jahrhundertwende, altes Rentnermobiliar.

„Die haben noch gelebt. Da kannst du Jahre ablesen, neue Möbel sind tot, leerer Plunder."

Hatte sie damals argumentiert. Am liebsten Arbeitermöbel, und das aber deutlich zu erkennen.

Es ist so, als könnte man in den Möbeln wie auf einem Film ablesen, was in ihnen einst gelitten und gelebt wurde. Das wussten sie nicht, aber sie ahnten es, und es ging ihnen doch allen darum: weg vom Wohlstand, zumindest nach außen hin, und hinein in das rohe, echte Leben. Der Schweiß der Geschichte sollte den Dingen anhaften. Als sie nichts Rechtes finden wollten, gaben sie es jedoch nach einer Woche auf und kauften bei IKEA ein. Der Hochzeitstermin rückte näher, und Gesines Vater sagte bereits: „Nun macht mal zu, Leute."

Auch er hatte in Schäbel keinen Hasen erkannt. Er hatte

nicht besonders viel gegen ihn, hielt ihn nur für einen Kommunisten, wollte aber dem Glück seiner Tochter nicht im Wege stehen. Wenigstens war Schäbel in seinen Augen ordentlich angezogen, denn als er ihn zum ersten Mal sah, trug Schäbel zufällig seine besten Schuhe (Faruzzi) und den Seidenschal im kostbaren Hemd.

Gesines Vater hatte schon aus Berufsgründen ein Auge dafür: Ein echter Kommunist kaufte sich keine Faruzzis. Außerdem hatte Gesines Vater noch Ofensetzer gelernt und war in den Zwanzigern selbst Kommunist gewesen, er hatte also einen Sinn für die wahren Kommunisten. Und sie hatten ja recht. Gehabt. Damals, in den Zwanzigern.

Das Zimmer Nummer drei war geräumig.

Gegenüber der Tür stand ein Schrank mit Spiegel. Dass er halb erblindet war, registrierte Schäbel, nicht ohne angenehm berührt zu sein. Auch ihm waren alte Möbel lieber als neue, und ein getrübter Spiegel bewies Alter. Vielleicht war er sogar aus handgeblasenem Glas. Darauf schaute Gesine immer, wenn sie Fensterscheiben in alten Häusern sah. Viele ihrer Freunde versuchten damals Altbauwohnungen zu ergattern, notfalls durch Hausbesetzungen. Aus dem gleichen Grund: weg vom Wohlstand. Sie waren ja alle aus bestgestellten Familien. Ausgebrochen, wie sie meinten. Dabei bezogen sie von zu Hause immer noch den sicheren Monatsscheck. Auch wenn sie das lieber nicht an die große Glocke hängten. Musste ja nicht sein.

Der Schrank war gleichfalls aus den Zwanzigern, so viel hatte sich Schäbel in der einen Woche – zumal ihn das auch interessiert hatte – doch an Wissen über Trödel erworben. Außerdem war Trödel irgendwie zugleich eine Stilfrage. Und Stil war nun mal Schäbels Hobby.

Unter dem Fenster ein behäbiger Tisch mit einer alten Tischdecke. Die Tischdecke war gar nicht übel. Weiß mit ein paar verblichenen Stickereien, Gesine hätte gejubelt. Sie hätte gesagt: „Das finde ich irre, Schäbel. Bleiben."

Für einen Augenblick fühlte sich Schäbel bei diesem Gedanken mit Gesine verbunden.

Die Fenster mit Fensterkreuzen, darunter breite Sockel, die Gardinen verblichen wie die Tischdecke.

Das Bett rechts von der Tür an der Wand. Auch aus den Zwanzigern, schweres Holz und ein dickes Federbett. Das war das Einzige, was ihm nicht gefiel. Federbetten hasste er. In seiner Kindheit hatte er bis zu seinem zwölften Jahr unter so einem Federbett geschwitzt. Das würde er sich austauschen lassen.

Ein Nachttisch mit Marmorplatte. Eine Lampe darauf und eine Birne mit Schirm von oben. Vor dem Bett ein kleiner Bettvorleger. Mehr war bei den Holzdielen auch nicht nötig.

Breite Holzdielen liebten sie damals alle. Was sie hassten: neuverlegtes Parkett und lackiert.

Altes Parkett, ausgetreten, vielleicht ein paar Brandflecken, das ja. Es durfte auch ruhig quietschen.

Rudi hatte mit seiner Frau so eine Wohnung.

Gesine liebte diese Wohnung über alles, nur wollte Rudis Frau ihn und die Wohnung nicht freigeben. Noch nicht.

Rudis Frau kam auch nicht mehr zu den Versammlungen, was nur konsequent war, denn wer Besitzansprüche anmeldete, gehörte da nicht hin.

Als Schäbel an der Wirtin vorbei ins Zimmer ging, roch er an ihr noch den Rest eines Parfüms, mit dem sie Männer schwindelig machen. Den Rest nur, wohl die Spuren einer heißen Nacht, was Schäbel aber allenfalls unter bewusst wahrnahm, denn von heißen Nächten wusste er als Hase nichts.

„Nehme ich."

„In Ordnung."

Die Wirtin nickte, fragte nicht, für wie lange, und nicht, wie er hieß. Und kein Wort vom „sich eintragen". Was für eine Frau! *Wow* Schäbel!!! *Das* war Format.

Gesine benutzte keines dieser Parfüms, aus Protest gegen den Kapitalismus. Sie benutzte „Krasnaja Swezda" – roter Stern, eines der zwei im Ostblock existierenden Parfüms. Es stank, dass die Fliegen von den Wänden fielen. Ein Kamerad hatte es ihr aus Prag mitgebracht. Wenn sie es aufgelegt hatte, hielt Schäbel ohne dass es Gesine merken sollte, zwei Meter Abstand von ihr. Was ihr gar nicht unrecht war. Sie wusste nicht, warum sie ungern in seiner Nähe war. Vielleicht nahm sie einfach unter seiner Lotion den Hasengeruch wahr, ohne ihn genau einordnen zu können.

Sie schliefen schon eine Woche nach der Eheschließung getrennt. Erst als sie anfing, mit Rudi manchmal Stunden im Bett zu verbringen, benutzte sie „Krasnaja Swezda" nicht mehr, weil Rudi gesagt hatte: „Du stinkst ja wie eine ukrainische Wanze."

Sie nahm es dann nur noch, wenn sie mit Schäbel mal zum Essen oder ins Kino ging.

Als die Wirtin aus dem Zimmer war und noch ein wenig von ihrem Duft im Raum schwebte, roch Schäbel unter seinen Armen und dachte: „Ich muss ja stinken wie ein Hase."

Oh, Schäbel. Nie im Leben warst du dir selbst so nah wie in diesem Augenblick.

Schäbel zog seinen Pullover aus und warf ihn aufs Bett. Da fiel ihm auf, dass er keine Seife dabei hatte. Dass er *nichts* dabei hatte. Nicht einmal Lotion. Und ein Deo schon gar nicht. Schließlich war er nicht in die Ferien aufgebrochen, sondern ins Inferno. Existentialistische Verzweiflung war angesagt gewesen. Das fiel ihm jetzt peinlich berührt ein.

Er ging nach unten, die Arme eng an den Leib gepresst.

Unter der Tür zur Wirtschaft blieb er stehen und sagte: „Ich habe keine Seife dabei."

„Ich bringe gleich welche."

Als er sich duschte, merkte er, dass die Seife genau seine Duftrichtung war. Aramis oder so.

„Da guck an!"

Er war sicher, *sie* hatte die Seife ausgesucht. Und sie hatte offensichtlich nicht gespart. Vielleicht war es auch die Seife ihres Mannes. Sicher ursprünglich nicht für Gäste bestimmt, die ohne Gepäck reisten.

Sah sie aus, als hätte sie einen Mann?

Sie sah so aus, als hätte sie nie *keinen* Mann gehabt. Nach dem Duschen legte sich Schäbel auf das Bett und überlegte, was er als nächstes tun sollte.

Erst einmal richtig gut essen gehen.

Er wischte die Schuhe mit den Socken innen und außen sauber, spülte die Socken aus und schlüpfte barfuß in die Schuhe. Dann ging er nach unten, die Socken verstohlen in der Hand. Er wollte sie unbemerkt in einer Ecke des Ofens zum Trocknen ablegen.

Natürlich bemerkte die Wirtin sein Vorhaben und sagte: „Geben Sie her", und ging mit den Socken nach hinten.

Man soll nicht sagen, sie hätte in diesem Moment etwas „Mütterliches" gehabt.

Schäbel versuchte die Beine unter dem Tisch so zu stellen, dass sie nicht sah, dass er Schuhe ohne Socken trug, denn das hielt er für stillos. Ihm schien, als sähe sie bewusst nicht hin, wohl, um ihn nicht in Verlegenheit zu bringen. Wie taktvoll sie war!

Im übrigen erkannte auch sie Schäbel nicht als Hasen.

Das Essen war trotz seiner Befürchtungen in Ordnung.

Wäre er nicht so auf die französische Küche eingeschworen gewesen, hätte er sogar erkannt, dass es vorzüglich war. Manche Leute kamen aus einem Umkreis von bis zu sechzig Kilometern weit her, der eine oder andere nicht zuletzt wegen der Wirtin.

Nach dem Bier wallte das Blut wieder fröhlich durch Schäbels Adern. Wäre er nicht auf Rotwein eingeschworen gewesen (er liebte den Wein um die Rhône herum), hätte er vielleicht erkannt, dass dieses Bier hier zu den besten weit und breit gehörte. Eine kleine Brauerei mit wenig Ausstoß. Die Temperatur auf ein halbes Grad richtig, ein gepflegtes Bier von der Kohlensäure bis zum Schaum, nicht oft zu finden und für den Bierkenner ein Labsal.

Kein Wunder, dass Schäbel sich nach dem Essen pudelwohl fühlte.

In den letzten Tagen, wenn nicht gar Wochen, hatte er seinen Körper überhaupt nicht mehr gespürt, kein Hunger, keine Kälte (bis zu dem Lauf über den Acker). Jetzt streckte er sich genüsslich. Versuchte das so zu tun, dass sie es nicht wahrnahm. Nur die Beine unter dem Tisch und die Arme, ohne sie auszubreiten.

Die Wirtin trocknete unterdessen ein Glas, versuchte nicht zu Schäbel hinüberzuschauen, und ihm fiel sein Lieblingsfilm mit der Moreau ein. JULES UND JIM.

Die Wirtin sah nun gar nicht mehr missgelaunt aus.

Aber auch die Moreau sah in *dem* Film nicht missgelaunt aus, im Gegenteil. Sie hatte es da mit zwei Männern gleichzeitig, und die beiden Männer waren obendrein auch noch Freunde geblieben. Hätte Gesine nicht auch mit ihnen beiden zusammen ..., sie in der Mitte? Rudi war schließlich sein bester Freund gewesen.

„Noch ein Bier bitte", sagte Schäbel und schob Gesine aus

dem Kopf. Er war hier, um sich über einiges klarzuwerden, um sich selbst zu finden. Was sollten da Spekulationen und Träume, die doch nicht realisierbar waren?

Gesine hätte sich ohne Bedenken mit zweien eingelassen. Nur durfte der zweite nicht er sein. Schäbel.

„Kann ich dann so einmal in der Woche alles zusammen bezahlen?", fragte Schäbel. Er hatte unwillkürlich „einmal in der Woche" gesagt. Offensichtlich hatte er bei dieser Formulierung sein „Unterbewusstsein" entscheiden lassen.

„Ja, natürlich."

Er hatte gefragt, weil er seine Finanzlage nicht übersah.

Er hatte wohl Geld eingesteckt, aber wie viel, wusste er nicht.

Später ging Schäbel nach oben und durchwühlte seine engen Jeans. Zusammengelegt zu einem kleinen Paket fand er etwa achthundert Mark, alles Hunderter, dann noch etwas Kleingeld. Er hatte, als er ging, alles, was er an Geld in der Wohnung fand, in die Tasche gesteckt. Das würde vorerst reichen.

Er zog die Hose aus, hängte das Hemd auf einen Bügel und dann an den Fenstergriff, damit es auslüften konnte. Draußen regnete es noch, mit Auslüften war da wohl nicht viel zu machen. Ihm war aufgefallen, dass die Wirtin länger als nötig auf sein Hemd geschaut hatte.

Er fühlte sich ein wenig erkannt. Andererseits hätte sie sich ohne dies vermutlich auf die Bezahlung einmal pro Woche nicht so unbedenklich eingelassen.

„Die edlen Menschen erkennen sich am Hemd."

Er grinste bei diesem Gedanken und dachte: „Wie gut, dass keiner weiß, was Schäbel wirklich denkt."

Schäbel trug jetzt nur noch ein T-Shirt und Boxershorts. Er schlief immer in T-Shirt und Boxershorts.

Gesine hatte ihn in der ersten Woche ihrer Ehe gefragt: „Schläfst du nie nackt?"

„Doch, wenn es heiß ist, zum Beispiel in Griechenland."

Er lag auf dem Bett, und ihm fiel ein, dass sein Friedrich-Ebert-Stipendium im nächsten Monat auslief. Er würde ihm keine große Träne nachweinen, denn eine Monatszahlung reichte gerade für dreimal französisch essen. Davon einmal à la carte, das zweite Menu, und natürlich nur mit Tischwein, kein Rhônewein. Oder für drei Hemden seines Stils.

An dieser Stelle schlief Schäbel ein.

Schäbel hatte so tief geschlafen, dass er, als er gegen Abend aufwachte, zuerst nicht wusste, wer er war. Das war ihm noch nie passiert, machte ihn, nachträglich betrachtet, aber auch nicht besorgt.

Tiefschlaf, mehr nicht.

Dann fiel es ihm ein: Bernhard Schäbel, Vorsitzender der Jungpartei, Hiwi an der Uni, der Vertrag war abgelaufen, und da er keinen Bock drauf hatte, einen Job anzunehmen, hatte er sich ein Friedrich-Ebert-Stipendium beschafft mit der Vorgabe, seine Doktorarbeit abzuliefern. Nicht eine Minute hatte er daran gearbeitet, er hatte nicht einmal daran *gedacht*. Er hatte auch nie vorgehabt, daran zu denken. Ihm ging es nur darum, dass er Zeit gewann, um nachdenken zu können, wie es weitergehen sollte. Obwohl er sich insgeheim längst dachte: „Was soll's."

Auf alle Fälle passte es ihm fast, dass ihm die Geschichte mit Gesine dazwischengekommen war: Er steckte nun in einer Krise. Und nichts wurde damals von jedermann so sehr verstanden, so allgemein umhegt und gepflegt wie eine Krise. Besonders wenn es sich um eine Identitätskrise handelte.

Wenn sie allerdings zu lange dauerte, dann wurde es die Umwelt müde, und man konnte nicht mehr Verständnis und Beistand von ihr erwarten. Diesen Zeitpunkt durfte man nicht verpassen. Sonst war man abgemeldet. „Krisenheini!"

Schäbel hielt die Augen noch eine Weile geschlossen, um den Schlaf auslaufen zu lassen. Dann blickte er auf, und als er die Möbel sah, erkannte er erst eigentlich, wo er war und was er hier tat.

Er war also nicht in der Wohnung, die er mit Gesine teilte. Geteilt hatte. Die er bis vor einem Monat gemeinsam mit ihr bewohnt hatte.

Und jetzt fiel ihm nach und nach ein, was da gelaufen war und warum.

Sie hatten geheiratet, das war jetzt vier oder fünf Jahre her.

Er wusste im ersten Semester nicht, wo und wie die Dinge so liefen. Es wurde viel in den Kneipen gesessen, die Vorlesungen waren sehr locker. Kaum einer ging hin, es war Revolution. Aufstand der Studenten, die sich zur Elite der Intellektuellen zählten.

Aber auf die Seite der Arbeiter schlugen.

Sie trafen sich in Kneipen, Cafés, auch schon mal in Bernies schmaler Bude, einmal waren sie dort über dreißig Leute. War ein irrer Abend.

Sie sangen Arbeiterlieder, einer spielte auf einer Ziehharmonika, Jannis war dabei, redete mit griechischer Leidenschaft und kochte. Alles war für eine Weile griechisch, dann machte Jannis eine Kneipe auf, und man zog in seine Kneipe.

Jannis war Schauspieler, und sie lösten alle Probleme der ausgebeuteten Arbeiter mit links.

Wenn Bernie nachträglich darüber nachdachte, dann war nie ein Arbeiter unter ihnen. Eines der Mädels hatte einmal jemanden mitgebracht, der früher ein Arbeiter gewesen war, und der hatte – Bernie fiel es jetzt ein – gesagt: „Wie wollt ihr über Arbeit reden, wenn ihr nie gearbeitet habt?"

„Man muss nicht im Wasser gestanden haben, um über nasse Füße reden zu können."

Sie hatten eben für jeden Einwand und jedes Problem einen Spruch auf Lager.

„Doch wer nie nasse Füße gehabt hat, weiß es nicht so, wie es einer weiß, der im Wasser gestanden ist."

Der das eingewandt hatte, war offensichtlich auch nur ein Revisionist und Besserwisser. Er wurde in Zukunft nicht mehr gefragt. Man duldete ihn vielleicht noch ein paarmal, um den Schein der Toleranz zu wahren. Aber dann suchte sich das Mädchen einen neuen Freund, einen von ihnen, einen wahren „Kämpfer".

Kurzum, es wurde geredet und geredet. Modelle für eine neue Staatsform lagen bereit, und etliche kamen nicht mehr in die Kneipen, weil man sie nicht sehen durfte; sie waren in den „Untergrund" gegangen und wollten sich und die anderen nicht gefährden. Natürlich hatte man weiterhin Kontakt und verfolgte die revolutionären Aktivitäten mit Begeisterung.

Gesine war immer dabei und rauchte viel.

Kein Tag, an dem Bernie und sie sich nicht sahen. Doch zwischen ihnen war nichts, was vielleicht ein wenig elektrisierte. Es war nur so eine ganz freundschaftliche Beziehung.

Kein Wunder, die Gene zogen sich nicht an.

Einmal hatten sie wieder in Bernies Wohnung gekocht, griechisch, Jannis hatte sich diesen Tag in seiner Kneipe freigemacht. Etwa acht Leute waren da, und es wurde geredet und getrunken, die Stimmung war prächtig. Wenig kontroverse Diskussionen und alles so voller Zuversicht, dass es mit dem Kapitalismus bergab gehe, und mittendrin – Gesine saß neben Bernie, auf dem IKEA-Sofa und rieb, wohl im Spaß, ihr Knie an dem seinen und blies ihm den Rauch ins Gesicht –, und mittendrin sagte Gesine ein wenig besoffen, sie hatte schon drei Joints in sich: „Wir könnten doch heiraten, Schäbel. Du bist kein übler Typ. Dann bekommst du die doppelte Studienbeihilfe, und mein Alter spuckt auch noch mal hunderttausend aus – doch nix dagegen zu sagen, oder?"

Bernie überlegte wohl, doch nicht allzu lange. Er hatte mindestens einen Liter Retsina getrunken und lachte auf seine weiche Hasenart, er sah überhaupt immer aus, als lache er, Hasen sehen so aus. Das gab ihm so ein freundliches, positives Aussehen, als sei er für alles zu haben, weswegen ihn auch alle liebten. „Warum nicht!", sagte er, und dann rief Gesine: „Jungs und Mädels – Nein! Mädels und Jungs: Bernie und ich heiraten. Was sagt ihr jetzt?"

Es wurde eine fröhliche Hochzeit in Jeans und Protestkleid. Gesines Vater stiftete eine größere Wohnung, Bernies Mutter oder Vater einen nicht kleinlichen Betrag für den „Aufbau".

Hochzeitsnacht!

Als ob sie es vergessen hätten, war ihnen das Thema Beischlaf noch nie eingefallen.

Alter Hut, darüber redete man ohnehin nicht in dieser Zeit. Man tat „es" einfach, ohne große Diskussion. Man ging untereinander ins Bett, egal wo und mit wem, brachte „es" hinter sich und ging wieder etwas verschwitzt hinaus. Und keine Rede mehr darüber.

Nun war Gesine nicht der Typ Frau, der sich gerne besonders verführerisch gab. Sie hatte kurze Haare und legte größten Wert darauf, kein Sexobjekt zu sein. Wenn sie mit jemandem ins Bett wollte, dann bestimmte sie es.

Und mit Schäbel wollte sie nie ins Bett. Dass sie ihn heiraten wollte, war eher als Schlag gegen überkommene Konventionen gedacht. Ein Schiss ins Lager der Bourgeoisie.

Und Schäbel? Ihm hatten Frauen in erotischer Hinsicht nie etwas bedeutet, ohne dass er sich je etwas dabei gedacht hätte, und hätte man ihn jetzt auf die Hochzeitsnacht angesprochen, dann hätte er wohl auf seine Art laut zu lachen versucht: „Na, du hast vielleicht Fragen!"

Sie hatten die Hochzeit schon in der neuen größeren Wohnung feiern können; sie hatten extra so lange gewartet, bis sie fertig war, denn sie wollten alle Kameraden um sich haben und viel Tamtam. Der Sinn ihrer Hochzeit war: großen Spaß haben.

Die letzten gingen am nächsten Morgen, doch man zog sich schon ab Mitternacht zum Schlafen zurück. Jene, die nicht mehr weitersaufen konnten, auch solche, die Lust hatten zu kopulieren, gingen in die Nebenzimmer, wer störte sich schon dran, die große Freiheit war schließlich gerade erst erfunden worden. Und letztlich sagte sich jeder: „Was soll's."

Als dann so gegen sechs Uhr früh Gesine im Spaß sagte: „Und nun, lieber Bernie, die eheliche Pflicht", lachten beide so laut – denn „Pflicht" war genau das, wofür sie leben wollten –, dass sie sich noch auf dem Sofa nach hinten fallen ließen und einschliefen.

Ihre Betten waren sowieso belegt.

In den Tagen danach hingen sie so herum. Saßen in den Cafés und Kneipen, Bernie – er hatte bislang nicht geraucht, Hasen rauchen nicht – qualmte seine ersten Zigaretten und hatte einen vernebelten Kopf und nervösen Magen.

Nach der Hochzeit braucht man keiner Arbeit nachzugehen, Honigmond. Sie hätten sowieso nicht gearbeitet. Wenn sie in zwei Wochen auf zwei Vorlesungen kamen, war das viel. Meist gingen sie getrennt oder an verschiedenen Tagen zur Uni. Sie trafen sich abends in der Kneipe oder hingen tagsüber in einem Café herum.

Nach etwa drei Wochen ergab es sich, dass sie etwas früher ins Bett gingen und Bernie sagte: „Jetzt schlafen wir mal miteinander, komm!"

„O. K.", sagte Gesine und drückte die Zigarette aus.

Danach sagte Schäbel: „Weißt du, eigentlich mache ich mir nichts aus Sex."

„Geht mir nicht anders", entgegnete Gesine, und sie lachten sich halbtot.

Was soll's.

Am Geräusch konnte Schäbel erkennen, dass es draußen noch regnete. Er stand auf, sah aus dem Fenster auf den verregneten Dorfplatz und nahm sein Hemd vom Fenstergriff. Er zog Hemd und Jeans an, den Pullover darüber und suchte seine Socken. Ihm fiel ein, dass sie ja zum Trocknen unten auf dem Ofen lagen. Zudem verspürte er einen bestialischen Hunger.

Er schlüpfte barfuß in die Schuhe, und als er die Tür öffnete, fand er die trockenen Socken draußen an der Türklinke hängen. Sie waren sogar gewaschen.

„Na, da guck an!", dachte er, und die Wirtin fiel ihm ein mit ihrem Moreauduft.

Gesine hatte nie etwas für ihn gewaschen.

Er musste seine Sachen immer selbst in die Waschmaschine stecken. Gesine warf nur *ihre* Sachen in die Maschine und fragte dann: „Hast du was zu waschen?"

„Ja."

„Dann wirf es in die Maschine, ich wasch' jetzt."

Ähnlich war es mit dem Bügeln. Einmal, als Gesine bügelte, was sie ungern und fast nie tat, war ein Hemd von Schäbel mit im Wäschekorb. Sie legte das Hemd beiseite, und als er fragte: „Was ist mit dem Hemd?", hatte sie gesagt: „Wieso?"

„Kannst du's mir nicht bügeln?"

„Bügelst *du* meine Blusen?"

„Nein."

„Na also."

Später holte Schäbel das Bügeleisen wieder heraus und bügelte das Hemd selbst. Er gab ihr sogar recht.

Als Schäbel in die Wirtsstube kam, waren etwa drei Tische besetzt, es mochte acht Uhr sein. Leute aus der Umgebung, die einander kannten, so schien es ihm. Draußen regnete es noch; es standen ein paar schwarze, bäuerliche Schirme in einer Ecke, und die Hüte waren nass. Schäbel kombinierte immer gern und schloss aus dem, was er sah, auf das, was er nicht sah. Als Politiker musst du ein waches Auge und ein schnelles Kombinationstalent haben, sonst kommst du nicht nach oben.

Hinter der Theke stand ein vierschrötiger Mann, etwa vierzig, schwarzer Vollbart. Der Wirt.

Die Wirtin bediente, er schenkte ein, aus der Küche hinter der Theke roch es nicht schlecht nach Kesselfleisch oder Knödel oder was auch immer heute auf der Speisekarte stand. Das mit dem Steak à la Hawaii war also vielleicht doch nur ein Ausrutscher gewesen.

In der Küche wirtschaftete noch jemand anders, den man nicht sehen konnte. Schäbel vermutete: eine Köchin.

Er setzte sich an einen freien Tisch und versuchte sich erst einmal zu orientieren. Er nahm die Brille ab und putzte sie mit einem Taschentuch; er war einer der wenigen jungen Leute, die damals noch ein Taschentuch bei sich hatten. Wohl schneuzte er sich nicht eigentlich in das Tuch, denn wenn er Schnupfen hatte, benutzte auch er Tempotaschentücher, doch hatte man, wenn man an Schäbel dachte, ihn immer mit einem Taschentuch im Gedächtnis. Irgendwie, irgendwo hielt er es, putzte die Brille oder wischte sich über Kinn oder Stirn oder so.

Jetzt also putzte er die Brille. Dabei stützte er sich mit den Ellenbogen auf den Tisch, zog die Schultern hoch und schaute sich so um, wie er meinte, dass man nicht merken würde, dass er sich umsah. Er versuchte auffallend, die Wirtin zu übersehen, begegnete dann aber ihrem Blick, und sie nickte ihm etwas zu freundlich zu, also mehr, als ihre Moreau'sche Misslaune es hätte zulassen dürfen.

Schäbel nickte zurück, lächelte auch etwas, und sie legte ihm eine handgeschriebene Speisekarte vor. Handgeschriebene Speisekarten sind in der französischen Gastronomie ein gutes Zeichen. Gute Küche. Wenn er den Wirt anschaute und die Frau dazuzählte, konnte Schäbel sich vorstellen, dass die zwei wussten, was Esskultur ist. Und wenn er an das Mittagessen dachte, erinnerte er sich, dass ihn da ein großes Wohlbehagen befallen hatte.

Der Sinn eines Essens ist, dass ein großes Wohlbehagen sich einstellt und der Mensch sich zurücklehnt und vor Glück brummt.

„Chrrrmrmm."

So.

Der Wirt also war einer, dem man zutraute, dass er in zwei Stunden einen Baum mit zwei Metern Durchmesser fällen, die Äste absägen, in kleine Stücke schneiden und stapeln würde. Zwei Stunden.

So einer war der Wirt.

Die einfachen Leute waren nicht zwangsläufig dumm, wie

man früher vielleicht gedacht hätte. Die Intelligenzia verbreitete gern solche Irrmeldungen. Doch seit Schäbel (von der Partei her) an der Basis arbeitete, wusste er, dass unter diesen Leuten unglaublich logische Denker waren. Gerade auf dem flachen Land. Sie dachten einfach, aber richtig. Das verblüffte ihn, den studierten Soziologen, manchmal richtiggehend. „Der Knecht ist der Wahrheit oft näher als der Meister."

Wo hatte er das noch gelesen?

Er wusste es nicht mehr.

Schäbel beschäftigte sich sehr mit der Frage, wie man beim Menschen die Intelligenz erkennen, messen und kategorisieren konnte. Er hatte ein System entwickelt, die Schäbelsche Intelligenzmessskala sozusagen, von der er hoffte, dass sie die Binet-Simon-Methode wie Mehlstaub vom Tisch fegen würde. Diese war total veraltet, und auch von dem Hamburg-Wechsler-Intelligenztest war nicht viel zu halten. Genauso das Wilde-Verfahren – all diese Testmethoden hatten doch nicht das Mindeste mit dem wahren Leben zu tun. Dem wurde nur Schäbel mit seiner Studie voll gerecht, auch wenn er sein neues Verfahren vorerst noch in der Hinterhand hielt, um eines Tages die Welt und die Wissenschaft voll zu überraschen.

Wenn er daran dachte, schob er den Unterkiefer zur Seite und nickte vor sich hin.

Er schaute die Gaststube jetzt genauer an.

Ob jemand gesehen hatte, wie er sich selbst zunickte? *Was soll's? Sind doch alles Käuze, die da herumsitzen.*

Die Wände waren unten vertäfelt, oben gelblich gestrichen, in einer Ecke hing ein kleines Kruzifix, ein paar verblichene Blumen drum herum. Ansonsten waren zwei, drei Sprüche an den Wänden angebracht: „Ist der Hahn aus dem Haus, gehen die Hühner tanzen", und solcher Unsinn. Wahrscheinlich hatten die Wirtsleute diese Sprüche bei der Pacht mit übernommen und ließen sie wohl wegen ihres skurrilen Unsinns weiter hängen. Es sah so aus, als sei der Gastraum vor wenigen Jahren erst neu gestrichen und vorsichtig ein wenig restauriert worden.

Er gab dem Wirt den Intelligenzquotienten 135 nach der Schäbel-Skala, was sehr viel war. Sich selbst legte er bei 180 an, Rudi bei 140, denn dumm war Rudi beileibe nicht, er hatte ja einige beachtliche Parteiarbeit geleistet. Vielleicht brachte es der Wirt aber auch auf 150. Darauf ließ zumindest die Schnelligkeit der Augenbewegung schließen und die Art, wie er Menschen und Dinge wach, aber unaufdringlich anschaute oder auch an ihnen, wo es angebracht war, diskret vorbeisah: Das alles sprach sehr für ihn, den Wirt.

Dann hingen an den Wänden zwei Öldrucke. Ein Wilddieb und eine Stadtansicht.

Das Gastzimmer war verraucht. Schäbel rauchte nicht mehr so gern, hatte noch nie mit Begeisterung geraucht, und wehte den Rauch vom Nachbartisch mit der Hand weg. Hätte das einer der Gäste bemerkt, wäre er schon eingestuft gewesen. Zum Glück aber waren alle mit dem Essen beschäftigt.

Wer isst, soll essen und sich nicht umschauen. Es gibt nichts Elenderes, als mit Leuten essen zu müssen, die beim Essen reden. Gipfel aller Unkultur sind sogenannte Geschäftsessen.

Der Nachbartisch war also ins Essen vertieft, und wenn Schäbel sich die Leute ansah, musste er zugeben, dass sie mit großem Wohlbehagen aßen. Die Küche hier schien in der Tat gut zu sein. Er musste nur ein wenig umdenken – nicht französische, sondern einheimische, „folkloristische" Küche sozusagen als Nonplusultra der Gaumenfreuden. Schließlich wollte er seinem Leben ohnehin eine neue Richtung geben – wozu sonst war er aufgebrochen?

„Was nehmen Sie?"

„Was soll ich nehmen?"

„Schweinebraten", sagte die Wirtin, „heute ein Gedicht. Mit Knödel oder Kraut und Kartoffeln."

„Knödel."

„Zu trinken?"

Sie schob schon den Bierdeckel zu ihm herüber und beugte sich dabei über den Tisch, dass Schäbel ihre Brust sah. Erstaunt stellte er fest, dass ihn das verwirrte – als Hase hatte er sich bislang nicht viel aus so etwas gemacht.

„Ein Bier."

Gesine hatte so gut wie keinen Busen. Das war ihm nicht einmal aufgefallen, jetzt fiel es ihm aber ein.

Bier war auch nicht seine Sache, er liebte Rotwein, und da besonders den von der Rhône. Die Zuwendungen von seiner Mutter, dazu die reichlichen Studienbeihilfen und später das Gehalt als Hiwi, hatten es ihm erlaubt, sein Faible für Wein zu pflegen. Auch bei Parteiessen hatte er sich gelegentlich einen guten Tropfen genehmigen können.

Jetzt aber galt es umzudenken und alles ganz anders zu machen als zuvor. Am besten, er ließ sich einfach überraschen, was daraus werden würde. Noch hatte er über Selbstfindung nicht ernsthaft nachgedacht.

Der Schweinebraten war erstklassig, und das Bier brachte ihn, wie mittags schon, in eine selige Stimmung.

Schäbel machte Pläne.

Erst einmal hierbleiben und ausschlafen, dann käme er schon auf die Beine, und auch der Kopf würde wieder klarer werden. Und nur nicht allzuweit im Voraus planen. *Die Zeit wird's bringen – und was soll's!* Er war ja in den letzten Wochen komplett daneben gewesen.

Ein Problem war allerdings die Kleidung – er hatte nichts

zum Anziehen mitgenommen. Es hieß also entweder noch einmal nach Hause fahren und dann wiederkommen – aber das kam nicht in Frage. Er konnte diese Wohnung nicht mehr ertragen. Seit Wochen war nichts mehr aufgeräumt worden, und in der Küche lag der Müll herum. Das Bett war nicht gemacht; als letzte hatten Gesine und Rudi darin gerammelt. Er hatte in diesen Nächten auf dem Sofa geschlafen und sich mit einer Wolldecke zugedeckt.

Oder er könnte sich von seiner Mutter einiges schicken lassen, sie griff ihm ja immer gern unter die Arme, damit er sich unbelastet mit den wichtigen Dingen des Lebens beschäftigen konnte. Auch hatte er bei seinen Eltern noch genug Klamotten, denn Muttern hielt ihm immer ein Zimmer frei, Platz genug war in dem Haus.

Doch wollte er seine Mutter nicht mit hineinziehen.

Dennoch brauchte er eine Weile, bis er sich für ein Nein entschied. Obendrein würde es zu lange dauern, bis die Kleidung von ihr einträfe; auch wusste sie nicht, wie er sich inzwischen gerne anzog. Sie würde ihm nur das Falsche schicken; sein „Stil" hatte sich geändert.

Besser war es, er ließ sich Geld von ihr überweisen. Das würde sich nicht vermeiden lassen, denn sein Konto war im Minus. Gleich morgen würde er seine Mutter anrufen. Wenn es eine Bankfiliale in diesem Dorf gab, konnte sie ihm den Betrag telegrafisch auf seinen Namen anweisen lassen – hatte er einen Ausweis? Er würde später in seinem Parka nachsehen.

Er brauchte auch neue Wäsche.

Vorerst würden ihm zwei zusätzliche T-Shirts und eine Boxer reichen, vielleicht gab es hier einen Laden. Die achthundert Piepen würden reichen, bis der Nachschub von seiner Mutter käme.

„Noch ein Bier?" Als die Wirtin das Glas holte, berührte sie ihn mit dem Bein, so, als wäre es Zufall. Er nahm es auch als Zufall.

Schäbel aß nach jedem französischen Mahl immer Käse. Das gehörte dazu, und was den Käse anging, war er ein Kenner. Allerdings nur vom französischen; griechischen kannte er ein wenig wegen Jannis, doch war der bei weitem nicht so gepflegt wie der französische. Wenn man beim Lagern nicht bei jedem Käse genau die Temperatur einhält, die er braucht, um zu reifen und sich zu entfalten, wird er nichts. Man kann jedem Franzosen anmerken, in wessen Händen er gewesen ist. Den Griechen ist die Lagerung scheißegal. Ziegenkäse – aus. Na, wenigstens ist er nicht so schlecht wie der deutsche, dachte Schäbel. Was wissen die Germanen schon über Käse? *Der Käse muss den Hauptgang nicht nur ergänzen, er muss ihn begraben, er muss ihn verherrlichen* – Schäbel schwelgte im Bierrausch und war sich nicht sicher, ob jeder hätte wissen dürfen, was er gerade so dachte. Der Wirt schaute auch schon einmal voll auf ihn, als wüsste er, welchen Unsinn Schäbel dachte, und Schäbel versuchte, seinem Blick auszuweichen.

Seine Frau reichte ihm gerade Schäbels leeres Glas. War sie überhaupt seine Frau? Menschen mit einem IQ über 140 heirateten heutzutage nicht, weil die Ehe der Tod jeder Beziehung war. Dass Schäbel geheiratet hatte, war mehr als ein Ulk aufzufassen. Ab einem IQ von über 170 nach der Schäbelschen Skala konnte man sich jeden Unfug leisten, ohne das Gesicht zu verlieren.

Der Wirt tauchte das Bierglas ins Wasser, schüttelte es und stellte es unter den Zapfhahn.

„Das ist der von drei", sagte die Wirtin zum Wirt, aber Schäbel saß zu weit weg, um zu hören, dass von ihm die Rede war. „Findste nicht, dass er wie John Wayne aussieht? Wenn er die Brille abnimmt."

„Nein, eher wie ein Hase", antwortete der Mann.

Gesine hatte einmal – nachdem sie etwa zwei Wochen intensiv mit Rudi kopuliert hatte – gesagt: „Findste nicht, dass er was von Paul Newman hat?"

„Nein", hatte Schäbel damals gesagt. „Dann schon eher was von Rosa Luxemburg."

Das sollte ein Witz sein, kam bei Gesine aber gar nicht an. „Du bist ein Idiot."

Sie kannte ja Rudi genauso lange wie sie Schäbel gekannt hatte. Und sie hatte zu ihm nie ein anderes Verhältnis gehabt als auch so eine rein freundschaftliche Beziehung.

Dann mit einem Mal, etwa drei Monate nachdem sie geheiratet hatten, saßen sie bei Schäbels, etwa zwölf Leute. Es war nichts Besonderes gekocht worden, wer etwas essen wollte, holte sich aus der Küche Weißbrot, Käse oder Salami. Jeder brachte für solche Abende etwas mit. Diesmal trank man italienischen Wein. Sie hatten gerade ihre italienische Phase. Mal war griechisch angesagt, dann italienisch.

Französisch war für die anderen zu teuer. Französisch hielt sich Schäbel reserviert.

Es ging um Leute unter ihnen, deren Väter Kapitalisten waren, und Rudi hatte nicht schlecht getankt. Wenn er getrunken hatte, wurde er kämpferisch und legte los: „Zu Haus einen Vater haben, der die Arbeiter ausbeutet, und sich jeden Monat seinen goldenen Scheck abholen. Und dann hier die „roten Zellen" anhimmeln, soll ich dir sagen, was das ist? Die letzte Scheiße, Mädel, die aller-letzte-Modescheiße!!"

Ob er dabei auf Gesine schaute, wusste nachher keiner mehr. Jedenfalls schrie sie: „Du meinst doch nicht etwa mich?"

„Ja, dich und alle diese Jet-set-Kommunistenziegen ..."

Da rannte Gesine aus dem Zimmer und schlug hinter sich

die Schlafzimmertüre zu. Zeit für Tränen. Rudi schaute keineswegs betreten.

„Einmal muss das auf den Tisch. Modekommunismus, verfluchter."

Schäbel wusste nicht, wie er sich verhalten sollte. Rudi war sein bester Freund, und deswegen konnte er ihm sagen: „Geh doch mal rein!"

Rudi wollte erst nicht, dann schüttete er sich noch ein Glas in den Hals und ging hinterher.

Man vergaß die beiden, und als Schäbel nach vielleicht einer Stunde nachschauen ging, lagen sie in seliger Umschlingung nackt im Bett. Sie waren wohl eingeschlafen, jedenfalls reagierten sie nicht auf ihn, und Schäbel zog die Türe leise wieder zu.

Er hätte heute nicht mehr sagen können, was er damals dachte oder empfand.

Er hatte an diesem Abend versucht, nicht daran zu denken, hatte auffallend oft gelacht und hier mit dem und da mit der angestoßen: „Komm, jeder Tag ist ein Tag und kommt nur einmal vor."

Rudis Frau war an diesem Abend nicht dabei.

Wenn einer gehen wollte, hielt Bernie ihn zurück, und so kam es, dass morgens gegen acht drei Leute auf dem Boden schliefen und Schäbel mit Werner, einem Kameraden, in der Küche stand und sie sich einen Kaffee machten, als Rudi hereinkam.

„Na?", sagte Schäbel. Er war so vernebelt, dass ihm der Kopf schmerzte. Was er damit meinte, hätte er damals nicht sagen können und heute auch nicht, doch erinnerte er sich jetzt an diesen Augenblick, als wäre es gestern passiert.

„Ich weiß gar nicht, was war", hatte Rudi gesagt, was Schäbel ihm nicht glaubte.

Da kam Gesine herein und umarmte Rudi. Er hatte jetzt

eine Unterhose an, sie einen Schlüpfer, oben nichts.

„Ich geh' eben ins Bad."

Rudi fragte Schäbel: „Bist du sauer?"

„Ach komm, was soll's!", versuchte Schäbel mit einem vernünftigen Lachen zu sagen und legte die Hand auf Rudis Schulter.

„Ich weiß auch nicht, wie das alles kam. Ich war wohl besoffen."

„Kaffee?"

„Ja."

Gesine kam aus dem Bad und sagte: „Mir auch einen", da mussten sie aber erst einen aufgießen, und sie trank inzwischen Rudis Kaffee, den er ihr auch überließ, wobei er wohl eine Art Zuneigung oder wenigstens Wohlwollen ihr gegenüber spielte, so eine Art anständiges Verhalten nach dem Beischlaf.

Sie saßen dann noch eine Weile in dem Chaos der letzten Nacht herum, und Bernie hielt Werner zurück, als dieser immer wieder gehen wollte.

Rudi holte sich aus der Küche etwas zu essen, ließ es dann aber stehen. Gesine drängte sich dicht an ihn. Sie hatte ein Hemdchen übergezogen. Rudi saß noch in der Unterhose da, und Bernie ging für eine Minute auf den Balkon, Luft schnappen, und ließ auf dem Rückweg die Balkontür offen.

„Aaah, frische Luft."

War es ihm gelungen, so zu tun, als wäre alles O.K.? Er wüsste auch das heute nicht mehr.

Rudi zog sich dann an und sagte: „Ich muss jetzt los."

Da warf auch Gesine sich schnell in Schale, puderte sich, kämmte die Haare und schob sie mit einem Kamm schnell nach oben. „Ich komm' mit", sagte sie. „Ich muss sowieso auf die Uni."

Was für ein Quatsch.

Ob Rudi wollte, dass sie mitkam? Er musste doch nach Haus zu seiner Frau.

Jedenfalls begleitete Gesine ihn, und Bernie blieb zurück und bat Werner, auch zu bleiben, und dieser Tag war ihm im Gedächtnis als ein leerer Fleck auf der Landkarte seiner letzten Jahre.

„Was haben Sie denn so für Käse?", fragte Schäbel, als die Wirtin ihm ein neues Bier brachte.

Die Wirtin zählte ein paar Sorten auf, doch Schäbel hörte nicht recht zu, etwas klemmte ihm im Magen, als er an damals dachte. Damals klemmte ihm auch etwas verflucht im Magen. „Was nehme ich denn?"

„Nehmen Sie Emmentaler, er ist erstklassig."

Sie hatte recht. Noch nie hatten ihm Bier und Emmentaler so geschmeckt wie gerade eben. Er hatte den Käse wohl auch noch nie so bewusst gegessen. Emmentaler war nicht sein Geschmack gewesen, das war etwas für deutsche Spießer gewesen. „Na also, Schäbel. Muss doch nicht immer französisch sein." Und er stellte fest, dass die Drehung, die er seinem Leben geben wollte, sich schon ganz gut anließ. Ein verteufelt gutes Gefühl kam in ihm auf.

Der Wirt schaute ihn genauer an.

Schäbel nahm die schnelle und wache Augenbewegung des Wirtes wahr und erhöhte den IQ des Mannes auf 150 auf der Schäbelschen Skala.

Es war Schäbels Professor gewesen, der ihn auf die Spur gebracht und zu seinem epochalen Neuansatz in der Intelligenzmessung veranlasst hatte.

„Den Intelligenzquotient durch bestimmte Testaufgaben und Fragebögen zu ermitteln", hatte der Professor gesagt,

„ist doch der reinste Unsinn. Gehen Sie mal in den Supermarkt an die Kasse, Schäbel, da können Sie die Intelligenz messen. Mitten im Leben, Schäbel. Man sollte jeden, der zu bewerten ist, einkaufen schicken und dabei beobachten."

Schäbel nahm sich die Worte seines Professors zu Herzen und ging fortan mit wachen Augen durch den Supermarkt, wenn er einkaufen war. Schon bald fand er heraus, dass sich die Menschen in etwa vier Klassen einordnen lassen, was die Intelligenz angeht.

Erstens in jene, die, wenn an der Kasse der Endbetrag aufscheint, das Geld in etwa abgezählt bereithalten. Menschen dieser Kategorie sind ungewöhnlich selten. Sie treten nur vereinzelt auf und sind der allerhöchsten für den Menschen erreichbaren Einstufung zuzuordnen. Sie zu sehen, erweckt im wachen Beobachter ein unglaubliches Entzücken. Allerdings sind sie nur durch Vertreter dieser Gruppe selbst zu erkennen, denn Angehörige anderer Intelligenzgruppen nehmen die Unterschiede zwischen den verschiedenen IQ-Klassen nicht einmal wahr. Um diese zu erkennen, bedarf es nämlich einer ungewöhnlichen Intelligenz.

Zweitens jene, die wohl der Kasse zuschauen, wie sie da registriert. Dann aber erst anfangen, das Geld zu suchen. Währenddessen sitzt die Verkäuferin verträumt mit den Händen im Schoß da und wartet, bis der Kunde das Geld findet; sie kennt das.

Drittens jene, die warten, bis der Betrag ausgetippt wird, dann weiter warten, bis die Kassiererin ihn wiederholt, dann fragen, wieviel? Und endlich den Geldbeutel suchen. Sie finden ihn nach längerer Zeit und fangen dann umständlich an, das passende Kleingeld zusammenzukramen.

Viertens die Scheckzahler. Sie warten, bis der Betrag erscheint. Dann fragen Sie: „Kann ich mit Scheck zahlen? Ich habe auch die Goldene Kreditkarte." Die Verkäuferin geht den Geschäftsführer fragen, der ist nicht zu finden. Wenn er kommt, sucht die Kundin (es sind fast immer Kundinnen) das Scheckheft, leert dabei den Inhalt ihrer Hermes-Tasche auf das Förderband neben der Kasse und räumt, nachdem sie die Karte gefunden hat, erst einmal alles wieder seelenruhig ein. Die Schlange an der Kasse wird unterdessen immer länger. Etliche Kunden wandern ab, sofern es eine andere Kasse gibt. Gewitztere Zeitgenossen pfeifen auf ihre Besorgungen, lassen den Einkaufswagen stehen und gehen nach Hause. Indes sucht die Dame einen Kugelschreiber, bis jemand einen hinten im Büro holt. Der aber nicht schreibt. Ein Kunde aus der Schlange reicht einen herüber, die Dame lächelt, um Verständnis heischend, in die Schlange und lispelt: „Tut mir leid."

Dann füllt sie den Scheck aus, aber zuvor trägt sie erst einmal die Nummer in das Scheckregister ein, wobei sie noch einmal dicht an die Kasse geht, um den Betrag abzulesen. Da sie keine Brille dabei hat, bittet sie die Verkäuferin, doch den Betrag noch einmal zu nennen. Freilich versteht sie's nicht gleich und fragt noch einmal: „Wieviel war es noch genau?"

Dann füllt sie den Scheck aus.

Das alles kann sich noch etwas in die Länge ziehen, denn es gibt die absurdesten Unvorhergesehenheiten. Sie alle drücken den Quotienten auf der Schäbelschen Skala weiter und weiter nach unten – Schäbel hat für solche Fälle sogar eine Minusskala entwickelt.

Die Dame mit dem Scheck, meist Gattin eines Abteilungsleiters in einer Autofabrik, kann bis auf Minus elf sinken. Je nachdem, wie lange sie schon über ein Bankkonto verfügt, denn mit der Zeit erwirbt sie eine gewisse Routine, dann aber zahlt sie nicht mehr mit Scheck. Sondern bar und rückt in die Gruppe drei auf. Was die Intelligenz angeht.

Schäbel selbst gehörte zur Kategorie drei, bevor er seine Studie begann. Also zu jenen, die stundenlang ihren Geldbeutel suchen. Bei ihm waren es die losen Scheine, die er nie fand, weil die Jeans zu eng waren. Hatte er das Geld endlich, sagte er jedesmal glücklich in die Schlange: „Da ist es ja."

Manchmal lächelte ihn dann eine mittelalterliche Frau verständnisvoll an oder sagte nach dem Einpacken zu ihm: „Mir geht das genauso. Hab' ich volles Verständnis für."

An sich hätte sich daraus etwas entwickeln können, er kannte ein paar Typen, die sich in der Wäscherei mit Absicht bescheuert anstellten und sich dann helfen ließen. Einer brachte es im Monat auf zehn bis zwanzig „Abschüsse".

Doch das war nichts für Schäbel. Er machte sich nichts aus menschlichem Geschlechtsverkehr.

Als Schäbel am nächsten Morgen aufwachte, schien es ihm, es sei gar nicht so falsch gewesen, dass er Hals über Kopf und ohne Sinn in den Zug gestiegen war und dann genauso sinnlos die Notbremse gezogen hatte. Als sei da schon ein Lichtstreifen am Horizont.

Und in der Tat, es hatte aufgehört zu regnen.

Zwar war es noch grau und nass, doch kein Regen.

Beim Waschen fiel ihm beim Geruch der Seife die Wirtin wieder ein. Ein angenehmes Gefühl befiel ihn, er fühlte sich hier nicht so allein. Wenn er an sie dachte, hatte sie ganz und gar das Gesicht der Moreau. Die Figur sowieso. Zu Hause, wenn er gegen zehn oder elf Uhr aufwachte, lag neben ihm die verschwiemelte Gesine. Noch halb im Kiffrausch; meist kam sie erst um neun nach Haus, wenn Rudi zum Arbeiten ging. Er arbeitete in einem Forschungsbüro.

Schäbel roch an seinem T-Shirt – höchste Zeit, es zu wechseln. Wenigstens dieses, das Hemd hielt noch einen Tag für den Notfall. Er ging nach unten. Er war ein Morgenmuffel, wollte nicht angesprochen werden, und die Wirtin schien ihm da zu gleichen: Sie war auch nicht in Hochzeitslaune.

Der Ofen war noch warm, und er setzte sich auf die Ofenbank. Das Wirtszimmer roch nach Bier und Rauch.

„Ei, Schinken, Käse, Kaffee oder Tee?"

„Ja. Schinken, Käse. Kaffee schwarz, ohne Milch." Als wären sie aufeinander eingespielt, ließen sie sich muffeln.

Die Wirtin spülte Teller, werkelte hinter der Theke herum. Schäbel versuchte, jeden Blickkontakt zu vermeiden; wer weiß, was zwischen den beiden in der letzten Nacht gelaufen war. Vielleicht hatte sie sich mit dem Wirt gestritten. Der Wirt hieß Vogl. Wie sie hieß, wollte Bernie lieber nicht wissen; was bedeutete schon der Name? Im selben Augenblick hätte er ihren Namen doch gerne erfahren, nannte sie dann aber einfach Jeanne, damit er im Geiste nicht immer „Wirtin" sagen musste, wenn er an sie dachte. Er hatte ohnehin nicht das Gefühl, dass sie eine echte Wirtin war. Sie spielte hier eine Rolle. Vorübergehend. Danach würde sie weggehen von hier und sich ein Luxusleben einrichten. Vielleicht in Mailand oder Paris – was für eine Frau!!

Schäbel liebte diese Sorte Frauen; er konnte mit Rudis Kommunistenziegen nicht viel anfangen.

So sah er die Welt nach dem Frühstück.

Gesine war an diesem Tag nach der Nacht mit Rudi erst gegen Abend zurückgekommen: „Wir fahren ein paar Tage aufs Land", hatte sie gesagt. „Ich nehm dann deine Tasche."

Packte etwas Kleidung in seine Reisetasche, an der er etwas hing. Sentimentalität, er hatte sie auf einer Reise in Tanger erstanden, das war eine ungewöhnlich schöne Zeit gewesen.

Als er sagte: „Nimm wenigstens die andere!", sagte Gesine: „Mann, bist du blöd", und packte unbeirrt weiter. „Kümmer dich doch mal etwas um Elwa!"

Elwa nannten sie Rudis Frau, er war seit etwa zwei Jahren verheiratet. Eigentlich hieß sie Elfriede. Ein Name, den keiner und am wenigsten sie selbst mochte. Als Kind nannte sie sich Elfi, Rudi nannte sie dann Elwa, bis sie in einem orientalischen Märchen den Namen Elwa entdeckten – dabei blieb es.

„Macht doch was Schönes zusammen!"

„Wer?"

„Du und Elwa. Sie ist allein zu Haus."

Nach dem Frühstück ging Schäbel noch einmal nach oben, um seinen Parka überzuziehen. Als er wieder herunterkam, blickte ihn die Wirtin an. Sie verzog den Mund, so, wie die Moreau es immer tat, auf diese hintergründige Weise, dass man nicht wusste, was dahintersteckte.

„So irgendwann können Sie sich einmal eintragen." Damit brachte sie Schäbel ein wenig in Verwirrung.

Nicht nur, dass ihn dieses Beharren auf kleinbürgerlichen Formalitäten etwas enttäuschte, sondern man kannte Schäbel von seinen Parteiaktivitäten her vielleicht hier und da, und von Politik hatte er im Moment die Schnauze voll. Er war im Augenblick auch nicht mehr so überzeugt, ob das alles so richtig gewesen war, wofür er sich engagiert hatte. Sollte ihn jetzt also bloß niemand daraufhin ansprechen oder etwa eine Diskussion vom Zaun brechen. Diskussionen kamen ihm längst so sinnlos vor wie der ewige Regen seit sechs Wochen. Jeder trug stundenlang und ohne Ende seine falsche Meinung vor – falls man ihn ausreden ließ – und wiederholte immer den gleichen Mist. Dann ging jeder noch mehr bestärkt in seinen Wahnvorstellungen nach Hause, und nichts war als Magenflattern, weil man gewartet hatte, auch einmal was sagen zu dürfen. Kam es einmal dazu, hörte keiner zu, weil jeder nur darauf wartete, auch mal was sagen zu dürfen.

Doch sie liebten Bernie ja auch deswegen, weil er sie alle ausreden ließ und scheinbar vor sich hinlächelte, was daher kam, dass er als Hase so aussah. Als würde er lächeln.

Die Straße ging von dem Gasthaus ein wenig bergauf. Das Dorf bestand aus etwa hundert Häusern: deutsche Wohlstandsrenovierungen mit Eternitverkleidungen, grausligen Gardinen an den Fenstern, Drahtzäunen rostfrei, gestrichen. Eine Raiffeisenkasse, ein Supermarkt, ein Friseur, eine Poststelle.

Schäbel steuerte auf den Supermarkt zu und erstand ein T-Shirt und drei Paar Socken. Es gab Slips, diese ekelhaften Dinger mit Patentverschluss, doch er kaufte auch davon drei. „Im Sonderangebot drei für fünf Mark, Größe zwei bis sechs", sagte die Verkäuferin, eine dickliche Person mit einem hellblauen Kittel und toupierten Haaren, die ihn sehr neugierig betrachtete.

„Haben Sie Kaugummi?"

„Ja, gleich hier neben der Kasse."

„REI in der Tube?"

„Bei den Waschmitteln."

Es graute Schäbel vor diesen Schießer-Unterhosen mit Patentverschluss; seine Boxer hatten einen einfachen Schlitz mit einem Knopf, das schien ihm das einzig Senkrechte zu sein.

„Boxer haben Sie keine?"

„Was meinen Sie mit Boxern?"

„Schon gut, war nur eine Frage."

„Die Socken auch?"

„Ja."

Diese Unterhosen brauchte er nur so lange anzuziehen, wie die Boxer zum Trocknen brauchten, und da er hier wohl von niemandem in Unterwäsche gesehen wurde, war's letztlich nicht weiter schlimm, außer, dass diese Ekelhosen ihn sicher irgendwo zwicken würden. Aber am Ende, für diese paar Tage, *was soll's!!*

Anschließend ging Schäbel zur Raiffeisenkasse. „Kann ich ein Zwischenkonto eröffnen, ich erwarte eine Überweisung?"

„Dann eröffnen wir doch ein Girokonto und löschen es, wenn Sie es nicht mehr brauchen. Haben Sie einen Ausweis?"

Hatte er.

„Schäbel? Sind Sie der Herr Schäbel von ...?"

„Jaaa..."

Er antwortete etwas ungehalten, obwohl es ihm doch auch wieder schmeichelte, dass man ihn kannte.

„Selbstverständlich. Können Sie einen kleinen Betrag einzahlen, zehn Mark vielleicht, damit das Konto aktiv werden kann?"

„O.K."

Schäbel ließ sich Kontonummer und Bankleitzahl geben und ging dann eine Telefonzelle suchen. Von dort aus rief er seine Mutter an. Er, Bernie, sei hier unterwegs und ihm sei ein kleines Malheur passiert ...

„Mein Gott, Bernhard, doch nichts Schlimmes?"

„Nein, nein. Ich bin unterwegs, bin hier in einem herrlichen Gasthaus und möchte ein paar Tage ausspannen, Mutter. Ich hab' bloß vergessen, Geld einzustecken ... du bekommst es wieder."

„Aber Bernie! Das ist doch kein Problem. Aber Vater ist übrigens im Krankenhaus, es geht ihm nicht gut. Wieviel brauchst du denn? Und wohin soll ich's schicken?"

Er gab ihr Bankleitzahl und Kontonummer durch und

nannte mal so einen Tausender. Sie schickte ohnehin meist das doppelte, weil sie seine Bescheidenheit schätzte.

„Aber dir geht es ganz bestimmt gut? Sag mir die Wahrheit, Junge!"

„Jaaa, Mutter ..."

„Was ist mit Gesine?"

„Auch gut ..."

„Bernie, nananana, ich weiß nicht ... die Mädels sind heutzutage nicht mehr das, was wir früher waren ..."

„Mutter, die Leute klopfen schon draußen an die Zelle, ich muss aufhören ..." Dabei klopfte Schäbel laut an die Wand der Telefonzelle.

Das war dann also geregelt.

Gesine hatte damals, als sie nach der einen Woche auf dem Land zurückkam, gesagt, sie habe sich ganz plötzlich in Rudi verliebt, sie hätte zuvor nie etwas davon gemerkt.

„Warum mit einem Mal?"

„Weil er der einzige war, der mir je die Wahrheit sagte."

„Dass du eine Ziege bist?"

„Ja. Wer ist denn heutzutage noch ehrlich?"

„Das hätte ich dir auch sagen können."

„Aber du *hast* es nicht. Weil du ein feiger Arsch bist.

Rudi ist ein Kämpfer. Ihm ist scheißegal, was jemand über ihn denkt. Und du? Immer freundlich den Softie spielen."

Na gut, er hatte es verpasst.

Sie sagte, sie fände es toll, wenn jeder sagen würde, was er denkt. „Dann würde die halbe Menschheit vor Gram krepieren", hatte Schäbel geantwortet. „Stell dir vor, jeder sagt dir, dass du eine Ziege bist."

„Du bist der letzte Arsch. Aber echt!"

Von da an ging es nur noch bergab mit Schäbel und Gesine.

Solange es ihr nicht gelungen war, Rudis Frau aus dessen Wohnung zu ekeln, brachte sie ihn immer häufiger über Nacht mit in ihre gemeinsame Wohnung. Schäbel sagte sich immer, dass ihm das alles nichts ausmachte, über bürgerliches Besitzdenken war er schließlich wirklich hinaus, und außerdem war jeder frei, das zu tun, wozu er Lust verspürte. Dann lief er aber doch nächtelang durch die Straßen der Stadt, wenn Rudi bei Gesine war, saß in den Kneipen herum, fing auch an zu saufen, was ihm aber nichts brachte. Im Gegenteil. Er ruinierte sich nur den Magen.

Dann versuchte er, sich damit abzufinden, überließ ihnen das Schlafzimmer und richtete sich in einem kleinen Nebenzimmer ein. Er versuchte einfach, sie nicht wahrzunehmen. Kam damit aber nicht zurecht, weil sie ihn andauernd irgendwo hinschickten.

„Kannst du uns mal eine Pizza holen? Bernie, sei ein Guter, ja!"

Auch in der Nacht konnte er nicht schlafen; ständig liefen sie umher. Mal ins Bad, dann in die Küche, dann lachten sie. Einmal warf sich Gesine zu Schäbel ins Bett und heulte, der Rudi sei das letzte Schwein.

Dann wieder weckte sie Schäbel nachts um zwei, er solle doch etwas zu essen besorgen, Rudi sei heute am Ende. Er habe so viel gearbeitet.

Pizza oder bei Jannis griechischen Bauernsalat. „Und bring eine Flasche Retsina mit!"

Rudi fragte manchmal: „Du bist doch nicht sauer, Schäbel? Wenn ja, musst du's sagen."

„Ach was", hatte Schäbel geantwortet, „was soll's!

Keiner ist der Eigentümer eines anderen. Oder?"

„Klar", hatte Rudi geantwortet. „Kümmer dich doch mal etwas um Elwa!"

Später, als sie Elwa aus Rudis Wohnung raus hatten, zog Gesine zu ihm und holte sich nach und nach ihre Klamotten. Zum Waschen kam sie freilich immer noch zu Schäbel in die Wohnung und brachte Rudis Wäsche mit weil Rudi keine Waschmaschine hatte. Wenn Gesine einmal mit jemand anderem schlafen wollte – sie hatte mit Rudi eine „offene" Beziehung –, dann kam sie mit ihm in ihre alte Wohnung, wobei sie es aber einzurichten versuchte, dann zu kommen, wenn Schäbel nicht zu Hause war. Das gelang ihr nie. Zumindest, wenn er nach Hause kam, waren sie noch da. War er aber da, wenn sie ankamen, sagte sie: „Schäbel, das ist Walter. Brauchst du noch lange, Schäbel?"

„Nein, nein, ist ja O.K."

Wenn er heute versuchte, sich das Gefühl vorzustellen, das er damals hatte, hätte er es nicht beschreiben können. Es spielte sich wohl hauptsächlich in seinem Magen ab.

Als Schäbel, nachdem er seine Besorgungen im Dorf erledigt hatte, wieder in die Wirtsstube kam, stand die Wirtin hinter der Theke mit den Händen im Wasser und spülte. Gläser oder was. Sie schaute ihn mit ihrem Moreαublick an und sagte: „Sie können sich da eintragen", und zeigte mit dem Kopf auf einen grünen Block, den sie offensichtlich schon zurechtgelegt hatte.

„Dann muss sie ja wohl an mich gedacht haben, während ich weg war", schoss es Bernie blitzschnell durch den Kopf. „Und wohl auch schon länger auf meine Rückkehr gewartet haben, sonst hätte der Block nicht schon bereitgelegen."

Aber gleichzeitig durchzuckte es seinen empfindlichen Magen, denn was war, wenn er „Bernhard Schäbel" eintrug und sie ihn von der Partei her kannte, selbst aber andere politische Auffassungen hatte?

Konnte ja sein. Wie Rosa Luxemburg sah sie nicht aus.

Doch warum sollte ihn das stören? Er war schließlich nicht in sie verliebt. Andererseits würde es ihn doch stören, weil sich dann ihr himmlisch-höllisches Moreau-Lächeln oder auch der Moreau-Grimm oder was immer es war, in Moreausche Verachtung verwandeln konnten. Das hätte er nicht ertragen wollen. „Was soll ich denn da schreiben?"

„Na, schreiben Sie doch John Wayne!"

Ob sie das als Scherz meinte, wusste sie in diesem Augenblick auch nicht.

Schäbel war gar nichts bewusst. Als er „John Wayne" eintrug, handelte ein anderer.

Sie sagte weiter, und wieder erschien dieses süffisante Lächeln, als seien sie hier beide dabei, eine fröhliche Teufelei zu begehen: „Wohnort!"

Er schrieb einfach „Boston".

„Das reicht?"

„Klar", sagte sie und sah ihm nach, als er nach oben ging.

Schäbel wackelten die Bilder vor den Augen, als er aus der Tür ging; er hätte nicht sagen können, wie ihm da geschah. Wieso hatte sie „John Wayne" gesagt? Sie konnte nicht wissen, dass er schon als Junge, immer wenn er Wayne auf der Leinwand sah, meinte, er selber, Schäbel, sei es, der die Ordnung oder Unordnung im Wilden Westen in Unordnung oder in Ordnung brachte. Und schlug immer voll drauf ein. Im Film.

Wow!

Wenn er dann aus dem Kino ging, war er ein ganz anderer. Das hielt sich manchmal über eine Woche, dann musste er wieder seinen Film haben. Und wenn kein Wayne-Film in der Umgebung zu sehen war, fuhr er auch schon mal eine beachtliche Entfernung mit der Bahn. Das hatte sich während seiner Studienzeit nicht geändert. Manchmal verließ er sogar eine

Parteiversammlung früher, um eine Nachtvorstellung nicht zu versäumen.

Sie Jeanne Moreau, und er Wayne.

Eine Weile fand er das Schlüsselloch nicht, als er sein Zimmer aufschließen wollte, so wackelte ihm die Welt vor den Augen.

Dann fand er es doch, natürlich. Das Leben musste weitergehen.

Er stellte sich ans Fenster und schaute lange durch die Gardine hinaus. Als er sich umdrehte und im Zimmer herumging, wusste er nicht, was er gedacht hatte, während er da am Fenster gestanden hatte. Als sei er eben geboren worden, als sähe er die Welt zum ersten Mal.

„Was ist, wenn's *das* ist, was du finden musstest, Schäbel?" Dieser Satz fiel ihm so ein, als habe er ihn nicht selbst gedacht. Als habe ihn jemand zu dieser Erkenntnis gezwungen. An Magie und Eingebungen glaubte Schäbel nicht. Doch an ein Schicksal glaubte er. Wenn ihm diese Frau nun begegnet war, um ihn zu sich selbst zu führen?

Wenn er wie betäubt und wie im Wahn in den Zug hatte steigen müssen? Und die Notbremse hatte ziehen müssen?

Sich hinzusetzen, hatte er keine Lust. Sich aufs Bett zu legen schon gar nicht. Hinuntergehen, das war ihm zu heiß, denn was da eben geschehen war, lag noch wie eine heiße Kartoffel in seiner Seele.

„WARUM HAT SIE MICH JOHN WAYNE GENANNT?"

Er blieb stehen. Schaute dann in den blinden Spiegel an der Schranktür, versuchte eine klare Stelle zu finden, um dort sein Gesicht einzupassen, dann doch lieber nicht das Gesicht, sondern die Figur. Er streckte sich, stellte sich seitwärts, korrigierte die Haltung und ging auf sein Spiegelbild zu. Wieder zurück und wieder vor, und bei jedem Schritt erkannte er mehr und mehr, dass es Wayne war, Wayne, der da auf ihn zukam. Dann wieder rückwärts ging.

„Und wenn sie recht hat? WAS WÄRE, WENN SIE RECHT HAT? SCHÄBEL!" Wenn er jetzt sein Bewusstsein in die Muskeln lenkte und nachfühlte, was da an Kraft war, merkte er, dass er zuvor nie so recht darauf geachtet hatte.

Schäbel kratzte sich auf der Brust, das hatte er einmal bei Wayne beobachtet, es fiel ihm jetzt zufällig ein, und ging dann nach unten.

Schäbel klinkte die Tür zur Gaststube auf, hielt wie Wayne die beiden Daumen in den Gurt gehakt und schaute sich blitzschnell, ohne den Kopf zu drehen, in der Wirtsstube um. Nahm in der nicht sichtbaren Ecke zwei alte Männer und einen jungen Dicken wahr, und schaukelte, wobei er jetzt die Daumen aus dem Gurt nahm und die Hände baumeln ließ, auf einen Tisch an der hinteren Wand zu.

Dabei setzte er sich so, dass er den alten Männern den Rücken zudrehte, denn Wayne sah freilich auch hinten, und da besonders, alles.

Eine verdächtige Bewegung, und er war es, der zuerst zog.

Ihm fehlte eine Kopfbedeckung, Wayne sah man selten ohne Hut, und wenn ja, dann hatte er auf der Stirn einen roten Rand vor dem weißen Haaransatz. Und dann die verklebten glatten Haare darüber.

Schäbel überlegte, wie wohl seine Haare waren. Er hatte lange nicht mehr darüber nachgedacht und sie früher sehr oft gewaschen, weil sie so weich waren. Und jetzt?

Er würde später oben im Zimmer nachschauen, hier in der Gaststube musste nicht jeder wissen, was er dachte. „Ich werde Sie Jeanne nennen!"

Er schreckte auf, als die Wirtin plötzlich hinter seinem Rücken stand und er sie nicht hatte kommen hören.

Die Dielen knarzten doch sonst so laut.

Er hätte sagen wollen: „Ich nenne Sie Jeanne", doch das fiel ihm erst ein, als sie schon wieder weg war, um ein Bier zu holen und „Leber sauer", die sie ihm empfohlen hatte.

„Zuvor eine Bandnudelsuppe, ist das recht?"

Er überließ ihr alles.

Während er aß, überlegte er, welche Kopfbedeckung er brauchte, und entschied sich für einen breitrandigen Hut.

„Was ist mit Stiefeln?"

Er liebte Stiefel nicht unbedingt, hatte auch nie welche gehabt, nicht einmal als Kind, denn schon da achtete seine Mutter darauf, dass er nur mit dem bekleidet wurde, was Yves auch getragen hätte. Sie stellte sich dann Yves Montand als Kind vor.

Doch dass er Stiefel nicht liebte, musste Vergangenheit werden. Ab jetzt war's anders. Ab damit, zum Teufel mit der Vergangenheit. Zum Teufel mit dem alten Schäbel!

„Noch ein Bier, Herr Wayne?"

Trieb sie hier einen Scherz mit ihm?

Er verfolgte den Gedanken nicht weiter, denn er war noch bei den Stiefeln, versuchte sich zu erinnern, wie Waynes Stiefel denn so aussahen. Und er überlegte, ob er Wayne schon einmal in einem Film mit der Moreau gesehen hatte? Das fiel ihm nicht ein.

„Noch ein Bier, Herr Wayne?"

Erkannte sie ihn wirklich als Wayne? Irgendetwas quietschte in seiner Seele vor Glück.

„Ja."

„Hell oder dunkel?"

Was sollte die Frage, sie wusste, dass er immer ein Helles trank! Offensichtlich wollte sie nur länger in seiner Nähe sein.

Und als sie einen Bierdeckel von der anderen Seite des

Tisches herüberzog und sich dabei über ihn beugte und ihn mit dem Busen berührte, war alles klar für Schäbel. Er schaute Jeanne an wie Wayne, indem er die Augenbrauen ein wenig hochzog, als wollte er sagen: „Na, Mädel, was ist mit dir?"

Ob Wayne wohl rauchte?

Natürlich rauchte Wayne.

Wayne machte alles, was ungesund war.

Ein Wayne säuft, er raucht, er schläft nicht und legt die Frauen nur so nebenbei um, aber dann bebt die Erde. Ob er über die Steppe reitet oder sich eine Frau zur Brust nimmt, bei ihm bebt *immer* die Erde. Und selbst, wenn er im Saloon auf einem Stuhl schaukelt, vibriert die Prärie.

„Haben Sie Zigaretten? Schwarze?"

„Goulloirs, natürlich."

„'ne Schachtel!"

„Streichhölzer?"

„Yä."

Sie gab ihm Feuer. Wenn eine einem Feuer gibt, schloss Schäbel kurz, ist alles schon klar. Ihm wurde kotzübel von der Zigarette, und er versuchte viel Rauch auszustoßen, wobei er sich jetzt andersherum setzte, so, dass er die Gaststube übersehen konnte, weil er mit dem Rücken doch nicht so gut sah, wie er gemeint hatte. Ihm fiel dann ein, dass er einmal gesehen hatte, wie Wayne das Geschehen hinter sich in der Fensterscheibe beobachtet hatte. Doch die Fenster hier waren mit den Vorhängen verdeckt. Und so drehte er sich besser um.

Dann versuchte er weiter, so viel Rauch auszustoßen wie möglich, dabei aber nicht zu inhalieren, denn es drehte sich schon alles in ihm und um ihn. Es reichte, wenn man ihn als starken, hemmungslos leidenschaftlichen Raucher wahrnehmen konnte.

Sah sie ihn?

Wahrscheinlich verehrt sie Gauloise-Raucher, weil sie hart waren, sie hatten ja Millionen Schachteln *überlebt*. Dabei nahm er die Brille ab und steckte sie in die Tasche. Er wollte ab jetzt ohne Brille zurechtkommen. Dabei bemerkte er, dass er ohne Brille genauso sah wie mit ihr. Er holte sie noch einmal aus der Tasche und schaute durch die Gläser, einzeln, indem er sie bewegte, denn daran kann man den Schliff erkennen. Von Schliff kaum eine Spur.

Die Brille war der größte Fehler seines Lebens gewesen, erkannte er jetzt trotz Magendrücken. „Man muss auch die Kraft haben, sich seine Fehler einzugestehen." Ein Satz aus der Politik. Nur nach außen hin müssen Fehler verteidigt und kaschiert werden, klar. Hätte er die Brille nicht gehabt, hätte man ihn früher schon als John Wayne erkannt. Hatte ihm nicht Gesine zu der Brille geraten?

„Was ist, haben Sie Whisky?"

Das wollte er erst fragen, dachte dann aber, es sei selbstverständlich, und er rief nur, indem er die Zigarette, die er jetzt aus dem Aschenbecher holte, wo sie fast ganz abgebrannt war, mit spitzen Fingern (die er sich dabei verbrannte) noch einmal zum Mund führte, um den letzten Rest Nikotin mit rettungsloser Härte gegen sich selbst herauszusaugen: „Einen Whisky pur."

Dabei musste er husten, goss aber schnell einen Schluck Bier hinterher, so ging es wieder.

Er hatte in seinem Leben erst dreimal Whisky getrunken. Einmal, weil Rudi eine Flasche mitgebracht und Gesine gesagt hatte: „Trink einen mit uns, sei kein Frosch, Schäbel!"

Die Wirtin brachte eine Flasche zum Tisch, und als sie einschenkte, streifte sie ihn dabei mit ihrem Arm.

Natürlich streifte sie ihn! Na klar hatte sie ihn gestreift.

Und zwar mit ABSICHT. Dachte Schäbel, und in seinem Kopf drehte sich etwas, es konnte aber noch kein Rausch sein.

Schäbel trank noch vier Gläser, dann wurde ihm übel. Er ging auf sein Zimmer und legte sich ins Bett. Angezogen. Wie Wayne.

Ihm war hundeelend. In so einem Zustand kommt dir alles wieder hoch, was die Seele noch braucht, um zu kotzen.

Der letzte Tag mit Gesine, genauer, die letzte Stunde, mehr war es nicht. Schäbel lag noch im Bett. Er schlief, seit er das Stipendium hatte, meist bis elf. Er hatte zwar zugesichert, seine Doktorarbeit zu schreiben, doch was scherte er sich darum. Schließlich versprach jeder jedem alles und pfiff dann drauf! *Also, was soll's!*

Er trödelte immer so bis Mittag herum, ging dann essen. Je nach Finanzlage französisch, bei knapper Kasse italienisch, ansonsten schon mal in Jannis' Kneipe, dort musste er nicht bezahlen, Jannis war ein echter Kommunist und nahm von Freunden nicht immer Geld.

Hatte er kein Geld, aß er Baguette, das erinnerte ihn wenigstens an seine Lebensart. Mit Käse oder Schinken und drei Gläsern Wein. Der musste dann aber gut sein.

An jenem Tag also kam Gesine gegen halb elf, sie hatte bei Rudi genächtigt, weil dessen Frau zu ihren Eltern gefahren war. Das erfuhr Bernie später, nicht jetzt, als sie hereinkam, um ihre restlichen Sachen zusammenzupacken. Darunter verstand sie, das Zeug aus dem Schrank zu zerren und in eine Tasche zu werfen. Was sonst noch alles mit aus dem Schrank gefallen war, ließ sie kurzerhand liegen.

Er schlief in dem kleinen Zimmer, weil ihm das Bett im Schlafzimmer nicht behagte. Er fand, dass es stank, seit Gesine mit Rudi schlief. Hasen haben einen verteufelt empfindlichen Geruchssinn, sonst könnten sie Klee von Gras nicht unterscheiden. Von draußen rief Gesine durch die Tür zu ihm herein: „Ich geh dann jetzt. Hast du noch was?"

„Was meinst du mit ‚haben'?"

„Na, zu sagen."

„Ja. Kommst du noch mal wieder?"

„Eigentlich nicht mehr, wenn nichts Besonderes vorliegt."

„Wollen wir noch zusammen frühstücken?"

„Heut?"

„Ja. Jetzt."

„Keine Zeit. Na gut. Aber beeil dich."

Schäbel wusch sich nur dürftig, nahm sein Deo, spülte sich den Mund aus. Währenddessen setzte Gesine sich auf den Balkon, zündete eine Zigarette an und schaukelte mit den Beinen. Sie war ungeduldig, denn sie fand schon immer, dass Schäbel sich zu langsam bewegte. Dabei war es nichts anderes als das Verhalten eines Hasen: sich hinsetzen und mümmeln. Aber wenn Gefahr droht, wie der Blitz handeln und weg sein. Bisher schien Schäbel noch nie das Gefühl gehabt zu haben, dass Gefahr drohte.

„Mach doch etwas schneller, Schäbel!"

Er machte einen schnellen Kaffee und schmierte sich ein kleines Stück Brot. Gesine nahm nur den Kaffee, und er setzte sich zu ihr in die Tür auf den Balkon. Sie wohnten im Erdgeschoss, saßen also praktisch im Garten. Doch das nahmen sie im Augenblick nicht so wahr.

„Ist es ganz aus?"

„Was meinst du damit?"

„Zwischen uns."

„Was heißt ‚ganz aus', was soll das heißen? Ich ziehe zu Rudi, zwischen dir und mir ändert sich nichts. Wir hatten doch sowieso nie etwas miteinander.

Oder siehst du das anders?"

Er wollte erst „ja" sagen, sagte dann aber: „Ich meine, wozu haben wir denn geheiratet?"

„Das weißt du doch. Damit du mehr Knete von Vater Staat bekommst und mein Alter uns eine Wohnung stiftet. Das war doch nicht schlecht, oder?"

„Ja, das war nicht schlecht."

Er nickte und versuchte dümmlich zu grinsen, nahm sich dann eine Zigarette aus ihrer Schachtel und zündete sie an. Schon beim ersten Zug wurde es ihm übel, er zerdrückte sie wieder.

„Die Möbel, die mir gehören, lasse ich gelegentlich abholen." Fast alle Möbel gehörten ihr, wenn man das so sah.

„Und was soll *ich* jetzt machen?"   .

„Du gehst in eine Selbstfindungsgruppe oder in eine Therapie, vielleicht zahlt das deine Kasse, bist du nicht bei deiner Mutter zusatzversichert? Schäbel – merkst du denn nicht, was mit dir los ist? *Du bist kein Kämpfer*. Rudi ist ein Kämpfer. Du bist verklemmt. Bist du eigentlich katholisch?"

„Nein."

„Dann bist du so geboren."

„Willst du dich scheiden lassen?"

„Ach was, Scheidung. Warte doch erst mal ab, wie das weitergeht. Ich muss das hier jetzt ausleben, und dann reden wir noch mal. Schäbel, geh los und finde dich selbst. Rudi braucht das nicht. Du bist doch nur eine Attrappe. Ist ja nicht schlimm, wir sind alle nur Attrappen. Gräm dich doch nicht deswegen, Schäbel, mach das lieber."

„Was soll ich machen?"

„Deine Identität finden. Brauchst du deine Tasche?"

„Ja, die brauche ich."

Er traute sich zum ersten Mal, seit er sich erinnerte, gegen sie anzugehen. Noch gestern hätte er auf seine Tasche verzichtet. Sie packte ihre restlichen Habseligkeiten also in seine Tasche, bis er etwas unwirscher, als es seiner weichen Hasenart entsprach, sagte: „Lass die Tasche da, ich brauche sie!"

„Ich bring' sie nachher zurück", antwortete Gesine und verschwand.

Die Tür knallte zu, und Schäbel lief zum Fenster, das auf die Straße hinausging, und versuchte sich das Bild einzuprägen, wie sie – es regnete – in Rudis Auto stieg.

Solche Abschiede für immer sind wie der Tod eines Lebensabschnittes – für immer weg. Ob es danach besser wird oder nicht, weiß man erst sieben Jahre später. Schlechter konnte es nicht werden, das war ein Gedanke, den er zu packen versuchte. Doch würgte ihn etwas im Hals. Er konnte nicht feststellen, ob er Gesine je geliebt hatte, beschloss dann, die Frage mit Nein zu beantworten. Blieb dann zu Haus, haute sich auf seine Liege und hätte jetzt hier, in diesem Gasthof in Zimmer Nummer drei, nicht mehr sagen können, wie die Zeit danach verlaufen war.

Irgendwann – es mag drei Tage oder auch sechs nach Gesines Abschied gewesen sein – hatte er alles stehen- und liegenlassen. Es regnete ohnehin ohne Pause, und so stand er an jenem Tag gegen acht Uhr auf, ließ ein Taxi kommen und stieg ohne Fahrschein in irgendeinen Zug, der da irgendwo stand.

Es hätte auch passieren können, dass er nie mehr Lust hätte, aussteigen zu wollen, und in Paris oder Amsterdam oder wo auch immer oder in einer Bahnpolizeistation gelandet wäre.

Was soll's!

Bis er dann wie in Trance die Notbremse zog und über den Acker sprang.

Als Schäbel am nächsten Morgen so gegen sechs Uhr aufwachte, war ihm hundeelend, und er verfluchte den Tag, da er geboren wurde. Und schlief gleich darauf wieder ein, und als er schließlich gegen zehn wieder aufwachte, ging es ihm besser.

Es hatte geklopft.

„Geht es Ihnen nicht gut, Herr Wayne?"

Die Wirtin schaute zur Tür herein, und Schäbel fiel ein, dass er wohl doch Wayne war – so oder so oder wie auch immer –, und Wayne war auch von einem Fass voll Whisky nicht umzubringen, und er versuchte, die Wirtin mit schmalen Augen cool zu übersehen.

„Alles O.K."

Er quetschte seine Stimme, damit sie versoffen klang. Von innen hörte es sich so an, als ob es ihm gelang.

„Dann bringe ich Ihnen ein Frühstück. In Ordnung?"

Schäbel wusch sich ein wenig und überlegte, ob Wayne wohl eher stank oder wonach er roch. Und ob er überhaupt noch lebte. Oder schon tot war. Der andere Wayne. Und ihm war immer mehr, als sei er, Bernie Schäbel, der wahre Wayne. Und der andere *spiele* ihn nur. Genau das war's! Schließlich war der andere Wayne nur ein Schauspieler, dazu da, andere darzustellen. Wahrscheinlich roch der Filmwayne nach Pferd, Whisky und dem Weib der letzten Nacht.

Rudi dagegen?

Rudi stank.

Schäbel legte sich wieder ins Bett, stand aber sofort auf, denn Wayne empfing keine Frau von Jeannes Format in Unterhosen, und schon gar nicht in Unterhosen mit Patentverschluss. Zog schnell die Jeans über, blieb aber barfuß, prüfte die Beweglichkeit seiner Zehen und befand sie geschmeidig genug, um sie Jeanne zu zeigen.

Die Wirtin klopfte, stellte diskret ein Tablett ab, warf einen Blick auf seine Füße – *aha, angebissen,* dachte Schäbel – und fragte: „Noch einen Wunsch, der Herr?"

Er warf einen schnellen Blick über das Tablett und überlegte, ob er mit rauher Stimme: „Ja, Whisky, Mädel", sagen sollte. Da stach es ihn bei dem Gedanken im Kopf und im Magen, und er sagte: „Nein, danke!"

Sie ging rückwärts und ein wenig gebeugt zur Tür, so dass man ihre schönen Brüste sehen konnte, und schloss sie leise hinter sich. Schäbel stellte das Tablett auf den Tisch und dachte wieder: „Was für eine Riesenfrau!"

Denn da war alles, was ein Gourmet nach so einer dämlichen Saufnacht brauchte. Vom Rauchschinken über den Hering zum starken Kaffee, mit zwei Sorten Brot, Radieschen und Gurke.

„Das ist Kultur", sagte Schäbel leise zu sich, wippte mit dem Stuhl und machte sich an das Mahl.

Danach stellte er für sich selbst und endgültig fest: „Was war, liegt hinter mir, Ende."

Später schaute Schäbel aus dem Fenster. Die Straße war leer, es regnete nicht mehr, und irgendwo konnte er die Sonne ahnen.

Er beschloss in die Stadt zu fahren, einkaufen. Morgen würde Mutters Nachschub auf der Bank eintrudeln, und für heute würde das reichen, was er in der Tasche hatte.

Er ging nach unten, wo der Briefträger an der Theke stand und wohl auf eine Unterschrift wartete. Bald darauf ging er wieder, nachdem er Schäbel flüchtig angesehen hatte.

„Wie kommt man von hier in die Stadt?"

Sie hatte schon wieder einen Teller in der Hand, den sie trocknete – für eine solche Frau eine unwürdige Arbeit. Nein, ein Beweis ihrer Größe. Beschloss er. „Die Größe zeigt sich in ihrer Zurücknahme", schoss ihm durch den Kopf. Ein guter Gedanke, sagte er sich und dachte noch, dass er wohl seine alte Denkkraft wieder erlangt habe und die Krise nun wirklich hinter ihm läge.

Nicht ohne Zutun dieser wunderbaren Frau, Schäbel! Auch dieser Gedanke gefiel ihm, und er richtete sich auf. Den Kopf nicht mehr so nach vorn, der Kopf muss den Himmel tragen. „Mit dem Bus um ..." – die Wirtin schaute auf einen Zettel, dann auf die Uhr, die im Gastzimmer tickte, die Schäbel zuvor aber nicht wahrgenommen hatte – „elf Uhr dreißig. Vor einer halben Stunde ist Bernhard in die Stadt gefahren, da hätten Sie leicht mitfahren können."

Bernhard? Schäbel hatte sie wohl fragend angesehen, denn sie sagte: „Vogl."

Vogl, der Wirt. Sie sagte nicht „mein Mann". Was bedeutete das?

Schäbel ging noch einmal nach oben, holte seinen Parka, sagte ein vertrauliches, aber in dieser Gegend nicht besonders beliebtes „Tschüs", und ging zur Tür.

Sie hatte mit „Ciao" geantwortet.

Sie waren sich näher gekommen, dabei hatte sie wieder einen Teller in der Hand. Was Schäbel noch als letztes Bild mitnahm, als er aus der Tür ging, und ab da dachte er unterwegs an nichts anderes als an diese große Frau und ihre Brüste.

Die Busfahrt blieb ihm nicht im Gedächtnis.

Als erstes kaufte er eine Sonnenbrille, um nicht als Schäbel, Parteivorsitzender der Junggruppe, erkannt zu werden, das hätte ihm im Moment gar nicht gepasst.

Manche Augenblicke im Leben gab es, da wollte er erkannt werden. Als Bernhard Schäbel. Nur nicht jetzt.

Dann einen Deostift und ein paar Artikel zur Männerpflege, wobei er eine rauhe Dufnote suchte, aber nichts fand, was wirklich in etwa nach Prärie und Pferden duftete. Er nahm dann etwas, das entfernt an Leder erinnerte und einen Golfer im Label hatte. Er schaute nicht nach dem Preis, denn einer seiner liebsten Sätze, den ihm seine Mutter mit ins Leben gegeben hatte, war: „Schau nie auf den Preis, Bernchen, es geht nur um Qualität. Und nie etwas kaufen, weil es billig ist. Was billig ist, ist auch nichts wert."

Die Brille neunzig Mark, in der Parfümerie hundert-fünfzig Mark, langsam musste er anfangen zu rechnen, ob sein Geld ausreichte, bevor Mutters Nachschub eintraf. Bei der Bank zum Beispiel passte es gut, dass man ihn als Schäbel erkannte. Den Vorsitzenden.

Dann suchte Schäbel einen Westernladen. Wo er ein paar Stiefel erstand. Nichts Ausgefallenes, dafür reichte im Moment das Geld nicht. Zwar rauhes Leder, doch waren sie ihm noch zu neu. Er nahm sich vor, vor der Rückkehr ins Gasthaus erst noch eine Runde durch die Felder zu stapfen. Wenigstens etwas Dreck musste drankommen. Die wahren Lords zogen auch keine neuen Jacken an, sondern ließen sie erst vom Butler eintragen. Alt war in. Wer trug denn heute noch seine Jeans selbst ein! Sie wurden schon ausgewaschen und ausgefranst hergestellt. GELEBTES LEBEN IST IN, FOLKS. Und nirgendwo erkennst du es so, wie an der abgewetzten Kleidung, den alten Klamotten, den antiken Möbeln. Den Altbauwohnungen. Schicksale. Das war es: Der Mensch brauchte wieder ein Schicksal.

Natürlich drückten die Stiefel. Das war er nicht gewöhnt, doch er nahm es hin. Das Leben musste hart sein, nur ein hartes Leben machte den Mann, klar?

Schäbel nickte, während er vor einem Schaufenster stand

und sein Spiegelbild betrachtete, mit dem Kopf. Ihm war im Moment alles klar, was nur klar sein konnte. Welch ein Sprung nach vorn in welch kurzer Zeit. Wenn er eine Woche zurückdachte, konnte er's nicht glauben, und er kickte mit dem neuen Stiefel einen Stein auf die Straße. Einem Auto in die Seitentür. Er zuckte zusammen und drehte sich schnell ab. Der Autofahrer hielt wütend an, stieg aus, schaute die Tür an und blickte sich um. Hielt die anderen Autos auf und fuhr dann voller Wut weiter; die Tür hatte natürlich einen kleinen Kratzer.

Die Männer waren mit ihren Autos heikler als mit ihren Frauen. Frauen waren da etwas anders, sie nahmen so eine Beule gelassener.

Jeans brauchte er – Gott sei gedankt – nicht, seine waren von erstklassiger Qualität, er war froh, dass sie abgewetzt waren und er beim Kauf nicht gespart hatte.

Dann ein billig aussehendes teures Hemd, eine Weste, ein schmales Halstuch, das er noch im Laden schräg um den Hals knotete.

Schäbel fühlte sich damit nicht recht wohl. Er war, als er anfing zu studieren, ja an Künstlerschals gewöhnt, oben ins Hemd gesteckte lange, schmale Schals mit Rauten- oder Kaschmirmuster. Sechs solcher Schals hatte er damals gehabt, bevor er in die Szene geriet und sie ablegte. Sie lagen zu Haus bei seiner Mutter; sie hütete sie, als seien sie von Yves Montand persönlich.

Unterwegs prüfte er immer wieder in einem Schaufenster verstohlen, ob das Halstuch noch schräg saß.

Es muss natürlich verrutscht und nicht geschoben aussehen, wie bei Wayne.

Beim Hut hatte er seine Schwierigkeiten.

Mit einem Western-Hut würde er hier zu sehr auffallen.

Und Wayne war einer, der lieber unerkannt blieb. Natürlich nur so lange, bis er erkannt werden *wollte*.

Schäbel erstand also eine Rangermütze, die er auch in der Hosentasche unterbringen konnte, wenn er partout *ganz* unauffällig bleiben wollte. Er knitterte sie eine Weile, während er ging, in den Händen herum, riss und zerrte auch schon mal am Schild. Knickte es ein wenig und schob sie dann auf den Kopf.

Und immer wieder den unauffälligen Blick ins Schaufenster.

Es blieben ihm noch fünfzig Mark, und es war etwa fünf Uhr nachmittags.

Französisch essen gehen?

Er sah ein Bistro, ging hinein, wobei er mit schweren Schritten unauffällig zur Bar trat und in dem Spiegel hinter dem Tresen beobachtete, ob man ihn beobachtete. Er fing an, über Spiegel zu sinnieren. Er hatte einmal irgendwo gelesen, wer den Zustand erreiche, der zwischen zwei Spiegeln bestehe, die sich einander mit der Vorderseite dicht gegenüber befänden, habe die letzte Weisheit erlangt.

Oder so ähnlich. Das hatte er damals nicht verstanden, und jetzt begriff er es auch nicht, also bestellte er: „Ein Salade Niçoise, eine Portion Parmaschinken. Sie haben doch frische Baguettes, oder?"

„Selbstverständlich, Monsieur."

Und trank zwei Glas Bordeaux, blieben noch zehn Mark.

„Na, Schäbel! Und was machst du, wenn deine Mutter dir kein Geld schickt."

„Gar nicht möglich. Der Alte ist krank, da hat sie die Kasse in der Hand. Na also, was soll's!"

Redete er innerlich mit sich selbst, zahlte und nahm den Bus zurück.

Gegen acht Uhr kam er wieder in dem Wirtshaus an. Er ging auf sein Zimmer und zog sich rasch um; jetzt sah er Wayne noch etwas ähnlicher.

Dann ging er hinunter in die Wirtsstube. Links hinten war ein Tisch frei.

Sich wie Wayne mit dem Rücken zum Feind zu setzen, weil er auch hinten sehen kann, hatte er aufgegeben. Er sah hinten nichts, auch nicht ohne Brille. Setzte sich also so, dass er die Wirtsstube voll im Blick hatte, hinter sich die Wand.

Die Wirtin hatte voll zu tun. Sie wetzte zwischen Schanktisch, Küche und dem Tisch herum, kaum, dass sie ihm einen Blick zuwerfen konnte. Kam dann und legte ihm die handgeschriebene Karte vor.

Wollwürste, Tellerfleisch, Rigatoni – igitt. Wayne und Rigatoni! Nicht auszudenken. Sie kam zu ihm schneller, als sie es bei anderen getan hätte, das fiel ihm auf, und er legte es als große Sympathiebekundung aus.

„Haben Sie gewählt?"

„Haben Sie kein Steak? Blutig oder sagen wir medium? Mit einem Glas Whisky vorher über das Fleisch gegossen und grünem Pfeffer und einem guten Glas Rotwein dazu? Und davor einen Salat und einen Aperitif?"

„Ich mach es möglich, Herr Wayne!"

Was für ein Weib!

Was für ein Format!

An seinen Tisch setzte sich ein Mann und fragte, als er schon saß: „Sie gestatten."

Schäbel nickte nur und sah ihn kurz an, dann stieg er wieder auf ins Vakuum zwischen den Sternen. Was für eine Frau! Neben ihr kam ihm Gesine vor wie eine Wanze, eine Wandlaus; er entschied sich dann für Filzlaus. Es bereitete ihm tiefes Vergnügen, Gesine so zu erniedrigen. Eine Filzlaus neben einer Göttin.

Zum ersten Mal fühlte sich Schäbel, der Hase, von einer Frau unwiderstehlich angezogen; er wusste selbst nicht, wie ihm geschah. Und dabei stand er erst am Anfang seiner Selbstfindung. Eine große Entwicklung zeichnete sich für ihn ab.

Die Wirtin brachte einen Aperitif, den er beseligt hinuntergoss, ohne nach der Marke zu fragen. Er, der doch sonst alles zu ergründen suchte, was Essen oder Trinken betraf, hätte sie nach dem Namen des wundersamen Trunkes fragen können, doch *was soll's?* Er ließ es einfach geschehen, wie das Glück über ihn kam.

Der Mann neben ihm bestellte Landjäger und ein Bier. Er hatte eine wirre Haartracht, kurz und ungleich geschnitten. Er mochte um die Vierzig sein, hatte graue Augen und war unrasiert. Seine Kleidung war abgetragen, sah aber nicht nach Armut aus, eher, als würde ihm das nichts bedeuten.

Er betrachtete Schäbel intensiver, als ein kultivierter Mensch es tat. Dann nickte er, als ob er mit sich selbst redete und sagen wollte: „Weiß Bescheid."

Schäbel nahm dies nicht wahr, es war ihm im Augenblick auch egal. Aus seiner politischen Arbeit war er es gewohnt, angestarrt zu werden. Politik hat ja mit Kultur nichts zu tun. Da wird keine Distanz gewahrt; wenn ja, dann nur aus unüberwindlicher Abneigung und Feindschaft. Ansonsten heißt es in der Politik: Ran an den anderen. Kultur wäre: Distanz wahren.

Bald darauf wurde der Salat gebracht und nicht lange danach das Steak. Der Zeitabstand zwischen zwei Gängen verrät die Qualität eines Restaurants. Ist der Abstand zu groß, ist der Magen bereits mit der Verdauung des vorhergehenden Ganges beschäftigt, und der Gast fühlt ein Unbehagen, gar Magengrimmen.

Essen soll aber eine Lust sein.

Hier dagegen war die Pause zwischen den Gängen genau richtig bemessen. Jeanne wusste eben um die Kunst der Bewirtung. Mein Gott, was für eine Frau, dachte Schäbel einmal mehr. In ihm begann es zu fiebern, und es zitterte in seiner Seele auf eine ihm bis da noch nicht bekannte Weise. Wie das Zittern, das den Hasen überkommt, wenn die Brunft beginnt. Den Mann neben sich nahm er gar nicht mehr wahr.

Das Steak war im Kern noch ein wenig blutig, sonst rosa – „rosé" nannte er es sonst.

Er malte sich das Rind aus, das ihm hier sein Leben opferte: stark und vital stürmte es über die Prärie. Die Kraft dieses freien, wilden Tieres holte sich Schäbel aus diesem blutigen Steak.

Das sie ihm darbot. Undenkbar, so etwas auch nur in Gedanken mit Gesine zu verbinden.

Während er aß und sein ganzes Wesen bebte, betrachtete ihn der Mann am Tisch genauer und trank sein Bier.

Als Schäbel gegessen hatte, sagte der Mann an seinem Tisch: „Sie heißen Wähn? Wohnen Sie hier?"

„Hm."

Ein Mensch mit Kultur – dachte Schäbel – müsste jetzt merken, dass ich keine Lust habe, zu reden.

Dann beging er den Fehler, schnell viel Wein zu trinken, weil er meinte, dies würde seine galaktische Stimmung noch weiter steigern. Möglicherweise strebte er die Auflösung an, die Verschmelzung mit dem All. Stattdessen wurde er besoffen.

Vergaß auch noch seinen kosmischen Zustand, den er hier

zum ersten Mal in seinem Hasenleben erlebte, und wankte nach oben.

Die Kunst, eine Höhe zu halten, weil man begreift, dass es in diesem Moment höher nicht geht, gehört zu den großen Künsten dieses Lebens. Säufer scheitern daran.

„Ich werde Ihnen, sollten Sie morgen noch hier sein, etwas erzählen, Herr Wähn, das wird Ihre Welt total verändern, Herr Wähn. Sie heißen doch Wähn, oder?"

Sagte der Mann am Tisch, aber das hörte Schäbel nicht mehr. Als er „Schäbel" lallte, verstand der Mann es nicht. Die Tür der Gaststube konnte Schäbel nicht mehr hinter sich schließen, auch seine Zimmertür ließ er offen, und er schlief mitsamt seinen Stiefeln neben dem Bett ein. Wohl ein letztes Zugeständnis an sich selbst als John Wayne: Der wahre Mann schläft auf hartem Boden.

Als er erwachte, meinte er, traumlos geschlafen zu haben. Das erste, was er wahrnahm, war ein Stechen im Kopf. Er schaute im Zimmer herum, um sich zu orientieren, begriff seine Situation allmählich wieder und blieb liegen.

Die Kirchturmuhr schlug, er zählte mit: acht Uhr.

Schäbel stand auf, um ins Bett zu kriechen. Mit den Stiefeln. Ein Mann wie er konnte sich das erlauben.

Draußen das übliche Wetter: bewölkt.

Er stand wieder auf, schaute in den erblindeten Spiegel und erkannte sich wieder als Wayne.

Der Spiegel.

War es dieser Spiegel, der ihn sich selbst erkennen ließ? Der Gedanke schoss ihm durch den Kopf, aber er verfolgte ihn nicht weiter. Er würde ein andermal darauf zurückkommen, nahm er sich vor. Im Moment peinigte ihn noch sein Kopf.

„Mit kalten Füßen kannst du nicht richtig denken" – wer hatte das gesagt?

Er nickte sich im Spiegel zu und legte sich wieder ins Bett. Das Stechen im Kopf ließ nach, und ihm fiel ein, irgendwo gelesen zu haben: „Manche müssen erst die ganze Welt umrunden, um sich selbst zu finden."

Er nicht. Er war gerade mal erst drei Tage unterwegs, und schon hatte er sich selbst gefunden. Ohne eine aufwendige Selbstfindungsgruppe oder Therapie zu brauchen! Er war diesen Weg allein gegangen und hatte das so nebenbei erledigt.

Wow!

Er stand wieder auf, ging zum Spiegel, holte die Rangermütze, setzte sie auf und legte sich dann mit der Mütze ins Bett. Ein Wohlbehagen überkam ihn, die Kopfschmerzen gingen weg. Fast ganz allein jedenfalls. Denn da war noch Jeanne gewesen. Jeanne!

Der Gedanke an sie erfüllte ihn mit einer eigentümlichen Kraft: der Kraft des Siegers. Ohne diese Frau wäre er immer noch der schäbige Schäbel von einst.

Dachte Schäbel und schlief unter seiner Mütze selig wieder ein.

Später am Tag ging Schäbel zur Bank.

Mutters Geld war angekommen.

„Zweitausend, Herr Schäbel, und Ihre Mutter hat angerufen, Sie sollen sich doch bitte unbedingt bei ihr melden. Sie wollte wissen, ob es Ihnen wirklich gut geht und ob Sie mit dem Geld auskommen."

„Ja ja."

Er faltete das Geld zusammen und schob es unter den Parka in die Jeans, wie immer.

„Wir halten Ihr Konto dann erst einmal. Sie müssten aber mindestens fünf Mark darauf stehen lassen, ist das in Ordnung? Vielleicht brauchen Sie es noch einmal, bleiben Sie län-

ger hier? Dann kann Ihre Mutter ja noch einmal etwas überweisen, Herr Schibel."

Der dämliche Angestellte hatte tatsächlich „Schibel" gesagt. Dann nach einem schnellen Blick auf die Kontokarte ein
„Schäbel" nachgeschoben. „Verzeihung."

„Weiß nicht", sagte Schäbel, holte aber doch fünf Mark aus
der Gesäßtasche und zahlte sie ein.

Na, wenigstens war dieses Problem vom Tisch.

Die Mutter würde er morgen anrufen.

Anschließend ging Schäbel quer über die Felder, um sich
über einiges klar zu werden. Er meinte, in einem „kleinen
Konflikt mit sich selbst" zu stecken, den es zu beseitigen galt.
Jedenfalls hatte er noch ein Unbehagen in sich, und das schien
ihm gar nicht zu seinem Erfolg mit sich selbst zu passen.
Schließlich wurde die Selbstfindung als ein Vorgang geschil-
dert, welcher „den Menschen voll und ganz packt, wie ein
hehres Licht in den Kosmos entführt, mit nichts vergleichbar.
Der dann auch anhält."

Hatte er irgendwo einmal gelesen.

In Wahrheit kam das Unbehagen aus dem Magen, denn er
hatte beim Frühstück zu viel Kaffee getrunken. Kaffee min-
dert das Wohlbefinden. Erhöht es erst, dann sinkt es stark ab.
Auch das zu erkennen, gehört zu der Kunst des Lebens.

Schäbel dagegen führte sein Unbehagen auf das Verhalten
von Jeanne zurück, die sich an diesem Morgen auffallend im
Hintergrund gehalten hatte. So, als ob es nie zwischen Schäbel und ihr „gefunkt" hätte. Und mit einem Mal hatte alles
enttäuschend nach Alltag gerochen.

Er stieß mit den Stiefeln in feuchte und lehmige Gras-
büschel, um ihnen Patina zu verleihen. So wie man Jeans bereits auf alt gemacht fabrizierte, hätte man auch den Stiefeln
den Schein des Abgetragenen geben können.

Dann hätte er hier nicht auf dem Scheißacker herumlaufen brauchen.

Der Spaziergang wurde ihm bald zu dumm, und er ging auf dem kürzesten Weg zurück. Kam an dem biologischen Gemüse- und Naturkostladen vorbei.

Biologische Gemüsehändler waren seit neuestem der letzte Schrei in der Szene. Wer nicht mehr daran glaubte, die Gesellschaft ändern zu können, oder das nicht mehr wollte, „stieg" einfach „aus" und wurde Töpfer, Biobauer oder eröffnete einen Naturkostladen. Man war der großen intellektuellen Debatten und der Städte müde und wollte lieber aufs Land und aus dem Bauch heraus leben – alternativ, handwerklich und erdverbunden.

Schäbel ging in den Laden. Der Junge, der da mit den Kisten herumhantierte, hatte lange Haare und trug eine Latzhose, darunter ein weißes Baumwollhemd, das auf der Brust weit offen stand, und Sandalen ohne Socken.

Schäbel sagte: „Tach. Hay!" und blickte sich etwas um. „Wie geht's denn hier so?"

„Du, das kann man so oder so sehen, aber im Prinzip und wenn du die Denkweise der Leute damit meinst, geht es Scheiße. Da müsste man mal länger darüber reden. Ich bin Werner."

„Hollmann" – das hatte Schäbel draußen an der Tür gelesen.

„Bernie. Ich heiße Bernie."

Warum hatte er nicht „Wayne" gesagt?

„Wenn du Lust hast, reden wir mal drüber. Rosi weiß da besonders viel dazu. Sie macht hier Yoga-Gymnastik mit Sexualtherapie im Sinne des Tantrismus. Du, wenn dich das interessiert, dann komm doch mal vorbei. Rosi ist jetzt gerade nicht da, sie holt Jauche für den Garten. Wir bauen hier nämlich alles selbst an. Nach genauen biologischen Prinzipien. Aber das kann dir Rosi genauer erklären. Falls es dich interessiert."

„Interessiert mich", sagte Schäbel, um nicht für dumm gehalten zu werden.

Seine Genossen hatten sich immer über die „Sandalisten", wie sie sie nannten, lustig gemacht, aber Schäbel hatte für sie Partei ergriffen: „Wenigstens sind sie keine Rechten und keine kapitalistischen Ausbeuter", hatte er immer gesagt. Daran musste Schäbel jetzt denken. Er fragte: „Seit wann seid ihr denn hier? Und was hast du davor gemacht?"

„Theologie und Politologie studiert. War nichts anderes frei. Nach dem achten Semester haben sie mir die Stipendien gestrichen, weil ich angeblich nichts abgeliefert habe. Ich hatte da aber schon Rosi getroffen, o Mann, wie haben wir uns geliebt, du glaubst es nicht, aber echt. Rosi hat damals schon Tantra praktiziert! Na ja, und dann wollte sie sowieso schon immer mal was anderes machen, ihr Alter ist im Ministerium, du kennst doch diese Säcke. Und so haben wir das hier angefangen.

Du, komm halt mal wieder vorbei, wenn du Lust hast. Rosi ist eine irre Frau, total anders als alle, die du kennst. Echt.

Du heißt Bernie? Das kann ich mir merken, unser Hund heißt auch so."

„O. K.", sagte Schäbel, „ich komm mal vorbei."

Und dann ging er zurück und über den Hof durch den Hintereingang hinauf in sein Zimmer und haute sich aufs Bett.

Als er am Spätnachmittag aufwachte, befiel ihn eine Art Alltagsödnis.

Alles kam ihm so trübe vor, gleichgültig, wo er sich be-

fand. Das graue Wetter, der blinde Spiegel und das Magen-
flimmern.

Jeanne, die Wirtin, fiel ihm in diesem flauen Moment nicht
ein. Gesine fiel ihm ein. Was seine Stimmung nicht verbesser-
te.

Erst als er dann aufstand und wieder in den halbblinden
Spiegel schaute und die Rangermütze, die dalag, aufsetzte
und sich von der Seite betrachtete und die Schultern breit
zog, kam er sich wohler vor. Ihm fiel ein, wer er nun war.

Auserwählt von einer riesigen Frau, wie man sie nur einmal auf der Welt fand.

Er ging nach unten in die Gaststube, aber Jeanne war nicht
da, und Schäbel ließ sich vom Wirt einen Kaffee bringen und
entschloss sich dann, noch einmal einen Spaziergang zu
machen. Vielleicht traf er unterwegs ja auch die Wirtin.

Konnte es nicht sein, dass sie voll Unruhe und Sehnsucht
nach ihm ruhelos durch die Felder streifte? Dass sie gar hoffte, ihn draußen zu treffen und einmal ungestört mit ihm zu
sein?

Er drehte eine Runde um das Dorf, machte diesmal aber
einen Bogen um Werner Hollmanns Laden. Als Wayne konnte er diese blassen Latschentypen nicht mehr ertragen. Mit
ihrem Du-Gefasel. Die wussten doch nichts von der Wildheit
des wahren Lebens.

Von der Wirtin keine Spur. Schäbel ging durch die leeren
Straßen und entschied, diesmal erst etwas später zum Abendessen zu gehen; eine leere Gaststube wäre ihm heute bedrü-
ckend erschienen. Er hatte mit einem Mal das Verlangen, ganz
viele Menschen um sich zu haben. Schon um zu sehen, wie sie
ihn wahrnahmen. Ob mit Bewunderung oder Scheu. Vielleicht Neugierde? Oder Furcht vielleicht, oder Vorsicht. Oder
ob sie das Bedürfnis hatten, ihm näherzukommen. Sie muss-

ten sich doch glücklich schätzen, einen Wayne zu kennen, oder nicht?

„Die kleinen Stationen sind froh, wenn ein D-Zug an ihnen vorbeifährt."

Das fiel ihm jetzt ein. Wie glücklich würde er in der Partei die Leute von der Basis machen können, wenn er ihnen die Hand auf die Schulter legte!

Hier war *er* Rudi.

Das fiel ihm auch noch ein.

Hier würde er es sein, der mit Vogls Frau die große Leidenschaft aufs Parkett legte, und der Wirt würde Bernie Schäbel sein, der daneben steht und sagen darf, es mache ihm nichts aus.

Er nahm sich vor, genauso vorzugehen wie Rudi: Sie eine Ziege nennen, vielleicht eine Hure, dann würde sie sich ihm zu Füßen werfen und sagen: „Du bist der einzige, der mir je die Wahrheit gesagt hat, Wayne." Oder war es besser, es ganz anders zu versuchen. Keine Frau war schließlich so wie die andere.

Am liebsten wäre es Schäbel, wenn er es recht bedachte, überhaupt gewesen, *sie* würde anfangen. Würde ihm etwa heimlich einen Zettel aufs Zimmer legen:

„Lass heute Nacht die Türe offen. Ich liebe dich, Wayne!"

Jeder Mann träumt sein Leben lang davon, dass einmal in einem Hotel die Tür aufgeht und eine Überfrau kommt im dünnen Nachthemd herein und legt sich zu ihm. Und ein ungeheuerlicher Liebesakt ereignet sich, wie ein Sturm über Asien. Sie reitet den Tartarenritt über die Steppe, und dann geht sie leise wie eine Katze.

Ohne Licht gemacht zu haben.

Nur ihr Parfüm hängt noch in den Gardinen, und der Leib Schäbels ist ein wenig erhitzt, woran er merkt, dass es kein

Traum war. Und diese angenehme Schwäche in den Lenden!
So könnte es sein.

Als Schäbel abends in die Wirtsstube kam, nickte ihm die
Wirtin von der Theke her zu, und er meinte, in ihrem Gesicht
eine leise Freude aufblitzen zu sehen.

Die Gaststube war nicht mehr ganz leer, und Schäbel ging
zu seinem Tisch in der hinteren Ecke.

„Bier, Steak, zuvor Salat? Oder mal was anderes, Herr
Wayne?"

„Machen Sie mal, wie Sie denken!"

Ihm lag auf der Zunge, sie zu duzen, aber im letzten
Moment unterließ er es lieber. Jemand hatte einmal zu ihm
gesagt: „Es gibt nichts Dümmeres, Schäbel, als einer Frau zu
zeigen, dass du sie liebst. Immer cool bleiben, verstehst du.
Die Weiber wollen nur das, was sie nicht kriegen können."

Also besser Abstand halten, Schäbel.

War er jetzt den dritten Tag hier oder den vierten? Er versuchte es mit Hilfe der Fingerrechnung unter dem Tisch fest-
zustellen: „Am ersten Tag kam ich an. Am zweiten kaufte ich
im Supermarkt Wäsche ein, am dritten war ich in der Stadt ...
ach, was soll's!"

„Hier schon mal das Bier, der Salat kommt sofort, Herr
Wayne."

Würde er ihr je die Geschichte mit Gesine erzählen? Er wür-
de gern, denn irgendjemanden brauchte jeder, mit dem er seine
Probleme bereden konnte. Das war für die Gesundheit der
Seele unerlässlich. Ob Gesine sich Rudis Probleme anhörte?

Von seinen hatte sie jedenfalls nie etwas wissen wollen. Sie
hatte ihm stattdessen jedesmal eine Gruppentherapie empfohlen.

Wayne nahm gar nicht wahr, was er da aß. Diese Frau

hatte es geschafft, ihn zu einer Essweise zu bringen, wie er sie sonst nicht gekannt hatte. Zuvor wurde genau abgewägt, was zu welcher Vorspeise passte und welcher Wein zum Fleisch gehörte.

Schäbel ließ sich wohlig treiben.

Er bemerkte nicht, dass der Mann, der gestern schon an seinem Tisch gesessen hatte, sich wieder bei ihm niederließ und mit dem Kopf nickte. Er hätte sich vielleicht auch nicht an ihn erinnert. Die Wirtin füllte seinen Kopf, seine Seele und alles, was er war, so vollkommen aus, dass nichts anderes mehr Platz hatte. Gesine ausgenommen, die ihm immer wieder wie eine unverdaute Speise hochkam.

Schäbel aß das Steak, bestellte nach dem Bier aber einen Rotwein.

„Und welchen?"

„Machen Sie mal!"

Er überließ es ihr auch weiterhin, über sein Wohlergehen zu entscheiden, und der Mann an seinem Tisch sagte: „Ich könnte Ihnen etwas erzählen, Mister Wähn, da würden Ihnen die Ohren übergehen."

Er zündete sich den Rest einer zerdrückten Zigarette an, die er aus der Jackentasche holte, und bestellte noch ein Bier. Schäbel stierte vor sich hin, irgendwo ins Leere, und sah und hörte nicht, was um ihn herum geschah. *Jeanne, Jeanne, Jeanne ...*

Er kaute an seiner Hand herum. Eine Angewohnheit der Hasen. So war es ihm in seinem Leben noch nie passiert.

Dass da eine Frau ihn voll ausfüllte und kein anderer Gedanke in ihm Platz hatte. Ihn taub und blind machte für den Rest der Welt.

Er musste eine Strategie entwickeln. Wie er vorgehen sollte – „Strategie ist das Werkzeug des Politikers", hatte er einmal in einer Rede auf einer Tagung gesagt.

Er musste eine Strategie entwickeln, wie er weiter vorgehen wollte oder wie er sich wenigstens darauf vorbereitete, wie sie vorgehen würde, um ihn zu erobern.

„Sie ist eine Frau, die sich holt, was sie will, und nichts läuft anders, als sie will."

Das war Schäbels Erkenntnis nach dem dritten Glas Wein. Nach dem vierten Glas beginnt meistens der Suff.

„Ich werde Ihnen jetzt mal etwas erzählen, Wähn", sagte der Mann am Tisch, „das haut Sie um."

Schäbel schaute ihn an und dachte: „Ich vermute ... wahrscheinlich wird sie morgen früh hereinkommen und sagen: ‚Hier Ihr Handtuch, Wayne.' Ich stehe zwischen Bett und Spiegel, das Handtuch fällt ihr herunter, und sie bückt sich unwillkürlich, und ihr Körper streift dabei den meinen. Und dann, wenn sie sich wieder aufrichtet, sieht sie mich mit diesem Blick voll Verheißung und Sehnsucht an, und dann verschmelzen unsere Blicke, und dann unsere Lippen und dann unsere Körper."

Unerhörte, kühne Gedanken waren es, denen Schäbel da nachhing. Wahrscheinlich war das nur die logische, nächste Stufe der Selbstfindung, überlegte er.

Er wusste nicht, dass draußen der Vollmond in seiner ganzen Fülle am Himmel stand und die Hasenbrunft just ihrem Höhepunkt zusteuerte. Drei bis fünf Tage sind es, wo der Hase den Verstand verliert. Bei Menschen ist es verschieden, seit er sich aus dem Rhythmus der Natur herausentwickelt hat.

Irgendwann würde sie erschöpft in den Knien einknicken, aber er würde sie auffangen und zärtlich aufs Bett legen. Dabei würde er entdecken, dass die ganze Zeit über die Tür offen gestanden war ...

„Wissen Sie, dass wir in einer gewaltigen Zeit leben, wie sie nur einmal in Millionen von Jahren vorkommt? Wissen Sie das?"

Das fragte der Mann am Tisch, und Schäbel nickte unbewusst.

„Passen Sie auf!"

Er drückte den Zigarettenstummel aus und rückte näher.

„Der Kosmos besteht zur Zeit aus sieben Dimensionen. Im Anfang war es nur eine, aber jede Dimension entwickelt aus sich heraus eine nächste. Etwa alle zwei Millionen Jahre geschieht das so.

Ich kann Ihnen das sagen, denn ich weiß das. Ich werde Ihnen später erklären, wie ich dazu komme. Ein winziger Gen-Fehler, gut, es ist vielleicht kein *Fehler*, es ist eine Veränderung, über deren Ursprung ich jetzt nicht spekulieren will, ermöglicht es mir, als Beobachter jenseits der sichtbaren Welt durch die Dimensionen zu wandern. Nein, nicht ,wandern', es ist eine Art Fliegen.

Ja, es ist mehr ein Fliegen, verstehen Sie mich?"

Schäbel nickte und überlegte dabei, was er weiter tun würde, wenn die Wirtin morgen auf sein Zimmer käme.

„Jede Dimension geht also aus der vorigen hervor, mein Herr, und genau jetzt in diesen Tagen ist der Mensch dabei, die achte Dimension zu entwickeln. Wir leben gerade noch in der siebten. Von Dimension zu Dimension werden aber die Umstände immer bestialischer. Weil immer das gemeinste Wesen aus der vorherigen Dimension die Erschaffung der nächstfolgenden übernimmt. Das ist nichts weiter als ein Spiel. Ohne Sinn. Schauen Sie sich in der Welt um und sehen Sie, was geschieht. Menschen werden bestialisch gefoltert, sterben entsetzlich, verhungern. Vergiften das Wasser, rotten die anderen Lebewesen gnadenlos aus. Der Mensch ist des Menschen Wolf. Und nicht nur des Menschen, der ganzen

Natur. Es ist ein Wahnsinn, Herr." Der Mann war rot vor Zorn im Gesicht. Schäbel sah ihn an und dachte, dass morgen vielleicht alles auch ganz anders käme.

„Und die achte Dimension wird die Hölle, denn ihr Schöpfer ist der Mensch. Er kann machen, was er will.

Der Mensch also wird der Gott der achten Dimension.

Packen Sie das im Kopf, Herr Wähn?" Schäbel nickte.

„Er kann Geschöpfe erschaffen, so wie ein uns unbekannter Gott die Bäume und Tiere und Menschen geschaffen hat, und kann über deren Befinden, über ihr Sein oder Nichtsein entscheiden. Kann sie quälen, zerstören, sich gegenseitig auffressen lassen, mein Herr. Es ist ein Wahnsinn. Merken Sie, wovon ich rede?"

„Nein", sagte Schäbel, weil ihm just da einfiel, dass er sie ja morgen auch bitten konnte, ihm ein Handtuch zu bringen; dann *musste* sie kommen, und alles würde sich so entwickeln, wie er es sich ausgemalt hatte. Er hatte das fünfte Glas Rotwein vor sich und hielt den Mann am Tisch für einen Verrückten. Die ganze Welt ist voll von Verrückten.

„Und da, mein Herr, wird es von dem Charakter und dem Geist dessen abhängen, der die Erschaffung der achten Dimension übernimmt, wie diese Dimension ausfällt. Wie würden Sie die siebte Dimension bezeichnen, Herr Wähn, in welcher wir leben? Frei heraus, bitte."

„Phantastisch", sagte Schäbel und schaute auf die Wirtin, die er Jeanne nannte. „Phantastisch."

Der Mann lehnte sich zurück und betrachtete Schäbel merkwürdig, als überlege er, ob es einen Sinn habe, mit so einem zu reden.

Als Schäbel nach dem siebten Glas Wein nach oben ging, stand der Vollmond draußen genau über dem Dach.

Schäbel hatte sich zuletzt entschieden, es bei der Wirtin so zu machen, wie Rudi es bei Gesine gemacht hatte.

Sie einfach nicht beachten.

Er war also nur zur Tür gegangen, ohne sich umzudrehen.

Er war sicher, sie würde ihm wie in Trance folgen.

Und tatsächlich glaubte er jetzt jemanden leise an die Tür klopfen zu hören.

Doch als er öffnete, war da niemand.

„Wahrscheinlich kommt sie im Moment nicht los", sagte er sich und ließ die Tür offen. Setzte die Rangermütze auf, betrachtete sich im Spiegel und schob den Unterkiefer nach links, so wie John Wayne es immer tat. Nein: nach rechts, denn was im Spiegel links ist, ist in Wahrheit rechts. Der Spiegel lügt also, dachte er in seinem Suff und überschätzte diese Erkenntnis gewaltig.

Er zog sich nackt aus und legte sich mit der Mütze auf das Bett. Wo er sofort einschlief.

Als er aufwachte, lag er immer noch nackt auf dem Bett, die Rangermütze zerknittert neben sich. Die Zudecke war auf dem Boden, die Klamotten lagen verstreut im Zimmer herum, und außer dass ihm der Kopf brummte, erfüllte ihn eine – wie soll man sagen? – entspannte Seligkeit.

Ihm war, als sei sie in der Nacht bei ihm gewesen.

Schäbel versuchte sich zu erinnern, wie oder was genau geschehen war, doch offensichtlich war die Leidenschaft so groß gewesen – und das sicherlich auch bei *ihr* –, dass er sich nur an blaue Sterne vor seinen Augen erinnerte und an einen Höhenflug wie ein Sputnik zur Venus.

Er schnupperte, ob wenigstens noch ihr Parfüm in der Luft hing, aber er konnte nichts ausmachen. Wahrscheinlich hatte er sich inzwischen daran gewöhnt, so dass er es nicht mehr wahrnahm.

Oder hatte er alles nur geträumt? Das durfte nicht sein, und er suchte irgendein Zeichen, vielleicht eine Haarklammer im Bett oder dergleichen – vergeblich.

Es *darf* kein Traum gewesen sein, Schäbel, dachte er und zog sich an.

Er ging hinunter in die Gaststube. Sie war nicht da.

Vogl stand hinter der Theke und nickte mit dem Kopf, als Schäbel „Guten Morgen" sagte.

„Frühstück mit Kaffee?", fragte Vogl, und Schäbel sagte: „Ja und Käse und etwas Rauchschinken. Und noch ein Mineralwasser und eine Gurke, wenn es geht."

„Geht", sagte Vogl.

Wahrscheinlich lag sie im Bett, dachte Schäbel und spürte dort noch dem Glück der letzten Nacht nach.

Und eine große Befriedigung kam über ihn, und er wollte mit endloser Geduld warten, bis sie käme, das hatte sie verdient, und wenn es drei Stunden dauerte. Einmal musste sie ja kommen; nach so einer Nacht lässt man den Geliebten nicht warten.

Sie kam schon nach einer Viertelstunde herein. Schäbel erwartete, dass sie ihm mit den Augen ein Zeichen des Dankes geben oder unter einem Vorwand zu ihm an den Tisch kommen und ihn vertraut mit der Hand berühren würde.

Sie tat beides nicht.

Sie verhielt sich wie immer, eher cool als interessiert, und machte irgendeine Arbeit.

„Aha!", dachte Schäbel, „es soll unser Geheimnis bleiben. Ein wunderbares, unglaubliches Geheimnis zwischen zwei großen Liebenden. Was für eine Rie--sen--frau!! Und *wie* sie das spielt! Alle Achtung!"

Sie kam, um den Tisch abzuräumen, berührte ihn nicht mit

der Hand, nicht mit dem Knie. Räumte eher routinemäßig ab, und als Schäbel seinerseits versuchte, sie mit dem Knie anzutupfen, sagte sie: „Entschuldigung, habe ich Sie gestoßen?"

Sie spielt die Rolle mit einer solchen Vollendung, dachte Schäbel; sie würde die Moreau in jedem Film glatt an die Wand spielen.

Er sagte: „Nein, nein, macht nichts."

Dann ging sie in die Küche und kam nicht mehr heraus. Vogl verhielt sich so, als wäre Schäbel nicht vorhanden.

Schäbel ging unschlüssig nach oben. Er war sich plötzlich nicht mehr sicher, was in der Nacht geschehen war, und beschloss, ab heute keinen Alkohol mehr zu trinken, um in Zukunft die Wirklichkeit auch danach noch richtig im Gedächtnis zu haben. Und sie immer wieder nachträglich durchkosten zu können. Was nützte die unglaublichste Traumnacht, wenn er später nicht mehr alles wusste! Vielleicht aber hatte er auch nur zu fest geschlafen, und den Alkohol traf gar keine Schuld.

Wahrscheinlich war es indessen nur so, dass die Wirtin einfach ein großes Geheimnis zu hüten wusste. Wie eine Magierin. Wie eine Priesterin der Träume auf der Grenze zwischen Sein und Nichtsein.

Seit er sie kannte, konnte er dichten, schien es ihm. Er suchte von neuem das Zimmer ab, ob er nicht doch noch irgendeinen Beweis ihrer nächtlichen Anwesenheit fand. Dabei fiel sein Blick auf den blinden Spiegel, und er überlegte, was wäre, wenn es ein Verfahren gäbe, alles, was ein Spiegel so etwa während vierundzwanzig Stunden aufnahm, wieder sichtbar zu machen. Sozusagen den Speicher abzurufen. Dann wüsste er die ganze Wahrheit. „Ein Spiegel sollte ein Speicher der Wirklichkeit sein. Oder nicht, Schäbel?"

Später ging Schäbel über das Feld und scharrte mit den Stiefeln im Gras herum. Er kannte hier schon jeden Stein, so kam es ihm vor, und konnte die Gegend nicht mehr ertragen. Lief zum Autobus, hatte noch eine halbe Stunde Zeit, die er zwischen den Häusern vertrödelte, und fuhr dann in die Stadt.

Ging dort wieder direkt ohne Umwege in das Bistro und wurde sich unterwegs immer klarer darüber, dass es *kein* Traum war.

Er bestellte eine Quiche und ein Glas Landwein.

Roten.

Beim zweiten Glas war er ganz sicher, dass es kein Traum war, denn warum sonst versuchte sie so auffällig auf Geheimnis zu machen?

Er drehte den Barhocker nach hinten und schaute aus dem Fenster auf die Straße. „Die Bilder schwammen und flimmerten und tanzten, die Wirklichkeit hüpfte auf der Straße herum, als feierten sie ihre Libertinage ..." So etwa würde er's beschreiben, sagte er sich, trüge er seinen Zustand in ein Tagebuch ein.

Was für ein Tag, oh, was für ein Tag!

Auf der Fahrt zurück dachte er: Du hast hier schon deine ausgefahrenen Gleise, Junge. Runde um die Felder, Gang durch das Dorf, Fahrt mit dem Bus. Rauf ins Zimmer, runter aus dem Zimmer, eigentlich hältst du das nicht mehr lange aus. Wäre da nicht diese unglaublich einmalige Liebe. „Die wahre Liebe lässt dich alles ertragen."

Sie würde heute wiederkommen, daran gab es keinen Zweifel. Eine Frau wie Jeanne nahm alles ganz. Leerte den Becher bis zur Neige

Gegen acht Uhr ging er hinunter in das Gastzimmer und setzte sich an seinen Tisch.

Nie waren ihm so große Gedanken zugeflogen wie in den letzten Tagen. Er schrieb es der Frau zu, die sein Leben verändert hatte: Jeanne, oder wie auch immer sie heißen mochte.

Und setzte sich wieder mit dem Gesicht zur Gaststube, um den Überblick zu haben.

Etwa zwei Drittel der Tische waren besetzt. Die letzten Tage über hatte er die anderen Gäste nicht weiter beachtet, da war er noch zu sehr mit sich selbst beschäftigt gewesen.

Nun war es allmählich Zeit, sich die Umgebung genauer anzusehen.

Die Wirtin wollte er allerdings nicht weiter beachten. Er hatte die Absicht, ganz auf ihr Spiel einzugehen und so zu tun, als seien sie sich völlig gleichgültig und als hätte jene Nacht nie stattgefunden. Mal sehen, wie sie darauf reagierte.

Er sah jetzt, dass der Nebentisch reserviert und für zwei Personen gedeckt war.

„Was nehmen der Herr heute?"

Sie fragte ihn irgendwie anders als sonst.

Um nicht in Gewohnheiten zu verfallen, denn Gewohnheiten töten das Leben und man verliert die Lust zum Abenteuer, wollte er heute kein Steak mit Salat und Rotwein. Außerdem wollte er Jeanne verblüffen, sie sollte nicht meinen, ihm fiele nichts anderes ein als Steak und Rotwein.

„Schweinebraten mit Knödel, Rotkohl, ein Bier, ein Calvados!"

„Sehr wohl, der Herr", sagte sie und ging die Bestellung aufgeben.

Gewiss spielte sie nur die Coole, um von dem abzulenken, was zwischen ihnen geschehen war. Aber heute Nacht würde sie wieder bei ihm im Bett den tartarischen Hunnentanz reiten. Und keiner hier im Raum ahnte etwas davon. Welch ein Triumph, Schäbel!

Als ein Mann mittleren Alters sich neben ihn setzte, nahm Schäbel dies kaum wahr. Er hätte auch nicht sagen können, ob es derselbe von gestern war. Es war nicht der gleiche. Er sah aus wie ein Bauer, vielleicht auch wie ein Elektromeister. Sein Gesicht war leicht gerötet, als ob er eine Arbeit in der frischen Luft ausübte.

Der Schweinebraten schmeckte nicht schlecht. Bisher hatte Schäbel Zeit seines Lebens die deutsche Küche gehasst. Schon seine Mutter hatte sie immer gehasst, weil sein Vater – sein vermeintlicher Vater – nichts anderes essen wollte. Dabei hätte sie so gern französisch gekocht.

Viele Frauen hassen die Angewohnheiten ihrer Männer zutiefst, das liegt in der Natur der Sache; Frauen und Männer passen nicht zusammen.

Seine Mutter. Er musste sie morgen dringend anrufen, sich bedanken. Vielleicht brauchte er auch noch etwas Geld. Und sie fragen, wie es ihr ging. Hatte sie nicht gesagt, der Vater sei krank?

Nach einer Weile kamen zwei Männer herein und setzten sich an den Nebentisch. Sie mochten um die Siebzig sein. Einer groß und breit, mit einem weiten Mantel und einem schwarzen Hut. Ein Stier.

Der andere ein wenig gebeugt und eher mager. Spärliche Haare. Keine Brille. Kein Hut. Kein Mantel. Das Jackett abgetragen. „Es gäht loss", rief der Stier dem Wirt zu und sprach einen Akzent.

Vogl nickte, trocknete sich die Hände und rief in die Küche: „Sie sind da, Marie. Es geht los."

Es dauerte kaum eine Minute, da wurde aufgetischt. Gänsebraten. Böhmische Knödel. Rotkohl. Bier. Salate, Gewürzgurken, gerösteter Knoblauch; der Tisch wurde vollgeladen bis an den Rand.

Schäbel verfolgte gebannt dieses bacchantische Mahl. Wie ein Schlachtfest, eine Hochzeit der Götter.

Und mit welcher Wollust die beiden da anfingen zu fressen und zu grunzen. Und zu saufen. Und mit welcher Präzision die Wirtin sie bediente, als wüsste sie genau, wann und wie und was als nächstes auf den Tisch musste.

Was für eine Frau! Es gab wohl nichts, was sie nicht voll im Griff hatte. Seine Liebe zu ihr wuchs zu grenzenloser Bewunderung.

Der Bauer neben Schäbel grinste und nickte: „Wenn Sie Glück haben, können Sie jetzt ein Schauspiel erleben wie im Theater.

Sie kommen so alle sechs Wochen und besaufen sich wie die Haubitzen. Sie bestellen vorher ein Mahl, und wenn sie dann kommen, muss alles bereit sein. Manchmal tanzen sie wie die Bären herum. Zwei wahnsinnige Teufel. Das findet man heutzutage kaum noch wo. Vielleicht im Film. Aber die hier sind lebendig wie die Büffel." Schäbel vergaß für einen Augenblick die Wirtin.

„Wer sind sie?"

„Der eine ist Steiner, er wohnt seit vielleicht zehn Jahren im Dorf, und vom anderen weiß man, dass er ein Russe sein soll. Steiner war in den Zwanzigern Weltmeister im Radfahren, in den Dreißigern beim Widerstand gegen Hitler, und dann lebte er in Russland. Mehr weiß man nicht, er redet nicht viel. Man weiß nur, dass er allein in einem Haus außerhalb vom Dorf wohnt, das er von seiner Mutter geerbt hat. Sie war Häuslerin; er hatte keinen Vater. Als Junge hat er da mit ihr gelebt, aber daran erinnert sich hier keiner. Danach verschwand er, und vor zehn Jahren ist er zurückgekommen. Man sieht ihn kaum, und keiner weiß, was er dort in seinem Haus macht. Wenn er Post bekommt, gibt er sie dem Briefträger wieder mit. Schreib „unbekannt verstorben" drauf, sagt er zu ihm.

Und dann besaufen sie sich hier und tanzen manchmal oder singen. Meistens russisch."

Das interessierte Schäbel. Er rutschte mit seinem Stuhl langsam näher zu dem benachbarten Tisch hin und versuchte zu hören, was die anderen redeten. Doch er hörte sie nur schmatzen und grunzen und ab und an ein paar russische Wörter dazwischen, und dann lachten sie wie die Teufel.

„Der andere ist, wie gesagt, ein Russe. Er soll an der Universität Vorträge halten."

Da fiel es Schäbel ein, dass er ihn schon einmal gesehen hatte. Mischkow.

Als Schäbel im ersten Semester gewesen war, hatte jeder von seinen Vorlesungen geredet. Einmal im Monat war eine solche angekündigt, und immer standen die Leute bis hinaus auf den Flur, um ihn wenigstens aus der Ferne zu hören.

Mischkow war General in der Revolution gewesen, danach Minister und Philosoph. Was er vortrug, warf, hieß es, alles über den Haufen, was man bis da für die Weltordnung gehalten hatte. Die totale geistige Umkehrung. Das musste ein Wahnsinn gewesen sein.

Mit der Leidenschaft, mit der er da saß und fraß und soff, hatte er wohl auch geredet. Und gedacht. Und eines Tages war er dann weg von der Uni gewesen.

Schäbel bedauerte in diesem Moment, nie dort gewesen zu sein, wischte den Gedanken dann aber aus seinem Kopf: „Was soll's!" Er – Schäbel – musste die Weltprobleme nicht lösen. Er musste nur sich selbst finden und ansonsten sehen, dass er nirgends anstieß. Guten Job, wenig Arbeit und seinen Weg gehen. Als Wayne.

„Einmal war einer bei ihnen", sagte der Bauer am Tisch,

„ich könnte schwören, dass es der französische Staatspräsident war. Er trug eine Sonnenbrille, sie sprachen zuerst gar nicht, haben nur voll reingelangt in den Braten. Dann sprachen sie Französisch, ich verstehe nicht Französisch. Aber sie kamen mir vor, als wären sie Saufkumpane. Was für Teufel!"

Der Bauer schüttelte den Kopf und grinste. „Bier, bitte, Härr Wirt!"

Mischkow sprach jetzt mit Steiner Russisch. Dann auch wieder Deutsch.

Mischkow summte etwas vor sich hin.

„Ich hätte es machen sollen, Fjedka. Ich stand einen Meter neben ihm. Die Kanone geladen, die Hand in der Tasche. Eine Kugel, und die Geschichte wäre anders verlaufen", sagte Steiner und verbarg die Hände unter dem Tisch.

„Fängst du schon wieder an, du verfluchter Hundesohn. Immer, wenn du besoffen bist, fängst du damit an. Seit fünfzig Jahren fängst du damit an, und seit fünfzig Jahren sage ich dir: Nichts wäre anders gelaufen. Gut, siebzig Millionen weniger Tote. Dafür dreihundert Millionen Menschen mehr auf der Welt, weil sie hätten sich vermehrt wie die Karnickel, und was wäre dann? Na, vielleicht denke ich gemein, aber ein Übel wird ausgelöst durch ein anderes, und dich hätten sie zerstückelt und gesalzen, du könntest dich nicht mehr besaufen, Pietko, du bist ein erbärmlicher Hund mit Stroh im Kopp. Da ist es besser, du lebst noch hier neben mir, Pietko, oder? Kannst du mich überhaupt verstehen oder bist du zu besoffen?"

„Ich kann dich nie verstehen. Oder ja. Ich kann dich immer verstehen."

„Hätten sie dich zerstückelt, mit wem würde ich heute hier sitzen? Wodka, Herr Wirt!"

Dabei packte er Steiner am Ärmel und schüttelte ihn durch.

Vogl brachte eisgekühlten Wodka, er kannte das schon.

„Ich wär dir das erklären: Das Prinzip des Kosmos ist die Explosion. Alles was geschieht, ist die Folge einer Ursache. Die Ursache ist ganz klein, die Explosion ist ganz groß. Hier ..." – er hielt Steiner einen Fingernagel hin – „kleiner Samen von einem Menschen. Das Leben zusammengezogen auf eine Minute, Explosion. Wächst und wächst, erschafft fünf andere Explosionen, die schaffen wieder fünf andere Explosionen. Eine wahnsinnige Explosion der Menschheit ist im Gange, Pietko.

UND SIE SEHEN DAS NICHT.

Eine Ursache war gewesen, und die Wirkung ist nicht mehr aufzuhalten."

Mischkow hatte einen roten Kopf und nickte immer wieder.

„Und was war die Revolution? Ein kleiner Funken fällt an eine Stelle, und es geht los. Millionen Tote, sieben Jahrzehnte machen sie Rabbatz, und jetzt fällt sie zusammen, die Zeit ist um. Ist die Zeit der Welt vorbei, Pietko, sag mir das mal!"

„Sie ist vorbei."

Wieder nickte er.

„Vermehrung, die nicht mehr gebremst werden kann.

Die Ursachen sind es, Steiner, die sie erkennen müssen und beseitigen.

Oder aber DAS RICHTIGE VERURSACHEN.

Die Ursache allen Unheils ist die Übervölkerung. Sie *müssen* die Grenzen aufbrechen und über andere Länder herfallen, weil sie zu Haus keinen Platz mehr haben. Nichts zu fressen. Das Wasser auf der Welt reicht nicht mehr für alle Menschen. Und das, Pietko, ist die Kunst derer, die Geschichte machen sollen: die Ursache erkennen. Und das können sie nicht. Der Mensch ist zu dumm zum Leben."

Mischkow trank einen Wodka und gab dem Wirt ein Zeichen, einen neuen zu bringen.

„Sag, was du willst, ich hätte ihn umlegen sollen", sagte Steiner.

„Oh, du Verfluchter! Warum hat Gott Vater dir keinen Verstand verliehen, wenigstens so groß wie von einer Ameise. Weißt du, dass die Welt ohne Ameisen zusammenbrechen würde, während sie durch die Ausrottung des Menschen gerade noch einmal zu retten wäre? Und was schließt dein Gehirn daraus? Ich sag es dir, weil du das allein nicht begreifst: dass die Ameise ein wertvolles Wesen ist und der Mensch ein totaler Schädling. Hättest du ihn umgelegt, hätte Stalin seine Mordquote mit übernommen, liebend gern, mit dem kleinen Finger.

Pietko, die Weltordnung ist nicht so, wie die Menschen es bisher glaubten. SIE IST BESTIALISCH."

„Und doch hätte ich ihn umlegen sollen, dann könnte ich jetzt ruhiger schlafen."

„Im Jenseits. Ja." Mischkow lehnte sich zurück. „Frag mich mal, was mir im Leben am besten gefallen hat?"

„Ich frag dich."

„Fressen und Saufen und zwei oder drei große Frauen, die ich traf. Denn dem Menschen wurden seine sieben Sinne gegeben, damit er sich daran erfreue. *Dafür* hat es sich gelohnt, geboren zu werden. Sonst für nichts. Mein großes Glück war, dass ich in keine Religion gezwungen wurde. Und auf alle Revolutionen scheiß ich."

Er stierte vor sich hin und sah noch mächtiger aus als zuvor. „Kein Wesen hat dieses Übermaß an Dummheit ..."

„Hör auf, Mischkow, hör auf und sauf aus, dann gehen wir."

„Die Religionen und Ideologien, Steiner, sind das Gift der Menschheit."

„Wenn du nicht aufhörst, gehe ich allein."

Steiner sagte noch ein paar Sätze auf Russisch, und dann stierten sie vor sich hin.

„Versoffener tartarischer Hurensohn."

Sie brummten noch, was sich wie der Gesang der Wolgaschiffer unten im Bauch anhörte. Dann standen sie auf, Steiner schaute zu Schäbels Tisch hinüber und sagte: „Guck mal, Mischkow, da sitzt ein Hase!"

„Ach, du bist besoffen."

Als Schäbel die Treppe zu seinem Zimmer hinaufging, nahm er sich vor, diese Nacht nicht zu schlafen. Er würde sie in vollem Wachsein erwarten. Und wenn sie käme, sollte er sie dann spüren lassen, wie sehr er sich nach ihrem Leib verzehrte? Und nach der Seele auch, natürlich nach ihrer Seele auch?

Während er so überlegte, stand er vor dem halbblinden Spiegel und betrachtete sich. Er schob dann die Nachtlampe ein wenig hin und her, um anderes Licht zu bekommen, und wenn sie von unten her leuchtete, sah er Wayne am ähnlichsten. Fand er. Dann ging er duschen und legte sich schon einmal ins Bett.

Draußen schlug die Kirchturmuhr just Mitternacht.

Der Mond stand fast im Süden.

Fahles Licht kam zum Fenster herein; er hatte die Lampe vorerst einmal ausgemacht. Von unten her hörte man die Stimmen der Gäste.

„Der Mond nimmt ab."

Das war sein letzter Gedanke, wobei er nicht wusste, dass mit dem Mond auch die Hasenbrunft abnimmt und die Leidenschaft ihren Höhepunkt überschritten hat.

Er hatte traumlos geschlafen und erwachte, weil er pinkeln musste. Die Toilette war wie die Dusche auf dem Flur, und als er hinaustorkelte, stieß er gegen die Tür, als er die Klinke herunterdrückte, denn sie war verschlossen.

Schlagartig fiel ihm ein, DASS ER DIE TÜRE VERSCHLOSSEN HATTE. Dass sie also gar nicht zu ihm hatte kommen *können*. Laut zu klopfen wäre undenkbar gewesen, Vogl war nicht auf den Kopf gefallen.

„O ICH BLÖDER HUND!"

Diesen Satz wiederholte er dreimal.

Er schlug sich mit der Hand an die Stirn, schüttelte den Kopf, pinkelte dann im Klo daneben und merkte jetzt, dass er obendrein nackt war. Na, wenigstens waren wahrscheinlich keine anderen Schlafgäste auf dem Flur.

„Wieder einen Tag des Glücks aus Unachtsamkeit verschenkt", sagte er sich, als er auf sein Zimmer zurückging. „Schäbel, du dummer Hund. Konzentration! Ich sollte lernen, mit Konzentration zu handeln. Wayne war nie unkonzentriert, bei allem, was er tat."

Sagte sich Schäbel und wollte sich in Zukunft daran halten. Doch dann dachte er in gewohnter Weise: „Ach, was soll's! Morgen ist auch noch ein Tag."

Und schlief an dieser Stelle ein.

Am nächsten Morgen hatte Schäbel schlechte Laune. Er hasste sich; wie konnte er nur so unendlich dumm gewesen sein! Unwürdig eines John Wayne. Und schon gar eines Parteivorsitzenden, der in jeder Minute hellwach handeln sollte.

Wahrscheinlich würde sie ihn jetzt verachten.

Er ging etwas unsicher nach unten – auch Wayne war nur ein Mensch und hatte seine schwachen Tage. Zwar hat man ihn nie an solchen Tagen gesehen, aber man durfte es zumindest vermuten. In den Zeitungen las man manchmal in den

Klatschspalten, dass er besoffen irgendwo gefunden wurde. So was las man gern von seinen Konkurrenten.

„Moin." Er sagte ungewohnt „moin", was er noch nie im Leben gesagt hatte. Eine Angewohnheit, die Gesine hatte. Sie war von da oben. Norden. „Bin ich zu spät?"

Sie stand hinter der Theke und trocknete einen Teller ab. Lachte wieder geheimnisvoll, was alles bedeuten konnte, und sagte: „Kommt drauf an, wofür."

Was meinte sie damit?

Schäbel horchte auf, schaute sie an und fand, dass sie Augenringe hatte. Die ganze Nacht wahrscheinlich nicht geschlafen, weil sie darüber nicht hinwegkommen konnte, dass seine Tür verschlossen war.

„Ich meine zum Frühstück."

Er versuchte seinerseits geheimnisvoll zu grinsen.

„Dafür kommen Sie allerdings zu spät."

Das war deutlich. Schäbel wand sich verlegen. Hatte sie „*auch* zu spät" gesagt?

„Alles verloren?", fragte er. Ein „charmantes Wortgeplänkel" nannte er so etwas sonst.

„Mhm." Sie wiegte den Kopf. „Mal sehen."

Er atmete innerlich auf. Noch war die Situation nicht ganz verfahren. Einem Wayne ließen die Frauen eben immer alles durchgehen. Sie waren doch froh, wenn er ihnen nur den Stiefel hinhielt. Um ihn zu küssen.

Schäbel war wieder ganz obenauf. Der Sieger. „Haben Sie gut geschlafen, Herr?"

„Nicht so. LEIDER zu fest, was ich SEHR bedaure." „Na, hoffentlich haben Sie nichts versäumt." Dieser Satz war ihm der letzte und sichere Beweis, dass sie an seiner Tür gewesen sein musste.

O Teufel noch mal!

„Mir scheint, ich habe SEHR VIEL versäumt. Schon gar, wenn ich an neulich denke."

Er versuchte ihr einen Blick zuzuwerfen, den sie wohl verstehen musste. Und mit ihrer Antwort würde sie bestätigen, was er jetzt mit Sicherheit wusste. „Der Ritt über die Taiga", „Sturm über Asien", oder wie auch immer er es nennen wollte.

„Was man versäumt hat, ist manchmal nicht für ..."

In diesem Augenblick kam Vogl ins Gastzimmer, und die Wirtin ging in die Küche, das Frühstück zubereiten. Er hasste Vogl in diesem Moment, machte sich dann aber klar, dass Vogl in diesem Spiel ja SEINE Rolle spielte. Vogl also war Schäbel, und Schäbel war Rudi, und Rudi war der Sieger, und Vogl der Verlierer.

Seine Seele fing wieder an zu flattern, weil er nicht wusste, wie der Satz von Jeanne wohl hätte weitergehen sollen.

Als die Wirtin das Frühstück brachte, wollte er ihre Hand ergreifen, doch da schaute Vogl herüber, und er ließ es bleiben.

Wahrscheinlich war dies dann doch der schönste Tag in seinem Leben, denn er brachte ihm die Gewissheit, dass diese Wahnsinnsfrau ihm gehörte. Als sie nämlich das Frühstücksgeschirr abholte, sagte sie: „Ich bringe nachher frische Handtücher rauf. Ist das in Ordnung?"

Wow, Schäbel, *wow!*

Dieses „ist das in Ordnung" war ganz klar eine Frage an ihn, ob er sie erwarten würde.

„Natürlich. Sowieso ist das in Ordnung."

Er ging mit breiten Schritten aus dem Gastzimmer, hielt jetzt den Gürtel mit beiden Händen. Den Kopf nach hinten gebogen. Unterkiefer nach links. Scheißegal, ob das Halstuch schief saß, dafür war der Sieg zu groß, als dass er noch auf irgendetwas achten musste. Rudi konnte auch machen, was er wollte, Gesine küsste ihm immer die Füße. Innerlich. Seelisch natürlich. Im übertragenen Sinn also.

Oben warf er sich aufs Bett.

Und so wartete er in Hochstimmung.

Als sie nach drei Stunden nicht gekommen war, wusste er, dass nur Vogl sie zurückgehalten haben konnte. Denn bei dieser Leidenschaft musste schon viel passieren, um eine Frau zurückzuhalten.

Er stand auf, zog den Parka an, steckte Geld ein und warf im Gehen noch einen kurzen Blick ins Gastzimmer, um sich seine Vermutung zu bestätigen. Er hatte recht, Vogl war da, und sie auch. Sie hatte also nicht weg können.

Jeanne schaute Schäbel nicht an. Wahrscheinlich, damit Vogl nicht merkte, dass sie einen Ausdruck des Bedauerns im Gesicht hatte.

Schäbel ging ins andere Wirtshaus des Dorfes, das nie Gäste hatte. „Ein Bier. Was haben Sie zu essen?"

„Nur kalt. Emmentaler mit Salz und Pfeffer, Leberkäs oder Landjäger. Wenn Sie wollen, ein Spiegelei."

Er bestellte Emmentaler und würgte ihn hinunter. Damit er nicht bei Vogl essen musste. Er wollte heute wegbleiben. Wusste zwar nicht, was er damit bezwecken wollte, doch er machte das jetzt einmal so. Manches tut der Mensch wie in Trance, ohne zu wissen, wozu.

Das Essen drückte ihn im Magen, und er war sich nicht mehr sicher, ob es richtig war, wegzubleiben.

Er strich um das Dorf herum, die Landschaft ödete ihn schon an. Das Wetter war erträglich, doch kein Grund für Hochstimmung.

Schäbel ging zum Laden der Hollmanns, aber das Geschäft war zu: „Wegen Familienangelegenheiten geschlossen."

Als er einen Augenblick unschlüssig dastand, kam der Mann, der vor ein paar Tagen an seinem Tisch gesessen hatte. „Wissen Sie, was die unter ‚Familienangelegenheiten' verstehen? Kopulieren! Das werden sie so lange machen, bis Hollmann daran zugrunde geht, aber das ist eine merkwürdige Geschichte, die würde ich Ihnen gerne erzählen, wenn Sie etwas Zeit hätten. Kommen Sie mit, ich erzähle es Ihnen, Herr Wähn."

Schäbel wollte nur die Zeit irgendwie herumbringen, ohne die Landschaft zum, wie es ihm schien, tausendsten Male ansehen zu müssen. Immer den gleichen Weg laufen und warten, bis das Abendessen beginnt. Und das alles nur, um sie zu sehen. Sonst wäre er vielleicht nicht mehr hier. Also folgte er dem Mann.

„Gehen wir zu mir, ich wohne am anderen Ende, ist nicht weit."

Schäbel ging neben dem Mann her, bis sie zu einem Siedlungshaus aus den Fünfzigern kamen. Er wohnte in einem Anbau neben einem Holzschuppen.

„Wollen Sie etwas trinken, Wähn? Übrigens, ich bin Mayinger." Er streckte ihm die Hand hin.

Schäbel wollte irgendeinen Schnaps, wenn möglich, um das Magendrücken loszuwerden. Er war sich nicht sicher, ob er sagen sollte, sein Name sein Schäbel, denn er wollte eigentlich nicht, dass seine Identität, also, dass er Wayne war, leichtfertig in die Welt hinausposaunt wurde. Entweder einer sah das, oder er sah es nicht.

„Sehen Sie, das ist so: Der Mensch kann sich im Unterschied zum Tier – denn auch die Tiere werden wiedergeboren – nicht an seine früheren Leben erinnern.

Nun gibt es zwar ein paar Geschäftemacher, die behaupten, sie brächten die Menschen in ihr früheres Leben zurück, angeblich, doch jeder war einst ein Feldmarschall, eine tibetanische Tempeltänzerin oder eine unglaublich interessante Person. Nur ein Fall ist bekannt, wo eine Frau vorgibt, zuvor eine Putzfrau gewesen zu sein. Das ist ein solcher Einzelfall, dass sie ein Buch darüber schrieb. Alles nicht wahr. Wohl gibt es Nachrichten aus den Dimensionen, ich kenne sie ja, doch der Mensch kann sie nicht hören.

Ausgenommen ich. Ich wandere durch die Dimensionen und kenne sie alle, Herr."

Schäbel dachte, dass Vogl sich in der Sache auch anders verhalten könnte. Nämlich so wie er, also Schäbel, sich verhalten hatte. Bei Rudi. Danebenstehen und es geschehen lassen.

„ICH, JOSEF MAYINGER, HABE DEN ÜBERBLICK.

Was sagen Sie jetzt?"

Schäbel goss sich noch einen Schnaps ein, obwohl es ihn vor dieser Sorte Fusel grauste.

„Ich kenne hier fast jeden mit seinen früheren Inkarnationen, ich kenne sie fast alle aus den sieben Dimensionen."

Schäbel schaute ihn an.

„Nur *Sie* habe ich noch nie gesehen. Sie sind ein Wesen, das es zuvor nicht gab, sozusagen eine Ersterscheinung."

Schäbel nickte. Seit er sich selbst gefunden hatte, war er selbstverständlich eine Ersterscheinung. Er hätte ihm das so erklären können, ließ es aber bleiben.

„Wahrscheinlich durch ein Tier gezeugt."

„Blödsinn", dachte Schäbel. „Nur gut, dass ich es nicht zu erklären habe."

„Und Hollmann, der biologische Gemüsehändler, ich verfolge seinen Weg seit Unzeiten, ist – hören Sie zu! – die einhundertvierundsechzigste Inkarnation des Agnostikers Abhuan-Ta. Er hat es in seinem ersten Leben teuflisch getrieben, und jetzt muss er kopulieren, bis er daran zugrunde geht.

Jetzt sagen Sie nichts mehr, nicht wahr?"

„*Der* Hollmann da?", fragte Schäbel ein bisschen blöde. Er hatte nicht zugehört. Er überlegte, ob er noch einen trinken sollte, tat es dann aber nicht. Stattdessen beschloss er, sich das alles nicht mehr anzuhören. Zumal es sein konnte, dass die Wirtin noch mit den Handtüchern in sein Zimmer kam.

„Wissen Sie was, Mayinger, ich muss jetzt gehen", sagte er und verließ den Mann. Der hinter ihm nickte und in den Garten ging. Einen Rechen nahm und damit herumkratzte.

Als er in sein Zimmer kam, waren die Handtücher ausgewechselt, und auf dem Tisch stand ein kleiner Blumenstrauß.

Sie war *doch* gekommen.

Schäbel setzte sich aufs Bett, und sein Herz schlug wieder viel zu schnell.

Was der Blumenstrauß wohl bedeutete? Deutlicher konnte eine Frau wie Jeanne wohl keine Zeichen setzen. Oder?

Er legte sich aufs Bett zurück, verschränkte die Arme unter dem Kopf und schlief ein. Wachte aber auf, als die Samstagabendglocken läuteten, die Kirche war dicht neben dem Gasthaus. Kirchen hasste er. Er hat mit seiner Mutter als Kind ins Hochamt gehen müssen, wo der erbärmliche Gesang ihn unerträglich angeödet hatte. Der Geruch von Weihrauch verursachte ihm Brechreiz. Sein Vater ging nie in die Kirche, die einzige Eigenschaft, die er an ihm schätzte.

Unten im Gastraum waren etliche Tische gedeckt, was sonst nie der Fall war. „Ist was los?"

„Wir haben heute eine größere Gesellschaft, aber stören Sie sich nicht daran."

Sagte die Wirtin beiläufig. Sie war an den Tischen beschäftigt, die für die Gesellschaft vorgesehen waren. Etwa drei Tische blieben noch für andere Gäste frei.

Jeanne fragte ihn nicht, was er zu essen wünschte. Sie sah ihn wohl bereits als „zugehörig" an. Alles war mit einmal so selbstverständlich, Alltag geworden.

So wie Rudi immer da war und zu ihnen gehört hatte wie ein Hund. Dann fragte sie doch.

Sie hätten einen Hammelbraten für die Gesellschaft im Ofen, den könne sie vorerst aber nicht servieren, weil sie nicht wisse, wie viele Leute genau zu erwarten seien.

„Na gut, dann wieder Steak, medium, und Rotwein. Dazu Salat."

Er war mit dem Essen noch nicht ganz fertig, als die ersten der besagten Gäste eintrafen. Eine aufgekratzte Gruppe, die laut redete. Sie schienen die Wirtsleute so gut zu kennen, als wären sie öfter hier.

„Wie geht's, Bernhard – alles in Ordnung?"

„Natürlich. Alles klar."

Küsschen für die Frau Wirtin: „Und du?"

Das gab ihm einen kleinen Stich. Fast alle der eintretenden Männer küssten die Wirtin auf diese verlogene Art, die er so sehr hasste. Links ein Küsschen, rechts ein Küsschen. Das war seine Frau, und es juckte ihn, dazwischenzufahren und den Laden ein wenig aufzumischen.

„Und bei dir? Die Geschäfte laufen?"

„In letzter Zeit nicht so, wie vor einem Jahr."

„Tut mir leid für deinen Partner."

Sie trugen zum Teil Modetracht, Maßarbeit, feinstes Leder. Grauenhaft.

In Schäbel staute sich etwas an, und er bestellte noch einen Rotwein und noch einen, bis er wieder dachte: „Was soll's! Auch damit muss man fertigwerden."

„Wer hat denn den Hammel gestiftet, er ist her-vooor-ragend."

„Dieter. Von seiner eigenen Herde, rein biologisch."

„Wo hat denn *der* eine Herde? In seinem Penthouse oder auf dem Tennisplatz?"

„Der hat doch ein Weingut in der Toskana, weißt du das nicht? Schon seit drei Monaten."

„Ich denke, der steht auf Südfrankreich. Da hat er doch auch was, oder?"

„Ist doch längst ausgelebt. Die Bruchbude hat er seiner zweiten Frau zum Geburtstag geschenkt. Die wollen doch wieder heiraten."

„Dieter! Die---ter!! Ist das wahr?"

„Was ist wahr?"

„Du willst Nadine wieder heiraten?"

„Ach was. Wozu denn?"

Schäbel fühlte sich nicht gut. Dann aber fühlte er sich wieder hervorragend, als er bedachte, dass er nicht zu denen hier gehörte, sondern zum anderen Lager. Politisch, menschlich, intellektuell. Diese Scheck- und Kreditkartenzahler waren ja höchstens Kategorie vier der Schäbelschen Intelligenzmess-skala. Ob sie je etwas von Marx gehört hatten?

Eine der Frauen trug Zigeunerkleider, lag damit vielleicht in dieser Gruppe etwas daneben, aber sie war offensichtlich diejenige, die die Stimmung in Schwung brachte und um die sich viel drehte.

Was sie sagte, strotzte nicht ganz so von Dummheit wie das Gerede der anderen. Sie nannten sie Lala. Irgendwie mochte Schäbel sie.

„Sie sagen, du hast promoviert, Lala, ist das wahr? In was denn, wer war dein Doktorvater?"

„Peter."

„Mit dem du damals was hattest? Hat das je seine Frau erfahren?"

„Doch, ja, nein, ich weiß nicht. Klar!"

„Dann müssen wir dich jetzt Doktorchen nennen.

Das wird aber gefeiert, Leute. Männer und Frauen, Lala hat promoviert. Ist das nicht ein Heuler?"

Schäbel überlegte, ob er hinaus in die Nacht gehen sollte und einsam über die Felder streichen wie ein Wolf, der die Schoßhunde nicht mehr erträgt. War dann aber zu faul.

„Der junge Mann! Wollen Sie nicht Ihren Tisch mit heranrücken?"

Schäbel war gemeint.

„Trinken Sie mit uns, wir feiern Werners Scheidung.

Er kam mit Gewinn raus, wer kommt schon bei einer Scheidung mit Gewinn raus! Kommen Sie, seien Sie kein Frosch, alle Menschen sind doch Brüder, es lebe die Revolution."

Schäbel sträubten sich bei diesem Vorschlag die Haare. Doch dann juckte es ihn mit einem Mal, sich auf dieses kapitalistische Schlammbad einzulassen. Man musste schließlich *alles* kennen, nicht wahr?

Bald schon setzte sich das Mädchen im Zigeunerkleid neben ihn und sagte: „Sie gefallen mir nicht schlecht, wissen Sie das?"

„Nein", sagte Schäbel, aber natürlich wusste er das.

Wayne gefiel schließlich jeder Frau.

Das seichte Geseire wurde immer schlimmer – Fachsimpeleien übers Golfspielen, Börsentipps, Scheidungsratschläge, Konkursgerüchte –, und als sie noch besoffener waren, redeten sie über die Hintergründe des Lebens.

„Lala soll mal was sagen. Hat sie nicht Philosophie studiert? Sag doch mal was Saftiges von Nietzsche, du Glühbirne!"

„Ich sag mal was", rief der, den sie Peter nannten.

„Du kannst heutzutage nur leben, wenn du mit den Wölfen heulst. Das Individuum hat keine Chance. Bitte eine Gegenmeinung. Ich erteile das Wort."

„Was redest du da für einen Scheiß. *Nur* das Individuum hat eine Chance. Der Individualist, der Einzelgänger macht das Rennen."

„Einzelgänger – wo gibt es denn noch Einzelgänger? Es gibt Spinner zuhauf. Aber es gibt keine echten Originale, die man ernst nehmen kann. Sag mir doch mal eins! Siehste – weißt keins."

„Weißt keins, weißt keins. *Ich weiß einen.*"

„Na, den zeig mir mal!"

„Wohnt gar nicht weit weg von hier."

Das behauptete Lala.

„Na, dann zeig es doch mal her! Führ es uns vor."

„Ein Alter. Sie nennen ihn ‚Laotse'. Wohnt im Nachbardorf von uns. Weiß überhaupt einer von euch besoffenen Säcken, wer Laotse war?"

„Seit wann wohnst du denn auf dem Dorf?"

„Na, wo wir das Bauernhaus haben. Das meine ich."

Noch redeten sie etwas durcheinander, aber bald zog sich das Gespräch zusammen.

„Also los, erzähl, was ist mit dem?"

„Keiner weiß etwas Genaues über ihn, er redet mit keinem. Er wohnt in einem winzigen Schuppen in einem Garten. Er näht seine Kleider selbst, pflanzt sein Gemüse und müsste um die Achtzig sein. Und das Wahnsinnige ist – jetzt hört mal zu, ihr Arschlöcher – das Wahnsinnige ist, dass dann und wann Feudalkutschen bei seinem Garten parken. Industriebosse oder die Großen aus der Politik – sagt man – holen sich bei ihm Rat, wenn sie nicht mehr weiterwissen. Man weiß nicht, wer sie sind, sie lassen sich nicht erkennen. Und keiner weiß etwas über ihn. Hat kein Radio, man sieht ihn nie ohne Fahrrad, wie ein Chinese, und keiner weiß, wovon er lebt. Früher hat ihn einmal einer ‚Lao-tse‘ genannt, jetzt heißt er ‚Latze‘. Lao-tse kennen sie nicht. Sein Wasser pumpt er aus dem Garten ...“

„Ist doch verboten, Mädel. Das Wassermonopol hat die Gemeinde oder der Staat ...“

„Eben das! *Er* darf das. Anordnung von irgendwo ganz oben ...“

Das Gequassel verstummte, aber bald sagte einer:

„Na, den möchte ich mal sehen.“

„Wenn er nicht weit weg wohnt, warum schauen wir ihn nicht an?“

„Das kann man nicht machen. Es ist Nacht.“

„Es ist erst elf.“

„Wie weit ist es denn?“

„Zehn Minuten mit dem Auto.“

„Dann lasst uns doch hinfahren. Wir nehmen ihm was mit, packt mal ordentlich was ein, das muss ihn doch freuen. So einem muss doch so ein Festtagsschmaus vorkommen wie Weihnachten. Oder?“

Und dann brachen sie auf. Lala zog Schäbel mit und setzte ihn zu sich in den VW-Bus.

„Ich brauche einen Bus, weil wir ständig etwas zu unserm Bauernhaus transportieren müssen.“

„Ist ja O.K.“, sagte Schäbel.

Lala führte mit ihrem VW-Bus die Karawane an. Etwa sechs Autos. Sie fuhren zum nächsten Dorf und bogen zwischen den Häusern in einen Feldweg ein. Nach etwa fünf Minuten erreichten sie einen umzäunten Garten, und Lala hielt an.

In dem Garten befand sich eine Art Schuppen. Zum Teil gemauert, der größere Teil aber war aus Brettern, mit einem Fenster, hinter dem Licht brannte.

„Nicht so laut, seid nicht so laut", flüsterte Lala, und für einen kurzen Augenblick war da eine totale Stille. Oder wenigstens fast. Eine Eule rief, und dann hörte man weit in der Ferne eine Autostraße. Vielleicht war es auch ein Zug.

„Habt ihr auch anständig was zu Saufen mit, Jungs und Mädels?"

„Du bist ein Idiot."

„Man kann doch mal fragen."

Lala machte sich am Holztor zu schaffen. Es war verschlossen.

„Lass mich mal ran!"

Einer der Männer bastelte an dem Schloss herum, kletterte dann über den nicht allzu hohen Zaun und öffnete das Tor von innen. „Na, also."

„Nicht so laut, der Mann ist vielleicht ein Heiliger."

Jemand lachte. „Ich habe noch nie einen Heiligen gesehen."

Lala ging vorneweg, und die anderen folgten auf Zehenspitzen. Der Schuppen war flach und mit Teerpappe gedeckt. Lala öffnete leise die Tür zum Schuppen. Darin standen in einer gewissen Ordnung Gartengeräte, Holz war gestapelt, ein paar Kisten waren da, und es roch nach Holz und Moder.

Durch den Schuppen hindurch kam man in einen kleineren Raum. Da standen ein Kühlschrank und ein paar Geräte. Auf der anderen Seite der Kammer aber war eine Tür, durch deren Spalten man Licht sah. Lala ging leise zu der Tür und klopfte.

„Ja?"

Sie öffnete die Tür. Da saß ein alter Mann an einem Tisch

und flickte einen Schuh. Der Raum war etwa drei mal drei Meter groß und sauber gestrichen, hellblau an den Wänden, weiß an der Decke. Es stand der Tisch da, ein Stuhl und an der anderen Wand ein schmales Bett, zugedeckt mit einer bunten Decke, die aussah, als käme sie aus den Anden. Peru vielleicht.

Der Mann war mager, etwas gebeugt, trug abgetragene, aber saubere Kleider und hatte eine Nickelbrille. Keinen Bart, spärlichen Haarwuchs.

„Wir wollten Sie besuchen. Es ist schon spät, aber dürfen wir vielleicht trotzdem hereinkommen? Wir haben Ihnen etwas mitgebracht. Ich wohne hier in der Umgebung, das sind ein paar Freunde, dürfen wir? Nachbarn sozusagen."

Der Alte schaute sie an, und dann drängten die anderen schon nach.

„Man muss doch seine Nachbarn kennen, alle Menschen sind wie Brüder."

„Sie wohnen aber bescheiden ..."

Die Stube war sofort gerammelt voll.

„Hier ist ja nicht mal Platz zum Sitzen, geh doch mal etwas weiter. Wo ist er denn, ich seh ihn nicht. Hat denn keiner was zu Trinken?"

„Ich pack ja schon aus."

Und ehe sich einer versah, war von dem alten Mann nicht mehr die Rede. Man suchte ihn nicht einmal mehr.

„Ist das hier nicht irre? So kann man auch leben. Wer sagt denn, dass man einen Pool braucht, um glücklich zu sein?"

„Da, schau mal her! Da hat er doch ein kleines Radio. Mach mal an, vielleicht gibt's was Anständiges."

„Spielt ja kaum, krächzt bloß, mach wieder aus!"

„Gib doch mal 'n Wein rüber, hat denn keiner Gläser mitgenommen?"

„Hier ist eine Tasse. O. K., dann saufen wir eben alle aus

einer Tasse. Oder hat jemand Syphilis?"

„Ja, der Peter. Er war in Kenia."

Sie lachten los, und einer sagte: „Ihr Idioten."

Wahrscheinlich war es Peter, der das sagte.

„Frag ihn doch mal, ob er glücklich ist!"

„Wen?"

„Laotse. Oder wie hieß er noch?"

„Ihr seid ja solche Arschlöcher. Könnt ihr denn nicht ..." Sie packten den Käse aus, tranken aus der Flasche, eine fiel um, und der Rotwein lief über den Bettvorleger.

„Wo ist er denn?"

„Wer?"

„Der Mann."

Der Alte war nicht mehr da.

Er stand draußen im Garten am Zaun. Schäbel lehnte außen an der Bretterwand und war nur besoffen, sonst war sein Kopf leer.

„Hier, da liegt ein Schreibheft in der Schublade. Total abgegriffen, liegt wohl schon seit vierzig Jahren da."

„Zeig mal her. Ich möchte mal wissen, was sich so einer notiert. Schau doch mal rein!"

„Nichts. Nullo. Alle Seiten total leer."

„Na siehste! Er denkt *nichts*."

„Was ist denn da sonst noch so? Guck mal unter das Kopfkissen. Alte Leute bewahren unter dem Kopfkissen ihre Schätze auf."

„Ein Buch: DA IST EIN BUCH, Leute."

„Hört auf, ihr Schweine!"

Das war Lala, die das rief.

„Ich hätte euch nicht herbringen sollen. Ihr seid primitive, verdammte Dreckskerle."

„Und Drecksweiber, vergiss das nicht."

Lala tobte herum und zerrte einen zur Tür hinaus. „Lass mich schnell mal den Titel aufschreiben, Ann. Das will ich lesen!"

„Du und lesen! Pff. Du liest doch bestenfalls die Börsennotizen und die Fußballergebnisse."

„Das sag noch mal, du Edelnutte. Darüber reden wir morgen."

„Darüber können wir gleich reden, sofort hier. Du stehst mir sowieso schon bis zum Hals, und das ist auch das einzige, wo was von dir steht."

Lala zerrte den nächsten aus der Tür und stieß ihn weg. Dann einen dritten; die anderen gingen von allein.

Einer sagte: „Legt ihm wenigstens etwas Geld auf den Tisch!" und warf einen Hunderter hin. Ein anderer kramte gleichfalls in seiner Tasche und sagte: „Ich habe nur Kreditkarten, kann mir einer was leihen?"

Und dann trotteten sie wieder zu den Autos. Das Zimmer war verwüstet wie nach einer Schlacht. Weinflaschen lagen herum, Papier mit Käseresten. Und der Stuhl war kaputt.

Die Bettdecke lag auf dem Boden, und Lala kam zurück, legte sie auf das Bett und strich sie glatt.

Schäbel wankte als letzter hinter der Gruppe aus dem Garten, und der das Tor zuvor aufgemacht hatte, verschloss es wieder von innen und stieg dann über den Zaun. „Man kann doch hier nicht wie die Vandalen einbrechen und dann alles offenlassen", sagte er und klopfte sich die Hose sauber.

„Aber war der Alte nicht süß?"

Die das sagte, war wohl Ann.

Schäbel stieg in Lalas Auto, und in ihm drehte sich alles so, dass er nur aus der Ferne hörte, wie Lala sagte: „Diese Menschen sind alle solche Schweine."

Und Schäbel nickte.

Der alte Mann ging indes zurück in seine Stube und fing an, aufzuräumen.

Wie Schäbel in sein Bett gelangt war, könnte er bis heute nicht sagen. In der Nacht nahm er aus weiter Ferne wahr, wie die Tür aufging und eine weibliche Gestalt bekleidet mit einem dünnen Nachthemd hereinkam und sich zu ihm legte.

Es war Lala.

Sie schob die Zudecke weg und umarmte Schäbel, doch leider stand der Mond bereits in seiner abnehmenden Phase, und Schäbel war nach den Ereignissen dieses Abends ohnehin zu verwirrt, als dass ihm der Sinn noch nach einem erotischen Abenteuer gestanden hätte

Wie betäubt lag er im Halbschlaf da, bis Lala schließlich wieder aufstand und aus der Tür ging.

Das Zimmer wechseln, denn die Gruppe hatte für diese Nacht alle freien Zimmer gemietet. Manch einer wollte nach so einem Abend nämlich nicht mehr nach Haus. Sie fingen dann in der Nacht gewöhnlich an, zwischen den Zimmern zu wandern. Mal die Männer, mal die Frauen.

Dieses Aus-der-Tür-Gehen der weiblichen Gestalt war es, was Schäbel GANZ DEUTLICH wahrnahm, denn in diesem Moment brannte im Hausflur das Licht, weil jemand ins Etagenbad ging.

Lala hatte in etwa die Gestalt der Wirtin. Und so befiel Schäbel am Ende doch eine große Seligkeit. Er roch auch ein starkes Parfüm in seinem Bett, so dass eine Täuschung nicht möglich war. Dann schlief er fest und tief ein.

Am nächsten Tag fuhr die Gruppe nach und nach ab.

Keiner von ihnen verabschiedete sich von Schäbel, was ihm auch recht war, denn eigentlich hasste er solche Leute wie die Beulenpest. Irgendwie lag die Ödnis des Sonntags in der Luft. Die Kirchenglocken läuteten, und die ersten Kirchgänger kamen und tranken das erste Sonntagsbier.

Schäbel gefiel es nicht mehr in dem Dorf.

Er überschlug noch einmal die letzten Tage und konnte ein unglaubliches Ergebnis für sich verbuchen.

Er hatte sich selbst gefunden, und er hatte eine große Liebe zu einer Frau erlebt, wie sie sonst nur in der Literatur vorkommt. Er hatte einen Sieg nach dem anderen davongetragen und die Sache mit Gesine hinter sich gelassen.

Sie fiel ihm jetzt plötzlich wieder ein. Aber nicht als etwas, was ihn bedrückte, sondern als etwas, das er siegreich überwunden hatte.

Er musste Mutter anrufen.

Ging in die Telefonzelle, hatte auch genügend Telefonmünzen. „Mutter, ich bin's. Bist du nicht in der Kirche?"

„Oh, Bernie, ich hatte mir ja solche Sorgen um dich gemacht. Gesine hat angerufen, sie sucht dich, Bernie, sag die Wahrheit, geht es dir *wirklich* gut? Vater wird wahrscheinlich sterben."

„Aber ja, Mutter, ja doch, *es geht mir gut*. Mir ging es noch nie so gut ..."

„Da bin ich aber froh, Bernchen. Da bin ich wirklich froh. Wenn du etwas brauchst, du weißt, nur Mutter anrufen. Wenn Vater stirbt, brauchst du nicht extra zur Beerdigung kommen, wenn du keine Zeit hast. Bernchen ..."

Schäbel hängte ein.

Er ging breitbeinig durch die Dorfstraße und in einem großen Bogen zurück zum Gasthaus.

Was so ein armseliges, elendes Dorf einem Mann doch bringen kann!

Er war gebrochen an Leib und Seele hierhergekommen und ging fort als Sieger, der seinen Weg gefunden hat.

Er beschloss spontan, noch heute zurückzufahren.

Gesine suchte ihn? Was sie wohl von ihm wollte?

Wahrscheinlich würde sie ihn um Vergebung bitten, wenn sie erkannte, wer er, Schäbel, geworden war.

ER ABER WÜRDE NEIN SAGEN.

Er würde hart sein wie Wayne.

„Nichts geht mehr, mein Kind. Der, den du hier vor dir siehst, ist nicht mehr der Schäbel von einst. Merk dir das!"

Er ging auf sein Zimmer, packte seine Sachen, erledigte die Rechnung und reiste ab.

Er sah das Ganze so: Wayne geht ohne sich umzuschauen, doch nicht ohne Wehmut im Herzen, denn er lässt eine große Liebe, vielleicht die größte seines ganzen Lebens zurück – JEANNE. Der Freiheitsdurst und die unbezähmbare Unruhe des Mannes sind stärker als die Liebe zu einer Frau.

Doch die Liebe, die er zurücklassen muss, wird er wohl nie vergessen.

Ach, was soll's?

Dann ein halber Tag Fußmarsch durch brennende Hitze zur Eisenbahnlinie. Wie das Glück so spielt, muss er nicht lange auf den nächsten Zug warten. Nach knapp vier Stunden rollt er an.

Er, Wayne, steht langsam auf, als er den Zug heranrollen hört, klopft sich den Staub aus den Klamotten, schiebt das Halstuch zurecht. Hält die Satteltasche mit der Rechten und ergreift mit der Linken den Griff der letzten Tür des vorbeifahrenden Zuges. Springt auf, drückt die Tür hinter sich leise ins Schloss und sucht ein freies Abteil. Der Schaffner rennt den Gang entlang, will ihn anbrüllen.

Wayne: „Schnauze, ja!!"

Der Schaffner: „Oh, Mister Wayne. Ich wusste nicht ..."

„Schon in Ordnung."

Er ins nächste Abteil. Satteltasche auf den Sitz geknallt, Beine auf die gegenüberliegende Bank. Jetzt sieht er, dass in einer Ecke einer schläft, den Kopf hinter einem Mantel, doch das wache Auge des Mannes blickt durch ein Knopfloch. So schläft nur einer: Widmark.

„Hi, Widmark!"

Der unter dem Mantel antwortet, ohne hervorzuschauen.

„Waya, wenn das nicht Wayne ist!! Du alter Hengst! Haben dich die Indios noch immer nicht skalpiert? Hast dein ganzes Gold wieder bei den Nutten gelassen, du verfluchter alter Büffel, oder? Kommst wohl aus den Bergen, nicht? Oder kommst du aus dem Süden?"

„Westen", sagt Wayne. Danach schweigen sie zwei Tage.

Einmal, als der Zug hält, um Kohle zu fassen, versucht Wid ein Gespräch: „Warst du mal wieder bei der kleinen Hure in diesem Saloon? Wie hieß sie noch? Jeanne?"

„Du willst doch keinen Ärger, Wid? Hast du ‚Hure‘ gesagt? JEANNE IST MEINE FRAU.

Jetzt merk dir das mal, du gottverdammter Gringo!"

„Schon gut, John. Schon gut, vergiß es!"

Und dann fahren sie schweigend noch drei Tage zusammen in diesem verdammten Zug, ohne auch nur ein Wort zu reden. Wid verhält sich sehr verhalten, er kennt Waynes harte Linke, weiß Gott ja. Sie hatten einmal eine kleine Meinungsverschiedenheit, wo war das noch? Ach was! Vergessen. *Oklahoma* vielleicht.

So sah Schäbel seine Ab- und Weiterreise.

Vogl sah das anders.

An diesem Sonntagvormittag war die Gaststube wie immer brechend voll. Sonntagsbiertrinker, die aus der Kirche kamen

und die Zeit bis zum Mittagessen zu Hause auf diese Art ver-
brachten.

Es war zwölf, als die Wirtin Vogl fragte: „Ist Schäbel weg?"

„Ja, vor einer Stunde. Du hast keine Anmeldung für ihn
ausgefüllt, nur diesen Quatsch mit John Wayne. Das könnte
Ärger geben."

„Ach was. Kein Problem. Wenn die Leute von der Partei
nicht erkannt werden wollen, tragen sie sich halt irgendwie
blödsinnig ein, dabei kennt sie jeder. Ist er wieder zu Fuß
zum Bahnhof gegangen?"

„Nein, der Walser hat ihn hingebracht. Ich glaube, er kannte ihn von einer Veranstaltung her."

„Ist Walser nicht in Schäbels Partei?"

„Klar ist er das. Ich glaube, er hat den Elfuhrdreißig noch
gekriegt."

„Hat er bezahlt?"

„Na klar hat er bezahlt."

Als Schäbel an seinem Zielbahnhof ankam, versuchte er die
Plastiktüte so zusammenzudrücken, dass sie als Plastiktüte
nicht zu erkennen war. Eine Plastiktüte hatte keinen Stil, aber
das war im Moment nicht zu ändern.

Beim Aussteigen sah er auf dem Bahnsteig, dass zwei
junge Frauen vor ihm hergingen. Sie drehten sich immer wieder nach ihm um und stießen sich an.

Sie redeten über ihn. Natürlich redeten sie über ihn, weil
sie ihn erkannt hatten. Und wenn sie ihn jetzt um ein Auto-
gramm baten?

Was würde er dann tun? Sagen, er sei nicht Wayne?

Oder hatte er einen Kugelschreiber bei sich?

Er tastete mit der freien Hand die Taschen ab. Nein.

Eines der Mädels sagte, ohne dass er es hörte: „Guck dir

diesen Scheißer mit der Mütze an! Ich glaube, ich kenne ihn. War er nicht immer bei den Demos dabei?"

„Was ist das denn für einer?"

„So'n Hosenkacker. 'n richtiger Softie."

Dann drehten sie sich nicht mehr um, und Schäbel dachte: „Sie trauen sich nicht."

Er fuhr mit dem Taxi nach Hause. Die Wohnung war noch in dem Zustand, in dem er sie verlassen hatte, nur in der Küche sah er, dass vor kurzem noch jemand einen Schnellkaffee bereitet hatte. Wahrscheinlich Gesine. Sie hat also noch einen Schlüssel. Es graute ihm vor dem Gedanken daran, dass er aufräumen musste, und er ging in den Vorgarten. Ihm fiel ein, dass er eine Reinigungsfirma beauftragen könnte. Dabei zog er sein Geld aus den Jeans. Immer noch klein zusammengefaltet wie immer, und wieder etwa achthundert Mark – nein *sieben*hundert. Also hundert weniger als bei seiner Abreise.

Er hatte sich sozusagen für einhundert Mark eigenen Geldes selbst gefunden. Da zahlten die, die in die Selbstfindungsgruppe gingen, aber zehnmal mehr. Und das ohne Garantie auf Erfolg!

Als er das Geld zählte, fiel ihm ein, dass er dringend seine Finanzen regeln musste. Er rief Karli an, der diesen Kram für ihn erledigte.

„Hi, Karli. Hast du Zeit. Wollen wir uns wo treffen? Bei mir sieht es aus wie in einem Schweinestall. Wir sollten mal wieder mein Geldprogramm angehen, oder?"

Sie trafen sich im „Café Tamtam".

Karli sagte, es sähe zappenduster aus, was das Geld anginge, denn Schäbels Stipendium sei ausgelaufen. Er müsse seine Doktorarbeit abliefern oder das Stipendium zurückzahlen, da könne weder er noch sonst einer von der Partei etwas machen.

„Kein anderer Ausweg?", fragte Schäbel. „Ich habe keine müde Mark mehr, außer ein paar Kröten."

„Ich sag dir morgen Bescheid", antwortete Karli.

Schäbel verbrachte die halbe Nacht in Jannis' Kneipe, denn nach Hause gehen wollte er erst lange nicht. Er schlief dann nicht ohne Ekel doch bei sich auf dem Bett, nachdem er die alte Bettwäsche ins Bad geworfen und ein neues Laken aufgelegt hatte, und wachte am nächsten Morgen gegen zehn Uhr auf.

Organisierte erst einmal eine Reinigungsfirma, kochte sich dann einen Schnellkaffee und verabredete sich von neuem mit Karli. Gegen zwei im „Tamtam", wie tags zuvor.

„Werner sagt, das einzige, was wir für dich machen können, ist: Du gehst nach Bonn. Sozusagen im Interesse der Parteiarbeit. Der Job ist nicht schwer, und wenn du da mal drin bist, hast du ihn sicher auf Lebenszeit. Gehaltssteigerung wie üblich, Diäten, Zulagen, Steuervergünstigungen, Abschreibungsmöglichkeiten und das alles, du kennst es ja. Und die Rückzahlung des Stipendiums rutscht unter den Tisch. Werner würde das in die Hand nehmen. Das einzige: Du müsstest umziehen. Der Umzug wird natürlich bezahlt."

Schäbel überlegte eine Weile und sagte dann ja.

„Leier das mal an."

„Und wenn du dort bist, vielleicht kannst du von da aus auch was für mich tun."

„Klar, Karli. Ist doch wohl klar."

Man könnte nicht sagen, dass Schäbel sich freute.

Doch kam es ihm auch nicht ungelegen. Da oben hast du nicht allzuviel Arbeit und bist unkündbar, wenn du nicht unangenehm auffällst.

Fällst du angenehm auf, ist der Weg nach oben unbegrenzt.

Wie war es denn bei Reagan? Vom Wilden Westen direkt ins Weiße Haus. Na also. Und ein Wayne war auch nicht schlechter als ein Reagan. Im Gegenteil!

Also gar keine so schlechte Lösung. Es gab ohnehin nichts, was ihn hier noch hielt.

Schäbel vertrödelte den Nachmittag, indem er durch die Straßen wanderte, dabei öfter einmal auf ein Schaufenster zuging, um seinen Gang zu korrigieren. Wayne ging nicht zu breitbeinig, aber dann doch wieder breitbeinig genug, um den Sattel unter dem Hintern nicht zu verleugnen.

Im Großen und Ganzen war er sehr zufrieden.

Mit allem.

Und er fuhr nach Haus.

Den Schlüssel hatte die Reinigungskolonne in den Briefkasten geworfen, die Rechnung zahlte er per Überweisung, man kannte ihn, er hatte die Wohnung schon öfter putzen lassen, wenn er keine Lust hatte, selbst aufzuräumen, und als er darüber nachdachte, kam er darauf, dass er sie noch *nie* selbst aufgeräumt hatte. Gesine auch nicht.

Jetzt gefiel es ihm wieder zu Hause.

Er schaute sich um: Das Bett war überzogen, die Wäsche weggeräumt, und als er den Schrank öffnete, lagen wieder ein paar Sachen Gesines darin.

„Aha!"

Schon wieder ein Sieg von ihm! Oder etwa nicht? Er entschied sich für „Sieg".

Nur, was er genau bedeutete, war ihm nicht ganz klar.

Er überlegte, ob er eine Flasche Wein aufmachen oder später noch einmal aus dem Haus gehen und sich, ohne auf das

Geld zu achten, ein französisches Festmahl gönnen sollte. Er entschied sich für das Letztere, da kam Gesine.

„Oh, Schäbel. Da bist du ja. Ich war in den letzten Tagen zweimal kurz hier, aber du warst nicht zu Haus. Deine Mutter sagte, sie wüsste auch nichts von dir, ob ich etwas wüsste. Hast du was zu trinken? Whisky wäre nicht schlecht."

„Nein", sagte Schäbel mit der coolen Härte Waynes.

Was sie aber nicht bemerkte.

„Ich freu mich ja so, dich wiederzusehen. Ist alles klar bei dir, natürlich ist alles klar bei dir, bei dir ist ja immer alles O.K."

Sie setzte sich etwas steif in dem Sessel auf. „Mir geht es nicht so gut."

Sie wollte, dass er sie fragte, warum, das wusste er. DOCH ER FRAGTE NICHT.

„So?"

Hätte Wayne genauso gehalten.

Sie wartete nicht allzulange, bis sie anfing, etwas zu heulen.

„Er ist ja so ein Schwein, so ein wahnsinniger Dreckskerl."

Schäbel überlegte, ob er fragen sollte: „Wer?"

Entschied sich dann aber dagegen. Wayne hätte auch nicht gefragt. Oder hätte er doch?

Also fragte Schäbel: „Wer?"

„Na wer schon! RUDI. Weißt du, was der Dreckskerl gemacht hat? Kannst du dir das vorstellen?"

Wayne genoss in vollen Zügen das Gefühl seiner Kraft. Da lag sie nun vor ihm. Vor dem, den zu suchen sie ihn losgeschickt hatte. Und der sich gefunden hatte, ganz wie sie ihn geheißen hatte. Was sie nun aber sicher nicht ertragen würde.

„Kannst du das?"

„Was?"

„Dir vorstellen."

„Nein."

„ER HAT WIEDER MIT SEINER FRAU GESCHLAFEN. Und das ist noch nicht alles. ER IST MIT IHR IN DAS HAUS GEFAHREN, WO ER MIT MIR DIE SCHÖNSTE ZEIT UNSERES LEBENS VERBRACHTE.

So!"

Schäbel nahm all seine Gemeinheit zusammen und sagte etwas hämisch: „Na und?"

„Da fragst du ‚na und?'! Schäbel, verstehst du das nicht?"

„Nein."

„Komm, setz dich dahin!"

Gesine zog ihn auf das IKEA-Sofa, hängte sich bei ihm ein und sagte, dass er, Schäbel, der einzige Mensch auf der Welt sei, auf den man sich immer, auch in der Not, verlassen könne. Dass er nie hinter Weibern hergewesen sei, was sie immer über alles geschätzt habe.

Worauf Schäbel sagte: „Das meinst du nur." Wobei er triumphierte, denn so eine Frau wie Jeanne war sicher nicht einmal Rudi in die Finger gekommen.

„Ich weiß das einfach. Ich kann mich auf mein Gefühl verlassen. Wollen wir nicht irgendwohin gehen, Schäbel, und noch einmal über alles reden?"

Er sagte nein, aber als sie ihn drängte, sagte er ja, schon um der Bedrängung zu entgehen.

Also zelebrierten sie sein Siegesmahl zu zweit. Ohne auf das Geld zu schauen, aber auch ohne viel Genuss, denn Gesine würgte nur wenig herunter. Weinte zwischendurch und erzählte ihm von den letzten schönen Tagen mit Rudi. Er sagte, dass er nach Bonn gehe. Sie fragte, ob sie mitdürfe.

Er fragte: „Würdest du das machen?"

Sie fiel ihm um den Hals: „Oh, Bernie, nichts lieber als das."

Kann sein, dass sie auch zu viel getrunken hatten, aber sie landeten zu Hause gemeinsam im Bett.

„Du hast dir neue Klamotten gekauft, Schäbel. Find ich toll, du bist gleich ein ganz anderer Typ. Komm her!"

Sie zog ihn an sich.

Schäbel fühlte zwar keinen Hasendrang, aber er war entschlossen, ihr dieses eine Mal zu zeigen, was Wayne für ein Mann war. Da würden aber die Dielen brechen!! Ein Sturm würde über die Steppe fegen ... wow!!

Da ging das Telefon.

„Ja?"

„Schäbel, bist du's? Ist Gesine bei dir?"

Es war Rudi.

„Nein."

„Ja! Natürlich ist sie hier!"

Gesine riss ihm den Hörer aus der Hand. „Dem sag ich jetzt mal was, pass auf!

Rudi? Ich sag dir mal was: Du BIST --- DER LETZTE DRECKSKERL. SO. Und jetzt ist es aber endgültig aus.

Aus --- AUS --- AUS."

– – –

„Was?"

– – –

„Mit wem?"

– – –

„Ach, red doch kein' Scheiß. Ich glaub dir kein Wort mehr."

– – –

„Nein."

– – –

„Noch mal NEIN, NEIN, NEIN. Was sagst du? Jetzt gleich? Bestimmt nicht!"

– – –

„Nein. Jetzt nicht, und morgen nicht und nie. Basta."

– – –

„Nein, ich habe nichts vergessen."
Tränen.

– – –

„Also gut, ich nehme mir ein Taxi. Ciao bis gleich."
Gesine sprang aus dem Bett und zog sich hastig an.
„Kannst du mir eben mal ein Taxi rufen, Bernchen?"
Schäbel schob den Unterkiefer nach rechts.
Aber da zeigt sich die wahre Größe eines Mannes.
Ganz cool bestellte er Gesine ein Taxi.
„Ich hol mir dann mal meine Sachen, die Möbel kannst du behalten, Rudis Wohnung ist jetzt frei. Sag Bescheid, wenn du nach Bonn gehst.
Du erreichst mich dort. Ciao, Ciao-chen, Bernchen."
Den nächsten Monat vertrödelte Schäbel. Karli hatte einen Vorschuss für den Umzug herausholen können, damit konnte er gut leben. Den Umzug würde er dann später mit dem ersten Gehalt bezahlen.
In diesem Monat beschäftigte sich Schäbel damit, seine neue, wahre Identität zu verbergen. Also, dass er Wayne war. Er übte vor den Schaufenstern den zurückgenommenen Gang des Cowboys. In der Politik war es gut, nicht sofort durchschaut werden zu können. Die eigentliche Kraft im Hintergrund zu halten. Sich müde zu zeigen, aber dann, wenn es sein musste, knallhart zu sein. Sein Vater starb nicht, und seine Mutter sagte am Telefon: „Stell dir vor, er hat sich wieder erholt und läuft schon wieder auf dem Lagerplatz rum. Den bringt auch gar nichts um. Wenn du was brauchst, Bern-

chen, nur Mutter anrufen. Ist mit Gesine auch alles in Ordnung?"

„Ja, ja, Mutter, frag doch nicht so viel."

Zwei Tausender hatte er von Mutter noch gebraucht, bevor er nach Bonn ging. Auch was die Kleidung anging, nahm er sich ein wenig zurück. Er trug wohl noch die Stiefel unter den Jeans. Und auch die Weste. Nur das Pfadfinderhalstuch legte er ab. Die Rangermütze trug er meist in der Tasche.

Bonn!

Wenn er es recht bedachte, war es höchste Zeit, dass einmal einer wie er nach Bonn ging.

Einer, der den vollen Durchblick hatte.

Einer, der frei und unbestechlich war und der noch wusste, was gut und richtig war.

Einer, der auch einmal anzupacken und aufzuräumen verstand.

Ein Mann wie Wayne.

Er überprüfte noch einmal im Spiegel seinen Gang. Und so vorbereitet kam Schäbel nach Bonn.

SACHARIN IM SALAT

ROMAN

Heute um elf hat Marlene angerufen. Ob ich Lust auf Spaghetti hätte.

„Wann, wieso?"

„Übermorgen. Bei mir. Abends halb acht. Du kommst doch?"

„Wer kommt noch?"

„Keiner, nur du. Und ich natürlich."

Normalerweise nicht schlecht: Eine ruft dich an mit einem läppischen Vorwand, du sollst zu ihr kommen, keiner wird da sein, nur du und sie natürlich, und du denkst: Aha, ein Signal.

Signal! Jede Absicht hat ihr Signal. Jede Eigenschaft hat ihr Signal. Wer sich einen Schnurrbart wachsen lässt, ist sexuell verklemmt. Wer sich aufputzt wie die Hure von Babylon, ist sexuell verklemmt oder das Gegenteil, jedenfalls ist er – ich meine: Sie – nicht in Ordnung. Wer seine Beine beim Sitzen übereinander schlägt, ist sexuell verklemmt, wer sie spreizt, ist es nicht. Alles, alles ist Signal.

Marlene läuft herum wie die Hure von Babylon, aber beim Sitzen spreizt sie die Beine. Also was ist sie jetzt? Bei Marlene kenne ich mich nicht aus. Marlene macht mich ganz verrückt.

Sie zwängt ihren Leib gern in enge Hosen, so als ob sie die Hosen jedes Mal um sich herumnäht, weil sie sonst nicht hineinkäme. Die Nähte sind fest und hart, halten das Fleisch zusammen, aber rechts und links der Nähte quillt es. Schön ist das. Ich stelle gern Vermutungen über das Fleisch an, sehe ich so etwas, dabei versuche ich, möglichst nicht auffällig hinzuschauen, damit man mir nicht sofort draufkommt. Bei Marlene nicht mehr, denn Marlenes Fleisch habe ich schon gefühlt. Als sie anrief, sah ich sie so vor mir, und ich sagte: „Ist gut, klar, ja, ich komme. Sowieso."

Kaum hatte ich das gesagt, fiel mir wieder ein, dass alles das bei ihr nichts bedeutet, das Signal funktioniert nicht. Dass sie die Beine spreizt, heißt nicht, dass sie willig ist und zugänglich.

Für mich jedenfalls nicht. Und ich sagte:

„Doch ja, ich komme bestimmt vielleicht. Ich meine, dass ich vielleicht ganz bestimmt komme, aber noch nicht ganz genau weiß, ob ganz sicher. Wenn ich nicht komme, sage ich dir noch Bescheid."

Ich musste noch darüber nachdenken. Vielleicht mit jemandem darüber reden.

Ich kenne sie seit etwa drei Jahren. Seit ich sie kenne, hat sie immer die gleiche Geschichte auf Lager. Sie benutzt mich. Ja, sie benutzt mich, um diese Geschichte bei mir loszuwerden, auf mich einzureden, ihre Geschichte abzuladen und mir aufzubürden.

Sie habe sich verliebt, sagt sie, zum ersten Mal im ganzen Leben echt und ehrlich und richtig und ganz tief. Er arbeitet bei der PANAM oder bei der SWISSAIR oder ITALAIR oder sonstwo in dieser Gegend. Sie haben sich irgendwo gesehen, es hat gefunkt – beiderseitig, klar, was sonst? Und dann sind sie eine Woche nicht aus den Federn gekommen.

Verheiratet?

Verheiratet. Ja, leider, aber er hat mit seiner Frau seit zwei Jahren nichts mehr. Hat er gesagt, natürlich, hat er gesagt. Aber dann sei er weggegangen. Er stand auf, sagte, er müsse sich schnell einen Rasierer kaufen oder müsse dringend telefonieren, könne das aber nicht von ihrem Telefon aus. Oder Zigaretten holen. Ging weg, kam nicht wieder.

„Wann war das?"

Ich frage sie das immer wieder, wenn sie mit so einer Geschichte ankommt. Dabei weiß ich die Antwort im Voraus, sie kommt so sicher wie das Amen in der Kirche, sie wird sagen:

„Vor einer Woche. Meinst du, er kommt wieder?"

Und ich sage dann fast immer: „Er kommt bestimmt wieder."

Warum tu ich das, warum lasse ich mich auf diese langweilige Geschichte ein? Ich kann es doch schon singen, was sie mir jedes Mal erzählt. Zweimal im Jahr begegnet sie ihrer ersten echten großen Liebe, immer ist es einer von der PANAM oder SWISSAIR oder ITALAIR. Immer ist er groß, blond, leider verheiratet, trägt einen Blazer, eine Woche liegen sie im Bett, dann geht er, und dann muss sie das einem erzählen. Und der bin ich. Warum höre ich mir das an? Warum sage ich, dass er wiederkommt, ich weiß genau, dass er nicht wiederkommt. Damit sie glücklich ist. Weil du niemanden so schwer unter die Bettdecke lockst wie eine Unglückliche.

Wenn Marlene lacht, lacht sie sauschön ordinär, tief, breit und laut. Sie lacht so, wie sie aussieht, wie die Hure von Babylon. Der Hannes sagt:

„An dem, was einer tut und *wie* er das tut, kannst du erkennen, wie er ist."

Signale. Vielleicht stimmt das. Dann *muss* sie die Hure von Babylon sein, und deswegen lasse ich mich immer wieder auf diesen Mist ein. Ich höre mir ihre Geschichte zum achtzigsten Mal an und frage:

„Verheiratet?"

Und ich sage, dass er bestimmt wiederkommt. Ich lüge, damit ich sie endlich mal pudern kann.

Wenn Marlene vormittags um elf anruft, weiß ich, sie liegt im Bett unter ihrer Leichtdaunendecke von Neckermann in ihrer verqualmten Bude mit einem Brummschädel wie der Budiker Mainka nach zwei Litern selbstgebranntem Fusel, und ihr ist zum Kotzen. Sie ist erst um sechs Uhr früh nach Hause gekommen, die Klamotten liegen verstreut im Zimmer, sie balanciert das Telefon auf der Bettdecke, passt auf, dass es nicht umkippt und das Gespräch unterbricht. Der Kaffee ist so dick, dass der Löffel drin steht, und steht neben dem Bett auf dem Radio. Er ist noch zu heiß, ihre erste Tablette gegen irgendetwas hat sie geschluckt, und den Hörer hält sie in der Hand, in der sie die Zigarette zwischen den Zeige- und den Mittelfinger geklemmt hat, den Hörer hält sie zwischen Handballen und kleinem Finger, mit der anderen Hand blättert sie in ihrem Notizbuch, fängt an bei A, die ersten melden sich nicht, sind nicht zu Haus, nur ich bin da: Alex.

Ich, der Borowski.

Inzwischen ist der Kaffee nicht mehr zu heiß, sie fängt an zu reden, und zwischendurch schlürft sie den Kaffee. Wenn sie ihn ausgetrunken hat, fängt er an zu wirken, und sie gerät in eine Art Euphorie. Dreht auf wie eine Honda 500, tausend Pläne hat sie, bei allem macht sie mit, sagt sie, sagt alles zu, wozu ich sie möglicherweise auffordere, nach zehn Minuten schlafft sie ab. Es folgt eine Pause, ich weiß, dass sie jetzt heftiger raucht und ganz tief inhaliert, und dann sagt sie:

„Es ist alles Scheiße, Alex. So eine Scheiße, ich kann dir gar nicht sagen wie!"

„Warum?"

„Ach, lass! Es ist doch egal."

„Komm, erzähl doch! Was ist los?"

Immer wieder sage ich das, dabei weiß ich, seit ich sie

kenne: An diesem Punkt kann nichts anderes kommen als ihre alte Operette, von dem, der kam und wieder ging, und sie sitzt jetzt da. Auf dem Bett im Nachthemd neben dem Kaffee und ihren Tabletten, und sie wird gleich anfangen zu heulen.

„Ach komm, geh, Alex. Die Männer sind doch alle egal. Wollen ihre Nummern haben und dann hauen sie ab. Hör mir doch auf!"

„Erzähl mal! Was ist denn?"

„Weißt du, das erste Mal in meinem Leben: so richtig ehrlich und tief. Verliebt. Ich hätte nie gedacht, dass mir das noch passieren kann. Was? Bei der Lufthansa. Pilot. Weißt du – interessiert dich das überhaupt?"

Wenn ich jetzt nein sage, lässt sie mich nie mehr ran.

„Klar. Erzähl schon!"

„Weißt du, ich komm ins *Kinki*, er steht an der Bar, ich seh ihn, und ich denke, mich trifft der Blitz. Ich hin, stell mich daneben, rede mit dem Jo – kennst du eigentlich den Jo? – später hat er mir gesagt, ihm ging es genauso. Alex, wo gibt es das heute noch? Mensch, zwei sehen sich und zack! bei beiden – ist es da! Weißt du: So richtig tief haut's rein."

An dieser Stelle fängt sie meistens an zu heulen.

„No ja. Du weißt ja, wie das geht. Wir lassen uns volllaufen und dann zu mir. Was? Ja, leider. Verheiratet, aber schon seit sechs Jahren, da läuft ja nichts mehr. Ach Alex ..."

Es ist zu spät, ich kann nicht mehr aussteigen. Ab hier muss ich die Geschichte zu Ende anhören.

„Wir sind aus dem Bett eine ganze Woche nicht rausgekommen. Den ganzen Kühlschrank haben wir leer gefressen, du, bis zur letzten Dose Milch, alles, alles radikal weg. Wie er aussieht? Du, ganz groß, mindestens einsachtzig. Blond. Ob du ihn kennst? Vielleicht. Er trägt immer einen Blazer. Blau. Ja ..."

„Ich glaube, ich kenne ihn."

„Ehrlich, du? Kennst du ihn, das find ich ja klasse, Alex. Pass auf, und dann nach einer Woche, er einen Bart von mindestens drei Zentimetern, hat natürlich keinen Rasierer dabei, kannst du dir denken, sagt, er geht sich schnell mal rasieren. Und kam nicht wieder."

Heute hat sie nichts weiter erzählt. Nur, ob ich käme. Manchmal, wenn ich diese alte Leier partout nicht hören will, nehme ich das Telefon, gehe vor meine Wohnungstür, klingel und sage: „Es hat geklingelt. Wartest du einen Moment?"

Ich gehe weg, lasse den Hörer liegen, komme nach fünf Minuten wieder, meistens ist sie dann schon weg. Na gut! Eine etwas linke Tour. Aber ich bin so. Ich kann der da am Telefon nicht sagen:

„Ich kann deine ewige Operette nicht mehr hören. Hast du gehört: Ich kenne sie schon. Du hast sie mir hundert- und zweihundertmal erzählt. Mensch!"

Dann mach ich es lieber so. Sie erzählen mir alle immer ihre gleiche Geschichte. Mal etwas variiert, die eine oder andere Person ausgewechselt, den Ort der Handlung etwas verschoben – aber ihre Geschichte ist immer die gleiche. Der Hannes sagt:

„Es ist so, als ob jeder eine *Richtschnur* hat, an der alles lang läuft. Keine Abweichung nach rechts oder links, immer da lang. Und wenn du ihn kennst, weißt du im Voraus, was bei ihm kommen kann. Oder wie eine Zahl, als ob jeder seine kleine rote Zahl hat, durch die alles, was ihm geschieht, teilbar ist und aufgeht." Meine Großmutter zum Beispiel hatte einen Schrebergarten. Ihr ganzes Leben, alles, was sie dachte und tat, hing zusammen mit dem Schrebergarten. Manchmal stand sie früh auf und sagte:

„Ich habe vom Garten geträumt. Ich komme hin und sehe

gerade noch, wie ein Dieb mit einem Korb Stachelbeeren nach hinten über die Bahn verschwindet ..."

Sie trug immer eine alte Markttasche bei sich und sammelte Pferdeäpfel für irgendwelche Stauden, die sie frisch gepflanzt hatte. Sie hob alte Zeitungen auf, die sie in der Laube sammelte. Bindfäden, Draht, und wenn einer ein Messer wegwerfen wollte, sagte sie:

„Nicht doch! Das brauchst du nicht wegzuwerfen, das kommt mir im Garten noch zupasse."

Das letzte, wovon sie sprach, bevor sie starb, war der Garten:

„Hinten beim Zaun sind ein paar Astern. Die müssen geschnitten werden, sonst gehn sie kaputt. Das wird noch zurechtkommen für meine Beerdigung. Legt sie mir aufs Grab, dass es schön geschmückt ist, und gebt den Leuten auch welche, dass sie was zum Mitbringen haben und nicht unnötig im Laden kaufen müssen ..."

Marlenes kleine rote Zahl, durch die alles aufgeht, teilbar ist, ist das, dass immer wieder einer kommen muss und zum Flugpersonal gehört, egal welche Fluggesellschaft, mit ihr eine Woche im Bett liegt und dann geht. Immer ist er ihre erste große Liebe, eigentlich ist es immer der gleiche.

Fast von jeder Fluggesellschaft war schon einer dabei – außer Arabern. Araber nimmt sie nicht. Araber haben Syphilis von Geburt an, sagt man. Sie übertragen sie, geben sie weiter an ihre Nachkommen, ihnen selber macht sie nichts. Vor Syphilis hat sie Angst. Vor Tripper nicht. Tripper hatte sie schon dreimal. Sie ging damit immer zum selben Arzt, nach dem zweiten hatte sie sich mit ihm angefreundet. Teufel, was heißt angefreundet? Gepudert hat er sie nach der letzten Spritze, hat so lange gewartet, damit er sich nicht ansteckt, dafür brauchte sie's nicht zu bezahlen.

Marlene ist nicht in der Pflichtkrankenkasse. Sie arbeitet ja nicht.

Ich werde doch nicht hingehen. Ich passe da nicht hinein, ich gehöre nicht zu ihren Möglichkeiten, meine Lochkarte passt nicht in ihren Stempelapparat, ich bin nicht groß, ich bin nicht blond. Ich arbeite nicht am Flughafen, trage keinen Blazer, bei mir passt kurzum nichts.

Ich weiß jetzt ganz sicher, dass ich nicht hingehen werde. Aber vielleicht müsste ich einmal mit einem darüber reden. Mal durchsprechen, etwas Erfahrungen austauschen, fragen, ob er einen ähnlichen Fall kennt oder an sich selbst erlebt hat, manchmal bringt das Klarheit. Ich meine: Mit einem über etwas reden.

Wann habe ich das letzte Mal mit jemandem geredet? Ich kann mich nicht erinnern. Wenn ich mit jemandem reden will, unterbricht er mich nach dem zweiten Satz, und ich muss mir seine alte Leier anhören. Er lässt sich nicht unterbrechen, quasselt drauflos, sie lassen mich keine drei Sätze sagen. Ich glaube, ich habe seit fünf Wochen mit keinem mehr geredet.

Ich müsste mal mit einem reden.

ICH WILL AUCH EINMAL MEINE GESCHICHTEN ER-ZÄHLEN, sonst werde ich verrückt.

Ich könnte die Geschichte von Marlene erzählen. Ich könn-te sagen: „Kennst du eigentlich Marlene? Kennst du nicht? Ach was, du kennst sie bestimmt, weil jeder sie kennt. Sie hat einen Riesenmund, ganz breit, weißt du. Jacketkronen, den ganzen Mund voller Zähne, und lacht sauschön ordinär und tief und ist in ihre Klamotten geklemmt, dass sie fast platzen."

Und so weiter.

Dann könnte ich die Geschichte erzählen, wie ich sie ein-mal schon unter der Bettdecke hatte.

Ich war mit ihr essen. Sie hatte mich an dem Morgen ange-rufen. So gegen elf.

„Hast du Lust, Alex, mit mir essen zu gehen? Heute Abend. Ja. Weißt du, so richtig schön essen. Ich lad dich ein. Ach Quatsch, stell dich nicht so an, warum soll ich dich nicht mal einladen ...“

Ich *musste* mir doch denken: Sie will was. Ja klar will sie was, denn wozu lädt sie mich sonst ein? Und wenn du sie sehen würdest in ihrem vollen Ornat, aufgezäumt wie der Bischof von Speyer beim Hochamt, du hättest genauso ge-dacht. Ich sagte also:

„O. K., ich komme, ich hole dich ab. Freu mich.“

Ich konnte den Abend gar nicht erwarten, ich stellte mir das immer vor. Wie ich sie dann zu mir ziehe, sie geht immer schneller, weil sie es nicht erwarten kann. Und dann ziehe ich ihr die Bluse aus, und sie sagt:

„Komm, ich mach schon selbst ...“

Und das alles.

Lief auch prima. Wir haben gut gegessen, ich habe viel-leicht etwas zu schnell gegessen, aber sie ganz langsam. Als ob sie's besonders in die Länge ziehen wollte. Auch ein Trick, dachte ich. Will's in die Länge ziehen, bisschen Spannung erzeugen.

Sie isst immer langsamer, trinkt einen Wein nach dem anderen, und dann legt sie los! Wieder die gleiche Geschichte. Radartechniker. Sieht aber gar nicht nach Techniker aus, sagt sie. Eher wie ein Playboy. Blond, verheiratet und alles das. Ging weg, kam nicht wieder. „Was hältst du davon, Alex? Meinst du, er kommt wieder?“

„Weiß ich nicht“, sage ich, ich hatte es aufgegeben zu den-ken, sie käme noch mit zu mir. Ich hatte langsam abgebaut, drängte die Vorstellung Millimeter um Millimeter zurück, und sie soff und heulte. Wir gingen aus dem Lokal. Nebenbei und mehr aus Routine, vielleicht auch, um sie nicht zu beleidigen, ihr die Möglichkeit zu geben, nein zu sagen, ich weiß auch nicht, warum, jedenfalls fragte ich:

„Kommst du noch mit zu mir?"

Ich hatte längst begriffen, dass sie nicht kommen würde. Aber sie sagte:

„O. K.", und das traf mich wie ein elektrischer Schlag, ich wurde sofort wieder wach. Ich ging schneller und zog und schob sie, und sie ging immer langsamer. Zog sie die Treppen hoch wie eine alte Frau, blieb andauernd stehen und redete dummes Zeug:

„Trag mich ein Stück, Alex! Bist du auch so müde?"

Und mein Pegel stand auf hundertzwo. Dann hatte ich sie endlich oben. Sie ließ sich ausziehen, hielt sich aber steif wie ein geschlachtetes Schwein, ließ sich auf dem Bett drehen und ziehen, als läge sie auf der Opferbank, was den Vorgang so verlängerte, dass mein Pegel schon von der Arbeit wieder sank. Und dann lag sie endlich an der richtigen Stelle in der Mitte vom Bett, der Kopf oben, die Füße unten, und ich wollte anfangen.

„Ach komm, geh, Alex! Spinn doch nicht! Doch nicht wir beide! Dafür sind wir viel zu gute Freunde. Dafür kann ich dich viel zu gut leiden, weißt du ..."

Hast du so einen Mist schon einmal gehört?

Sie blieb die ganze Nacht in der Mitte des Bettes liegen und schnarchte. Ich hatte keinen Platz, konnte nicht schlafen und schwor mir hundertmal in dieser Nacht: Nie wieder Marlene.

Am nächsten Tag hatte sie schlechte Laune. Ich auch. Und sie sagte noch:

„Weißt du, Alex, wenn ich's tu, dann tu ich es gleich am ersten Tag oder gar nicht. Dieses ewige Hin und Her, wir sind doch keine alten Leute! Und den ersten Tag, den hast du leider verpasst, Alex. Ich finde das schade. Ehrlich, Alex."

Habe ich den ersten Tag verpasst? Das kann nicht sein, das entspricht nicht meinem Naturell, denn ich probiere es immer sofort, damit ich nichts verpasse. Ich versuche es schon aus Höflichkeit, denn viele können es einem nicht verzeihen, wenn man es nicht probiert. Sie brauchen das, sie wollen die Gelegenheit haben, nein sagen zu können. Sie sammeln diese kleinen Siege. Sie bleiben Sieger im Kampf der Geschlechter – denke ich mir, dass sie denken.

Gefällt mir eine partout nicht, dann stelle ich's so an, dass sie nein sagen *muss*. Sagt sie trotzdem nicht nein, mache ich es so, dass sie auf eine Wiederholung gern verzichtet. Das kann man ja. Die Frauen sind besser dran. Die Entscheidung ob Ja oder Nein liegt bei ihnen. Der Hannes sagt:

„Wenn dich eine nicht leiden kann, kann sie dich sofort nicht leiden. Da nützt es nichts, wenn du ihr Blumen schickst. Und wenn sie dich leiden kann, brauchst du ihr keine Blumen zu schicken."

Das stimmt nicht. Manche nehmen einen, den sie zuerst gar nicht leiden konnten, nachher umso heftiger.

Ich werde übermorgen doch zu Marlene gehen. Ich werde diese ekelhaften Spaghetti essen, und dann werde ich sie schön pudern.

Vielleicht treffe ich heute einen, mit dem ich etwas reden kann. Ich werde ihm die Geschichte mit Marlene erzählen. Aber wahrscheinlich werde ich keinen treffen. Das heißt, ich werde viele treffen, aber sie werden zu mir sagen:

„Mensch, Borowski, schön, dass ich dich mal wieder sehe, komm, erzähl doch, wie es dir geht ..."

Und kaum werde ich den ersten Satz gesagt haben, wird mich derjenige unterbrechen und wird mir irgendeinen Mist erzählen. Von der Krise in Kuba, vom Nulltarif und dass in der Sowjetunion eben alles in Ordnung ist, weil die öffentlichen Verkehrsmittel niedrigere Tarife haben.

Ich interessiere mich nicht für Politik.

Der Hannes sagt: „Politiker können frei und ohne viel zu überlegen jede Art von kriminellen Vergehen praktizieren: Vom einfachen Meineid über Korruption, Verrat, Bereicherung durch politische Geschäfte bis zum Einzel- und Massenmord – ihnen passiert nichts. Solange ihre Partei noch irgendetwas zu vermelden hat. Ab und zu wird ein Politiker liquidiert, aber meistens der falsche. Sagt das denn nicht alles über die Qualität dieses Berufes aus!"

Einmal rief sie wie heute an.

„Gehst du mit mir heute Abend ins *Kinki* Alex?

O. K., ich sagte ja, fragte nicht viel, dachte, wenn sie sich einen angetrunken hat, wird sie vielleicht eher wollen. Sie säuft ja wie ein Loch.

Wir gingen ins *Kinki,* alles sah gut aus, sie war bestens in Fahrt, redete Sauereien wie ein polnischer Matrose, und als ich zur Sache kommen wollte, sah sie einen an der Bar stehen, ging zu ihm hin, es dauerte keine drei Minuten, da lachte sie mit ihrer sauschönen ordinären Lache und war weg. Sah mich nicht mehr, kannte mich nicht, und ich zog allein ab.

Ich schwor mir: Nie wieder Marlene.

Jetzt weiß ich wieder, wie es am ersten Tag war: Ich war in einem Lokal, saß mit einer beim Essen, und gegenüber an einem Tisch saß Marlene. Glitzerte und flimmerte, war behängt wie ein Weihnachtsbaum, aufgetakelt wie ein Dreimaster und lachte laut und tief durch den ganzen Laden. Und sah mich an. Redete mit dem, der bei ihr saß, sah aber *mich* an.

„Aha, Signal!", dachte ich.

Denn wozu sollte sie mich sonst so fixieren?

Meiner Kameradin, die bei mir saß, war ich nicht weiter verpflichtet, also ging ich, bevor wir das Lokal verließen, zu jenem hinüber, denn ich kannte ihn flüchtig, ein gewisser Sobota, der nicht arbeitet, begrüßte ihn, und es kam, wie ich schon vermutete: Sie sagte, wir sollten uns doch setzen.

Es ergab sich ein dummes Gespräch, wo jeder nur vor sich hinredete, es wurde ohne Grund gelacht, und sie fand irgendeinen läppischen Vorwand, um mir ihre Telefonnummer zu geben. Wenn ich einmal wüsste, wer einen alten Schrank kaufen will oder vielleicht auch, falls ich einen kenne, der nach Würzburg fährt und sie mitnehmen würde – solle ich sie doch anrufen.

Klarer Fall für mich! Signal neben Signal: Sie will was.

Wir gingen. Unterwegs sagte meine Kameradin, dass man die Augenwimpern von Marlene am Meter bei Karstadt kaufen könnte. Aufgeklebt. Na wenn schon! Ich sagte: „Keiner ist hundertprozentig."

Ich rief sofort an, als ich zu Haus war. Sie war da. Sie muss im Dauerlauf nach Hause gerannt sein, dachte ich. Ich redete gleich Fraktur mit ihr. Sie solle doch bei mir vorbeikommen.

„Wann? Bei dir? Mann o Mann, du bist eine Marke. Das könnte dir so passen. Wo wohnst du denn?"

Na, und dann kam sie. Mir ist es lieber, wenn eine zu mir kommt, denn in der eigenen Bude bist du im Vorteil, da bist du wie ein Fußballverein auf dem eignen Platz. Du kannst das Vorspiel automatisch ablaufen lassen. Sie klingelte, kam herein, noch mehr Kriegsbemalung, schepperte wie ein Karussell, und ich dachte: „Das läuft ja wie im Bilderbuch."

Ich fing sofort an. Ich knöpfte den ersten Knopf oben auf, sie sagte nichts. Sie lachte. Das ist meine einfache Tour. Sie funktioniert meistens, weil sie verblüfft. Ich rede oben belangloses Zeug und knöpfe einen Knopf nach dem anderen auf. Immer reden und lachen und knöpfen. Eine alte Bauernregel: Du musst immer sie zuerst ausziehen, und dann dich. Hast du schon mal gesehen, wie dumm so ein Kamerad aussieht, wenn er nackt vor einer steht, die noch den Mantel anhat?

Ich knöpfte den zweiten Knopf auf, und sie lachte. Diese Tour funktioniert, weil sie so einfach ist, nach dem gleichen Gesetz etwa, wie ein Flaschenzug nur selten kaputtgeht, weil er so einfach ist. Sollte etwas schiefgehen und du gerätst an die Falsche, kannst du dich immer noch dumm stellen. Kannst sagen, du habest es nicht gemerkt. „Ein Versehen, verstehn Sie doch! Ich? Mit den Händen wo? Aber nein. Echt nicht."

Manche lassen dich allein arbeiten. Stellen sich hin und tun von sich aus nichts. Manche sagen:

„Lass, ich mach's lieber selbst."

Weil sie Angst haben, dass du ihnen ein Loch in die Strumpfhose reißt.

Als ich beim fünften Knopf war, sagte Marlene:

„Was machst du, Alex?"

„Wieso?"

„Du knöpfst mir die Bluse auf."

„Ach Quatsch. Wo denn?"

Ich nahm mir den sechsten vor, sie schob meine Hand weg, knöpfte wieder zu und sagte:

„Nicht jetzt, Alex. Weißt du, noch nicht heute. Jedenfalls nicht, solange es hell ist. Weißt du, ich finde mich nicht schön, wenn ich ausgezogen bin. Es ist mir lieber, wenn's dunkel ist."

„Ach, du bist schön. Du bist ja sauschön, Mädel."

Auf diese dummen und möglichst einfach ausgedrückten Komplimente fällt nur selten eine nicht rein.

„Vielleicht bin ich schön. Meinst du echt, dass ich schön bin?"

„Sowieso."

„Kann sein, dass ich schön bin, aber ich brauche etwas Romantik. Schummerlicht, Österreich drei, dufte Musik. Hörst du auch immer Ö drei?"

Na gut, dachte ich, dann eben heut Abend. Ich hab ja das alles. Kann das Schummerlicht mit dem Fuß an- und ausschalten, Radio neben dem Bett, auch unauffällig zu bedienen. Falls mitten im Höhepunkt Marschmusik dudelt oder der ekelhafte Edelhagen scheppert, da kannst du nicht mittendrin aufhören, absteigen und den Kasten abstellen. Ich habe mir einen Fußschalter hinten bei den Füßen an die Wand geschraubt unter einem Teppich versteckt, es macht mir nichts aus, noch kurz vor dem Gipfel unauffällig den Schalter zu bedienen.

Also gut, ich vertrödelte den restlichen Nachmittag irgendwie, hatte mich für den Abend verabredet, sie wollte vorher noch in die Kneipe gehen. Wir gingen in die Kneipe, und um elf sagte ich:

„Gehen wir?"

„Wohin?"

„Zu mir."

„Ach ja, O. K. Aber lass uns vorher noch schön etwas essen, weißt du, ich finde, wenn schon, dann muss alles perfekt sein. Ein gutes Essen, ein kleiner romantischer Spaziergang und so. Lass uns etwas essen gehen, ja!"

Wir gingen essen, dann wollte sie noch spazierengehen, na gut, wir drehten eine Runde durch den Park, inzwischen war es schon halb eins. Ich dachte: Na, dann schlafe ich halt morgen bis Mittag. Und dann sagte sie:

„Bist du auch so wahnsinnig müde, Alex?"

„Nein. Du?"

„Ich könnte mich hier hinlegen und schlafen."

„Dann gehen wir doch zu mir. Da kannst du dich nachher hinlegen, und wir schlafen morgen bis eins."

„Nicht so, Alex! Weißt du, du darfst mich nicht hetzen. Das muss sich ergeben. Ich bin nicht eine von den Schnellen. Bei mir muss es sich entwickeln, ich muss einen erst kennen. Als Mensch, verstehst du das? Ich muss wissen, was er denkt, und was er macht, und wie er ist. Findest du nicht auch?"

Nein, finde ich nicht. Ich baute ab. Ich begleitete sie nach Hause. Vor der Tür sagte sie:

„Morgen, Alex. Vielleicht morgen. Ich muss noch einmal drüber schlafen. Ich ruf dich morgen an, Ehrenwort."

Sie rief nicht an. Ich vergaß den Fall, und nach Monaten rief sie an. „Marlene!"

„Was für eine Marlene?"

„Na komm, geh, Mensch Alex, stell dich nicht so an! Als ob du mich nicht kennst."

Ob ich mit ihr irgendwohin ginge? O. K., sagte ich, ja, ich hatte diese ganze Malesse von damals nicht mehr im Gedächtnis, erst später fiel es mir wieder ein, ich hätte mich sonst nicht darauf eingelassen. Ich bin keiner von denen, die wochenlang auf eine einreden, wenn sie nicht will.

Ich ging also wieder mit, investierte einen ganzen, langen Abend. Für nichts.

Das war auch der Abend gewesen, an dem sie das erste Mal mit ihrer blödsinnigen Geschichte ankam. Am Anfang verstellte sie sich noch, spielte die Lustige, lachte laut, lachte zu laut. So, wie jemand lacht, der gar nicht lachen will, der eigentlich heulen will.

Und dann heulte sie auch. Ich fragte: „Was ist? Erzähl doch! Was ist denn?"

Ich hätte das nicht fragen sollen, denn dann fing sie mit ihrer Oper an. Ich hätte damals eigentlich denken müssen: ‚Aha! Sie will getröstet werden.‘ Mir persönlich ist es egal, ob eine aus Leidenschaft oder zum Trost gepudert werden will. Meinetwegen kann sie die Augen zumachen und an Charly oder Josef denken.

Aber nicht so Marlene! Sie wollte nicht getröstet werden, sie wollte nur einen anjammern. Das hätte sie gleich sagen können. Das hätte sie noch sagen können, als ich fragte:

„Gehen wir zu mir?"

Sie sagte:

„Nein, besser zu mir, Alex. Da habe ich alles, was ich brauche."

Ich dachte mir: ‚Na gut! Dann brauche ich morgen bei mir nicht aufzuräumen.‘ Bei ihr könnte ich mich freier bewegen, könnte die Klamotten herumwerfen, einen Saustall hinterlassen, bräuchte keine Gläser zu spülen und könnte ihre Zigarettenasche neben dem Bett auf dem Teppich liegenlassen.

Wir gingen also zu ihr, sie holte eine Flasche Fusel heraus, und wir kippten noch einen. Ich dachte: Na gut! Wenn sie voll ist, wird sie sich nicht so anstellen. Aber als sie voll war, fing sie mit der Leier von vorne an. Alles ganz ausführlich. Wie sie ihn getroffen hat, was sie dachte, und was er dachte, was sie dann sagte und was er dann sagte. Ich schaltete ab, hörte nicht mehr zu. Um drei hörte sie dann auf, legte sich lang, ich wollte anfangen, sie etwas pudern, da sagte sie:

„Nicht in dieser Stimmung, Alex, weißt du, ich finde das nicht schön. Du hast nichts davon, wenn ich mit den Gedanken nicht bei dir bin."

Ich ging nach Hause und schwor mir bei jedem Schritt, hämmerte es mir ins Gehirn ein:

„Nie – wieder – Mar – le – ne."

Ich werde doch nicht zu Marlene gehen. Wenn mir alles das einfällt, weiß ich genau, dass ich nicht hingehen werde. Aber ich werde heute mit jemandem darüber reden, ich werde ihm alles erzählen, was ich einmal einem sagen muss, ich werde das gleiche tun, was sie mit mir tun: Ich werde mir einen vorknöpfen und auf ihn einreden, egal, ob er's wissen will oder nicht.

Ich werde einen treffen, werde sagen:

„Mensch, Dings, wie gut, dass ich dich treffe, wie geht's? Komm her, erzähl doch mal, wie's dir geht."

Und wenn er dann anfängt, werde ich ihn nach dem ersten Satz unterbrechen und sagen:

„Ist ja prima, aber *ich*! Da muss ich dir was erzählen ..." Und dann lege ich los. Wenn er abhaun will, werde ich ihn am Ärmel festhalten. Wenn er angeblich pinkeln gehen muss, um vielleicht durchs Klofenster zu entkommen, werde ich sagen:

„Ich komme mit", und werde ihn bewachen. Im Klo werde ich weiterreden, damit er keine Gelegenheit hat, eine Pause zu benutzen, um mir seinen Mist zu erzählen. Ich werde mit ihm das tun, was jeder mit mir tut. Der Hannes sagt:

„Keiner kann es ertragen, wenn ein anderer sich zu ihm so verhält, wie er selber sich zu andern verhält. Du kannst einen anderen am besten mit seinen eigenen Waffen schlagen."

Wie lange hat mir keiner mehr zugehört? Ich versuche zu rechnen. Fünf Wochen mindestens. Es muss länger sein. Eigentlich seit fünfzehn Jahren nicht mehr. Als wir siebzehn waren, saßen wir in der Kneipe, und keiner sagte was, weil keiner etwas wusste. Sagte einer etwas, horchten die anderen auf und hörten zu. Jedenfalls meinte ich damals, sie hörten zu. Ich meinte dann noch lange, der andere hörte zu, wenn einer etwas sagte.

Und dann? Später? Der Hannes sagt:

„Fast jeder hat nur einen einzigen Text, den bringt er sein Leben lang. Du triffst einen nach zehn Jahren wieder, und er erzählt dir das gleiche wie damals. Unerhebliche Veränderungen, Personen heißen anders, der Ort ist ein anderer, aber der Text, der Inhalt ist geblieben. Deswegen brauchst du jeden nur einmal zu hören."

Ich werde in den *Maxe* gehen. Der *Maxe* ist meine Stehbierkneipe. Dort kenne ich fast alle, dort finde ich mit Sicherheit einen, zu dem ich mal reden kann.

Der Hannes sagt:

„Später kommst du drauf, dass es nur fünf oder sechs verschiedene Geschichten gibt, die sie dir erzählen. Kleine, unwichtige Unterschiede zwischen ihnen, aber der Inhalt ist der gleiche. Und dann kommst du einmal drauf, dass alles, was sie dir sagen, nur eine Geschichte ist. Du brauchst keinem mehr zuzuhören."

Wenn einer Marlene zum ersten Mal sieht, fragt er sie – und das kommt so sicher wie das Amen in der Kirche:

„Was ist mit deiner Nase? Hattest du einen Unfall?"

Damit trifft er sie genau ins Herz, denn das ist kein Unfall, das ist eine Schönheitsoperation. Es fehlt ein Stück.

Ein routinierter Schürzenjäger kennt dieses Problem und wird anders vorgehen. Er wird sagen:

„Wissen Sie, Marlene, dass Sie die schönste Nase haben, die ich je sah? Warum machen Sie kein Geld daraus? Gehen zum Film, werden Modell?"

Weil er aus Erfahrung weiß, dass sie fast alle auf dieses dumme Geschwätz hereinfallen, dass sie das sogar brauchen und solche Texte aufsaugen wie ein Schwamm.

Aber nicht Marlene. Bei ihr funktioniert alles umgekehrt, als du denkst. Wenn ihr einer so käme, würde sie sagen: „Ach komm, geh! Hörn Sie doch damit auf! Meinen Sie, ich weiß nicht, was mit meiner Nase ist?"

Ich werde doch hingehen. Vielleicht läuft übermorgen alles umgekehrt. Was wäre umgekehrt? Umgekehrt wäre: Wenn ich nicht in ihre Programmierung passe, wenn sie mich nicht ranlässt, das heißt, wenn sie mich nach meiner Mutmaßung gar nicht ranlassen kann – das Umgekehrte wäre, dass sie mich also *doch* ranlässt.

Ich werde hingehen.

Es ist halb zwölf. Ich gehe los, ich stelle mir unterwegs vor, wie ich vorgehen werde, um mit einem zu reden. Ich komme rein und sehe an der Theke, nehmen wir an, den Kovac. Ich stelle mich neben ihn, bestelle ein Bier und sage:

„Mensch, Kovac, wie geht's, komm her, stellen wir uns hinten an den Stehtisch in die Ecke! Du musst mir alles erzählen, ich habe dich ja ewig nicht gesehen."

Ja, ich muss genauso vorgehen, denn angenommen ich würde sagen: „Kovac, komm her, ich muss dir mal was erzählen", dann haut er gleich ab. Ich dränge ihn also in eine Ecke und muss ihn so platzieren, dass er an der Wand steht und zwischen Wand und Tisch so eingeklemmt ist, dass er nicht weg kann, weil ich ihm den Weg verstelle. Und dann lege ich los.

Mein Maß, das ist: drei Bier. Trinke ich mehr, werde ich müde, trinke ich weniger, komme ich nicht in Stimmung. Ich werde langsam meine drei Bier trinken und reden.

Der Hannes sagt:

„Sein Maß genau kennen, ist sehr wichtig. Etwas zu viel ist zuviel, und zu wenig ist zu wenig."

So gesehen gefielen mir immer schon die etwas dickeren besser. Marlene wäre genau mein Maß. Bis zum *Maxe* sind es zehn Minuten von meiner Bude. Marlene hat sehr lange Beine, rötlich gefärbte Haare und diesen großen Mund.

Früher war so ein großer Mund ein Zeichen von Sinnlichkeit. Heute nicht mehr, heute weiß ich, dass das gar nichts heißt. Sagte ich schon, dass sie auffallend viele Zähne hat? Für sie spielt es keine Rolle, was die gekostet haben, denn sie hat geerbt. Sie braucht deswegen nicht zu arbeiten. Sie schläft normalerweise bis elf, wenn sie schlechte Laune hat, bis eins; dann geht sie sich eine Hose kaufen, um sich aufzuheitern, sie hat zwei Schränke voller Hosen. Im Sommer geht sie baden, wenn die Sonne scheint; wenn es regnet, kann es sein, dass sie bis sechs Uhr abends im Bett bleibt. Sie wohnt in einem Betonhaus. Wer sich in der Architektur auskennt, weiß, dass dieses Betonhaus das Ur-Betonhaus dieses Landes ist, in dem wir leben. Denn hier wurde zum ersten Mal mit dem geringsten Kostenaufwand aus möglichst wenigen Quadratmetern Wohnraum das äußerste an Nutzung, was Mietertrag bedeutet, herausgeholt. Jedes Appartement ist so breit wie ein Bett lang ist, zuzüglich vierzig Zentimeter, um vorbeigehen zu können. Die Schmalseite jedes Appartements besteht einmal aus einem Balkon, der nicht begehbar ist, und einem Fenster daneben, beide sind schräggestellt, damit sie größer erscheinen. Die andere Schmalseite besteht aus der Wohnungstür und dem Bad. Die Tür des Balkons geht nach außen auf. Stößt an die Betonplatte, die den Balkon abschließt, so dass man den Balkon nur betreten könnte, wenn man die Tür nicht öffnet. Dadurch, dass man den Balkon hinter der geöffneten Tür nicht betreten kann, kann man die Scheibe auch nicht putzen, das heißt, sie ließe sich nur putzen, solange sie geschlossen ist. Da sich der Mieter im Kleingedruckten des Mietvertrages verpflichtet hat, die Fenster mindestens alle vier Wochen zu putzen, dieses aber nur über eine Feuerleiter möglich ist, musste der Hausbesitzer eine Fensterputzfirma gründen. Der Hausbesitzer war bis 1945

Hausmeister. Nach dem letzten Krieg baute er mit Staatshilfe ohne eigenes Geld das erste Haus. Ihm gehört jetzt die halbe Stadt. Er verlangte immer eine Mark mehr Miete pro Quadratmeter als andere Hausbesitzer, dann zogen die anderen nach, orientierten sich an seiner Miete, und er ging wieder um eine Mark nach oben. Er baute alle seine Häuser mit Staatsvergünstigungen, Förderungen, Steuereinsparungen, jetzt diskutiert man darüber, wie solche Leute enteignet werden können. Sagt der Hannes.

Es gibt etwa zehn größere Appartements in diesem Haus. In einem davon wohnt Marlene.

Marlene hat eine auffallende Art zu reden. Sie zieht das, was sie sagt, in die Länge, sie sagt etwa:

„Jaa waaaas – Aaaalex, duuuu ..."

Die letzte Silbe zieht sie nach oben.

Die Rechnung für das Fensterputzen von der Fensterputzfirma, die dem Hausbesitzer gehört, kommt getrennt, hat also nichts mit der Miete zu tun.

Das Prinzip der Aufteilung dieses Hauses hat sich so bewährt, was die Nutzung (das ist die Mieteinnahme) betrifft, dass dieser Hausmeister noch etliche weitere Häuser nach diesem Schema gebaut hat. Dieser Erfolg sprach sich herum. Wer ein Mietshaus um des Profits willen bauen wollte, nahm den gleichen Architekten, baute das gleiche Haus nach. Und nach und nach ergab sich daraus unser Stadtbild. Zwei Drittel aller nach dem letzten Krieg gebauten Häuser sind gleich. Als der Architekt die Arbeit nicht mehr allein bewältigen konnte, vergrößerte er sein Büro, baute für sich erst einmal fünf solcher Häuser und machte dann eine Bau- und Immobiliengesellschaft auf. Die Arbeit ging gut voran, denn neu zu entwickeln gab es nichts, sie konnten das gleiche Haus sozusagen immer wieder durchpausen. Das Hausschema erschien damals in fast allen Fachzeitungen, denn was das Herausholen an höchstmöglichen Mieten aus möglichst kleinem Wohnraum betrifft, war diese Sorte Haus nicht zu übertreffen. Das Haus wurde in anderen Städten nachgebaut. Und daher kommt es, dass ein einfacher Hausmeister der Urheber der typischen Architektur unseres Landes ist. Aber nicht nur das. Denn inzwischen hat er Feriendörfer auf Gran Canaria, ein Appartementhotel in St. Moritz, in welchem er eine kleine Wohnung bewohnt, denn sparsam soll er immer noch sein. Auf Mallorca hat er einiges – aber alles das gleicht im Schema dem Haus, wo Marlene wohnt. Andere bauten es nach, denn auch ihnen ging es um den Profit, das Herausholen höchstmöglicher Mieten aus möglichst kleinem Wohnraum. Und so kam es, dass ein einfacher Hausmeister aus unserer Stadt die Architektur ganzer Landstriche bestimmte. Vielleicht ganz Europas. Er sei, sagt man, auch heute noch ein bescheidener Mann, der noch den gleichen Anzug von damals trägt und einen Taunus, Baujahr 52, fährt.

Beton ist pflegeleicht. Er braucht nicht gestrichen zu werden und verursacht jahrzehntelang keine Kosten. Wenn kein Krieg diese Häuser zerstört, werden sie so lange stehen wie die Akropolis und werden einmal bezeugen, was hier heute gedacht wurde.

Man könnte, stellt man sich davor und zählt die Balkonplatten einmal quer und einmal in der Höhe, nimmt diese Zahl dann doppelt, denn nach hinten geht es genauso weiter, ausrechnen, wie viele Wohnungen in dem Haus sind. Aber das sind dann noch nicht alle, denn halb unter der Erde sind noch einmal die gleichen Appartements wie jeweils in einem Stockwerk oben. Nur sind die unteren sieben Mark billiger. Weil sie keine Loggia haben. Diese unteren Appartements waren nicht von Anfang an da, sie standen in den Bauplänen als Kellerräume. Nach der Bauabnahme wurden sie nur gestrichen, die Duschen wurden eingebaut, die Licht- und Wasseranschlüsse waren ausgespart und brauchten nur noch eingesetzt zu werden, Türen wurden montiert, zweiundfünfzig Wohnungen mehr! Er wurde angezeigt. Er sagte, von Neidern. Er bekam eine Strafe, die die Hälfte einer Monatsmieteinnahme aus diesen zweiundfünfzig Wohnungen ausmachte, dann blieb das so. Ein leeres Appartement kostet vierhundertachtzig mit Heizung, die nachträglich erhöht wird, da sie laut Mietvertrag von den erforderlichen Heizkosten abhängt. Dazu kommen achthundert Kaution, die unter kleingedruckten Umständen hinten auf dem Mietvertrag verfallen können, und dieses in vielen Fällen auch tun. Einige Prozesse liefen deswegen, der Hausbesitzer gewann sie.

Es gibt noch möblierte Appartements, die entsprechend mehr kosten. Sie sind mit Möbeln aus der Konkursmasse der Möbelfabrik Nieboda ausgestattet, die der Hausbesitzer aufgekauft hat, die Hälfte hat er bezahlt, für den Rest ließ er sich verklagen. Es kam nicht dazu, da der Kläger die Gerichtskosten hätte vorstrecken müssen, diese aber nicht hatte.

Wer annimmt, die unteren Wohnungen seien feucht, der täuscht sich. Das ist nicht mehr wie früher in den armseligen Kellerwohnungen in Hamburg oder Berlin, wo die Gemüsehändler und Schuster ihre Läden und Werkstätten hatten und sich Gicht und Rheuma holten. Wenn Beton feucht wird, dann ist es Schwitzwasser. Das lässt sich aber nicht vermeiden. Außer sie bauen eine Klimaanlage ein, was sich aber kostenerhöhend auf die Mieten schlagen würde. Das wollte er den Mietern nicht zumuten.

Im Eingang ist eine Glas-Schwingtür. Einen Meter achtzig breit mit beiden Flügeln. Da man beim Durchgehen nur einen davon öffnet, ist der Durchgang neunzig Zentimeter breit, des-

wegen ist dort immer Gedränge. Du kannst es dir selbst ausrechnen: Nehmen wir an, in dem Haus befinden sich sieben-
hundert Wohnungen, das mag etwa 900 Bewohner ergeben.
Davon bleiben 100 den ganzen Tag zu Haus. Achthundert
gehen mindestens zweimal durch diese Tür. Etliche aber öfter.
Dazu kommen, sagen wir einmal, zu vierhundert der Ein-
wohner mindestens ein Besucher ..., kurzum, wer hier hinein-
oder herauswill, muss sich anstellen.

Von der Eingangstür zum Fahrstuhl sind es höchstens zwei
Meter. Vor dem Fahrstuhl stehen die an, die hinaufwollen, das
sind nie weniger als zehn, denn der Fahrstuhl fasst nur vier.
Die Leute, die da warten, wissen nicht, wohin mit ihren
Händen, kramen in ihren Taschen herum, finden alte Fahr-
scheine, Bonbonpapiere, werfen diese oder auch Zigaretten-
schachteln, Streichhölzer und Kippen auf den Boden. Der
Abfall vermischt sich mit dem Schwitzwasser, das von den
Wänden läuft, und tritt sich fest. Zwar ist es verboten, Hunde
in dem Haus zu halten, aber es gibt doch welche. Es passiert
dann schon mal, dass da unten so ein Hündchen seine Not-
durft verrichtet, das heißt, dass sich mit diesem Morast dann
und wann auch noch der Hundekot vermischt. Man kann in
diesem Dreck nur auf Absätzen stehen, die Zehen möglichst
hochheben, was aber ermüdet. Na gut, der Hausbesitzer könnte viermal am Tag eine Putzfrau vorbeischicken, aber um was
soll der Mann sich denn noch alles kümmern?

Wenn ich da stehe und warte, dann ekel ich mich. Einmal
vor dem Dreck in der Eingangstür, aber auch vor Schuppen-
trägern, denn von zehn Wartenden sind etwa sieben männlichen Geschlechtes, davon sind drei Schuppenträger, das
macht, wenn sie sich folgerichtig aufteilen, pro Fahrstuhl
einen. Die meisten männlichen Schuppenträger tragen dunkle
Jaketts, die Schuppen liegen also sichtbar oben. Aber ich ekle

mich auch vor dem Männergeruch hier. Intelligenzler dünsten aus, denn Ausdünstungen entstehen durch psychologische Störungen, durch Ängste, Unsicherheiten, ungelöste Probleme, Probleme-erfinden ist aber eine markante Eigenschaft von Intelligenzlern, kurzum, sie stinken.

Na gut, ich bin ja nicht dumm, ich kann es mir so einrichten, dass ich mit einer oder zwei Frauen im Fahrstuhl fahre.

Frauen riechen besser, sie sind schöner anzusehen und haben keine Glatze. Ich sehe auch nicht gern Glatzen. Eine Illustriertenumfrage hat ergeben, dass der Volksglaube, Glatzköpfe würden besser pölzen, nicht wahr ist. Das Fehlen von Haaren hat nichts mit der sexuellen Leistungsfähigkeit zu tun. Bei uns in dem Haus, in dem ich geboren wurde und wo wir wohnten, war auch ein Glatzkopf, er war über siebzig und stand schon in Rente, Opa Bochnik nannten sie ihn. Jeden Samstagabend droschen die Alten unten im Parterre in der Wohnung von Benedetti ihren Skat, und die Tochter vom Benedetti, eine Zwölfjährige, saß dem Opa Bochnik auf dem Schoß und hüpfte bei jeder Gelegenheit, wenn einer gewann oder verlor oder überhaupt immer und auch ohne Grund auf ihm herum, und dann bekam sie ein Kind. Früher waren die Schlüpfer aus Wolle oder Baumwolle, wurden ewig getragen und leierten natürlich mit der Zeit unten aus.

Wenn ich vor dem Fahrstuhl eine Schönheit stehen sehe, lasse ich die anderen vor und dränge mich zusammen mit ihr in einen Fahrstuhl. Ich fahre manchmal etliche Etagen höher, als ich müsste, ich berausche mich an ihrem Anblick und atme den schönen Parfümgeruch ein, und ich betrachte sie genau, sehe mir alles an, was ich sehen will. Was soll sie dagegen tun? Sie kann ja nicht hinaus.

Habe ich einen schlechten Tag, muss ich vier, fünf Fahrstühle abwarten, bis eine auftaucht. Kommt keine, gehe ich lieber zu Fuß. In so einem Fall muss man die Etagen zählen, denn sie sind nicht gekennzeichnet. Ich weiß nicht, wo ich bin, wenn ich den Fußweg nehme. Zähle ich mit, weiß ich's auch nicht, denn ich weiß nicht, ob das Kellergeschoß als erste Etage oder Unteretage sozusagen mit Null zählt.

Ich verkehrte früher öfter in diesem Haus, denn ich hatte dort im Laufe der Zeit drei Verhältnisse, wobei Marlene nicht mit drin ist, denn mit ihr hatte ich ja noch nichts. Im Umkreis von zehn Straßen um dieses Haus gibt es kaum einen notorischen Rammler, der nicht mindestens einmal im Laufe der letzten Jahre dort zu tun hatte.

Vierzig Prozent der Bewohner dieses Hauses sind männlichen Geschlechts, der Rest nicht. Zwanzig Prozent der restlichen sechzig Prozent gehören, was Aufmachung und relative Schönheit betrifft, der Kategorie eins an, dreißig Prozent der Kategorie zwei und die anderen sind drei. Wobei man nicht weiter als bis drei aufteilen sollte. Denn jenseits von zwei kommt es nicht mehr darauf an, ob eine mehr oder weniger schön ist. Womit ich nicht sagen will, dass es die Schönheit ist, auf die es ankommt. Der Mensch. Der Mensch ist es, auf den du schauen sollst.

Der Hannes sagt:

„Dir geschieht das, was du bist."

Was geschieht denen denn hier? Was beispielsweise geschieht denen der Kategorie eins? Bei ihnen stehen die Jungs Schlange. Bedienen sich, zahlen mehr oder weniger dafür durch direkte oder indirekte Investitionen, wird es ihnen zu teuer, hauen sie ab. Der nächste kommt an die Reihe. Es entsteht eine Routine, der Wechsel wird zur Gewohnheit, hinterlässt bald keine Einzelspur mehr. Freilich können sie wählen, denn sie haben die Wahl, es gibt keine Chancengleichheit, weil der liebe Gott die einen besser ausstaffiert hat als die anteren. Gott ist nicht gerecht, sagt der Hannes. Die der ersten Kategorie sind ohne Zweifel besser dran.

Viele von ihnen heiraten hinaus aus diesem Hause. Sie finden bald heraus, wie das geht, denn Industrielle, Geschäftsleute, Geldmacher tauchen hier regelmäßig auf, meistens ältere Semester, seit zwanzig Jahren verheiratet, das Geld der Frau steckt im Geschäft, und dann lernen sie hier eine der ersten Kategorie kennen und verlieben sich, wie sie meinen. Bisschen bumsen, viel Geld ausgeben, dann zurück zur Mutter und in die Fabrik und die Scheidung betreiben. Meistens auf Drängen dieser Schönheit. Es klappt in der Regel nach zwei Jahren, so lange brauchen die Anwälte, um die Güter zu trennen, und dann heiraten sie weg. Ziehen ins Landhaus des Alten, wenn er älter wird, tauchen sie hier wieder auf, um alte Kameraden wieder in ihr Spiel zu bringen, dieses Mal um der Lust willen.

Zwei! Was geschieht denen der zweiten Kategorie?

Sie sind schlechter dran. Sie versuchen es denen der ersten Kategorie nachzumachen, aber was sie einsetzen können (soweit es die Ausstaffierung und relative Schönheit angeht), ist weniger. Sie müssen sich mehr gefallen lassen, und Reiche, die sich ihretwegen scheiden lassen, sind meistens zweitklassig.

Bleibt die Kategorie drei.

Diese Mädchen sind eigentlich übrig. Was sie an relativer Schönheit nicht aufbringen, müssen sie durch anderes ersetzen. Oft ist es eine demütige Opferbereitschaft bis zur Selbstaufgabe, gute Eigenschaften, aber es nimmt sie keiner gern.

Beton macht einsam. Wer in Beton wohnt, geht kaputt.

Ich kannte hier drei. Die erste, mit der ich hier verkehrte, lebte von Abtreibungen. Das heißt, sie lebte von *keinen* Abtreibungen, ich weiß nicht, wie ich das sagen soll, aber es war so, dass sie regelmäßig und immer drei oder vier Kunden an der Strippe hatte, die sie nach bestimmten Gesichtspunkten auswählte. Kunden? Ich meine keine echten Kunden, denn sie war keine Professionelle, ich meine, sie verkehrte mit vieren oder fünfen gleichzeitig. Sie mussten verheiratet sein, mussten Zaster haben, mussten etwas vertrottelt sein und sich nicht auskennen, ihren Schmäh nicht durchschauen. Sie war aus Wien. Sie ließ die Jungs drei-, viermal ran, dann sagte sie:

„Kriegst a Kind, mein lieber. Bist dran. Freust dich?"

„Du nimmst doch die Pille, hast du gesagt."

„Hast du's gesehen, kannst du's beschwörn? Und außerdem ist sie nicht zuverlässig. Könntest gegen die Firma klagen, wenn du willst."

Dann läuft es immer gleich. Die Jungs versuchen zu verhandeln, reden erst vernünftig, bieten eine Abtreibung an, sie sagt nein.

„Ich bring's. Ich will ein Kind. Was willst denn, du musst doch nur zahlen, sonst nichts. Wird ganz schön happig, mein lieber, bei deinem Einkommen."

Dann kommt der Zorn, die Verzweiflung, sie schlagen die Tür zu und hauen ab. Sie hängt sich ans Telefon, ruft andauernd an, immer wenn die Frau zu Haus ist, und er kommt wieder. Er war längst bei seinem Freund, dem Anwalt, und weiß, juristisch kommt er nicht raus. Falls sie ein Kind bekommt. Eine Blutprobe wäre drin, er redet noch einmal mit ihr, sie sagt:

„Wennst dich anstellst, sag ich's deiner Frau."

Damit hat sie gewonnen. Er will zahlen. Er bietet eine Abtreibung beim Professor in Salzburg, garantiert sauber, sie sagt nein.

„Wenn schon, dann erster Klasse. Und an Fernseher brauch i und an Telefon, und dann nur in Wien. Da kenn ich mich aus. Und wann's dir nicht passt, dann bring ich's eben. Aus."

Hat sie fünf an der Hand, funktioniert die Tour höchstens bei einem nicht. Im Schnitt holt sie ihre drei, vier Mille raus bei jedem, davon kann sie leben wie der Kaiser Franz Josef. Natürlich ist sie gar nicht geschwängert. Aber wer kann sie zwingen, es ihm zu beweisen?

„Na bitte! Dann lass es halt, hau ab! Ich meld mich in neun Monaten, ich brings deiner Frau."

Das zieht.

Wie kam ich an sie? Eine Verwechslung. Sie hielt mich für einen anderen, ich wusste das, ich stellte nicht klar, denn ich wusste von ihrem Spiel und machte mir drei lustige Wochen. Sie *konnte* überhaupt keine Kinder bekommen.

Freilich kam sie mir auch mit der Tour. Aber ich war ja nicht der, welchen sie meinte.

Für den Notfall hat sie einen alten Amerikaner. Journalist aus New York mit hohen Bezügen.

„Ein Trottel, verstehst", sagte sie, „aber er will zahlen. Warum nicht? Impotent und verkalkt, Gott sei Dank. Der Radio, welchen er mir geschenkt hat, spielt nicht mal Wien. Seiner Frau hat er an Nerz von Neckermann gekauft, is das ein Trottel, sag?"

Er hatte ihr im Laufe der Zeit mindestens fünf „Abtreibungen" bezahlt, obwohl er sie kaum gepudert hat. Sie sagt: „Der kann doch kaum noch laufen. Gott sei Dank." Manche sagen, er ist so vertrottelt, dass er meint, er habe nur vergessen, dass er sie bedient hat. Manche sagen, er gibt ihr das Geld, weil es ihn freut, zu beobachten, wie sie ihn ausnimmt. ‚Literarische Perversion', sagt der Hannes. Oder nur ein guter Mensch, der am Geld nicht hängt.

Wenn man aus dem Fahrstuhl aussteigt, kommt man in einen langen schmalen Flur, der finster ist, weil es dort kein Fenster gibt. Er führt zu den Wohnungen und beginnt mit einer Kurve. Das Licht geht nur an, wenn es jemand einschaltet, der von der entgegengesetzten Richtung kommt, denn vom Fahrstuhl her ist kein Schalter zu finden. Mein zweites Verhältnis kenne ich aus dieser Kurve, wir stießen dort zusammen. Ich begleitete sie danach zum Fahrstuhl, weil sie humpelte, und von dort nach unten, damit ihr ‚nichts passiert', und dann gingen wir in ein Café, um jeweils zu beteuern, selbst daran schuld zu sein. Am Zusammenstoß, meine ich. Mehr haben wir nicht gesagt, denn was sollst du viel reden mit so einem fremden Menschen? Wir gingen dann zu ihr, sie gehörte mehr der dritten Kategorie an; war sie gut angemalt, auch etwas zur zweiten. Und da fing es mit uns an. An dem Verkehr mit ihr war nichts Auffallendes, ich könnte heute nicht mehr sagen, wie's war. Ich weiß noch, dass sie in einer Versicherung arbeitete, von neun bis fünf, eine Stunde Mittagspause, und abends um sechs kam ich. Aber ich konnte nicht bei ihr schlafen, weil ich in Betonhäusern nicht schlafen kann. Fünf Wochen hat es gedauert, dann verlief es im Sand, wir haben uns getrennt.

Ich vergesse viel. Ich kann mir beispielsweise Menschen nicht merken, ich vergesse sie, manchmal weiß ich noch, jemanden schon einmal irgendwo gesehen zu haben, aber ich weiß nicht wo. Schöne Frauen kann ich nicht voneinander unterscheiden, und je schöner sie sind, umso weniger sehe ich den Unterschied. Ich weide mich wohl an ihrem Anblick und kann nicht genug davon bekommen, aber ich kann sie mir nicht merken. Ich kann sie nicht beschreiben, und wenn ich eine wiedersehe, mit ihr rede, halte ich sie oft für eine andere.

Einmal rief mich an einem Vormittag eine an, sagte, hier wäre sie: „Ich. Ja, ich, ach geh, Alex, du weißt doch! Ich bin am Bahnhof, kann ich bei dir übernachten? Höchstens zwei Tage."

Sie sagte auch irgendeinen Namen, aber ich kannte den Namen nicht. Ich sagte ja. Das sowieso, denn was kann das schaden? Sie kam die Treppen hoch, ich kannte sie, aber ich wusste nicht, wer sie war. Der Name sagte mir auch nichts. Ich zog sie gleich aus, beim Pudern unterhielten wir uns, wobei ich das Gespräch so hinziehen wollte, dass ich aus irgendeiner Bemerkung entnehmen könnte, wer sie ist.

„Weißt du noch beim letzten Mal in Dings, na sag schnell ...!"

„Ich weiß nicht, was du meinst, Alex. Wo?"

Sie hat mir gut gefallen. Kategorie zwei bis eins, sie blieb drei Tage.

Ich sagte, sie solle ihre Adresse aufschreiben.

„Aber die hast du doch längst, Alex! Ist noch die alte."

Sie ließ eine Bademilch zurück:

Fluffy Milk Bath Blue Grass.

Aber ich weiß immer noch nicht, wer sie war. Die Bademilch steht auf einem Regal neben dem Waschbecken, sie hat gesagt: „Lass die da fürs nächste Mal, wenn ich wiederkomme. Oder bring sie mit, du kommst doch sicher mal nach Frankfurt."

Ich war noch nie in Frankfurt. Ich kann mir nicht vorstellen, dass ich jemanden aus Frankfurt kenne. In zehn Jahren wird die Bademilch noch dort stehen, und ich werde immer noch nicht wissen, wer sie war.

Das Licht im Hausflur ist auf Minutenschaltung eingestellt. Man kommt vom Einschalten an bis zum Ausgehen des Lichtes, wenn man sich beeilt, zehn Türen weit. Dann muss man den nächsten Schalter suchen. Der Lichtschalter liegt jeweils einen Zentimeter über einer Klingel neben jeder fünften Wohnungstür. Wenn du den Lichtschalter drücken willst, triffst du immer die Klingel, denn beide Knöpfe sehen gleich aus. Sie sind mit Symbolzeichen gekennzeichnet. Das Zei-

chen für die Klingel sieht aus wie eine Lampe, das Zeichen
für Licht sieht ungefähr genauso aus. Ich habe einmal von
den vielen Malen, als ich Licht anknipsen wollte, den Lichtschalter getroffen, sonst immer die Klingel. Und dieses eine
Mal nur, weil ich beide Knöpfe gedrückt habe. Aber dann
fand ich einen Trick: Ich stellte mich jeweils vor die beiden
Schalter mit Start- und Standbein, drückte und rannte zurück
zum Fahrstuhl, hatte ich das Licht getroffen, setzte ich meinen Weg fort, hatte ich die Klingel getroffen, kam ich vom
Fahrstuhl her, als sei ich eben angekommen. Machte ein muf-
feliger Schlemihl die Tür auf und fragte:

„Haben *Sie* bei mir geklingelt?"

sagte ich:

„Wann? Wo? Jetzt? Nein."

und ging weiter. Aber es passierte nie, dass ich das Licht
traf. Außer das besagte eine Mal, aber da traf ich ja *auch* die
Klingel. Ich rannte also immer zum Fahrstuhl zurück nach
dem Klingeln.

Machte einer auf, dann knipste er auch das Licht an, um zu
sehen, wer geklingelt hatte, und ich konnte, solange es brannte, die Tür suchen, zu welcher ich hinwollte. Alle Türen sehen
gleich aus, haben keine Nummern, nur kleine, schwarze
Namensschilder, einen Zentimeter hoch, fünf lang, sie werden
beim Unterschreiben des Mietvertrages vom Hausbesitzer
mitgeliefert. Fünf Mark. Er hat einen Generalvertrag mit einer
Firma, die alle Schilder für alle seine Häuser anfertigt für zwei
Mark. Die Schilder sind nur lesbar, wenn das Licht brennt,
und nur im Umkreis der Lampen, genau in der Mitte zwischen zwei Deckenlampen kann man die Schilder nie lesen.

Einmal geriet ich beim Lichtschalten, das heißt Klingeln,
an eine Schönheit der Kategorie eins. Sie machte auf, und ich
sagte:

„Tschuldigung, ein Versehen, Pardon. Ich wollte Licht anschalten."

„Macht nichts", sagte sie, und ich versuchte sie von meiner Schuld zu überzeugen, ich wollte das wieder in Ordnung bringen, irgendetwas Nettes dafür tun.

„O. K.", sagte sie, „können Sie. Heute um elf im *Tiffanie*. Ich komme hin, warten Sie vor der Tür!"

Sie ließ mich eine halbe Stunde stehen, dann kam sie, sie soff sechs Gin-Fizz, und um zwölf kam ihr Kamerad, sie umschlang ihn und sagte, wie nett ich sei, ob er auch einen Gin-Fizz wollte, dann hauten sie ab. Ich habe an die neunzig Mark geblecht.

Alle Türen sind aus Blech. Sie sind lackiert und sehen aus wie Kunststoff, aber sie rosten. Man könnte die Türen wegen der Orientierung nachträglich numerieren, nur wer soll das bezahlen? Das müsste auf die Mieten umgeschlagen werden.

Meine dritte in diesem Haus wohnte in der siebten Etage. Ich fuhr mit dem Fahrstuhl hoch, und dann konnte ich die Tür mit der Nase finden. Ich konnte die Augen schließen und dann rechts den Gang entlanggehen, sie wohnte etwa im letzten Drittel. Am Ende des Ganges war das einzige Fenster, das der Flur hatte, aber das Licht reichte nicht bis zu ihrer Tür. Ich konnte wie ein Hund vor jeder Tür schnuppern: Aus dem Schlüsselloch ihrer Tür kam dieser Nikotingeruch, vermischt mit einem seltenen französischen Parfüm, das sonst niemand benutzte; sie rauchte fünfzig Zigaretten pro Tag. Das roch aus der Tür, wie etwa ein Raucherabteil riecht, in dem eine stark parfümierte Dame gereist war. Ich kann mit meiner Nase viel anfangen. Ich stelle mich manchmal auf einen Bahnsteig hin, mache die Augen zu, wenn ein Zug langsam vorbeirollt, und rieche die Abteile:

Raucher, Nichtraucher, Pisse, Raucher, Raucher ...

Zwischendurch mach ich schnell einmal die Augen auf, kontrolliere, und es stimmt.

Wenn im Winter die Sonne tief stand, schien sie für eine Viertelstunde durch das Fenster dieses Hausflurs, und wenn ich dann gegen das Licht schaute, konnte ich aus ihrem Schlüsselloch eine kleine Rauchwolke aufsteigen sehen.

Wenn sie durch den Flur gegangen war, stand ihr Duft nach dem Parfüm stark mit Nikotin vermischt noch zwei Stunden in der Luft, denn es gibt keine Lüftung. Jede Wohnung hat ein Klo im Bad, das Bad hat kein Fenster, Klos mit Fenstern werden nicht mehr gebaut oder selten. Die Bäder haben eine Lüftung. Es dauert etwa drei Stunden, bis durch die Lüftung des Klos der Gestank abzieht. Deswegen riecht es in den meisten Wohnungen wie in einem Klo, und etwas davon kommt beim Öffnen der Wohnungstüren in den Hausflur. Der Geruch in so einem Hausflur, egal auf welcher Etage, ist sehr leicht zu beschreiben: Zigarettenqualm, Parfüm, PVC und Klosett. Es riecht hier nie nach Essen, die Leute hier kochen nicht.

Jedes Appartement hat eine Kochnische laut Mietvertrag. Sie befindet sich neben der Eingangstür in einer Nische vierzig tief und einszwanzig breit, hat eine Kochplatte und einen Wasserhahn und keinen Abzug. Wenn Marlene für mich in dieser Nische kochen will, dann ist das ein ungeheuerlicher Aufwand. Das *muss* ein Signal sein, das tut niemand für nichts und wieder nichts.

Ich werde doch hingehen.

Ich gehe einen Umweg zum *Maxe*, damit ich länger unterwegs bin. Ich kann am besten denken, wenn ich gehe. Die alten Griechen mussten auch immer herumlaufen, wenn sie denken wollten. Ich kann mir dann schon alles überlegen, was ich erzählen werde, wenn ich beim *Maxe* einen finde, mit dem ich reden kann.

Wenn ich damals bei meiner dritten den Gang mit geschlossenen Augen entlangging und mit der Nase suchte und dann die Klingel drückte, war's immer richtig. Bis dann einmal das passierte: Ich steige aus dem Fahrstuhl, geh den Gang entlang, blind natürlich, drücke nach dem Geruch die Klingel, macht ein dicker Muffel im Unterhemd die Tür auf. Marke Drehbuchschreiber.

„Tschuldigung, Pardon!", sagte ich, „falsche Tür", und hau ab. Hatte mich um zwei Türen getäuscht, sie war aber nicht zu Haus. Nach einer Woche das gleiche. Derselbe Dicke. Sie wieder nicht zu Haus. Aber dann beim dritten Mal habe ich an ihm vorbeigeschaut in seine Wohnung, und dort standen ihre Schuhe neben dem Bett. Die Betten sind schon vom Architekten eingeplant, sie können nur an einer Stelle in der Wohnung stehen, woanders haben sie keinen Platz. Ich ging weg. Was sollte ich da noch lange palavern, ich bin keiner, der da noch wochenlang weint, wenn es mal so ist.

Die Selbstmordquote in Betonhäusern ist größer als in normalen Häusern. Hier liegt sie bei denen der ersten und dritten Kategorie höher als bei denen der zweiten. Woran liegt das? Man kann nur mutmaßen. Empfindsamkeit bei denen der dritten Kategorie vielleicht, sie sind mangels Übung ihren Schicksalsschlägen, oder wie du das nennen willst, nicht gewachsen, bei ihnen tut sich nicht so viel wie bei den anderen zwei Kategorien. Und wenn sich dann einmal etwas tut, dann haut es sie um.

Und eins? Warum die von eins? Sie sind motorischer, sie tun viel mehr, denn mit ihnen wird ja viel mehr getan, da geht die Tür kaum zu vor Ereignissen. Sie stecken in einem Stress, was zwischengeschlechtliche Beziehung anbelangt. Der Hannes sagt:

„Das kommt vom Beton. Beton ist ein Verbrechen gegen

den Menschen. Die Einsamkeit im Beton ist vierhundertmal größer als in einer verwanzten Flüchtlingsbaracke."

Bis zum *Maxe* sind es nur noch fünfhundert Meter. Ich gehe noch einen Umweg, weil ich mich so gut mit mir unterhalte. Es ist mir eigentlich lieber, ich unterhalte mich mit mir selbst, weil ich mich nicht unterbreche, ich lasse mich ausreden. Fast alle von ihnen reden vorher von ihrem Vorhaben. Dass sie ‚Schluss machen werden', dass ihnen das Leben bis obenhin steht, und sie geben denjenigen bekannt, der die Schuld daran hat. Meistens sind es Jungs. Man hofft, dass es denen zu Ohren kommt, und dass sie den Selbstmord verhindern werden. Indem sie nur und nichts weiter tun müssen als das, was die Frau oder das Mädchen von ihnen verlangt. Und tun sie's nicht, dann haben sie eben einen Menschen auf dem Gewissen. So ist das.

Von zehn versuchten Selbstmorden in diesem Haus führt etwa einer zum Ziel.

In der Umgebung dieses Hauses gibt es etliche Kneipen und Lokale, die nur oder meistens von den Bewohnern des Hauses existieren, denn diese gehen oft und deswegen dorthin, weil sie es zu Haus nicht aushalten können.

Die der dritten Kategorie kommen in diese Lokale meist zu zweit und seltener, denn sie müssen von dem leben, was sie durch Arbeit verdienen, sie sind meistens Sekretärinnen, arbeiten in Versicherungen oder in einem Geschäft. Die der ersten Kategorie kommen nie allein, da sie ihr eigenes Geld nicht für Essen ausgeben. Aber bevor sie einen auf den Diwan lassen, gehen sie mit ihm essen. Und danach hat er Hunger und will wieder essen gehen, am liebsten allein, aber er nimmt sie dann oft noch mit. Da werden keine schlechten Zechen gemacht.

Die von zwei hängen sich oft denen der ersten Kategorie

und ihrem Kameraden an, denn oft ergibt es sich, dass so ein Junge abspringt, wenn ihm die erstere zu teuer wird oder auf die Nerven geht und er sich dann eine der zweiten Güteklasse nimmt, weil er glaubt, hier billiger wegzukommen.

Wenn die der dritten Kategorie zu zweit zum Essen gehen und einer pirscht sich an, hat es auf eine von ihnen abgesehen, weicht die andere nicht von ihrer Seite. Ist es ihm egal, welche von beiden sich ihm hingibt, und er konzentriert sich dann auf die andere, weil er vielleicht denkt, dass die erstere dann Leine zieht, täuscht er sich. Die beiden hängen zusammen wie die Kletten, vermasseln sich gegenseitig die Tour. Ich weiß nicht, warum.

Der Hannes sagt:

„In der Liebe ist der Partner auswechselbar. Die Liebe ist nur ein Hormonstau, es entsteht ein Überdruck, der sich auf irgendwen richtet, eine Person, die in der Nähe ist, was sich damit beweisen lässt, dass bei einer Horde von dreißig Männern, wenn nur eine einzige Frau erreichbar ist, sich alle in sie verlieben. Die Schwulen ausgenommen, klar. Die Liebe ist willkürlich. Sie wird ausgelöst durch Zufälle, oft durch sehr dumme."

Die der dritten Güteklasse trifft man selten allein. Sie brauchen eine Freundin, sie freunden sich gern mit denen der ersten an, wie man überhaupt sehr oft Freundinnen trifft, von denen die eine sehr schön ist und die andere nicht. Eine Notgemeinschaft zum Vorteil beider, denn die eine erscheint durch die häßliche noch viel schöner, und die andere meint, etwas Glanz fiele auf sie ab. Das stimmt aber nicht. Sie erscheint nur *noch* armseliger.

Der Hannes sagt:

„Die größte Feindin einer Frau ist ihre Freundin. Willst du über eine Schlechtes erfahren, frag ihre Freundin. Aber lass ihr Zeit, sie rückt nicht sofort damit heraus. Sie redet erst lange Gutes, beteuert ihre Freundschaft und erklärt sie lange. Aber dann!"

Bis zum *Maxe* sind es noch zehn Häuser. Ich bin am Anfang der Straße, die Kneipe liegt etwa in der Mitte, ich kann sie schon sehen.

Ich kenne hier eine in der Straße, mit der konnte ich früher kolossal gut reden, etwa alle zehn Tage ging ich bei ihr vorbei, und wir haben zusammen geredet. Sie von Politik und ich meinen Kram, ich hörte nicht so zu, denn ich interessiere mich nicht für Politik. Ich verstehe nicht einmal die Wörter. Aber ich habe sie dabei nicht gestört, und sie hat mich nicht gestört. Sie hat mich nicht unterbrochen.

Einmal hat sie mir erzählt, dass sie eine Druckmaschine kaufen will, für Flugblätter. Ihr Vater verteilt einmal im Jahr den Gewinn seiner Fabrik an sich, an seine Kinder und an leitende Angestellte und was weiß ich noch an wen. Sie gibt ihren Anteil weiter an eine Gruppe, die Flugblätter druckt, zum Kampf gegen den Kapitalismus aufruft. Sie hat mich gefragt:

„Oder findest du das nicht richtig?"

„Ja, nein." Ich habe gesagt, das sei nicht mein Bier, ich kennte mich da nicht aus, „doch ja, ich finde das richtig,"

Weil mir das egal war. Aber dann habe ich gesagt: „Bei uns war 1943 ein Junge so um die zwölf, Jungschaftsführer in der Hitlerjugend, der hat seinen Vater angezeigt, weil der einen englischen Sender gehört hat. Sie haben ihn geholt und zu Tode gequält. Der Junge hat damals auch gesagt: Oder findet ihr das nicht richtig? Wenn die ganze Nation um die gute Sache kämpft, kann man keine Rücksicht auf die Person nehmen. Es müssten Opfer gebracht werden, und *er* habe damit sein Opfer gebracht."

„Was ist denn mit dir los, wie kommst du auf diese Scheiße, was hat das eine mit dem anderen zu tun?", hat sie gesagt. Und ich habe gesagt:

„Ich meine, ich würde nicht mit dem Geld meines Vaters gegen ihn kämpfen, ich will sagen, manches kann man nicht tun, verstehst du, was ich meine?"

Wir konnten uns nicht mehr verständigen. Sie sagte noch, wenn es um eine Idee ginge, müssten Opfer gebracht werden, und es ginge nicht um den einzelnen Menschen und diesen ganzen Kram, den ich nicht verstehe. Der Hannes sagt:

„Du kannst dich durch nichts schwieriger verständigen als durch die Sprache."

Ich wollte noch sagen, ich würde nicht gegen meinen Vater vorgehen, weil er auch nicht gegen mich vorgehen würde, egal, was ich getan haben könnte und wie ich bin. Ich hätte mich auf diesen ganzen Mist nicht einlassen sollen, weil ich nichts davon verstehe.

Mein Vater war acht, als er anfing zu arbeiten. Von vier Uhr früh bis sechs Zeitungen austragen, dann in einer Bäckerei ausfegen, danach eigentlich noch eine Stunde in die Schule, aber er ging nicht hin. Ab elf den ganzen Vormittag in der Bäckerei, ab dreizehn in der Eisenhütte. Dann wurde er Parteigenosse der Nationalsozialistischen Partei. Er sagte nachher, er habe gedacht, sozialistisch das bedeute: Für uns Arbeiter. Nach dem Krieg ging er vorübergehend in die Kommunistische Partei und sagte:

„Die Kommunisten, Junge, das sagt man, gehen für uns Arbeiter über Leichen."

Als er erfuhr, dass sie seit der Revolution 67 Millionen Menschen umgebracht hatten, sagte er:

„Das ist mehr wie der Hitler. Umgerechnet."

Und als sie vorübergehend verboten wurde, trat er schnell

aus für immer. Er arbeitete, bis er starb. Er hat zu mir gesagt: „Von der Politik, Junge, halte dir lieber die Finger raus, weil was du machst, machst du falsch. Du hast das bei mir gesehen."

Er hätte es gern gehabt, wenn ich eine Anstellung bei der Knappschaft oder bei der Post angenommen hätte, wo ich bequem das ganze Leben sitzen kann und nicht arbeiten muss.

„Und wenn du bissel tüchtig bist, kannst du dich raufarbeiten bis zum Inspektor. Mehr brauchst du nich.»

Am Ende konnte er nicht mal mehr den Löffel mit den Fingern halten.

„Hier guck dir die Hände an, Alex. Kommt von Arbeit. Merk dir das!"

Als mir das alles einfällt, bin ich schon im zweiten Stock in dem Haus. Automatik, ich bin automatisch hinein- und hinaufgegangen. Ich drehe um, geh wieder hinaus. Seit damals hat sie kein Bier mehr für mich im Eisschrank. Wenn wir uns mal trafen, war mit Reden nichts mehr drin. Wie geht's, was machst du, alles in Ordnung, ja, gut und aus.

Der Hannes sagt, Lenin habe zu seinem Freund Gorki gesagt, die Politik sei ein dreckiges Geschäft, und er solle sich da nicht einmischen, weil er sein Freund sei.

Ich muss auf die andere Seite, der *Maxe* liegt von hier aus gegenüber. Eine Stehbierkneipe mit einer Theke, an der etwa sechs Platz haben, wenn sie bequem stehen. Zehn, wenn sie sich zusammendrängen und vier, wenn sie auf den Hochschemeln sitzen. Es gibt vier Hochschemel, die sie nach hinten schieben, wenn die Bude voll wird. Es gibt zwei Stehtische, einer am Fenster, einer hinten an der Wand. Der am Fenster ist von außen gesehen links neben der Tür.

Ich bin in Hundescheiße getreten. Hundebesitzer beten ihre Hunde an, sie dürfen auf die Straße und in die Stube scheißen, ins Bett kotzen, andere Leute anekeln, was sind das bloß für Menschen!

Von hier sehe ich schon, dass der Pachulke am Fenster steht. Er hat mich nicht gesehen, denn er hat nur ein Auge. Auf der anderen Seite.

‚Pachulke, gesund wie a Stein‘, sagt er von sich, ‚und gebürtig von der Bukowina. Über die zehntausend Beime gefällt in sein Leben, aber immer noch in der Hose die kleine Knoche geht noch. Und von der Pensionierung an frei wie der Vogel in der Luft, kann machen, was ich will.‘

Der Pachulke war Holzfäller. Sie sagen, er fräße Katzen und Hunde, aber genau weiß das keiner, sonst hätten sie ihn schon angezeigt. Hundebesitzer machen einen Bogen um ihn und binden sicherheitshalber ihre Köter mit doppeltem Knoten an ihr Bein, wenn er in der Nähe ist. Dem Pachulke tut das Leid, er möchte mit allen reden, auch mit Hundebesitzern, für ihn sind alle Menschen gleich.

„Keiner, Härr Alex, is besser wie der andre, und wer das denkt, der teischt sich“, sagt er.

„Wissen Sie, Härr Alex, ich bin a bissel älterer Mensch, hab viel gesehn auf der Welt und kann viel sagen. Und es is nich schlecht fier dem Menschen, wann er eim Älteren bissel zuhört, weil da kann er was lern.“

Ich werde mit dem Pachulke reden. Jetzt hat er mich gesehen.

„Kommen Sie, kommen Sie, Härr Alex, stellen Sie sich bei mir auf! Wie geht es Ihnen? Was haben Sie gemacht die letzte Zeit, erzählen Sie mir, von wo kommen Sie her?“

Ich werde jetzt anfangen und ihm schön alles ausgiebig erzählen, was ich mal mit einem besprechen muss. Ich weiß noch nicht, womit ich anfangen soll. Ich überlege noch.

„Was haben Sie, Sie gucken immer auf Ihrn Schuh? Jach

was! Hundescheiße. Sind reingetreten? Macht nix. Gehn vor die Tür, wischen mit Gras weg. Hab Ihnen gar nich kommen sehn. Weil ich seh bissel schlechter jetzt mit den Auge. Hab ja bloß ein Auge, wie Sie vielleicht schon werden festgestellt haben. Hier sehen Sie, auf dieser Seite!"

Er zeigt auf sein rechtes Auge, das linke fehlt, die Augenhöhle ist leer.

Das hat er mir schon hundertmal gezeigt.

„Jach jach, Härr Alex! Wie das so is. Früher, sehen Sie, wie ich a junger Mensch war wie Sie, ich dachte: Gottlieb – ich heiße Gottlieb mit Vornamen – wann dir mal die Zähne ausfallen, brauchst nich mehr leben. Denn a Mensch ohne Zähne is a Krippel. Hab Zähne gehabt! Jach wie Eisen und scheen weiß. Wie ich war um die Vierzig, bin geklettert auf ein Baum, sollte oben Äste wegschneiden, stürz ich ab, beinah alle Zähne weg. A Eichenbaum. Und ohne Zähne ich hab weitergelebt.

Dann sag ich zu mir, die Augen! Wann du nicht mehr sehen könntest, denn Härr Alex, gesehen hab ich mit meine Augen wie a Falke. Kilometerweit. Die Augen, hab ich gesagt, wann du nich mehr gut sehn kannst, was brauchst du noch leben? Um die Finfzig rum war ich, kippt a Fuhre um mit Holz, kam mir ein Auge weg.

Sehen Sie, ich hab mich gewöhnt daran.

Bei die Sechzig hab ich zu der Frau gesagt, mit welcher ich gelebt hab zusamm, die Hände! Wann ich amal die Axt nich mehr sollte könn halten mit der Hand, möcht ich nich mehr leben. Weil a Mensch, welcher mit die Händ nich mehr kann arbeiten, is a Krippel, a Stick altes Zeig, kann sich begraben lassen. No und sehn Sie mich an! Ich leb. Die rechte Hand hier, keine zwei Zentimeter ich kann sie bewegen, und nix is gekommen. Hack das Holz jetzt mit links. Die Frau is begraben, liegt unter der Erde seit zwölf Jahren, ich hab a neie und leb. Was will ich sagen? Will sagen, dass auf der Welt nix kommen kann, was so schlimm is, wie man denkt. Das Leben geht weiter, so oder so.

Was stinkt hier?"

Ich geh vor die Tür, versuche den Hundedreck am Rinnstein abzukratzen. Ich komme zurück.

„Jach, jach, der Mensch, Härr Alex! Was trinken Sie? Bier, soso, Sie trinken Bier! Neilich – ham Sie weg die Hundescheiße? – neilich geh ich ieber die Straße, weil ich wollt auf den Friedhof bissel die Bliemel bespritzen auf dem Grab von meiner frieheren Frau, geht vor mir so a Schönheit. Ich seh von hinten schon, a Person, wie man häufig in der Zeitung sieht. Haare aufs scheenste gekämmt, bissel gefärbt wern sie gewesen sein. Kleidung elegant und teier, wie man konnt sehen. Ha a Hundel bei sich. Wie ich näher komm, seh ich mir das Viecherl an, hat der a Halsband wie von Gold, und die Person bleibt ieberall hibsch stehn, wo der Hund riechen tut. Und wie er a Geschäft an ein Baum macht, nimmt sie aus der Tasche a weißes Tiechel und putzt ihn den Arsch sauber.

Warum nehm Sie Ihnen ka Frau, Härr Alex? Weil das könn Sie alles auch genau scheen haben, weil a Frau, was sie ihr Hund antut, das möcht sie viel lieber an Mann tun. Wann a Frau a Mann hat, welcher sie scheen beglickt, brauch sie kein Hund. Frieher hat man mehr Männer gehabt, weniger Fraun. Heit is umgekehrt: mehr Frauen. Und fier was, Härr Alex, denken Sie, dass die Frau sich so gern a Hunderl hält? Ich wer Ihn das sagen, weil sie ihm benötigt. Der Mann macht nich mehr das, was er soll, und jetz geben Sie acht! A Hund, Sie wissen, is a natierliches Tier und stinkt, weil a natierliches Tier muss stinken. Sie wern bemerkt haben, wie viele Hunderl heitzutag nich stinken, im Gegenteil, sind vollgespritzt von oben bis unten mit teiersten Sorten von Parfiem. Von was kommt das? Ich wer Ihn das erklären. Weil a Freilein, wann sie sich nimmt a Hunderl mit ins Bett, möcht nich haben, dass es dort stinkt wie in ein Schweinestall, und bespritzt ihm mit teiren Parfiem. Sähen Sie, so erklärt sich alles auf der Welt wie von selber, der Mensch muss bloß bissel ieberlegen. Und jetz wer ich Ihn sagen, sogar das Fleisch schmeckt noch danach. Ich hat amal ein Fall, wo ich – no viel war nich dran, der Rücken bissel hat gehabt a Fleisch – hab eingelegt ieber eine Woch. Hab viel Salbei driebergemacht, Sellerie, hab in Buttermilch gebeizt, aber hat immer noch geschmeckt nach Parfiem. Aber was bein Fleisch schlecht is, bein Fell is das wieder gut, weil die Frau, mit welcher ich leb, sehn Sie, seit ieber finf Jahren trägt ein Kragerl, welches ich ihr hab gemacht von so ein Fell – und brauch sich heit noch nich par-fiemieren. Scheenstes Parfiem – und könn Sie heit noch rie-chen auf weite Entfernung. Jach, jach, Härr Alex! Ob Sie mir glauben oder nich: *so ist das.*"

Der Pachulke trinkt jeden Tag seine zwei Schoppen Wein vom billigen, das Glas einszehn. Der Pachulke hat ein Auge, mit dem er noch sieht, er steht meistens seitlich so zum Fenster, dass er hinaussehen kann. Ich werde jetzt anfangen, ich werde ihm von Marlene erzählen. Ich sage ihm, dass ich übermorgen bei ihr eingeladen bin, ich sage, dass ich eine kenne, die nicht arbeiten muss, die bis elf Uhr schläft, und übermorgen gehe ich zu ihr hin, sie hat mich angerufen und wird Spaghetti kochen. Ich frage ihn, ob er glaubt, dass sie nur Spaghetti mit mir essen will.

„Spaghetti? Jach Spaghetti!! Kenn ich auch, kenn alles, was es gibt auf der Welt, Härr Alex. Nudeln. Das sind Nudeln, weil frieher, sehen Sie, haben wir bei uns in der Bukowina sogar zu die Italiener ‚Spaghettis' gesagt, weil die fressen das immer. Das is nix fier mich, weil a Mensch, Härr Alex, brauch

a Stickel Fleisch, wann er will gut sich nähren, scheenes Gemiese und Kartoffel. Mehr nich. Brot natierlich und dann und
wann bissel Wurscht von der guten, wenn möglich, Schmalz
vom Schwein und a Schnaps. Und jetzt wer ich Ihn was ver-
raten, was Sie vielleicht noch nich wern wissen: Wann der
Mensch gleich frieh nach den Aufstehen um sechs auf den
niechtern Magen sich a klein Kimmel trinkt, kann ihn nich
viel passieren. Kriegt ka Rheuma, kriegt ka Gicht, bleibt
gesund wie a Stein. Sehen Sie mich an: Drei Frauen ieberlebt
und mehrere Könige und Kaiser, zwei Kriege, und die, mit
welcher ich jetzt zusammleb, no wissen Sie, is auch schon
kränklich, weiß man nich, wie lange sie das wird noch machen. Gott soll ihr a langes Leben geben, denn ich bin a alter
Mann, was schätzen Sie, was ich hab? Vierunachzig vergan-
genes Jahr. Jaa! Und wann ich mir noch a neie suchen müsst,
brauch ich auch wieder a Weile, dass ich mich gewöhn. Jetz
kurier ich ihr das bissel raus, geb ihr jeden Tag bein Aufstehn
gleich a Kimmel, langsam schmeckt ihr das schon. Wir machen das selber, weil keiner kann den Kimmel so gut machen,
wie der Mensch selber. Sehen Sie, ich schick ihr einmal die
Woche in die Apotheke, zwei Liter rein Alkohol kaufen. Das
mit Wasser aufgekocht mit etwas Kimmel, was Besseres kann
es nich geben auf der Welt. Aber jetzt lassen Sie noch mal was
erzählen von mir ..."

Der Klamke kommt rein. Er sieht mich, kommt an unseren
Stehtisch, nickt mit dem Kopf. Auf den ersten Blick erscheint
der Klamke wortkarg, ein Schweiger, der nichts sagt, aber
dann, spätestens nach fünf Minuten, legt er los und hört nicht
mehr auf zu reden. Lauter Mist. Der Pachulke dreht ihm sein
Auge zu und sieht ihn genau an. Erst oben, dann die Schuhe,
dann langsam wieder hinauf. Ich kenne den Klamke seit acht
Jahren. Uns verbindet etwas sehr Seltsames: Er und ich, wir

sind die einzigen, denen seine Frau den Geschlechtsverkehr verweigert. Wir kennen in der erreichbaren Umgebung niemanden, mit dem sie es nicht mindestens schon einmal hatte. Es liegt nicht an uns, das heißt, sie sagt, es läge an uns. Sie ist eine von denen, die alles genau umgekehrt tun, als es folgerichtig wäre, das heißt, sie lässt ihn nicht ran, weil er ihr Mann ist, weil er sie dazu auffordert. Und mich nicht, weil ich wollen würde. Sie sagt, sie nähme nur solche, die *nicht* wollen. Was aber auch nicht stimmt, denn von hundert wollen neunzig *immer*, falls sie können.

Eine seltsame Situation ist das zwischen ihm und mir. Eine Art Freundschaft, die sich aus einem gemeinsamen Mangel ergeben hat, falls ich meinerseits ihr Verweigern als Mangel sehen will. Er hatte zwei oder drei Mal Verkehr mit ihr. Vor der Ehe, als sie das Kind zeugten, dann nicht mehr. Wir haben über das Gemeinsame, das, was uns verbindet, wenn man es so nennen will, ausgiebig geredet, glaubten am Anfang, eine so skurrile Situation käme wohl nie wieder vor, aber möglicherweise gibt es das öfter: Einer hat eine Frau, die sich ihm verweigert, und irgendwo gibt es noch einen einzigen, dem sie sich auch verweigert, und diesen trifft er. Der Hannes sagt:

„Es gibt keine Situation, die nur einmal sich ereignet. Kein Ereignis, kein Gedanke ist einmalig. Schablonen, Wiederholungen, Serien. Da glaubt einer, eine Liebe zu erleben, eine Situation darin oder eine Stimmung, die es ein zweites Mal nicht geben kann, dabei ist sie Serie."

Der Hannes hat keine Freunde.

Der Hannes verreist nie. Er sagt:

„Es kommt mir nicht auf den Ort an, wo ich mich befinde. Wichtig ist, wie ich mich wo befinde."

Der Klamke hat sich ein Bier bestellt, er dreht das Glas

zwischen zwei Fingern, ich kenne das, er wartet auf die Sekunde, wo er das erste Wort sagen kann, und dann wird ihn keiner mehr aufhalten, er wird reden und reden. Ich drehe mich halb weg, passe auf, dass ich nicht aus Versehen etwas sage, denn was ich auch sagen würde, er würde das erste Stichwort aufgreifen und würde mir einen Marathonvortrag über etwas halten, was ich schon weiß.

Ich könnte den Spieß umdrehen, ich könnte anfangen und dann reden und reden, aber mit dem Klamke kann man das nicht machen. Ich habe noch nicht gehört, dass ein anderer geredet hat, wenn der Klamke dabei war. Ich werde jetzt trotzdem anfangen, ich werde mich von ihm dieses Mal nicht an die Wand drücken lassen, ich werde ihn zwischen das Fenster und den Stehtisch klemmen, er wird mir nicht entwischen. Ich fange an:

„Du kennst doch Marlene?"

„Ja und?"

„Sie hat heute angerufen, sie hat gesagt, ich soll übermorgen zu ihr kommen, Spaghetti essen, sie ...."

Er legt einsfünfzig auf den Tisch, hat sein Bier noch nicht ausgetrunken, ruft zum Maxe hinüber:

„Zahlen, das Geld liegt auf dem Tisch."

Dann sagt er zu mir:

„Mensch, *du* hast Sorgen ...."

Er drängt mich weg und geht. Ich ärgere mich, dass ich probiert habe, mit ihm zu reden, ich wusste doch, wie das ausgehen muss.

Der Klamke hat studiert, und zwar zu der Zeit, als sie die Frustration erfunden haben und alle von der sexuellen Befreiung redeten. Das war auch die Zeit, wo geredet und geredet wurde, wo die das politische Halblatein erfanden, die quasselten und diskutierten, das war zum Verrücktwerden.

Der Klamke war zuvor im christlichen Jungmännerverein, war vom Land in die Stadt gekommen, und mitten hinein in dieses Gequassel, und wie das damals so war, kam er mit einer im Hörsaal in ein ausgiebiges Gespräch über Sex und unterdrückte Natürlichkeit, und sie einigten sich, sie sagte: „O. K. Wo machen wir's?"

Bei ihr, denn er hatte Bedenken wegen seiner Vermieterin, er war noch nicht soweit, *ihr* war das scheißegal, was ihre Vermieterin dachte. Und dann ging alles ganz technisch. So, wie wenn du irgendwohin zum Essen gehst. Er fragte noch:

„Was machen wir? Nimmst du die Pille oder soll ich was machen?"

„Wie was machen?"

„Ich meine aufpassen oder Präser oder wie?"

Und da fing es schon an, da ging es schon los mit dem Querulieren, sie sagte:

„Typisch! Typisch konservativer Sack. Die Frau ist blöd, die Frau muss darüber aufgeklärt werden, was sie tun soll, nur er, der Mann, ist König, er hat den Verstand. Am liebsten würde ich jetzt aufhören."

Möglicherweise war er schon zu weit, wollte seinen Ständer nicht wieder nach Hause tragen, er versuchte sie zu beruhigen.

„Ich mein ja nur, ich denke, es ist besser ..."

„Und wenn ich ein Kind bekomme, wer muss das dann ausbaden? Ist doch wohl klar. Im kapitalistischen System ist es die Frau, die den Dreck am Hals hat. Na also! Dann überlass das auch mir und fang endlich an! Ihr fragt doch sonst nicht soviel, wenn es um uns geht."

Na gut, sie haben es gemacht. Nach einer Woche noch einmal. Krötentest positiv: Ein Kind. Sie sagte:

„Na und, na und! Wer badet das aus? Doch wohl ich. Dann

stell dich nicht so an! Oder hast du Angst, hängt dir der Arsch schon am Grundwasserspiegel? Typisch bürgerlicher, reaktionärer Idiot. Es wird Zeit, dass euch mal gezeigt wird, dass eine Frau auch ein Mensch ist und machen kann, was sie will, verstehst du. Ich brauche dich nicht, ich brauche nicht deine Hilfe, geh, hau ab! Wenn ich ein Kind bekomme, geht dich das nichts an. Das ist meine Sache, na also, mach Fliege, ab, ich will dich nicht mehr sehen."

Sie liess ihn nicht mehr ran, seit damals nie wieder. Von Zeit zu Zeit fragte er nach dem Verlauf der Schwangerschaft, er hielt das für anständig, dann vertrugen sie sich wieder so leidlich, und sie sagte:

„Warum heiraten wir eigentlich nicht? Oder hast du Angst vor einem Wisch Papier? Du scheißt doch auf den Staat und die Kirche und ich auch, also was soll das? Ein Stück Papier und sechsmarkfünfzig Gebühren. Mehr ist das nicht. Und wenn du zu geizig bist, bezahl ich auch das noch. Lass uns doch aufräumen mit dem alten Käse, einen Gag machen! Treffen uns vor dem Standesamt, gehn rein, ziehn 'ne kleine Schau ab, gehn raus, du gehst deinen Weg, ich geh meinen und wir sehen uns nie wieder.

Oder hast du Angst? Guckt euch den kleinen Scheißer Klamke an, hat Angst, das Jungchen. Immer sein linkes Maul offen, Revolution und rauf auf die Barrikaden, und dann hat er Angst vor einer kleinen Behörde. Geh mir doch einer weg mit euch konservativen Kackern!"

Dann hat er sie geheiratet. Allerdings nicht so, wie sie das gesagt hatte. Sie brachte Vater und Mutter mit aufs Standesamt, zwei Trauzeugen, trug ein dunkelblaues Kleid mit einer Rose und mit weißem Kragen. Sie hatten bis da getrennt gewohnt, jeder in seinem Untermieterzimmer, er war inzwischen in seinem dritten Semester. Jura. Freilich hatte sie ihm beigebracht, dass ihr Vater und ihre Mutter dabei sein müssten: „Oder hast du Angst, du Waschlappen?"

Dann hatte er seine Verwandtschaft auch eingeladen, und sie haben in einem Lokal gefeiert. Ein italienisches Essen für vierzig Leute, ihr Vater hat es bezahlt. Sie brachte dann noch tausend Mark mit in die Ehe.

„Wenn wir schon was anfangen wollen, dann gleich richtig", sagte sie, „halbe Sachen sind mir zu blöd. Und außerdem ist das mein Geld."

Sie mieteten eine Wohnung. Sie wollte: ein Zimmer für sich, damit sie zu Ende studieren kann. Damit sie nicht auf ihn angewiesen ist. Damit sie ihren Weg allein gehen kann, sie ist doch nicht seine Sklavin! Dann ein Zimmer für das Kind. Er könne doch nicht verlangen, dass das Kind auf ihr hängenbleibt, das sei doch schließlich sein Kind, oder? Dann ein Schlafzimmer für sich, sie habe ihm gleich gesagt, dass sich ihre Wege nach der Heirat trennen würden. Und wenn er für sich auch eines haben wollte, könnte er ja zusätzlich noch ein Zimmer dazu nehmen. Ins Kommunikationszimmer jedenfalls könne er seine Couch nicht reinstellen, denn sie habe gern viele Freunde, sie brauche einen Platz, wo sie mit Freunden diskutieren kann.

„Oder willst du mich einsperren? Verheiratet, Schleier über den Kopf, Kette ans Bein, das könnte dir so passen! Es gibt keine Ausbeutung der Frau mehr, lieber Klamke, und das merk dir mal!"

Dann brauchte sie eine vollautomatische Küche.

„Oder denkst du, wenn du von der Arbeit kommst, werde ich dir deine Spiegeleier am Spirituskocher kochen, denn du wirst ja wohl arbeiten gehn müssen, aber wenn du das Geld anders auftreiben kannst, bitte, dann studier, solange du willst!"

Sie hatten diese Wohnung so gemietet, dass sie am Hochzeitstag einziehen konnten. Möbel? Sie nahmen Kredite auf. Hochzeitsnacht? War nicht.

„Wenn du denkst, mein lieber Klamke, ich lasse mir von einem Fetzen Papier vorschreiben, was ich tu und was nicht, und dass ich mich von dir bespringen lasse, weil du jetzt sechsfünfzig für eine sogenannte Trauung hingeblättert hast, bist du falsch gewickelt. Bumsen ja! Immer und jederzeit, aber nicht nach Vorschrift."

Der Klamke nahm, als die erste Rate fällig war, einen Job an. Irgendetwas, ich weiß nicht, was. Dann brauchten sie ein Auto. Das Kind kam und war gesund. Dann brauchte sie einen Babysitter. Männlich, weil sie das so wollte. „Wo steht denn geschrieben, dass es ein Mädchen sein muss? Warum muss es immer die Frau sein, die zweitrangige Arbeit verrichtet? Ich nehme nur einen Mann dafür. Ich will sehen, wie ein Mann seine Rolle als Hilfskraft ausfüllt."

Sie bekamen einen über den Studentenschnelldienst, sie legte ihn noch am ersten Abend um und machte keinen Hehl daraus. Der Klamke versuchte, sie zu verstehen. Klamkes Kind war ein Sohn, nicht sehr groß, er wuchs auch langsam. Wenigstens das, denn für Klamke war das wenigstens eine Art Beweis, dass es *sein* Sohn war, weil er selbst klein war, so um die einsachtundfünfzig. Als sie in die höheren Semester kam, brauchte sie ein Dienstmädchen. Der Klamke war in seinem dritten Job, sie zahlten die Raten erst nach der dritten Mahnung. Als sie keinen Parkplatz mehr vor der Uni fand, durfte er das Auto benutzen.

Sie fuhr meistens mit dem Taxi hin.

Sie führten eine freie Ehe, das heißt, sie hatten miteinander nichts. Er konnte machen, was er wollte, was er aber nicht konnte, weil er nicht besonders schön war, weil es keine

Gleichberechtigung oder Chancengleichheit gibt, er bekam nur die, die ihn wollten, ihn wollten aber keine. Das wusste sie. Und sie konnte machen, was sie wollte, und das machte sie auch. Sie war körperlich eine Schönheit der zweiten Kategorie. Für sie war es eine Kleinigkeit, jeden, der ihr geeignet erschien, zum Beischlaf aufzufordern, denn wie gesagt, von 100 Aufgeforderten lehnen höchstens zehn ab, meistens, weil sie nicht können. Bei ihr lehnte keiner ab, jedenfalls kenne ich keinen und der Klamke auch nicht. Sie machte das alles sehr offen. Sie sammelte. Sie setzte sich Ziele. Beispielsweise nahm sie zuerst eine ganze Serie Babysitter, darunter den ersten Neger. Dann nur Neger, die sie aber bald differenzierte nach Geburtsland, Hautschattierung, sie holte sich die im *New Orleans,* einer Kneipe. Dann hatte sie eine Intellektuellenphase, nahm nur solche, die so redeten, dass nicht einmal sie es verstand.

„Ich finde den ganz irre, du nicht?"

Der Klamke hatte bald Magengeschwüre. Einmal fand er auch eine und brachte sie auch mit nach Hause, denn sie wickelte ihrerseits auch alles zu Hause ab.

„Na, wie schön für dich", sagte seine Frau, und dann fing sie an zu stören. Andauernd klopfte sie an die Tür, dann kam sie rein, ohne zu klopfen, fragte dummes Zeug: „Wo hast du die Wäsche vom Kind hingetan, die in deinem Zimmer hing?"

Sie richtete es auch so ein, dass sie gerade reinkam, als er aufsteigen wollte, und nicht etwa wieder rausging, damals hat er zum ersten Mal gebrüllt. Sie sagte: „Jöjö, stell dich bloß nicht so an! Wenn's dir nicht passt, dann geht doch woanders hin!" Wenn sie mit einem ankam und der Klamke auf dem Sofa saß, das sie gerade benutzen wollte, sagte sie: „Setz dich solange auf den Stuhl oder geh spazieren, wenn du nicht zugucken willst."

Der Klamke drehte bald durch. Er spuckte Blut und fing an zu stottern. Er brachte noch einmal eine mit nach Haus, schloss sein Zimmer hinter sich ab, da drehte seine Frau das Radio mit einer so ekelhaften Musik so laut, dass die Nachbarn die Funkstreife riefen. Sie rief durch die Tür in sein Zimmer:

„Das ist meine Wohnung, ich wohne hier auch, und wenn ihr noch nichts von persönlicher Entfaltungsmöglichkeit gehört habt, dann erzähl ich euch das."

Der Klamke sagt:

„Die Frau ist in der kapitalistischen Gesellschaft erheblich im Vorteil. Wenn sie einen Mann braucht, geht sie ins Café, spreizt ihre Beine ein bisschen beim Sitzen, hebt das Röckchen etwas hoch und hat nach zehn Minuten einen im Bett. Wenn ich herumlaufe und suche, finde ich keine. Während der Alte im harten Stress arbeitet, um das Telefon und das Auto zu bezahlen, telefoniert seine Frau zu Haus mit ihrem Beischläfer, fährt mit seinem Auto zu ihm hin, oder er kommt in seine Wohnung. Und das Röckchen, das sie sich hochstreift, bezahlt er auch. Geh mir doch weg!"

Bald war der Klamke nur noch ein Wrack. Er wackelte mit dem Kopf wie ein alter Mann. Sie wurde wählerischer, sammelte nur noch Exoten, Araber, Soldaten, einen Schweizer mit Aktentasche. Und dann nahm sie seine Brüder. Sie versuchte es beim Vater, wenn er aus dem Altersheim auf Besuch kam, das klappte nicht. Es gelang ihr, seine Schwester besoffen zu machen und sich an ihr zu vergehen, ein etwas dümmliches, frommes Mädchen mit Brille, die dann deswegen in psychiatrische Behandlung musste, aber nicht geheilt ist, Frau Klamkes schönster Erfolg, wie sie gern erzählt. Na gut, ich muss sagen, ich hab's auch bei ihr probiert. Weil sie die Tür gern nackt aufmacht, wenn's klingelt. Was sollst du tun?

Ich habe es nicht heimlich gemacht, Klamke war damals nicht mein Freund, ich habe ihn trotzdem vorher gefragt, ich dachte, es würde ihm nichts ausmachen, denn ob einer mehr oder weniger, und hinter seinem Rücken wollte ich es nicht tun. Er hat gesagt:

„Weißt du, Alex, was fragst du *mich*? Frag sie doch selbst!", Und als sie dann wieder einmal halbnackt die Tür aufmachte, hab ich sie gefragt.

„Wenn du erst lange fragst, dann nicht."

Ich zog mich aus, fragte also nicht mehr, und sie sagte:

„Ich hab's doch gesagt: Nein. Denn wenn einer fragt, dann geht bei mir grundsätzlich nichts."

Beim nächsten Mal kam ich rein, fragte nichts, legte sie aufs Sofa, wollte anfangen, da sagte sie:

„So nicht! Du, so bestimmt nicht! Du kannst mich doch wenigstens fragen, ich bin kein Automat. Und mit Ständer schon gar nicht. Du bist ja wie der Klamke, der hat seinen schon so lange, wie ich ihn kenne." Dann hab ich es nicht mehr probiert.

Zu dieser Zeit rief der Klamke mich immer an und erzählte stundenlang, was da wieder passiert ist. Er brauchte einfach einen, dem er das sagen konnte.

Einmal war er in der Mittagspause nach Haus gekommen, er konnte das Kantinenessen nicht mehr bezahlen, wollte ab da mittags zu Haus essen. Sie saß neben dem automatischen Herd und las einen Krimi.

„Waas, du bist schon da? Du hast doch gesagt, du kommst um halb eins."

„Es ist halb eins, hast du was gekocht?"

„Wieso gekocht? Ich bin froh, wenn ich mal in Ruhe etwas anderes lesen kann, als ewig diesen juristischen Scheißdreck."

„Ist gut", sagte der Klamke, haute zwei Spiegeleier in die

Pfanne und machte sich sein Essen selbst. Sie sagte: „Wenn du schon dastehst, dann mach mir auch was! Und das Kind hat auch noch nichts gegessen. Wo ist es überhaupt?"

Sie brachte das Studium auf sechs Jahre. In den letzten Semestern musste der Klamke sechshundert Mark mehr aufbringen pro Monat, weil sie einen Repetitor brauchte, oder wie das heißt.

„Jetzt mecker bloß nicht über das bisschen Geld, du blöder Kerl! Ich zahle dir ja alles auf Heller und Pfennig zurück, meinst du, ich lass mir von dir was schenken?"

Der Klamke machte Schulden und immer mehr Schulden. Wenn er mich damals anrief und ohne Ende über besonders lustige Themen palaverte, Witze erzählte und auffallend lachte, wusste ich, dass ihm das Wasser bis über den Kopf stand.

Seit zwei Monaten ist er geschieden. Sie hat ihr Examen gemacht, hat einen Job, wo sie über zweitausend netto verdient, seitdem ist sie weg. Er zahlt freiwillig achthundert für das Kind an sie, er hat es ihr gelassen, darf es pro Woche einmal sehen. Er stottert nicht mehr so stark, nur wenn er erregt ist, wenn er Angst hat, einer könnte ihn unterbrechen und selbst reden. Bei der Scheidung hat er die Schuld auf sich genommen, das heißt, sie haben sich geeinigt, dass er keinen Unterhalt für sie zahlen muss, gerichtlich hat er sechshundert für das Kind zugesagt, er sagte:

„Weißt du, ich finde das nicht richtig, die ganze schmutzige Wäsche vor dem Richter auszubreiten, dann lieber so."

Ich habe ihn einmal gefragt, ob er mit seiner Frau jetzt nach der Scheidung wieder was hat.

„Ob ja oder nein, was spielt das für eine Rolle?", hat er gesagt.

Man kann mit ihm jetzt überhaupt nicht mehr reden. Auf Fragen gibt er keine richtige Antwort, und wenn er redet, dann von vornherein schon lauter als nötig, damit einer, der ihn möglicherweise unterbrechen könnte, schon phonetisch nicht durchkommt. Und dann, wenn er einmal eine Pause machen muss, dann wiederholt er die letzte Silbe so lange, bis ihm das nächste Wort eingefallen ist. Beispielsweise sagt er:

„Ich fafafahre also mit meinem BMW auf der B12 nach Dingdingdingsdings sagschnell ich meine nach du kennst das ja ...", damit ihn keiner unterbrechen kann. Er gibt sich selber Feuerschutz. Wenn er dich eine Stunde in der Zange hat, bist du total behämmert.

Der Hannes sagt:

„Wenn du zwei Stunden mit einem kaputten Typen zusammen bist, musst du dich danach zwei Wochen erholen. Die zapfen dich ab wie eine Batterie."

Es zieht. An dem Fenster ist eine Belüftung offen. „Kommt luft rein," sagt der Pachulke. Er hat sich umgedreht, damit er mit seinem Auge sehen kann, wer an der Theke steht.

„Jach, Härr Alex, der Mensch! Kommt und geht."

Ich weiß nicht, ob ich zu Marlene gehen soll.

„Soll ich hingehen, soll ich nicht?" Ich habe das so vor mich hin gesagt, oder wollte ich Pachulke fragen?

„Wohin gehen, Härr Alex? Bleiben Sie noch bissel!"

„Zu einem Frauenzimmer, Pachulke. Ich soll übermorgen ..."

„Gehen Sie, Härr Alex, gehen Sie, was kann das viel schaden? Nehmen Sie ihr, beglicken Sie ihr bissel von der Seite, das hat noch kein geschadet seit viele tausend Jahre."

Keinem geschadet? Na, Pachulke! Ich werde ihm jetzt einmal die Geschichte vom Klamke erzählen.

„Haben Sie den gesehen, der eben hier war, Herr Pachulke? Wissen Sie, der ..."

„Hab ich gesehen, freilich hab ich gesehen, der junge Mensch, welcher hier stand? Was is mit den?"

„Der hatte eine Frau, hat ein Kind und ...“

„A Kind, soso a Kind ham de Leit, no warum sollen sie ka Kind nich ham, Hauptsache ist gesund. Aber Sie, Härr Alex! Warum nehmen Sie Ihnen keine Frau, wieviel Jahre haben Sie, wann ich fragen darf? Haben Sie schon die Finfzig? Nein, nicht? Siebenunddreißig, soso, siebenunddreißig, jinger wie ich dachte. Da ham Sie noch alles, was der Mensch sich winschen kann. Ganzes Leben noch vor sich.“

Es würde mir reichen, wenn da einer wäre, zu dem ich rede, er bräuchte nur manchmal mit dem Kopf zu nicken, wie einer, der zuhört, mich zu Ende reden lassen. Wenn ich nicht bald zu einem reden kann, werde ich verrückt. Ich bin schon beim dritten Bier.

„Jach, jach, där Härr Alex! Wie oft habe ich nich zu meiner Frau gesagt: där Härr Alex. A junger Mensch is er, fesch schaut er noch aus, aber warum nimmt er sich ka Frau? Hörn Sie mich an! In meiner Umgebung wohnt a jingere, hibsche Schneiderin, welche ich Ihnen könnt bein Namen nennen. Nich zu alt, nich zu jung, hat a Heisel nach der Mutter geerbt, welche is voriges Jahr gestorben. Aber das Heisel verwaist, weil sie hat kein Mann, welchen sie alles scheen könnt herrichten. Weil a Frau, wann sie hat kein Mann, fier was soll sie Leben? Sprechen Sie a Wort mit Pachulke, und er wird das machen. Wer a Wörtel mit derjenigen fier Ihnen reden. Verstehen Sie nich falsch, sollen nich denken, ich hab was davon, aber fier Ihnen möcht ich das machen. Ich wer gehn und wer bei ihr anklopfen und wer das vorsichtig zu sagen verstehen. Wie geht's, und was macht der Garten, und wer sagen, da gehört a Mann ins Haus. Und dann wer ich auf Ihnen zu sprechen komm, wer Ihnen bestens empfehlen.“

Ich bestelle dem Pachulke einen Schoppen, denn wenn er zwei getrunken hat, wird er mir vielleicht zuhören, vielleicht wird er vom Wein müde werden und nicht mehr selber reden. Vielleicht kommt es gar nicht darauf an, dass er mir *zuhört*. Nur darauf, dass ich rede. Denn wenn es darauf ankäme, dass dir einer zuhört, dann wäre es auf der Welt still wie in einem Grab.

„No, Sie laden mir zu einem Schoppen ein, Härr Alex? Dann vergelt Ihnen das Gott, auf Ihr Wohlsein, Prost! Diese Frau is a Kinstlerin, was Gemiese und Blumen anbelangt, weil wann Sie sehen möchten, wie hibsch alles dort bliht in Garten, scheener kann sich das kein Kinstler ausdenken, sie nehmen ihr sofort. Weil solange wie der Mensch in sein Garten selber Gemiese kann pflanzen, muss er nich verhungern. Wer so a Frau bekommt, is nich verlorn auf der Welt. Und wann Sie mich fragen: Die möcht Ihnen nehmen. Weil nach so ein feschen Mann wie Sie, wer soll sich da nich die Finger belecken danach."

Noch ist er nicht müde. Aber sein Auge ist schon gerötet, der Wein wirkt. Besser wäre, wenn wir auf Stühlen säßen, dann könnte ich reden, und wenn er einschläft, könnte ich immer weiter reden.

„Und was Kochen betrifft, ich möcht Ihnen garantieren, bekocht sie Ihnen aufs beste. Härr Alex. Essen Sie gern Suppe, Härr Alex? A Delikatesse könnt ich Ihnen anbieten, wie Sie das in Leben noch nich gekostet haben. Wann Sie amal Zeit haben, kommen bei mir vorbei, wer ich Ihnen a Teller vorsetzen, das wird Ihnen auf der Zunge schmecken, wie das ein Kaiser nich besser bekommt. Ich wer Ihnen fragen, was is das, aber Sie wern das nich erraten.

Sehen Sie, friher hab ich gehabt a eigene Jagd. Sie wissen, ich bin gebiertig von der Bukowina, Buchenland, wie man auch sagt. Und dorten hab ich gearbeit auf einer Sägerei. Und weil der Weg nach Haus war mir manchmal zu weit, ich hab laufen missen ieber zwei Stunden und auch die Frau, mit welcher ich dort bin verheirat gewesen, Sie wissen, wie Fraun so sind, immer und immer ging sie mir auf die Nerven, hat gesagt, Gottlieb komm, leg dich bissel auf mich drauf und mach mir a Freid, ich hab ja gar nich könn in Ruhe schlafen, so is sie andauernd gekomm, no und so hab ich dort iebernachtet in der Sägerei. Der Besitzer hat nix gesagt, weil so hat er ein gehabt, welcher das Holz ieber Nacht bewachen konnte. Hab mir hinten a kleine Stube eingerichtet, von wo aus ich hab den scheensten Blick gehabt ieber a Wiese durchwachsen mit bissel Gestripp, paar Streicher und danach der Wald weiter hinten. Und a kleiner Bach in der Mitte. Fier die Jagd, Härr Alex, das scheenste, was a Mensch haben kann. Sehen Sie, und das war mein Revier. Die Tiere ham scheen Schutz von die paar Streicher, könn sich tränken und ham genug Gras. Kommt Gefahr, könn sie sich in Wald flichten. Freilich hab ich auch a Gewehr gehabt, aber hab verkauft später, weil a Gewehr, Härr Alex! Treffen geht nich so leicht und macht viel Krach. Verscheicht die Tiere, vielleicht auch a Förster könnt das hören, macht die Leit unnetig aufmerksam auf ein. Fier die Jagd, Härr Alex, is am besten die Schlinge."

Ich kannte einmal eine, die zog, wenn sie hereinkam, erst ein Kleidungsstück aus und wollte dann gejagt werden. Rannte um den Tisch herum, kicherte, rief: „Jag mich, Alex, fang mich doch!"

Fing ich sie, zog sie das nächste Stück aus. Ich wohnte damals in elf Quadratmetern. Wenn sie nicht gejagt wurde, ging bei ihr gar nichts. Und bei mir nichts, wenn ich sie jagen musste. Nach einer Woche haben wir uns getrennt.

„Oder hibsche Löcher ausgraben dort wo die Tiere zur Tränke sich begeben, bedecken mit Ästen und Zweigen, Gras drieber und Laub und unten was Spitzes aufstellen, dass sie nich könn entfliehen. Ich hab gehabt, wie man bei uns sagt, a Jagdglick, welches ich konnte mit Löffeln essen soviel, und Beute, dass ich hab nich gewusst, was damit anfangen. Hab die ganze Verwandtschaft versorgt mit Fleisch und hab mir mit der Zeit alles scheenstens mit Fell gefittert, bin rumgelaufen wie a russischer Fürst gekleidet. Hier, von was möchten Sie denken, ist das?" Er stülpt seine Joppentasche nach außen, sie ist mit Fell gefüttert.

„No was?"

„Cocker."

„Was ist Cocker?"

„Cockerspaniel. Ein Hund."

„Sehen Sie, Sie verstehn was davon. A Hund. Schad is um jeden Hund, sag ich, welcher unter die Straßenbahn kommt oder von selber stirbt, vielleicht begraben muss werden, und keiner hat von ihn was gehabt. Der is fier den Menschen verloren.

Sehn Sie, bei mir in der Nachbarschaft hat ein Mensch gelebt, a Mann, und fragen Sie mich nich, wie *der* is gestorben. Nich gut, Härr Alex. Hat Krebs bekomm. Is zum Arzt gegangen, ham sie ihm untersucht, gesagt: Dasunddas is es, Krebs, ham ihm operiert. Drei Ärzte sollen sich dort bei der Operation aufgehalten haben. Ham ieberall scheen a Stick weggeschnitten, wieder zusammgenäht, der Professor, welcher hat das bewerkstelligt, hat groß in der Zeitung mit Namen gestanden, was ich selber gelesen hab, hat ein Monat noch in Krankenhaus gelegen, dann ham sie ihm entlassen, und wie er zu Haus is gewesen, hat alles von vorne wieder angefangen. Ich hab ihm manchmal schrein gehört von meiner Kieche aus, dass man hat gedacht, ein Tier is das, was schreit. Is gestorben, zu der Frau sind gekommen die ganzen

Rechnungen, weil er hat bloß a einfache Kasse gehabt, und sie hat verkaufen missen das Heisel, in welchen sie gewohnt ham. Jach, jach, Härr Alex, där Mensch! Heite rot, morgen tot."

Ich habe Hunger. Wie spät ist es? Ich habe keine Lust mehr, mit einem zu reden. Wenn ich Hunger habe, muss ich erst etwas essen, bevor ich weiterdenke.

„Aber wann Sie Ihnen nich wollen fier länger binden, Härr Alex, ich wisst a andere. Sehen Sie, die Schneiderin is dreißig, vierzig. Kann an die neinzig werden. In meiner Nachbarschaft wohnt a andere. Is Witwe, is noch nich zu alt, hat auch a Heisel, ich möcht Ihn sagen, dass die Ihnen nehmen möcht mit Handkuss. Aber is nich mehr die jingste, kann die finfzig, sechzig haben, und man will ihr nichts Schlechtes winschen, aber wann sie die achzig erreicht, is viel, und sie ham a Heisel schon in zwanzig Jahrn, könn sich a neie jingere aussuchen, was wollen Sie mehr, Herr Alex? No! Sie können ihr um Jahrzehnte ieberleben, wann Sie Ihnen so gut erhalten wie bis jetz. Wann Sie wollen. Aber ich will Ihnen nich ieberreden, nein nein, der Mensch soll frei sein könn und sich entscheiden.

Ich könnt Ihnen von mein Kiechenfenster aus sehen, wann Sie dort einziehn möchten."

Der Max hat an der Theke Soleier in einem Glas und Semmeln.

„Und hörn Sie mich an, Härr Alex! Und jetz wer ich Ihn noch ein schlauen Tipp geben unter uns: Neben diesen Heisel wohnt noch a jingere zusamm mit ihrn Mann, welcher schon älter is und bissel kränklich. Und wie ich mir denk, wird er ihr nich mehr richtig könn bedienen mit der kleinen Knoche hier in der Hose, weil wann ich dorten vorbeikomm, schaut sie mich immer so an. Und wann Sie dort heiraten, könn Sie schon zu sein Lebzeiten bei ihr sich ein bissel mit der Hand vortasten. Er is so bei die Sechzig, wird ja nich ewig leben. Und wann Sie amal a Witwer sind, brauchen Sie Ihnen bloß die jingere nehm und schon ham Sie *zwei* Heisel. Hibsch nebeneinander, könn ein Zaun einreißen, das Grundstick vergrößert sich, und was kann ein Mensch sich mehr winschen als wie zwei Heisel und zwei hibsche junge Menschen komm zusamm? Könn ein Heisel vermieten, brauchen nich mehr arbeiten. Wollen nich? Warum nich. Härr Alex, warum nich das? Besser wern Sie das nich mehr bekomm. Sollen nich so lange ieberlegen, weil wie lange lebt der Mensch? Paar mal dreht er sich rum, schon is alles vorbei.

Sehen Sie, Härr Alex, a Tier, wann es muss sterben, geht auf die Seite, lässt von keinem sich stören, stirbt hibsch fier sich allein ohne Jammern. Geht zum Sterben nich viel anders wie zum Wassertrinken. Und der Mensch, Härr Alex? Der Mensch is arm dran. Jach, jach ..."

Ich bezahle, ich gebe dem Pachulke die linke Hand, damit unsere Hände zusammenpassen, die rechte kann er nicht mehr bewegen, sie ist kaputt.

Ich habe fünf Stammlokale, in die ich immer gehe. In jedem habe ich eine Stamm- oder Leibspeise, die ich dort immer esse, beispielsweise in einer die Pizza dreiundzwanzig, in einer Pfeffersteak, in einer Gulasch, in einer Gemüseeintopf. Ich werde heute Pfeffersteak essen gehen. Ich weiß nicht, wann ich das letzte Mal dort war, ich habe keinen Nerv für die Zeit. Ich kann dir nicht sagen, wie viel Zeit vergangen ist, wenn ich einen treffe, den ich vielleicht das letzte Mal vor fünf Jahren sah. Ich denke dann, ich hätte ihn vor einer Woche gesehen. Der Hannes sagt:

„Die Zeit erscheint uns, als ob sie wie eine Schnur von der Vergangenheit über die Gegenwart in die Zukunft in einer

Richtung verliefe, aber so ist es nicht. Du musst sie dir wie einen Raum vorstellen, in dem alles gleichzeitig ist: die Gegenwart und die Zukunft und die Vergangenheit, aber du kannst dich nur an einem Punkt befinden, und der erscheint dir als die Gegenwart. Der Mensch könnte einen Zustand erreichen, in welchem er sich in diesem Raum bewegen kann. Er könnte gleichzeitig in allen drei Zeiten leben."

Ich stehe ja immer noch am Stehtisch neben dem Pachulke. Und vor mir steht ein Bier, das vierte, ich trinke nie mehr als drei Biere, der Max hat es hingestellt. Manchmal stellt er mir ein Bier hin, das er ausgibt oder weil es übrigblieb. Bevor der Max die Kneipe aufmachte, waren wir dicke Freunde.

Ich könnte mich zum Max an die Theke stellen und mit ihm reden. Wir haben früher viel zusammen geredet. Aber seit Jahren habe ich ihn kein Wort mehr sagen hören. Einmal hat er gesagt, er könne das nicht mehr ertragen: Da kommen sie alle, trinken ein Bier für einszwanzig und quasseln ihm dafür die Ohren voll, denken, sie haben damit einen Beichtvater bezahlt, eine Krankenschwester, einen Psychiater, er kann es nicht mehr ertragen. Und alle reden sie den gleichen Mist. Jeder die gleiche Geschichte, dass es mit der Alten nicht mehr klappt, dass sie einen Prozess laufen haben oder linke Politik.

„Ich stopf mir die Ohren zu, Alex, und bin tot."

„Jach, jach, der Mensch, Härr Alex", sagt der Pachulke, „sehen Sie, neilich war a jingerer Mensch hier, hat mit mir ein bissel ieber die Politik reden wollen. Hat gesagt, Härr Pachulke, weil ich hab mich vorgestellt: Gottlieb Pachulke, wie sich das gehert, komm von der Bukowina gebiertig, Jahrgang neinzig, hat er zu mir gesagt, wir wern a Regierung bald kriegen, wo a jeder Mensch wird egal viel besitzen. Keiner mehr wie der andre, keiner weniger.

Jeder das, was er benötigt. Ich sage: Was der Herrgott

möchte geben, weil a Mensch, welcher in Überfluss lebt, kann nicht glücklich sein. Weil bitte, sag ich zu den jingeren Mann, fier was brauch der Mensch a Auto, ein Fernsehn und Radio, finf Mäntel, sieben Anziege und alles, wann er nich glicklich is? Weil je mehr dass der Mensch hier besitzt, desto mehr will er haben. Will jedes Jahr mehr Lohn, immer mehr von Komfort. Bitte, sag ich, wo haben Sie schon gehört, dass der Mensch in Rußland ein Streik macht, mehr Geld will fier die Arbeit und weniger Arbeit am Tag? Haben nicht gehört, weil der Mensch in Rußland is zufrieden, weil er nich mehr bekommt, als wie er nötig hat. Den Herrgott wer ich fier die Leit hier danken, wann wir so a Regierung bekomm, welche alles Unnötige, was der Mensch nich brauch, ihn wegnimmt. Denn fier was a Auto? Und fier was zwei Radio und finf Mäntel? Und so, Härr Alex, is es gut, wann man mit viel Leit redet, weil wer viel mit die Leit redet, weiß mehr. Prost, Härr Alex, dass Sie a scheene Frau kriegen sollen."

Ich habe mein viertes Bier ausgetrunken, um den Max nicht zu beleidigen. Ich bin ja immer noch hier!

„Fier mich, Härr Alex, wär so a Regierung schlecht. Weil, wann sie mir bloß das belassen, was ich *benetige*, missen sie mir die halbe Rente beschneiden, weil, sehen Sie, ich hab sechshundert im Monat, und die Frau, mit welcher ich leb, finfhundert nach ihrn Mann, macht zusamm ieber die Tausend. Holz zum Heizen mach ich selber, Fleisch hat Pachulke immer und auf Lebenszeit sich besorgt, und an klein Garten hat die Frau hinter dem Haus. *Mehr* wie wir benetigen. Aber was kann der Mensch machen, wann wir so a Regierung bekomm sollten? Wird komm oder wird nich komm, aber fier mich wird das schlechter.

Fier manchen wieder wird das gut sein, weil beispielsweise in meiner Umgebung, da wohnt einer, Polier is der beim

Bau. Hat a hibsches Auto, hat a Heisel, Radio, Fernsehn, geht sauber gekleidet und säuft mehrere Kisten Bier, wie ich seh, wann sie das bei ihm abladen. Aber hat nich genug, benetigt hundertmal mehr. Und wann er bekommt, was er *benetigt*, wern sie ihm das missen geben.

Jach, jach, Härr Alex, was fier ein schlecht is, fier den andern is das gut."

Ich werde jetzt Pfeffersteak essen gehen. Wenn ich Fleisch esse, werde ich kriegerisch, dann möchte ich gegen jemanden kämpfen, mich streiten, aber ich finde niemanden. Bei Pizza und Mehlspeisen werde ich friedlich.

„Und hörn Sie mich an, Härr Alex! Weiter hat der jingere Mensch gesagt, wird später a Zeit kommen, wo jeder brauch bloß noch das arbeiten, was er Lust hat, und wird jeder denselben Lohn bekommen wie der andere. Aber vorleifig ist das noch nicht soweit mit der Regierung. Das muss alles langsam gehen. Was fier denjenigen Polier aus meiner Nachbarschaft a scheene Zeit wird, sollt er das noch erleben, denn wie ich gehert hab, hat der zwei linke Händ. Wird ka Lust haben zum Arbeiten, denn fier was? Wann er fier alles denselben Lohn bekommt?

Jach, jach, Härr Alex. So a Mensch denkt sich viel aus, wann er studiert. Und je jinger er ist, um so mehr ieberlegt er sich ..."

Wenn ich Fleisch gegessen habe, kämpfe ich Scheingefechte. Ich stelle mir einen Feind vor, gegen den ich kämpfe. Mir fällt als Feind immer der Staat ein. Der Staat ist mein Erbfeind, mein Erzfeind, ich habe einen angeborenen Königshass. Ein Staat, der den vorhergehenden durch Machtwechsel ablöst, ihn auch als einen Verbrecherstaat bezeichnet, kann ohne Bedenken die gleichen Funktionäre in Amt und Würden lassen, kann die Generäle, die er durchaus und mit Recht als

Massenmörder bezeichnet, in hohe Renten setzen, ihnen qualifizierte Anstellungen auf Lebenszeit geben, für mich ist ein Staat immer eine verfluchte Macht.

„Was denken Sie bei sich, Härr Alex. Weil manchmal denk ich mir, der Härr Alex is so still, was denkt er sich?"

„Der Staat. Ich denke an ..."

„Jach der Staat, Härr Alex. Gut machen Sie das, wann Sie an den Staat denken, weil der Mensch muss mehr ieber den Staat nachdenken. Weil wie schnell kann das kommen, dass der Mensch gar nich merkt, wie schnell so ein Staat sich verändert, und keiner hat was gemerkt. Sehen Sie; heit der Staat is nich schlecht. Der Mensch hat zu essen, brauch nich frieren, kann gehen, wo er will, aber ieber Nacht kann das anders komm."

Aber jetzt werde ich gehen.

„Sie wollen gehen, Härr Alex? Wohin? Wann Sie amal bei mir vorbeikomm möchten, ich könnt Ihnen ein Braten zum Probieren geben, wo Sie Ihnen die Finger belecken. Und ich wer Ihnen fragen: Von welchen Tier, Härr Alex, denken Sie, kommt das? Und Sie wern das nich wissen. Sie wern sagen: Karnickel. Aber nein, dafier is das zu gut. A junges Reh? Nein, wern Sie sagen, weil das schmeckt lange nich so hibsch. Und dann wird Ihnen nix mehr einfallen. Ein Geschmack von greeßter Delikatesse, je nachdem, was ich gefangen hab.

Sie wern a bissel Thymian schmecken und hibsch viel Salbei. Salbei gegessen, und die Frau wird Ihn das auf Knien danken, denn von was denken Sie, Gottlieb Pachulke steht noch so gut da vor die Weiber? Ha? Salbei, Härr Alex, nix wie Salbei! Weil die kleine Knoche in der Hose muss funktionieren, sonst is vorbei mit den Leben fier den Mann."

Ich werde nicht mehr über Politik nachdenken, ich versteh nichts davon, mich macht das verrückt.

„Bein männlichen Tier beispielsweise, nehmen Sie an ein hibschen Kater! Drei, vier Tage in Buttermilch oder wann man hat auch in Wein gelegt, macht ein guten Geschmack, aber is zu scharf, weil a männliches Tier hat mehr Geschmack, schärfer, verstehen Sie? Der Gast merkt das und wird vielleicht was sagen. Sie könn Sellerie rieberlegen, könn mit Knoblauch spicken – aber das is alles nix. Sie missen Salbei nehmen, Härr Alex, das macht alles gut."

Ich komme mit der Welt überhaupt nicht zurecht, weil ich sie nicht verstehe. Wenn ich etwas gegessen haben werde, ist alles vielleicht wieder in Ordnung. Der Hannes sagt: „Du musst die Welt zu deiner Geliebten machen, sonst gehst du an ihr zugrunde."

Bei uns in der Straße wohnte ein armer Verrückter, Heinzi Neumann, sein Vater war Schneider. Als Heinzi Neumann fünfzehn war, heftete er das Foto einer Filmschauspielerin an einen Zaunpfahl, zog dem Pfahl ein altes Kleid an, legte einen Brautschleier drüber – ab da war er glücklich. Er, der noch nie im Leben gelacht hatte, tanzte herum und lachte und hielt das da für seine Frau. Zwei Jahre später wurde er von einem Zug überfahren. Er war wenigstens zwei Jahre glücklich.

Der Hannes sagt:

„Du kannst das Leben nur ertragen, solange du es nicht begreifst. Es zu begreifen und trotzdem zu ertragen, erreichen nur halbe Götter."

Der Hannes sagt, die spezifische Dummheit des Menschen sei ein Selbstschutz der Natur, dem Menschen das Leben zu erhalten. Sich immer noch freiwillig fortpflanzen könne er nur, weil er nicht begreift, was er tut. Ich werde nicht zu Marlene gehen. Was die mit mir aufführt, ist doch Zirkus.

Ich war ein einziges Mal im Leben im Zirkus. Neben mir saß eine mit langen, hellblonden Haaren. Als ein Löwe lossprang, griff sie aus Versehen nach meinem Arm. Sie erschrak, sie hatte vergessen, dass sie allein im Zirkus war, sie sagte:

„Verzeihung, ich dachte ...“

Aber der Kontakt war da. Wir gingen zusammen aus dem Zirkus, haben kaum etwas geredet, gingen zu mir, das war ganz selbstverständlich. Sie sagte:

„Aber ich muss noch telefonieren. Hast du ein Telefon?“

Das war um elf, und ich zog sie aus, als wir ankamen, sie wollte um zwölf anrufen, sie sagte nicht, wo. Ich dachte, bis da ist es noch lang, bis da ist alles schon vorbei. Aber sie guckte beim Pudern andauernd auf die Uhr, das machte mich ganz verrückt, dadurch zog sich das alles in die Länge, jedenfalls war es früher zwölf, als ich dachte und noch kein Ende abzusehen, aufhören konnte ich auch nicht, ich war so gut in Fahrt. Ich machte unten also weiter, und sie sagte oben, sie müsse unbedingt ihren Freund anrufen, das muss sein:

„Er ist in Berlin. Wir haben das so vereinbart, dass jede Nacht der anruft, der nicht bei sich zu Haus ist. Ich finde, ein Wort ist ein Wort, und wenn man sich nicht mehr darauf verlassen kann, ist doch alles im Eimer. Finste nich? Dann ist eine Beziehung einen Scheißdreck wert ...“

Sie hat vorne telefoniert, ich habe von der anderen Seite weitergemacht. Ich weiß noch, dass er Petrus hieß, weil der Name mir so blödsinnig vorkam. Ein Rufname, ich glaube, in Wirklichkeit hieß er Horst oder Dieter.

„Ich? Was? Na klar ist alles in Ordnung. Und bei dir?“

...

„Was soll ich sein? Ich bin am Bahnhof. Hier. Klar. Beeil dich, ich weiß nicht, wie lange das Geld reicht. Ein Automat ...“

...

„Ich komisch? Du spinnst doch, fang nicht schon wieder

so an! Komm bloß nicht wieder mit deiner ekelhaften Eifersucht, ich halte das nicht mehr aus. Jetzt hör doch endlich auf!"

...

„Na klar auf dem Bahnhof!"

Und so weiter.

Sie hat mir damit die ganze Stimmung versaut, und ich habe doch aufgehört. Aber dann blieb sie so lange bei mir, bis sie wieder nach Berlin fuhr, eine Woche. Sie war vom Bahnhof gleich in den Zirkus gegangen, wollte eigentlich Dringendes hier erledigen, tat das dann nicht, aber jede Nacht um zwölf rief sie ihn an.

Ich werde nicht zu Marlene gehen, ich werde sie von der nächsten Zelle aus anrufen und absagen, damit ich mir's nicht wieder anders überlege. Ich suche in der Tasche zwei Zehner, ich habe welche. In der Zelle telefoniert eine. Sie dreht sich um, dreht mir den Rücken zu, als sie mich warten sieht, damit ich ihr nicht ins Gesicht sehen kann.

Sie hat einen Rock an, so kurz, dass ich den Schrittschoner sehen kann, wenn ich mich bücke, um mir den Schuh zuzubinden, was ich auch tu. Das stört sie nicht. Zum Teufel, ich werde doch zu Marlene gehen, aber ich warte hier noch, weide mich an den verfluchten Strumpfhosen, dann geh ich.

Halb zwei. In dem Lokal sind schon etliche Tische frei, weil die Abonnenten-Esser von der Versicherung schon weg sind. Ich will mich an keinen Tisch setzen, der leer ist, ich suche einen, den ich kenne, weil ich mit jemandem reden muss. Ich werde mich dazusetzen, werde mein Steak essen, und dann werde ich loslegen. Während ich esse, werde ich mir schon überlegen, was ich alles erzählen werde und womit ich anfange. Kenne ich einen? Ich seh mich um, hinten sitzt der Gallus. Der Gallus war einmal ein Freund von mir.

Nicht irgendein Freund oder was, sondern *der* Freund. Wir waren unzertrennlich, soweit es ging, wir steckten in der gleichen Kleinstadt, bis wir etwa zwanzig waren. Ich habe dort in der Fabrik gearbeitet, er hat das Abitur gemacht, dann ging ich dort weg, kam hierher und habe ihn überredet, nachzukommen Vor sechzehn Jahren hat er hier eine Frau geheiratet, weil sie keine Eierstöcke hatte, weil er sich das Geld für die Pariser sparen wollte. Sie werden sich niemals scheiden lassen, denn sie stört ihn nicht. Soll ich mich zum Gallus setzen? Mit dem Gallus kann man nicht mehr reden.

Es ist nichts vorgefallen, was uns entzweit hätte, ich meine, kein Vorfall, kein Krach, kein Ärger, nur man kann nicht richtig mit ihm reden. Gott ja, er würde mich reden lassen und mich auch nicht unterbrechen, aber er würde seine Zigarette zwischen dem Daumen und dem Zeigefinger ganz spitz halten und so tun, als wäre ich nicht da. Dann würde er irgendwann zwischendrin, egal, wovon ich gerade rede, aufstehen und sagen:

„Na, dann mach man so weiter, Alex!"

Und würde gehen. Ich hätte nachher ein betretenes Gefühl, als ob ich mich lächerlich gemacht hätte. Dann rede ich lieber mit keinem. Ich habe damals noch am Reißwolf gearbeitet. Wir trafen uns jeden Abend, solange er keine Frauenzimmer für fest hatte. Dann haben wir stundenlang zusammen geredet, wollten die Welt uns untertan machen, das hieß damals: reich werden. Ein Riesenauto fahren, die Frauen sollten uns zu Füßen liegen, was sich bei ihm schon langsam anbahnte. Das war damals Mode: Geld haben, damit alles kaufen können, weil wir kein Geld hatten. So wie es heute Mode ist, arm sein zu wollen, für teures Geld alte, zerrissene Kleider *kaufen*, weil man Geld hat.

Ihm liefen die Mädchen nach, ich hatte Pickel, mein Kopf

sah klein aus, weil ich den ganzen Tag bei der Arbeit eine Mütze trug, die presste die Haare an den Kopf. Dazu kam das Fett von der Wolle, das überall klebte. Ich trug eine englische Militärmütze, setzte sie etwas schräg auf und zwirbelte Haare auf der einen Seite hoch, um eine Locke zu züchten. Der Gallus hatte Locken, er sagte, von Natur, und er habe das gar nicht gern, aber ich habe einmal gesehen, wie seine Mutter sie mit der Brennschere eindrehte. Er roch nach Pitralon, ich nach Maschinenöl und Schafsfett von der Wolle. Das war ihm peinlich, wenn ich so stank, und er sagte:

„Du musst dir eine Flasche Juchten oder Russisch-Leder kaufen."

Das stank dann noch mehr, aber ich wusste das nicht. Einmal hat er sich Pitralon auf die Gießkanne getupft, weil er eine an der Angel hatte, der er durch feinen Geruch imponieren wollte. Er konnte eine Woche lang nicht mehr richtig laufen, und was anderes schon gar nicht.

Der Gallus hatte immer schöne Frauenzimmer. Wenn er mit einer zum Tanzen ging, durfte ich manchmal neben den beiden hertrotten, dann fiel ein bisschen Glanz von ihrer Schönheit auf mich ab. Er beachtete mich kaum, wenn er so an einer hing, ließ mich nebenher laufen, aber das machte mir nichts. Das heißt, zerstörte nicht die Freundschaft. Damals kannte er jeden Film mit Clark Gable, er versuchte auch immer, sich eine seiner Locken vorn in die Stirn zu ziehen, wenn er an einer Fensterscheibe vorbeikam oder auch im Klo vor dem Spiegel, wenn er zwischen den Tänzen mal rausging. Dann musste er sich bücken, er war 185 lang, der Spiegel reichte ihm bis zur Brust. Er färbte seinen leichten Flaum, aber für einen Clark-Gable-Bart reichte es nicht. Dann gingen wir in alle Filme mit Gary Grant. Er guckte ihm jede Bewegung ab, und wenn ihn eine fragte: „Wie heißt du eigentlich?", sagte er:

„Wie heiß ich schon? Was bedeutet ein Name, Name ist Schall und Rauch, Willkür, Mode, eine Laune der Eltern. Meine Freunde sagen Gary zu mir."

„Willst du wissen, wie ich heiße?"

„Nein, sag's nicht! Ich werde dir einen Namen geben. Du heißt ... lass mich dich ansehen!"

Er versuchte, den Gary-Grant-Blick zu bringen und sagte: „Mary. Du siehst aus wie Mary, du kannst nur Mary heißen."

Das war damals die Tour.

Später wollte er noch einmal James heißen, wegen James Stewart, mehr kam dann nicht mehr nach. Damals schlief er mit Haarnetz, weil er jetzt plötzlich *keine* Locken mehr haben wollte. Er machte sein Abitur mit vier.

Ich bin daran schuld, dass er hier in diese Stadt kam. Er wollte irgendwo studieren, wusste aber nicht was. Da machte er Jura. Er sagte:

„Mit Jura steh ich nicht schlecht da. Mit Jura komme ich überall groß rein, Industrie, Handel, kann mich selbständig machen, eine Kanzlei aufmachen, kann Privatberater werden, und wenn ich meinen Doktor hab, was kann da noch passieren? Dann dreh ich ganz groß auf, Alex."

Er war genau drei Tage hier, da gabelte er eine auf. Er zog bei ihr ein, weil er noch keine Bude hatte und auch keine suchen wollte, und blieb. Sie war ein kleiner, grauer Mensch, nach einer Stunde weißt du nicht mehr, wie sie aussah. Keine genaue Haarfarbe, keine Merkmale im Gesicht, nicht schön, nicht häßlich, kein Kleidungsstück könntest du beschreiben. Sie arbeitete damals bei einer Zeitung im Büro, dort ist sie heute noch. Nach der Hochzeit sagte er mir:

„Ach, scheiß doch auf Schönheit, Alex! Da guck ich halt nich hin. Darauf kommt es nich an. Was ich mir jetzt an Parisern spar, kann ich versaufen."

Als er sie kennenlernte, war er für mich nicht mehr zu sprechen, er hätte genausogut zu Hause bleiben können. Sie kamen aus dem Bett nicht mehr raus. Sie meldete sich krank. Als ich ihn damals zufällig traf, war er mager wie ein Ziegenbock und sagte, als müsse er das erklären:

„Weißt du, sie hat keine Eierstöcke, kriegt keine Kinder ..."

Später merkte ich, dass sie immer den gleichen Mantel trug. Seit damals immer einen dunkelgrauen, weiten Hänger, fischgrätgemustert, sowohl mit als auch ohne Gurt zu tragen, vielleicht ließ sie sich das Modell auch immer wieder nachnähen. Möglicherweise nähte sie auch selbst. Dazu braune Halbschuhe, braune, dicke Strümpfe, an ein Kleid kann ich mich nicht erinnern, ich glaube, sie zieht den Mantel nie aus. Sie ist so, als wäre sie nur da, weil sie auf den Gallus wartet, sie ist nie allein, steht immer neben ihm und sagt nichts und wartet, bis er wieder geht und geht mit.

Wenn der Gallus abends in die Kneipen geht, nimmt er sie mit. Sie stehen immer an der Theke, ich sah sie noch nie an einem Tisch sitzen. Sie sind meistens in der *Thea*.

Seit sie verheiratet sind, waren sie noch nie verreist. Einmal waren sie bei seiner Mutter, damit war das Pensum in Sachen Reisen erledigt. Sie reden nie zusammen. Wenn er sagen will, dass sie jetzt gehen sollten, winkt er mit dem Kopf.

Sie haben ihre Hochzeit ohne viel Aufhebens gemacht: hingegangen, weggegangen, aus.

Er hat sich etwa drei Semester eingetragen, hingegangen ist er fast nie. Ab dem dritten Semester hat sie ihm einen Job bei ihrer Zeitung beschafft. Zuerst auf dem Lager, dann in der Registratur oder so ähnlich und später in einem Büro. Vor einem Jahr suchte ich ihn im Telefonbuch, weil ich etwas mit ihm reden wollte, da stand: Norbert Gallus, Direktor.

Da rief ich lieber nicht an. Mir fiel ein, dass ich in diesen

Tagen immer wieder versucht hatte, mit ihm zu reden. Wollte ihn nach seiner Meinung fragen, denn früher war er mit seinem Abitur immer derjenige, dem die Lösungen für anstehende Probleme eher einfielen. Aber immer, wenn ich jetzt etwas fragte, sagte er:

„Weißt du was, Alex! Mach das so oder mach das umgekehrt, ganz nach Belieben."

Der Gallus war früher ein Adonis. Er hatte sich vor dem Abitur eine etwas nach vorn gebückte Haltung angewöhnt, Intelligenzler laufen gern etwas nach vorn gebeugt, als ob eine Last sie niederdrücke. Er sitzt auch so gebeugt über der Theke, hängt über seinem Bier und hält die Zigarette noch so, wie er sich das damals angewöhnt hatte: ganz am Ende am Mundstück mit der Zeigefinger- und Daumenspitze, lässt das Nikotin durch die Finger ziehen. Das hat er sich damals so überlegt, das macht gelbe Finger. Als er sechzehn war, wollte er als großer, der Leidenschaft und Haltlosigkeit verfallener Raucher auch erkennbar sein:

„Da! Hier! Meine Finger! Siehst du das? Geht nicht mehr weg. Vom Rauchen. Ist mir doch egal, Krebs oder nicht, besser kurz und schön gelebt als lang und schlecht."

Wer gelbe Finger hatte, war ein Mann. Lungenverseucht, haltlos, aber hart. Denker und Schriftsteller lassen sich gern rauchend fotografieren. Er rauchte die Kippe immer bis zum allerletzten Ende, damit die Glut die Finger ansengte, sie wurden so eher gelb und braun. Er macht, wenn er heute hier jeden Abend losgeht, seine drei Kneipen durch, es sind immer die gleichen, wollte man ihn suchen, braucht man nur eine nach der anderen durchzugehen und hat ihn gefunden.

Der Gallus hat jetzt einen Bauch und schütteres Haar. Es ist die einzige Ehe, die ich kenne, die nicht auseinandergehen wird, weil sie sich nicht stören.

Sie haben heute noch die Möbel aus Sperrholz, die sie damals kauften. Es ist überhaupt keine Frage, ob seine Frau mitgehen soll oder nicht, wenn er abends in die Kneipe geht.

„Geh mit oder geh nicht mit", sagt er, „ganz wie du willst." Weil sie nicht weiß, was sie zu Haus machen soll, geht sie mit. Sie hasst Kneipen und die Typen, die dort herumsitzen. Sie nuckelt an dem einzigen Bier, das sie in jedem Laden bestellt, wenn es noch nicht schal ist, bevor sie gehen, trinkt er es.

Der Gallus hat sich damals eine Silhouette geschaffen, die er heute noch hat. Ich weiß noch, dass er sie an seinem Schatten geübt hat, wenn er irgendwo stand und wartete, stellte er sich so, dass sein Schatten auf eine Wand fiel und er seine Haltung korrigieren konnte: Ein etwas nach vorn gebeugter Typ mit hochgeschlagenem Mantelkragen ohne Kopfbedeckung mit Pfeife im Mund, was er sich später wieder abgewöhnte und stattdessen die Kippe im Mundwinkel hält, im Schatten kommt aber nur der Qualm heraus. Bei gutem Licht. Der Mantel muss ein Trenchcoat sein. Wir waren damals in einem amerikanischen Film, da war so ein smarter Typ, Frauentöter. Damals fing der Gallus an zu sparen. 69 Mark ohne Futter, Ninoflex, hell. Er trägt heute noch den gleichen Mantel, vielleicht ist es auch nicht der gleiche, es ist wahrscheinlich nur diese Sorte. Aber wenn ich ihn heute noch irgendwo treffe, meine ich immer zu sehen, wie er auf seinen Schatten schielt und seine Haltung korrigiert.

Er sagte früher nicht Mantel, sondern ‚coat'.

„Halte doch mal meinen coat, Alex, ich komme gleich wieder!"

Ich habe mir damals auch so einen gekauft. Ich wollte, dass sie mir auch so nachlaufen wie dem Gallus, der Gallus konnte sich die Mädchen aussuchen. Er hatte damals etwas mit einer, die ich hier zur Kategorie zwei rechnen würde, damals war sie eins. In der Kleinstadt misst man anders. Sie hatte außer mit dem Gallus noch etwas mit einem älteren Dreißigjährigen, er war verheiratet. Mit dem hatte sie mehr als mit dem Gallus, was den Gallus fast ins Grab brachte. Das war eine große Affäre, denn sie bekam ein Kind von dem Alten, sie trieben es ab, der Gallus sollte auch hundert Mark zahlen, was er aber nicht machte. Er wollte, dass sie's bringt, er wollte, dass der Alte Ärger bekommt. Er glaubte natürlich, das sei seines, er hielt sich für den großen Zampano. In dieser Zeit lief er herum, eine Mischung aus dem großen Django, Zampano, dem Sieger, und altem, gebrochenem Mann, den eine große, tiefe Leidenschaft zerstört hat. Er ging so tief gebeugt, dass er leicht hätte umfallen können. Nach der Abtreibung ging sie in die Schweiz als Dienstmädchen. Der Gallus drehte fast durch. Sie war drei Tage weg, da verschwand er spurlos, er hatte nicht einmal mir etwas gesagt. Überhaupt behandelte er mich damals wie ein kleines Kind. Eine Woche später kam er zurück, Reife in seinem Gesicht, schweigsam und geheimnisvoll. Aus unerfindlichen Gründen war er nicht durch den Grenzübergang gegangen, sondern schwarz bei Nacht und Nebel durch die Wälder. Ich hatte ihn mindestens hundertmal gefragt.

„Hast du sie gesehen, hast du mit ihr gesprochen, was war denn los?"

Er redete nur in Andeutungen, er war Weltmeister. Jetzt ist er siebenunddreißig, hat auf der Stirn deutliche Falten, die wie Adlerschwingen geschwungen sind. Er hatte damals schon versucht, diese tiefen Clark-Gable-Falten möglichst früh zu bekommen. Hat sich über Nacht Zitrone auf die Stirn gerieben, um die Haut auszutrocknen, weil er dachte, trockene Haut bringt früher Falten. Wenn er saß, drückte er mit dem Zeigefinger die Haut der Stirn nach oben, so dass sie sich in Falten legte, dabei stützte er den Kopf in die Hände, und in der Tat hatte er diese Falten schon mit zwanzig.

Ich könnte mich zu ihm setzen und ihm die Geschichte mit Marlene erzählen und ihn fragen, was ich tun soll. Ich würde ihm erzählen, wie sie aussieht, wie sie lacht und das alles, dann würde er sagen:

„Dann geh doch hin."

Dann würde ich erzählen, wie sie mir immer die Zähne langzieht, wie sie mich gängelt und mißbraucht, mir ständig diese ewige dumme Geschichte erzählt. Dann würde er sagen:

„Dann geh halt *nicht* hin."

Ich setze mich nicht zu ihm.

Ich habe mich zum Richter-Malura gesetzt.

Ich weiß vom Kellner, dass er Richtermalura oder Richter-Malura oder Richter Malura heißt. Ich kenne ihn etwa seit drei Jahren. Seitdem ich hier esse. Wir haben oft zusammen geredet. Haben wir zusammen geredet? Wenn ich mir das überlege, hat nur er geredet. Es hat sich nicht anders ergeben. Er redet immer über Jesus, er hat noch nie über etwas anderes geredet, als über Jesus. Der Kellner hat mich schon hundertmal gefragt: „Meinen Sie, dass der spinnt?"

Ich weiß es doch nicht. Jesus ist nicht meine Branche. Sie haben mir früher Jesus mit der Axt eingepaukt, mit der scharfen Seite. Dann sagt der Kellner jedes Mal: „Das weiß man bei diesen Schlauköppen nie, was die im Kopfe haben."

Der Hannes sagt:

„Hier gibt es kaum noch einen, der nicht spinnt. Der nicht irgendwo seine Klappe offen hat, wo's ihm reinzieht. Du bist schon genialisch, wenn du weißt, *wo* es bei dir klappert."

Der Richter-Malura trägt immer den gleichen Anzug, seit ich ihn kenne, grau, Kammgarn, hält ewig, nimmt kaum

Flecken auf, man kann erkennen, dass zwei Stellen mit Fleckenwasser hellgerieben wurden, Tinte wahrscheinlich. Solche Anzüge waren früher teuer. Hemden und Krawattenmuster von 1938, wie alt ist der Malura? Vielleicht fünfzig oder sechzig. Er hat immer eine Semmel in der Hand, ich habe ihn noch nie ohne Semmel in der Hand gesehen. Er bricht kleine Stücke davon ab und schiebt sie sich in den Mund. Auch während er sein Mittagessen isst, und wenn er Wein trinkt. Und wenn er auf das Essen wartet und wenn er fertig ist und auf die Rechnung wartet. Der Malura trinkt Wein. Kein Bier.

Er sitzt immer an einem der hinteren Tische, weil er durch das Lokal schauen muss zum Fenster hinaus in den hellen oder dunklen Himmel je nach Wetter, und wenn er woanders hinschaut, fällt das so auf, dass ich denke, etwas ist nicht in Ordnung. Wenn ich mir das überlege, habe ich ihn fast nie anders gesehen als so, isst Semmeln, schiebt sein Essen in sich hinein, trinkt Wein, schaut aus dem Fenster.

Er hat helle Augen, und ich denke mir, dass sie vielleicht davon hell wurden, weil er immer durch das Fenster schaut. Nur manchmal schaut er ins Weinglas, wenn er getrunken hat und den Wein in sich aufnimmt, bevor er es zurück auf den Tisch stellt, akkurat auf die gleiche Stelle, wo es vorher stand. Er sieht so aus, als kenne er sich beim Wein aus.

Wenn mich einer fragen würde, ich wüsste nichts über den Malura zu sagen, ich würde sagen:

„Einer im grauen Anzug mit hellen Augen, raucht nicht. Redet von Jesus."

Ich setze mich oft zu ihm an den Tisch. Jedes Mal denke ich, er kennt mich, denn er sagt:

„Ach Sie!"

Aber dann, wenn ich eine Weile dasitze, meine ich, er

kennt mich doch nicht. Auch wenn er redet, weiß ich nicht, ob er zu mir redet, ob er mich überhaupt sieht. Ich denke mir auch, dass er nicht weiß, was er isst, dass ihn einer fragen könnte, wenn er hier herauskommt, wo er war, was er denn gegessen habe, und er würde antworten:

„Ich? Gegessen? Wieso gegessen?" Er hat heute wieder gesagt:

„Ach Sie!"

Hat seinen Stuhl zurechtgerückt, als wollte er mir Platz machen. Er kennt mich *doch*. Ich werde heute zu ihm reden, ich werde ihm so nach und nach alles erzählen, was ich endlich einmal einem sagen muss, aber ich werde warten, bis er mit essen fertig ist.

„Pfeffersteak, Bierchen, wie gehabt?", fragt der Kellner, ich sage: „Ja."

Manchmal habe ich gedacht, ich könnte mit dem Kellner reden, denn in meinen Stammkneipen bin ich wie zu Haus. Die Kellner kennen mich, sie wissen, was ich esse, und wann ich ein Bier brauche, aber wenn ich versucht habe, was zu sagen, hat der Kellner genickt, hat gesagt:

„Ja, ja, das geht uns allen so, Momentchen mal", und ist abgehaun. Der Hannes sagt:

„Zwischen zwei Menschen ist ein Zustand möglich, wo sie nicht miteinander reden müssen, und sie können sich verständigen. Worte würden diesen Zustand stören. Sie brauchen sich nicht einmal am gleichen Ort zu befinden, es können hunderte und tausend Kilometer zwischen ihnen sein.

Sie brauchen sich nicht einmal zu kennen, und sie reden miteinander.

Sie brauchen sich nicht einmal im Leben zu *begegnen*. Es ist nicht einmal nötig, dass sie in der gleichen Zeit leben. Nur die Sprache erschwert die Verständigung."

Einer, der in Tibet gelebt hat, erzählte mir, dass er einmal mit einem Mönch in die Berge hinaufging, um einen anderen Mönch zu besuchen. Unterwegs habe sein Mönch angefangen zu reden. Er unterhielt sich mit dem Mönch oben in den Bergen, das heißt, der Mönch, mit dem er da ging, redete über irgendein spezielles Problem mit einem, der nicht da war. Aber als sie oben ankamen, sprachen die beiden Mönche weiter, schlossen an das Gespräch an, das sie aus der Ferne miteinander begonnen hatten.

Werde ich kriegerisch sein, wenn ich mein Fleisch gegessen habe? Werde ich den Malura zwingen, mich anzuhören, ihn einfach nicht selber reden lassen, ihn unterbrechen? Aber wenn *er* Fleisch gegessen hat, ist er auch kriegerisch, denn noch bevor er fertig ist mit Essen, meistens isst er Leber, gebacken oder Herz vom Grill, fängt er an, unruhig zu werden. Er rutscht auf seinem Stuhl herum und irrt mit den Augen im Lokal über die Tische, als ob er einen sucht, wie ein Wolf, der Hunger hat. Ich weiß, er sucht ein Opfer, zu dem er reden muss, reden, das ist seine Wolfs-Tat. Er wird den nächsten anfallen, und das werde ich sein. Aber heute nicht, denn heute werde ich mich wehren, heute werde *ich* reden. Ich habe mein Fleisch gegessen und spüre schon die Lust zum Kampf. Wir werden gegeneinander reden, bis einer auf der Strecke bleibt. Aber ich lasse ihm das erste Wort. Ist es Großmut oder weiß ich nicht, womit ich anfangen soll?

„Jesus, wissen Sie, Jesus zu verstehen ist ganz einfach." Er hat den Kampf angefangen, ich werde parieren. Er isst weiter, ich überlege, was ich sagen soll. Auf Jesus kann ich nicht eingehen, was geht mich Jesus an?

„Das Einfache ist das Größere. Um das Einfache zu verstehen, müsste der Mensch in der Ordnung sein, er müsste fast weise sein, aber er ist es nicht. Ich muss Ihnen nicht sagen, dass eines der größten Massaker der Welt – Sie wissen von den Morden der Kirche in der Vergangenheit? – im Namen Jesu vollzogen wurde. Versuchen Sie doch mal diesen Hohn zu begreifen, Herr ...“

Er weiß nicht, wie ich heiße. Er kennt mich also doch nicht, es ist ihm egal, zu wem er redet. Ich habe ihm mindestens zwanzigmal gesagt, dass ich der Borowski bin. Ich kann es nicht leiden, wenn er ‚Herr‘ zu mir sagt.

„Ich werde Ihnen jetzt etwas sagen, Herr: Es spielt für den Menschen überhaupt keine Rolle, ob Jesus Gott war oder nicht. Es spielt nicht einmal eine Rolle, ob es Gott gibt oder nicht. Denn was für den Menschen wichtig ist, *dass er hier lebt.* Einmal und nie wieder, und dass er dieses Leben auf die bestmöglichste, das heißt die für ihn richtigste Weise leben muss und, wie Sie sehen, hilft ihm da kein Gott. Sehen Sie sich um! Herr ...“

„Borowski.“

„Ja. Oder wissen Sie, wie Sie leben sollen? Werden Sie am Ende sagen können, ich, Borowski, habe richtig gelebt?“

Er weiß *doch*, wer ich bin.

„Und bitte, was spielt es dann für eine Rolle, ob Jesus ein Gott war oder nicht?

Sehen Sie, jedes Tier weiß, wie es leben soll, solange der Mensch sich nicht einmischt. Nur der Mensch weiß es nicht. Damit wird er zur armseligsten Kreatur der Erde.“

Ich habe zwei Biere getrunken, ich fühle mich stark, ich werde ...

„Die Kirche sehen Sie, ich werde Ihnen das beweisen, hat nie, aber auch nie etwas mit Jesus zu tun gehabt. Ein Firmenzeichen haben sie aus dem Kreuz gemacht. Dabei spielt es nicht einmal eine Rolle, ob er überhaupt am Kreuz gestorben ist. Was spielt denn eine Rolle, lieber Herr? Wichtig ist doch nur, ob das, was er da gesagt hat, für den Menschen etwas verbessert, ihm in seiner Hilflosigkeit auf dieser weiß-Gott-verfluchten Welt eine Lösung anbietet. Niemals, lieber Herr Borowski, hat die Kirche eine Lösung angeboten, das Leben auf dieser Welt zu ermöglichen. *Sich selber* das Leben erleichtern, das hat sie gekonnt. Geld und Geld und Macht für die Kurie, mein lieber Mann, sonst nichts. ‚Ein Leben vor dem Tode gibt es nicht' welch ein verfluchter Unsinn ...

Nur ein einziger Satz dieses Jesus würde ausreichen, den Menschen glücklich zu machen. Glückliche Menschen aber lassen sich nicht unterdrücken, die Kirche will keine glücklichen Sklaven, denn wer glücklich ist, ist stark. Sünder braucht man, Unglückliche, die vor Zerknirschung im Staub kriechen. Und zahlen. Sie haben jeden Satz, den dieser Jesus sagte, verdreht und falsch ausgelegt, wie sie es brauchten ...

Wie viele Glückliche kennen Sie denn, Herr ...?"

„Bei uns, wo ich früher gearbei..."

„Sehen Sie! Nicht einen einzigen ..."

Ich höre ihm jetzt nicht mehr zu. *Mir* hört auch keiner zu. Ich wollte ihm die Geschichte von dem alten Mann erzählen, der in dem Ort, wo ich früher gearbeitet habe, zweimal am Tag langsam durch die Hauptstraße ging. Er ging sie hinauf, wenn er zum Saufen ging und ging sie hinunter, wenn er vom Saufen kam. Er schwankte nie. Er ging dann langsamer. Er zog seine Füße etwas nach. Er hatte einen Hund, eine Bulldogge. Er hatte weiße Haare bis über den Kragen und einen weißen Schnurrbart, der ihm herunterhing, und er hatte ganz helle Augen. Ich habe einmal gelesen, Trinker bekommen mit der Zeit helle Augen. Er versoff sein Hotel. Er hatte vierzig Jahre lang ein gut gehendes Hotel am Marktplatz gehabt, er war ein Grandseigneur gewesen oder wie das heißt, alles in Ordnung vom Scheitel bis zur Sohle, sagten die Leute, ich habe ihn so nicht gekannt, und dann eines Tages hat er angefangen, sein Hotel zu versaufen. Er hatte die meisten Angestellten entlassen, nur zwei oder drei behalten, die die wenigen Gäste bedienten, es lief sozusagen aus.

Jeden Tag am Vormittag ging er also die Hauptstraße hinauf, er hatte einen Anzug an, der ihm längst zu groß geworden war, er sah aus wie Charly Rivels, der Clown. Und immer war sein Hund dabei, man sah nie den einen ohne den anderen. Er sah nicht unglücklich aus, er ging auch nicht unbeteiligt durch die Welt, er sah jeden an, es sah aus, als sei er glücklich. Er randalierte nie. Er trank auch nie zuviel, er hat nichts geredet, der Hund hat niemals gebellt. Sie gingen in eine Kneipe, wo er anschreiben ließ, bis er das ganze Hotel versoffen hatte. Als kein Pfennig mehr übrig war, ging er an einem Frühlingstag schon um elf wieder zurück auf den Marktplatz, setzte sich auf einen Stuhl vor die Tür und starb. Der Hund lag neben dem Stuhl ganz ruhig, hat den Kopf nicht gehoben, hat nur mit den Augen hinaufgeschaut. Als sie den Alten hineintrugen, folgte ihnen der Hund in dem Abstand, in welchem er immer hinter ihm gegangen war, und blieb vor der Tür bis zur Beerdigung. Hinter dem Sarg gingen nur der alte Portier und eine Frau, die in dem Hotel gearbeitet hatte, sonst keiner.

Der Hund war weg. Man fand ihn eine Woche später auf dem Grab liegen, er war dort gestorben.

Der Alte war niemals total besoffen gewesen. Er hatte sein genaues Maß, das er kannte. Er rauchte nicht, er aß kaum, er trank jeden Tag nur so lange, bis er glücklich war.

Wenn der Wirt es nicht sah, holte er aus der Jackentasche einen Napf und goss dem Hund unter dem Tisch seinen Anteil Wein hinein.

Wann war das?

Ich liebte damals Anneliese Detjen, sie liebte den Gallus. Er ließ sie links liegen, weil er eine andere liebte, außer, dass er ihr einmal im Park auf der Bank unter den Rock griff, worunter sie lange litt. Ich erinnere mich: Ich dachte damals, bis dort, wo der Alte und sein Hund jetzt sind, ist es noch weit. Er muss ein langes Leben gehabt haben, die Leute sagten, sein Hotel war einmal sehr feudal, er war in diesem Ort der König sozusagen. Noch weit bis da, dachte ich, jetzt ist die halbe Zeit um, und es war nichts. Die andere Hälfte wird auch nicht länger sein. Da war kein Konzert, es wurden immer nur die Geigen gestimmt.

„Sehen Sie, die sagen, du sollst dir kein Bild machen von Gott. Und dann hören Sie sich einmal das Gefasel an, wenn die Kirche ihren Gott beschreibt! Drei Personen in einer, jede von ihnen hat ihre Eigenschaften. Sie machen sich Bildchen von ihrem Gott, Herr Borowski! Welch eine Blasphemie ... Gäbe es diesen Gott, der das Universum erschuf, dann würde es nur von der Dummheit des Menschen zeugen, auch nur anzunehmen, er könne sich nur eine vage Vorstellung seiner Größe, seiner Eigenschaften und dessen Aufenthalt machen. Nicht einmal der Begriff der Endlosigkeit von Zeit und Raum ist annähernd zu begreifen, aber ein Schöpfer all dessen soll aus drei Personen bestehen, Herr ...“

Sie hätten den Hund neben den Alten ins Grab legen müssen.

„Es war immer so auf der Welt: Der Mensch wird in dieses Leben geworfen, ist ausgeliefert, meist einem Chaos, das die Macht schafft, der Stärkere tritt den Schwachen, denn der Stärkere ist in der Regel ein Schwein. Ist er es nicht, dann wird er seine Kraft nicht nutzen, um zu unterdrücken, am Ende geht die Macht an die Minderwertigen.

Nehmen Sie an, in einer solchen Situation der Hilflosigkeit der Ärmeren und Schwächeren, die nicht leben können, kommt ein Jesus und sagt: Ich lehre euch leben. Ich sage und zeige euch, wie man's macht. Oder anders gesagt: Er bringt das Leben.

Welch ein Zynismus, aus dieser eindeutigen Aussage *Leben* das Gegenteil zu machen! Zu sagen, Leben sei *nicht* das Leben, der Tod sei das Leben, ein Leben vor dem Tode sei kein Leben. Herr ..."

„Borowski."

„Ja. Es stinkt zum Himmel ..."

Der Gallus geht. Er nickt mit dem Kopf, als er an mir vorbeikommt, verzieht das Gesicht zu einem jovialen Lächeln.

„Dabei ist das so einfach. Ein Wort heißt das, was es heißt, und nicht das Gegenteil davon."

Ob der Gallus das noch weiß, dass wir einmal Freunde waren? Oder war ich nur sein Publikum, wenn er Clark Gable oder Stewart Granger oder sonst wer war?

„Und bitte, hören Sie weiter: Ein Gott erschafft den Menschen nach seinem Plan. So, wie er ist, so wie Gott ihn haben wollte, angeblich mit dem freien Willen ausgestattet. Aber als er seine Eigenschaften, beispielsweise diesen freien Willen, auslebt, benutzt und einsetzt, straft ihn dieser ‚gute' Gott. Und dann nicht einmal den Täter, sondern seine Nachkommen durch die Bank weg, hängt ihnen eine Erbsünde an mit dazugehöriger Strafe. Hören Sie sich doch bloß diesen Unsinn an! Hören Sie mir eigentlich zu? Und dann kann dieser große, allmächtige Gott dem Menschen diese ungerechte Strafe nicht etwa erlassen. Nein, nein, er kann sie nicht einfach streichen, er muss sich selber von diesem verruchten Menschen töten lassen, denn Gott und Christus ist ja eins, muss ein großes Theater inszenieren ... wissen Sie, Herr Borowski ..."

Der Malura gerät manchmal in Erregung. Dann steht er meistens auf, nimmt seinen Hut und rennt raus, hat vergessen zu zahlen und kommt wieder zurück. Das wird er jetzt gleich tun. Nein, er tut es nicht. Er rückt nur mit dem Stuhl weg und starrt gegen die Wand. So kann ich ihn nicht ansprechen. Ich muss warten, bis er sich beruhigt hat.

„Sie nennen da einen Gott ‚gerecht' der nach seinem eigenen Plan einen Menschen schafft, der angeblich gesündigt hat, aber doch nur, *weil* er so geschaffen ist. Und dann straft der ‚gerechte' Gott nicht nur ihn, sondern pauschal alle seine Nachkommen – Herr, über soviel Dummheit kann man nur weinen! Einen so hirnverbrannten Gott kann es nicht geben, gäbe es ihn, dann möchte ich nie etwas mit ihm zu tun haben ...“

„Noch ein Weinchen, Herr Richter Malura?“ Er hört den Kellner nicht.

„Ja?“

„Was? Ja.“

Er zieht seinen Stuhl wieder näher an den Tisch.

„Wieviel ihnen die Beantwortung dieser Frage: Wie soll ich leben? wert ist, sehen Sie daran, dass der junge Mensch heute die Reise um die halbe Welt nicht scheut, weil er meint, in Indien die Antwort zu finden. Und sie ist in der Tat soviel wert wie das ganze Leben. Ein Leben in Qual ist wohl das Schlimmste, was einer erleben kann.

Was ist es denn, was Jesus da sagt?

Eher geht ein Kamel durch ein Nadelöhr, als dass ein Reicher selig wird. Und selig heißt glücklich. Wenn dein Arm dich ärgert und unglücklich macht, schneide ihn ab, denn es ist besser, ohne Arm glücklich zu sein, als sich mit Arm zu quälen.

Es geht ihm ums *Glücklichsein*, mein Lieber, nie oder selten um etwas anderes. Immer wieder redet er vom *Leben* und *Seligsein*. Niemals hat er von einem Leben *nach* dem Leben geredet, ausschließlich und nur die Kirche redet davon. Bei

Matthäus steht: ‚Seht euch an, was dieser Mensch für ein Fresser und Säufer ist und ein Freund der Zöllner und Huren.' Das, lieber Borowski, klingt doch nicht nach ‚Leben nach dem Tod', verdammt noch mal! Und wenn er Wein und Brot seinen Leib nennt, dann klingt das verflucht nach Erde: Hier, das bin ich, das ist mein Leben, fressen und saufen auf Deutsch ..."

Ich werde nicht so viel überlegen, ich werde zu Marlene hingehen.

„Kennen Sie die Geschichte mit der Betschwester?

... wo Jesus zu zwei Frauen kommt, eine ist eine Hure, die ihn bedient, und die andere eine Betschwester, und er sagt zu der Hure: ‚Wahrlich, du hast den besseren Teil erwählt.'

Wissen Sie, Herr ..."

„Borowski."

„... für mich haben die Kirche und der Kommunismus vieles gemeinsam, ich werfe sie gern in einen Topf, und der Kommunismus beruft sich ja nicht ungern auf die Urlehre der Kirche. Sie kämpfen beide um die Alleinherrschaft über die Welt. Die ganze Macht der Zentrale! Sie sind beide unfehlbar. Sie verteufeln die, die anders denken. Sie sind beide alleinseligmachend. Sie verlangen beide das äußerste an Leistung und Unterwerfung. Der Papst, Herr Borowski, würde sich heute noch mit dem Bolschewismus verbünden, würde man für ihn dort die Kirchensteuer einziehen. Die Kirche war noch nie mit einem Staatssystem verfeindet, das ihr die Kirchensteuer garantierte. Auch nicht mit dem Faschismus.

Sie sagen nie etwas. Sie sind ein schweigsamer Mensch, na na, muss ja nicht sein ..."

Was soll ich denn sagen?

„Ich interessiere mich nicht für Politik. Wissen Sie, mein Vater hat ..."

„Dabei wäre alles so einfach. Sehen Sie, die Sprache ist entstanden aus dem Denken, hat sich eingespielt, Worte wurden korrigiert und haben ihre feste Bedeutung, die Sprache lebt. Und wenn Jesus etwas sagt, dann bedeutet es das, was er sagt und nicht das Gegenteil. Ist das nicht wirklich ganz einfach?"

„Doch, ja, nein. Nein, das ist nicht ganz ..."

„Sehen Sie, Sie sagen es selbst!

‚Wenn ihr nicht seid wie die Vögel, werdet ihr nicht glücklich sein.'

Sie sollten einmal über das Leben der Vögel nachdenken, Herr Borowski. Sie werden ausgebrütet, sie müssen sich sozusagen kopfüber fallen lassen, aber sie stürzen nicht ab, sie essen und trinken, wenn es anfällt, nehmen Regen und Sonne an – *annehmen, was da kommt*, sich nicht dagegen wehren, wenn es nicht zu ändern ist, Herr Bo... wie hießen Sie? – sie leben mit einer ungeheuren Kraft. Fliegen mit oder gegen den Wind. Haben Sie schon gesehen, wie furchtlos Vögel sind? Wie Sperlinge oder Schwalben einen Bussard angreifen? Einen Leib ohne Eigenwilligkeiten haben, ohne Furcht leben und sterben, wie man gelebt hat, ohne Fiasko. Das ist es, Herr ... Haben Sie schon gesehen, wie ein Vogel stirbt? Er geht in ein Loch in einem Baum, er sondert sich ab, er stirbt allein. Wer einen braucht, um sterben zu können, der wird zugrunde gehen, Borowski, denn er wird keinen finden."

„Ich habe früher in einer kleinen Stadt gearbeitet, da war ..."

„Die Furcht ist die wichtigste Waffe der Machthaber und Unterdrücker. Die Kirche hätte nie ihre Macht behalten ohne die Furcht ihrer ‚Gläubigen'. Totalitäre Staaten können nur aus Furcht bestehen, Furcht vor Arbeits- und Konzentrationslagern, vor Denunzianten, vor Funktionären.

Sie sollten einmal die Vögel beobachten, Herr Borowski."

„Wer? Ich, wen?"

Was war? Ich habe nicht zugehört, warum soll ich die Vögel beobachten? Bei uns hat einmal die Frau des Bürgermeisters und Bankdirektors, er war beides, ein halbes Jahr lang mit so einem Radikalinski gevögelt, einem kleinen, verkratzten Bartträger, bei dem du in jeder Hosentasche einen Molotow-Cocktail vermuten konntest. Sie trieben es im Wald jeden Tag über Mittag in seinem Renault, und der Alte kam ihr nicht drauf. Das muss sich einmal einer vorstellen: Sie eine reiche, parfümierte Schönheit, die Golf spielt und reiten geht, mit dem kleinen, dicken Bartträger, Erzfeind ihres Mannes, der kolossale Enteignungsthesen auf Lager hatte, im Wald im R4, und die ganze Stadt weiß es, nur der Gatte nicht! Und sie passten überhaupt nicht zusammen. Er reichte ihr bis zum Kinn, war dreimal so dick, zehn Jahre jünger, wie kann so etwas sein?

„Oder kennen Sie das: ‚Wehe dem, der anderen Ärgernis gibt! Es wäre besser, man knüpfe ihm einen Mühlstein um den Hals und versenke ihn ...' und so weiter, Sie kennen den Satz? Stellen Sie sich vor, jeder würde sich bemühen, den anderen nicht zu ärgern oder zu quälen."

Ich ärgert mich über Marlene. lch werde nicht hingehen, dann erspare ich mir weiteren Ärger, Ärger macht mich krank.

„Wo wohnen Sie eigentlich, Herr Borowski?"

„In der Dings ... in ..."

„Ist auch egal, spielt gar keine Rolle. Sich von dem trennen, was einen ärgert, im Notfall lieber den Arm abhacken als sich mit Arm quälen, darauf kommt keiner, das ist zu einfach Herr ..."

„Borowski. Ich wohne gar nicht weit ..."

„Wissen Sie, der Wohlstand ist es, der den Menschen unglücklich macht. Sehen Sie, in einem sozialistischen Land können Sie einen Menschen glücklich machen, wenn Sie ihm eine essbare Dauerwurst schenken. Hier müsste es ein Mercedes sein, und er wird nur so lange glücklich damit sein, bis er die ersten Steuern selber zahlen muss. Besitzlosigkeit angeordnet von oben her, durch das System! Warum glauben Sie, dass ausgerechnet die Söhne und Töchter der Reichen in unserem Land sich nach Enteignung sehnen?"

Ich halte das nicht mehr aus, ich muss jetzt reden, ich werde sagen:

‚Passen Sie mal auf, Richtermalura. Ich bin der Borowski, Alexander Borowski! Haben Sie überhaupt schon gesehen, dass ich hier sitze? Ich, ich bin hier, der, der sich Ihren ganzen Mist anhören muss. Borowski, früher am Reißwolf und dann umgeschult auf Strickautomaten, weil ich mehr verdienen wollte. Rund- *und* Flachstrickautomaten. Jahrgang 36, Weiberfeind.

Ich bin Weiberfeind. Ist das ein Wunder. Und hier unter dem Tisch habe ich ein Bein, das Tag und Nacht schmerzt, manchmal könnte ich durchdrehn. Kennen Sie das? Dann interessiert einen gar nichts mehr, wenn der Schmerz wieder so richtig voll einsetzt, und du könntest die Wände hochgehen, und keiner hilft dir. Du müsstest es jemandem sagen, aber keiner will das wissen. Aber ich *muss* das einmal einem sagen, ich kann das nicht mehr aushalten. Herr Malura, oder wie Sie heißen. Ich habe seit fünf Wochen mit keinem mehr geredet. Weil immer, wenn ich anfing, haben sie mich unterbrochen und mir ihren eigenen Mist erzählt, den ich nicht wissen will. Über Mao oder Jesus oder ihre Frau oder Chile – das ist mir egal, wissen Sie? Egal! Ich will jetzt auch mal was sagen!

Und an den wenigen Tagen, wenn mein Bein mich nicht schmerzt, das sind *meine* Glückstage, da jubiliere ich wie eine Lerche, da bin ich König. Auch das will keiner wissen, auch an diesen Tagen bin ich allein, Malura. Jetzt fangen Sie mir bloß nicht wieder damit an: Wen sein Bein schmerzt, der soll es abschneiden! Das ist doch Mist, das stimmt doch nicht, das funktioniert nicht, Malura. Weil ich Angst habe. Ich bin zu feige, verstehen Sie? Wenn ich ins Krankenhaus gehe und sage: Hier, schneidet mir mal das Bein ab, weil es mich schmerzt, weil es besser ist, ohne Bein glücklich zu sein – die stecken mich doch in eine Klapsmühle. Denn wenn sie es durchleuchten, finden sie nichts. Es schmerzt nur *mich*. Jedem anderen ist das egal, Malura. Lassen Sie mich mal ausreden! Manchmal war ich verflucht nahe dran, es schmerzte wie der Teufel, und wenn ich im Bett lag, war ich ganz sicher: Morgen, Borowski, gehst du hin und weg damit! Und ich lag im Bett und konnte vor Schmerzen, aber mehr noch vor Angst, nicht schlafen, habe geschwitzt und habe mir dann früh eingeredet, dass es jetzt besser ist. Gott sei Dank, und es wird jetzt wahrscheinlich jeden Tag besser werden, und ich ging nicht hin.

Sehen Sie, wem soll ich das sagen.

Jetzt sage ich es Ihnen. Das ist aber nicht alles, ich habe noch tausend Geschichten, die ich mal einem erzählten müsste. Ich habe beispielsweise mal mit einer zusammengelebt, aber was heißt da zusammengelebt? Das Ganze hat nicht länger als eine Woche gedauert. Sie schlief also bei mir, und ich dachte, weil sie den ganzen Tag gearbeitet hat, muss sie schlafen, sie sah aus, wie sie da lag, als hätte sie einen leichten Schlaf. Und ich bewegte mich die ganze Nacht nicht, lag ganz still, wollte sie nicht wecken, denn wenn Sie einmal einen wecken, der eben erst eingeschlafen ist, kann er dann vielleicht nicht mehr einschlafen. Ich konnte die ganze Nacht nicht schlafen und war am nächsten Tag wie gerädert. Sie auch. Ich fragte sie warum, und sie sagte: ‚Ich wollte dich nicht wecken. Du hast so ruhig dagelegen. Ich habe mich nicht bewegt, damit du nicht aufwachst.'

Mit dieser hat das Glück eine Woche gedauert, Malura. Am Ende verlangte sie eine Summe Geldes für gelieferten Beischlaf, gebrachte Opfer und verlorene Zeit. Ich hab's ihr gegeben. Verstehen Sie das? Manchmal möchte ich mit einem über so etwas reden, aber wenn ich anfange, sagen sie alle:

‚Mensch, Alex, hör doch auf mit diesen ollen Kamellen, das ist doch Scheiße, was du da redest. Weißt du eigentlich, was in Kuba los ist.'

Und dann erzählen sie mir *ihren* Mist. Jetzt sagen Sie mal was, Malura! Nein, sagen Sie nichts, Sie haben schon genug gesagt, lassen Sie mich reden, sonst werde ich verrückt! Seit mindestens fünf Wochen, Malura, keine zwei Sätze hintereinander! Als ob ich im Ausland lebe und keiner versteht mich.

Was ist, wenn man verheiratet ist? Reden die miteinander?'

Der Hannes sagt:

„Der Unterschied zwischen einer guten und einer schlechten Ehe besteht meistens in etlichen Wörtern, die mehr oder weniger gesagt werden."

‚Waren Sie schon mal verheiratet? Nein, lassen Sie, das ist mir auch egal! Aber Sie sind doch Weiberfeind? Sie *müssen* doch Weiberfeind sein. Jeder muss Weiberfeind sein, Malura! Erzählen Sie mir eine Weibergeschichte von sich, denn daran kommt keiner vorbei. Das interessiert mich mehr als Ihr Jesus. Jesus kenne ich in- und auswendig. Man hat mir ihn mit der Axt eingebleut. Wer seinen Jesus nicht auswendig konnte, den hat der kleine pomadierte Kaplan in die Mangel genommen, dass ihm Hören und Sehen verging. Oder eine Stunde mit nackten Knien auf dem kalten Steinboden in der

Kirche büßen lassen für seine Sünden. Kennen Sie das? Und das waren nur minimalste Andeutungen für die Qualen, die in der Hölle kommen würden. Können Sie verstehen, dass ich Magenschmerzen bekomme, wenn ich nur diesen Namen hör. Mechanisch, rein mechanisch, ich kann nichts dagegen machen, ich könnte zum Psychiater gehen, ich bin aber nur in der Ortskrankenkasse. Das zahlt sie nicht. Und ob sich das lohnt? Denn was habe ich nachher davon, wenn sie mir ihren Jesus ausreden?

Wenn ich mich erschrecke, zucken meine Hände zurück. Soll ich Ihnen sagen, woher das kommt? Da muss ich früher beginnen, sie haben schon sehr früh angefangen, mich zu prügeln. Immer von vorn in die Schnauze. Bis ich dann einmal mit dem Blut den saubren Strickanzug besudelte, an einem Sonntag, ich weiß es noch. Ich war in der Kirche nicht still, ich war drei. Und dann hinter der Kirche zack! hatte ich eine sitzen. Ab da bekam ich es nur noch auf die Hände. Die Mutter klammert die beiden Hände mit der Linken und drischt mit der Rechten darauf los. Das dauert länger, bis so ein Balg darauf reagiert, zieht nicht so schnell wie vorn eins rein. Und da haut sie drauf, bis die Hände blau anlaufen. Seitdem zucke ich mit den Händen, wenn ich erschrecke.

Ich habe später nie oder selten eine auf den Schädel bekommen, weil mein Großvater einem seiner Söhne eine gefeuert hat, dass dem der Kopf noch bis heute wackelt. Er stottert, ist über siebzig, und der Kopf wackelt seit damals. Er soll gern in die Schule gegangen sein, konnte seit dem Schlag aber nichts mehr kapieren. Er wurde Streckenarbeiter. Eisenbahnschwellenträger. Ein riesiger, gutmütiger Labander, der gern weint, wenn etwas so schön ist, dass er's nicht ertragen kann. Beispielsweise bastelt er gern mit Holz kleine, diffizile Spielzeuge oder Ähnliches, dabei hat er Hände so groß wie

Klosettdeckel und Kraft wie zwei, und er hat sich aus zwei kaputten Geigen eine zusammengeleimt, auf der er ‚Stille Nacht' spielen kann und den Anfang von einem Marsch. Und wenn er an Weihnachten ‚Stille Nacht' spielt, dann weint er. Jedesmal sagen sie zu ihm: „Musst nicht weinen, Onkel Wiluschek, is doch Weihnachten und Weihnachten is schön."

„Ich wein, weil das so schön is", sagt er dann.

Er lebt noch. Sie wollten nicht, dass es mir auch mal so geht, dass so ein Schlag mich an die falsche Stelle trifft, und ich dann eine Arbeit annehmen müsste, wo ich zu wenig verdiene.

Mein Großvater war in seinem Leben an zwei Orten auf der Welt gewesen: In dem, wo er geboren wurde, und in dem, wo er gearbeitet hat. Im letzteren wurde er auch begraben. Dort wurde mein Vater geboren und ich, eigentlich wir alle. Der Geburtsort meines Großvaters war von unserem zwanzig Kilometer entfernt. Er war in seinem ganzen Leben nur zwanzig Kilometer weit gewandert, er kam von seinem Geburtsort in den anderen zu Fuß. Weil es dort keine Arbeit mehr gab, er war fünfzehn, von da an arbeitete er in der Grube unter Tage, nur einmal im Leben wechselte er die Zeche. Wie finden Sie das, Malura? Wo sind Sie geboren? Ach lassen Sie, ich will's nicht wissen, ich muss Ihnen die Geschichte zu Ende erzählen, ich hatte noch nie Gelegenheit, das einem zu sagen, weil, wissen Sie, früher, als ich siebzehn war und der Gallus mir noch zuhörte, fiel mir das nicht ein, ich dachte, das müsste so sein und sei nicht interessant, ich dachte, das ist normal so, wozu soll ich ihm das erzählen? Und jetzt, seit sie alle über Arbeiter und Ausbeutung reden, denke ich, dass es doch jemanden interessieren muss. Aber sie hören mir ja nicht zu.

Geht noch weiter: Er hat meine Großmutter bei einem

Rummelfest kennengelernt. Sie war an drei Orten in ihrem Leben gewesen. Dort, wo sie geboren wurde, dann in Pillau, wo ihre Schwester geheiratet hatte, und dann hier, ich meine bei uns, sie war zu dem Rummelfest gekommen, neun Kilometer über die Grenze. Sie wollte heiraten, sie hatten zu Haus keinen Platz mehr, sie hatten zu wenig Betten.

Er war zwanzig, sie siebzehn, sie heirateten, bekamen von der Grube Küche und Stube zugewiesen, wo sie nie raus kamen, bis sie starben. Sie hatten neun Kinder, zwei sind bei der Geburt gestorben, eines wurde von einem Pferd erschlagen, ein Junge kam aus dem Krieg nicht zurück, ohne Totenmeldung, ein anderer hat nur erzählt, er habe ihn begraben, sie hat es nicht geglaubt, sie hat auf ihn gewartet. Die anderen blieben am Leben.

Als sie fünfzig waren, wurde Strom in die Wohnung gelegt. Ihr Traum war: Eine Ecke Garten zugeteilt zu bekommen. Hinter den Kohlenställen waren kleine Gärten, die von der Grube verpachtet wurden. Drei mal fünf Meter groß, schlechte Erde, aber wenn man die Jauche aus den Latrinen drübergoss, wuchs es nicht schlecht. Aber sie bekamen keinen, denn nur, wenn einer verunglückte oder eine Familie auszog, wurde so ein Stück Erde frei. Außer man kannte einen in der Verwaltung und schmierte ihn. Wer diesen Weg ging, hatte dann aber kein schönes Leben mehr in so einem Haus, er war abgestempelt, die anderen wischten ihm eins aus, wo sie nur konnten, es kam auch schon vor, dass sie so einem mal die Tauben abmurksten oder Karnickel vergifteten.

Mein Großvater war nicht im Krieg. Die von Untertage waren unabkömmlich, denn Kohle wurde gebraucht, und diese Arbeit kann kein anderer übernehmen. Er wurde dreimal verschüttet. Die Welt oben kannte er nur von Sonntagen und aus seiner Kindheit, die aufhörte, als er dreizehn war.

Wenn er in die Arbeit ging, war es meistens finster, er ging von zu Haus um vier los. Beim dritten Unfall war er zweiundsechzig, dann brauchte er nicht mehr einzufahren. Da fing er an, groß zu leben, darunter verstand er, dass er sich einen Prachtschnurrbart wachsen ließ wie der Kaiser. Dass er auf der Bank im Hof saß, aber er konnte es ohne Arbeit nicht aushalten und hackte für die Leute Holz. Er starb mit vierundsechzig, meine Großmutter drei Wochen später, und mein Vater sagte:

„Wenigstens *das* Glück ham sie gehabt: Zusammen sterben."

Einmal wollte ich das einem erzählen, Malura, so einem Intelligenzler, wie sie heute überall rumlaufen und über Ausbeutung sich die Mäuler zerreißen, der hat gesagt: „Ist doch kein Wort wahr, was du da redest, Kerl."

Hat mich nicht ausreden lassen und mir einen Vortrag über Fließbänder gehalten und die Ausbeutung, und ich habe kein Wort verstanden.'

„Kennen Sie die Geschichte mit dem Feigenbaum, Herr ..."
„Was?"

„Wissen Sie, diese sogenannten Wunder, das ist ganz einfach. Sie kennen die Geschichte?"

„Ich sagte schon, ich kenne Jesus in- und auswendig ..."

„Wenn Sie sie nicht kennen, erzähl ich sie kurz: Jesus kam mit seinen Freunden an einem Feigenbaum vorbei, er wollte Feigen pflücken, aber der Baum trug keine. Vielleicht war die Ernte vorbei, vielleicht war nicht die Zeit der Reife, ich weiß es nicht. Jedenfalls verfluchte Jesus den Baum, und als die Jünger das nächste Mal vorbeikamen, war der Baum verdorrt. Bitte, beachten Sie, dass er nicht sofort verdorrte, sondern seine Zeit dazu brauchte. Und jetzt, Borowski, frage ich Sie: Wird der gerechte Gott, der alles geschaffen haben soll.

die Natur und den Baum, der nicht selbst bestimmen kann, wann er Früchte trägt, wird dieser gerechte Gott in Hass und Vandalismus einen Baum zerstören, der schließlich doch nur dem Gesetz untergeordnet ist, das er, dieser so genannte Gott, für ihn geschaffen hat?

Da sagen Sie nichts mehr bei so einem Unsinn ...“

Wieso sage ich nichts mehr? Ich habe doch die ganze Zeit geredet. Oder habe ich nicht geredet? Habe ich zu mir selber gesprochen, habe ich ihm die Geschichte gar nicht erzählt, und er hat geredet, und ich habe nicht gehört, was er geredet hat? Ich bin schon verrückt. Ein Wunder wäre es nicht, du würdest auch abtreten, wenn dir keiner mehr zuhört.

„Lesen Sie Zeitung?“

„Nein“

„Dann werden Sie ja auch gelesen haben, dass seit Jahrzehnten Versuche mit Pflanzen gemacht werden, und dass man durch elektrische Messungen nachweisen kann, dass eine Pflanze zusammenzuckt, wenn ein Mensch im Raum nur daran *denkt*, die Pflanze mit einem Streichholz anzubrennen.

Und jetzt denken Sie mal weiter! Ein Jesus, ein Kerl, aufgeladen mit Kraft und Energie, dass er ganz Jerusalem damit hätte beleuchten können, kommt mit seinen Kumpanen vielleicht von einem seiner beliebten Fress- und Saufgelage, sieht einen Feigenbaum, was interessiert ihn da die Zeit der Reife? Er will Feigen essen, vielleicht hatte er einen zuviel gekippt, und Zorn kommt in ihm hoch, kurz vielleicht nur, er war auch nur ein Mensch. Und dieser starke Zorn, diese ungeheure Energie lässt den Baum verdorren. Diese berühmten Wunder, Herr ...“

„Borowski.“

„... sind einfache, selbstverständliche Vorgänge, die jeder, wäre er im Vollbesitz seiner Kraft, vollziehen könnte. Ausgenommen die Geschichten, die die Kirche dazu erfunden hat ..."

‚Haben Sie früher mal gearbeitet, Herr Malura? Wissen Sie, was der Pachulke mir erzählt hat? Er hat einmal gesagt: ‚Sähen Sie, Härr Alex, die Axt, mit welcher ich heit noch mein Holz kleinmach, kommt von der Bukowina. Zeitlebens hab ich ihr immer bei mir gehabt, wo ich ging und stand. Und soll ich Ihn sagen, wieviel ich erst von den Stahl hab heruntergearbeit? Nich mehr wie zweieinhalb Zantimeter. Ieber die zehntausend Beime gefällt, ieber die sechzig Jahr gearbeit und nich mehr wie zweieinhalb Zantimeter! Jetz sagen Sie mir, wieviel is das wert? Zweieinhalb Zantimeter von der Axt, dann is vorbei.'

Was sagt denn Ihr Jesus über Arbeit? Soll man arbeiten oder soll man nicht. Ging er nur herum und hat gefressen und gesoffen, aber nie gearbeitet? Ich ging einmal mit meinem Vater an einem Sonntag auf der Straße, da trafen wir einen Vetter von ihm, Onkel Franz. Ein Bein ab, ein Arm weg, eine Augenklappe. Die halbe Brust durchlöchert und zu Haus in der Schublade zwei Hände voll Orden. Ausgemergelt, hielt die Krücke mit der Linken, und wenn er sich die Pfeife anzündete, klemmt er die Krücke unter den Beinstumpf.

‚Ein ganz verfluchter Kerl ist das', sagte mein Vater, ‚den könnten sie zehnmal totschlagen, den Franz bringt keiner um.'

Da hatte ich mein Leitbild weg. Ich war sieben, ich wollte ein verfluchter Kerl werden wie der Franz. Ich dachte, meinem Vater würde es imponieren, einen verfluchten Kerl zum Sohn zu haben. Dann, als ich fünfundzwanzig war, hatte ich das mit dem Bein. Kniescheibe gebrochen, Krankenhaus, und sie sagten:

‚Schonen Sie sich, Borowski, mit einer Kniescheibe ist nicht zu spaßen.'

Nicht bei dir, Borowski!, dachte ich, packte schon drei Tage danach einen Seesack, nahm kaum etwas mit und fuhr los. Mit dem Fahrrad in Richtung Türkei, und ich kam auch an. Und seitdem schmerzt mein Bein immer.

Wenn mein Vater gesagt hätte, der Dichter Goethe ist ein verfluchter Kerl oder der Musiker Brahms, hätte ich dann ein anderes Leitbild gehabt, Richter Malura? Wäre ich dann mit dem Knie *nicht* in die Türkei gefahren, hätte ich meinem Vater mit etwas anderem imponieren wollen? Dann hätte ich diese Schmerzen nicht, dann würde ich anders denken, denn wenn du immer Schmerzen hast, kannst du nicht denken, was du willst. Kannst immer nur *daran* denken, sonst nichts. Malura.

Oder meinen Sie, ich war programmiert? Mein Vater hätte zu mir sagen können, was er wollte, ich wäre auf jeden Fall in die Türkei gefahren, weil es schon in meine Lochkarte gestanzt war: Borowski, du musst ein verfluchter Kerl werden wollen und dich auch so benehmen!

Ist der Mensch programmiert, Malura?

Die Freundin vom Hannes sagt:

„Jeder Mensch ist bei der Geburt gleich. Erst die Gesellschaft, in der er lebt, macht aus ihm das, was aus ihm wird." Ich habe gesagt, das kann nicht sein, das stimmt nicht, denn meine Brüder haben die gleiche Gesellschaft gehabt, und wir sind alle ganz verschieden. Sie hat gesagt, ich sei ja ein ganz armer Reaktionär, wie ich so überhaupt leben könne in dieser Welt. Das hat mich getroffen. Sie hat gesagt, ich solle Marx lesen, da stünde alles drin, wie es wirklich ist.

Aber ich habe kein Wort von Marx verstanden. Ich sage jetzt nichts mehr, wenn sie etwas behauptet. Es ist mir egal, ich habe ein flaues Gefühl, wenn mich einer beschimpft. Ich weiß nicht einmal genau, was ein Reaktionär ist.

Glauben Sie, dass Königshass, Feindschaft gegen den Staat angeboren sein kann? Herr Richter Malura!

Ich kannte einen, der war Kreisleiter in Polen, und das waren verdammt nicht die Harmlosesten. Nach dem Krieg war er bei der Regierung in Bonn, hatte einen noch besseren Posten als damals in Polen und wurde geschützt von zwei Geheimpolizisten, damit ihm nichts passiert. Sehen Sie, Herr Malura, das ist mein Bild vom Staat.

Oder nicht?'

Er ist weg. Ich habe nicht gemerkt, dass er ging. Ich habe wahrscheinlich nicht zu ihm geredet, ich *wollte* ihm das nur alles sagen.

Wenn jemand die Marlene anruft und ihr eine endlose Litanei erzählen will, sagt sie:

„Du, das ist ja unheimlich interessant. Erzähl, erzähl, das interessiert mich brennend!"

Dann legt sie den Hörer weg, zündet sich eine Zigarette an und liest Zeitung, lässt ihn reden. Hört sie aus dem Hörer kein Geräusch mehr, sagt sie:

„Erzähl weiter, du, ich finde das ja waaahnsinnig!"

Dadurch hat sie viele Freunde, weil man sie immer anrufen kann und so mit ihr reden. Außer man weiß das. Wie ich. Aber so möchte ich's auch nicht. Ich meine, es müsste einer dasitzen, inzwischen wäre es mir egal, ob er zuhört, er müsste nur dasitzen und mich nicht unterbrechen. Ich werde ins *Condor* gehen. Das ist ein Café, wo alle die herumsitzen, die nicht arbeiten müssen.

Auf der Straße treffe ich eine, die ich vor zwanzig Jahren liebte, ich wollte sterben, weil sie einen anderen liebte, und sie wollte sterben, weil er eine andere liebte, die ihn aber wieder nicht wollte, und so weiter. Sie bekam ein Kind von noch einem ganz anderen, den sie heiratete, und mit diesem Kind geht sie hier auf der Straße. Eine Tochter, achtzehn, sie ist der Mutter nicht ähnlich.

Der Hannes sagt:

„Jeder liebt seinen Vordermann."

Ein Karussell.

„Alex, wie geht es dir, was arbeitest du jetzt?"

Dasselbe fragte sie damals auch jeden, den sie traf. In mir regt sich nichts, wenn ich sie heute sehe. Gestern habe ich durch Zufall einen grauen Pullover in einer Kiste gefunden, ich habe ihn damals ihretwegen gekauft, weil sie gesagt hat:

„Ich finde graue Pullover mit Vau-Ausschnitt ja todschick. Du solltest so einen tragen, Alex."

Viel später sah ich einmal den, den sie eigentlich liebte, er trug immer solche Pullover. Ihre Tochter ist jetzt so alt, wie dieser blödsinnige Pullover, er ist noch nicht einmal durchgescheuert an den Ärmeln. Mein Vater trug, solange ich ihn kenne, immer den gleichen Wintermantel. Einmal hat er gesagt:

„Hat ein ganzes Leben gehalten, und ich könnte ihn gut noch zehn Jahre tragen. Ein Leben ist nicht länger als ein guter Wintermantel, das geht vorbei wie ein Monat."

Ich sage:

„Gut, jaja, im Augenblick arbeite ich nichts. Und du?"

Ein paar Phrasen, sonst nichts, und damals wollte ich sterben. Ich gehe weiter und weiß nicht, was wir geredet haben. Was fand ich damals an ihr, sie liegt mir überhaupt nicht, hat rote Apfelbacken und ist etwas dicklich. Vielleicht ist die erste Liebe nur ein Stau von Hormonen, der sich willkürlich auf das nächste erreichbare Objekt konzentriert ohne Zusammenhang oder Auswahl, sie ist einfach fällig. Sie ist nur ein Vorgang.

Einmal erlebte ich eine Paradies-Liebe. Wo alles in Ordnung

war und stimmte. Als ob immer nur die Sonne schien, monatelang keine Wolke am Himmel, wir waren Tag und Nacht zusammen. Und dann saßen wir einmal an einem Fluss.

Das Wetter war so, wie es nur in Bilderbüchern vorkommen kann, die Sonne schien nicht zu heiß, die Luft flimmerte etwas, das Wasser im Fluß war so sauber, dass ich von oben drei Meter über dem Abhang die Forellen zählen konnte. Ich dachte an Angeln und gebratene Forellen, ein Feuer mit heißen Steinen, Weißbrot und Bier. Und sie lag unter einem Baum und las. Sie las immer so linkes Zeug, was ich nicht verstand. Ich verstand schon die Sprache nicht, und wenn sie mir etwas erklärte, habe ich immer ja gesagt. Denn was sollte ich mich da einmischen?

Ich ging hin zu ihr, ich setzte mich neben sie, sie rückte ab.

„Was ist denn los?"

„Also das solltest du mal lesen! Da vergeht einem aber ehrlich alles."

„Was ist das denn?"

„Die Angst im Kapitalismus von Dieter Duhm."

„Was ist das für einer?"

„Einer von uns. Ein Linker."

Sie rückte weiter ab.

„Weißt du, woher das kommt, dass es bei uns im Kapitalismus keine gute Beziehung zwischen zwei Partnern geben kann?"

„Wieso kann es nicht? Es gibt doch."

„Das glaubst auch nur du. Bist du denn blind? Es *kann* nicht, es ist unmöglich, weil in der kapitalistischen Gesellschaft der Mensch in ein unerbittliches Konkurrenzdenken manipuliert wird. Er kann nicht anders. Entweder du bist besser als der andere, oder du musst krepieren, der Mensch lebt in permanenter Angst. Sein ganzes Leben ist nur Ausbeutung und Angst, dass ein anderer kommt und ihm seinen Platz nimmt. Jede Liebesbeziehung zwischen zwei Menschen ist von vornherein zum Scheitern verurteilt, weil die Frau in permanenter Angst leben muss, eine andere könnte kommen, könnte längere Haare, bessere Kleider, mehr Kosmetik haben, denn Konsum zwingt dem Menschen im Kapitalismus dieses Verhalten auf, immer mehr von sich herzumachen, um besser zu erscheinen als der andere. Und solange zwischen zwei Partnern die Angst steht, *kann* eine Beziehung nicht gut sein."

Sie setzte sich einen Meter weiter weg.

„Solange ich durch die Umstände gezwungen werde, mich so zu verhalten, wie ich gar nicht sein will, bin ich nicht ich selber. Ich bin entpersönlicht, verstehst du. Und eine Beziehung, in der die Frau entpersönlicht wird, ist einfach Scheiße. Ich bin doch gar kein Mensch mehr."

„Wer?"

„Wer, wer? Alle im kapitalistischen System. Weil jeder neben dem anderen nicht gleich ist, jeder muss kämpfen, kämpfen, ob er will oder nicht."

„Ich nicht."

„Rede doch nicht so eine Scheiße! Du bist schon so verkorkst, dass du es gar nicht mehr merkst, in welcher Diktatur du lebst. Du kaufst ein Waschpulver, weil die Werbung dich manipuliert. Du trägst Jeans, weil die Mode das von dir fordert ..."

„Aber ich doch nicht."

Mir wird es schwindelig. Ich habe das noch für einen Spaß gehalten, aber sie geht auf mich los, wie der Teufel. Eben war doch noch alles in Ordnung.

„Und das gibt es nicht in den sozialistischen Ländern. Da ist jeder neben dem andern gleichwertig, es gibt keine Konkurrenz, es ist egal, mit welcher Seife sich einer wäscht, ich brauche keine bessere als die nebenan. Ich bin ein Mensch. Verstehst du das nicht?

„Nein" Ich verstand sie wirklich nicht.

„Du bist schon so verblödet, dass man mit dir gar nicht mehr reden kann. Wenn jeder Mensch gleich ist, kann keiner kommen, der besser ist, es gibt keine Konkurrenz, und es gibt keine Angst. Es ist egal, wen du dir zum Partner nimmst, du verlässt deinen Partner nicht, weil ein anderer besser ist ..."

Ich habe das Brot, das wir dabei hatten, den Fischen ins Wasser geworfen, das Bier nicht getrunken, ich hätte mich überhaupt nicht einmischen sollen. Ich hätte sie einfach reden lassen sollen. Wir gingen nach Hause. Wir gingen anstelle des geplanten Essens in die *Margot*, meine Abendstammkneipe. Bis da flammte zeitweilig noch einmal der Streit auf, der alles noch verschlimmerte.

In der *Margot* saß an unserem Tisch einer, mit dem sie bald zu reden anfing. Als ich hörte, dass sie von Systemimmanenz, Konfliktbewältigung und über Bildungskonstruktivismus redeten, wusste ich: Alex, dein Zug ist weg.

Er legte beim Diskutieren die Hand auf ihr Knie, und sie hielt ihn oben am Arm. Alex, du hast verloren. Ich sagte: „Du, ich geh jetzt."

Verlierer, die sich aufführen und beleidigt sind, sind mir unerträglich. Man sollte Sieg und Niederlage mit Gleichmut hinnehmen, sagt der Hannes. Auch der Sieger hat keinen Grund zu triumphieren.

„Ist gut, du, ich bezahl für dich. Ich ruf dich mal an."

Sie zahlte meistens für mich, sie hatte Aktien, ich wusste, sie würde mich nicht mehr anrufen. Ich gebe zu, ich habe lange gewartet, dass das Telefon klingelt und sie anruft. Ich habe dann erfahren, dass sie mit dem, der am Tisch gesessen hatte, für eine Weile nach London gegangen ist. Sie haben dort ein Haus gemietet, er hatte sich die Anteile, die ihm aus der Fabrik seines Vaters zustanden, auszahlen lassen, weil er seinen Vater und den Kapitalismus hasste, weil er an der Ausbeutung der Arbeiter dieser Fabrik nicht beteiligt sein wollte. Mehr weiß ich nicht über die beiden. Paradiese sollen eben nicht ewig dauern, redete ich mir ein. Der Hannes hatte gesagt:

„Glück wird mit der Zeit auch ranzig."

‚Soll ich Ihnen die Geschichte von der Schober-Bande erzählen, Richter Malura? Sie sind doch Richter? Oder heißen Sie nur so? Ich habe einmal gesehen, wie die Schober-Bande einen kleinen Jungen zusammengehackt hat. Immer in den Bauch und unten rein. Ich war fünf, der Junge vier, der Schober dreizehn, die anderen elf und neun und dazwischen. Er lag auf der Erde und konnte nicht schreien vor Schmerzen, und ich zitterte und verkroch mich hinter einem Zaun, weil ich Angst hatte, als nächster würde ich drankommen. Der Schober wurde dann Führer in der Hitlerjugend und später Parteifunktionär. Ich kann Ihnen viele solche Geschichten erzählen. Ich habe etwas gegen Funktionäre, verstehen Sie das? Ich möchte manchmal mit einem darüber reden. Ich habe einmal mit der Freundin vom Hannes darüber geredet, denn sie befasst sich doch mit Parteikram, für sie ist nur ein Staat möglich, der von Funktionären getragen wird. Sie hat zu der Geschichte gesagt: Ganz klar! Der Schober wurde von oben getreten, und er hat nach unten getreten, das System des Kapitalismus. Ich habe dann nichts gesagt. Sie verstand nicht, was ich meinte, und ich nicht, was sie meinte.'

Ich rede hier mit dem Malura, gehe dabei auf der Straße, und der Malura ist gar nicht da.

Habe ich laut geredet? Manchmal sieht man alte Leute auf

der Straße gehen und reden. Allein, keiner ist dabei.

Die Freundin vom Hannes sagte, als der Solschenizyn aus Rußland kam:

„Typisch kapitalistische Hetze! Das passt denen hier genau in den Kram. Zerreißen sich die Mäuler, weil er drüben angeblich irgendetwas nicht veröffentlichen konnte. Ich bringe dir auf Anhieb zehn von unseren Leuten hier, die mit ihren Manuskripten von einem Verleger zum anderen laufen, und keiner druckt sie. Wie würdet ihr denn das nennen?"

Der Hannes sagte:

„Wie wenn ein Bäcker schlechtes Brot bäckt, und keiner kauft es."

„Was doch nur den unerbittlichen Konkurrenzkampf im Kapitalismus beweist. Wenn dein Brot in einem sozialistischen Land nicht so gut ist wie das eines anderen Bäckers, gehst du nicht kaputt. Du verdienst dein Geld genauso. Es ist egal, was du für ein Brot bäckst."

Ich mache bei so einem Gerede nicht mit.

Ich bin jetzt vor dem *Condor*. Man kann von außen durch die großen Fenster sehen, wer drinsitzt. Ich kann sehen, ob einer da ist, mit dem ich reden könnte. Nein. Nur der Alfred ist hinten an einem Tisch, ich gehe lieber weiter. Der Alfred war früher einmal mein Freund, jetzt ist er für mich tot. Ich habe einmal gesagt:

„Kurt Edelhagen ist nicht einmal so musikalisch wie ein Blecheimer."

Da führte er sich auf, wie ein Idiot, nannte den Edelhagen einen grandiosen Musiker, der einen Brief von Benny Godman bekommen habe, in dem dieser ihm das Gleiche bescheinigt. Ich sagte:

„Wenn einer schon eine Bescheinigung braucht ..."

Das war dann das Ende. In Fragen des Geschmackes bin

ich heikel, ich möchte nicht unbedingt einen Idioten zum Freund haben. Gott ja, was heißt Freund? Der Alfred war nie mein richtiger Freund. Wir waren oft zusammen, weil ich es ihm abgucken wollte, wie er das alles machte. Ich war vielleicht neidisch auf ihn, denn was er machte, das klappte. Er fing etwas an, überlegte nicht lange. Und wenn es nicht klappte, vergaß er es und machte etwas anderes.

Er hat schwarze Locken und liest Asterix. Er arbeitet nur in Jobs, meistens als Kellner, weil ihm das am meisten bringt. Im Sommer in Kampen hinter einer Bar, wo er mit der Besitzerin der Bar etwas hat, im Winter in St. Moritz. Er kann nicht Ski laufen, er braucht es auch nicht, die Weiber legen sich ihm auch ohne das ins Bett. Wenn er zurückkommt, hat er immer die Taschen voller Geld. Damit könnte ich zwei Jahre gut leben, mit dem, was er in einem Jahr verdient. Aber er haut dann manchmal an einem Tag seine Fünfhundert auf den Kopp.

Ich versuche, mit meinem Geld so lange auszukommen, wie es geht, denn ich finde Arbeiten nicht richtig. Je weniger ich arbeite, umso weniger Steuern muss ich zahlen. Je mehr ich arbeite, umso kleiner wird der Anteil, der mir von meinem Stundenlohn zusteht. Mehrarbeit wird bestraft, daraus ersehe ich, dass ich Recht habe.

Dem Alfred kann nie etwas passieren, er findet immer eine Frauensperson, bei der er wohnen kann, und die ihn mindestens drei Monate ernährt. Ist es wieder einmal soweit, dass dieser Fall eintritt, dann spielt er mit seinem letzten Geld den großen Macher, haut alles mit ihr auf den Kopp und sagt dann:

„Kann ich schnell mal drei Tage bei dir unterschlupfen, ich warte auf Geld?"

Und dann bleibt er da. Sie geht arbeiten, er liegt zu Haus herum und liest Asterix, und weil er ausgeruht ist, kann er sie abends gut bedienen, und sie ist happy. Aber nach drei Monaten wird es ihm langweilig, er sucht sich eine andere, und dann richtet er das so ein, dass die erste ihn mit der anderen in ihrem eigenen Bett erwischt und ihn rauswirft. Oft verzeihen sie ihm, wollen ihn noch länger behalten, aber meistens geht er. Ich sagte ja, bei ihm funktioniert eben alles.

Beim Alfred ist nie etwas kompliziert. Er macht alles auf die einfache und sogar dümmste Tour, und es funktioniert. Sieht er eine, die er haben will, geht er hin, stellt sich auf, lacht und sagt:

„Na du."

Dümmer geht's doch nicht. Aber sie lacht zurück. Und wenn eine zurücklacht, sagt er, hast du sie schon im Bett. Und bei ihm stimmt das auch, bei mir aber nicht. Wenn er es ganz komfortabel und aufwendig bringt, dann sagt er:

„Na, du Maus!"

Das ist seine ganz große Tour, dann ist er ganz groß in Fahrt, und ich habe noch nie gesehen, dass er bei diesem Aufwand eine nicht bekommen hat. Er arbeitet nie mit den üblichen Komplimenten:

„Wissen Sie eigentlich, wie schön Sie sind? Ach Sie wissen das, stellen Sie sich doch nicht dumm, das müssen Sie doch wissen. Lassen Sie mich überlegen! Es sind die Augen. Ja, es sind die Augen. Sie haben unheimlich schöne Augen ..."

Das ist ja noch dümmer als die andere Tour, aber es gibt keine Frau, die nicht darauf hereinfällt. Das macht sie alle selig, sie werden wehrlos wie in einer Narkose. Sie behaupten alle, das dumme Spiel doch längst durchschaut zu haben, sie sind ja viel klüger, aber dann legen sie sich für den Schwätzer hin.

Nur Marlene nicht. Wenn ihr einer so kommt, der kommt nie ran.

Ich werde doch zu ihr hingehen, denn wenn ich mir das überlege, dann ist sie nicht dumm.

Ich kenne den Alfred aus der Badeanstalt. Er lag drei Meter neben mir und las Asterix. Als er fertig war, holte er sich ein neues Heft aus der Tasche und hielt mir das alte hin: „Mal reinschauen?"

Wir kamen ins Reden, über Weiber, was sonst? Er zeigte mir schon in der ersten halben Stunde, wie man das macht. Als eine vorbeikam, Kategorie eins, Parfüm, Bikini und der ganze Kleinkram, alles von der teuersten Sorte, ich hätte nie gedacht, dass die sich auf diese blödsinnige Tour einlässt, aber der Alfred hatte da ein hundertprozentiges Auge. Sie kam an uns vorbei, er sagt:

„Na!"

Und lachte dumm. Sie lachte zurück. Dann war gar nichts mehr, danach schaute er kein einziges Mal mehr zu ihr hin. Er sagte:

„Du musst sie so weit bringen, dass sie denkt: Warum schaut er kein einziges Mal herüber? Ist an mir etwas nicht in Ordnung? Und dann läuft alles normal."

Als sie wieder vorbeikam, um nach Haus zu gehen, lachte er wieder, sie lachte auch, und die beiden gingen zusammen weg.

Für mich war der Alfred damals ein Genie.

Einmal waren wir mit dem Alfred auf einer Festlichkeit. Geburtstag oder irgendetwas. Eine war dabei im Oma-Look, kennst du doch, second- oder thirdhand-Modelle, das Kleid nicht unter dreihundert Mark aus diesen alten Fetzen zusammengenäht. Die Haare vom teuersten Friseur in Unordnung gebracht. Die muss ein Schweinegeld gehabt haben. Der Alfred sagte zu mir:

„Komm mal mit!"

Er geht zu ihr hin und sagt:

„Na, kleines Nümmerchen machen?"

Ich dachte: Kerl, du spinnst doch. Die knallt dir eine. Weißt du, was war? Sie sagte:

„O.K. Wo?"

Und sie zogen ab. Nach einer halben Stunde kamen sie wieder, jetzt sah ich erst, dass sie mit ihrem Kameraden da war. Er fragte sie:

„Wo warst du denn?"

„Hier bei ihm, beim Alfred, kennt ihr euch?"

Ein ganz verfluchter, gemeiner Trick, einfach die Wahrheit zu sagen. Das haut den anderen um, er hat nichts, wogegen er angehen könnte. Der Alfred hat einmal gesagt:

„Eine Frau ist wie eine Geige. Du musst dir immer, wenn du sie in die Hand nimmst, vorstellen, du gibst jetzt dein bestes Konzert. Du spielst eine Geige. Du nimmst sie, musst sie erst schön und genau stimmen. Der Bogen muss gespannt sein, das Kolophonium muss von der richtigen Sorte sein, und dann fängst du vorsichtig und zart an zu fiedeln. Du streichst über die Saiten, fängst dann mit kleinen, komplizierten Passagen an, wirst raffinierter, zeigst deine Meisterschaft, bist ein kleiner Menuhin, ein großer Menuhin. Du bist Békèsi Palósz, der Zigeunerprimas, und spielst die Geige, dass das ganze Lokal weint. Du bist ein König. Du kannst die Geige auf hundert Arten spielen. Du kannst sie nehmen und wie ein Hillbilly-Fiedler loslegen, lustig und zum Tanze. Du kannst wie ein Straßengeiger in Prag fiedeln, schaurig falsch, aber sauschön. Du kannst Polka spielen oder einen Krakoviak – je nach Geige.

Auch die Geige ist wichtig, Junge. Es gibt Geigen, für die könntest du sterben. Aber nicht viele. Es gibt kleine Zwitschergeigen und gigantische Bratschen. Geigen so leicht und zerbrechlich wie Schmetterlingsflügel, wenn du nicht aufpasst, zerbrechen sie dir in den Fingern. Es gibt Geigen aus Massiv-Eiche, aber ein guter Musiker holt auch aus ihnen einen Ton. Es gibt Schülergeigen, elektrische Geigen, die unter Hochspannung stehen und kolossal gefährlich sind. Ein Griff daneben, und aus mit dir.

Es gibt kaputte Geigen, die mal mit einer Kreissäge gespielt wurden, darauf solltest du dich nicht einlassen, sie sind nicht mehr zu reparieren. Ein Musiker ist kein Geigenbauer.

Der erste Ton ist der schönste, denn mit ihm hörst du das erste Mal ihren Eigenton.

Du kannst auf einer Geige jubilieren wie eine Lerche und in den Himmel steigen. Kannst in die tiefste Hölle stürzen, kannst wie ein Rikschakuli gleichmäßig und weich über das Land laufen.

Auf einfachen Geigen spielt man etwas Zacharias oder einen kleinen Menuettwalzer, Teufelsgeigen solltest du kurz, bevor das Konzert zu Ende ist, anzünden. Sie überstehen das Feuer auf unerklärliche Weise. Elektrische Geigen solltest du nur mit Asbesthandschuhen spielen. Kennst du Titi Winterstein, Alex?"

Titi Winterstein, den kleinen Zigeuner mit seiner Zaubergeige, kannte er. Wer einen Titi Winterstein gehört hat, kann doch einen Edelhagen nicht zu den Musikern zählen, hundert Edelhagen wiegen nicht soviel wie ein achtzehnjähriger Titi. Ich konnte das nicht verstehen, dass der Alfred mit mir einen Streit wegen Edelhagen anfing, es ist doch überhaupt keine Frage, ob Edelhagen musikalisch ist oder nicht. Der Alfred ist für mich tot.

Wenn ich ihn manchmal auf der Straße sehe, gehe ich auf die andere Seite.

Ich werde jetzt nach Hause gehen. Ich werde Marlene anrufen und werde probieren, ob ich mit ihr etwas reden kann. Nur so. Ich werde nicht über das Spaghetti-Essen reden, werde so tun, als gäbe es das gar nicht. Ich werde mit ihr alles reden, was mir gerade einfällt, was ich denke. Der Hannes sagt:

„Das Leben ist das, was man den ganzen Tag über denkt."

Was denke ich denn den ganzen Tag?

Ich sitze jetzt zu Haus vor meinem Tisch, ich starre vor mich hin und denke … was denke ich? Ich denke gerade, dass ich am liebsten aus einem Blechteller esse. Denn wenn das Essen kalt ist, kann ich es wieder auf die Kochplatte stellen und wärmen. Dadurch brauche ich mich mit dem Essen nicht zu beeilen, ich kann ganz langsam essen. Auf dem Tisch steht der Blechteller, den ich von zu Haus mitgebracht habe. Mein Vater aß am Ende vom Blechteller, weil er seine Finger nicht mehr richtig krümmen konnte, nachdem er den zweiten Porzellanteller deswegen hinuntergeworfen und zerschlagen hatte, wollte er vom Blechteller essen.

Ich rufe Marlene *nicht* an, ich kann es zu Haus nicht aushalten, ich gehe wieder zum *Maxe*.

Der Pachulke steht immer noch beim Fenster. Wenn er einen zuviel getrunken hat, ist sein Auge heller. Er hat einen zuviel getrunken, vielleicht hat ihm jemand ein paar Schoppen spendiert.

„Jach, där Härr Alex! Waren Sie heit nich schon mal hier? Macht nix, macht nix, stellen Sie Ihnen hier bei mir auf, dass wir uns bissel unterhalten könn, denn wo find der Mensch heitzutag noch ein, mit welchen er sich hibsch verninftig unterhalten kann, die Leit ham ka Zeit mähr.

Wollen Sie, ich möcht Ihnen einladen auf a Schopperl Wein, weil ich hab neilich die Rente gekriegt, und das ist ja zu viel fier uns. Könn wir gar nich ausgeben. Denn was will ich heit machen mit den Geld? Brauch ja nix, weil a Mensch, welcher nix brauch, hat alles. Weil zeit meines Lebens hab ich mir das so eingericht, dass ich immer bissel weniger brauch, als ich zu Verfiegung hab, und so kommt das, dass ich immer was zuviel besitze. Umgekehrt wie die Leit hier. Brauchen immer bissel mehr wie sie haben, und davon kommt das, dass sie immer zu wenig besitzen und nich zufrieden sein könn. Ham Sie a Frau besucht? Sich bissel draufgelegt von oben?"

„Nein, ich war ..."

„Ja? No das is gut. Jach, jach där Mensch, Härr Alex. Wann er so jung is wie Sie, jede zwei Stund muss er sich rauflegen auf eine. Das macht Appetit aufs Abendbrot. Was werden Sie zu Abendbrot essen, Härr Alex? Heitzutag das Essen is ja voll Gift. Sehen Sie, manchmal denk ich mir: där Mensch! Welches Tier auf der Welt könnt so dumm sein und schütt sich Gift in sein Essen, bevor dass es isst? Sie wern mir keins nennen. Aber där Mensch, ja. Neilich, sehen Sie, kauft die Frau mit welcher ich leb, a Milch. Sagt zu mir: ‚Gottlieb, ich hab a Milch gebracht, welche sich ieber die Monate hält, wird nich sauer.' Ich sag, das kann nich sein, weil das is nich natierlich. Wir wern machen die Probe. Wir schitten a bissel Milch in eine Kastrole, stellen sie bein Nachbarn an Zaun, kommt a Katz, riecht dran und geht weg. Warum, Härr Alex? Gift.

A Tier spiert alles mit der Nase. Brauch nich studiern und probiern, a Tier weiß, was fier ihm gut is. Nich so där Mensch. Jach, jach där Mensch. Härr Alex, was is aus ihm geworden!

Darf ich Ihnen zu eim Schopperl einladen, komm Sie!"

Ich lasse mich nicht gern einladen und sage:

„Ach lieber nicht, Herr Pachulke. Mir schmeckt kein Wein, und Bier habe ich heut genug getrunken."

„Vielleicht a andres Mal", sagt er.

Hinten am Stehtisch steht ein Alter, der seit Jahren jeden Tag um die gleiche Zeit hereinkommt, bestellt durch Zeichen ein Bier und einen Korn, dreht sich mit seinen dürren, schwarzen

Fingern aus einer Messingschachtel von Kippentabak eine Zigarette, bleibt etwa zwei Stunden stehen, guckt ins Leere und geht wieder, ohne ein Wort gesagt zu haben. Ich habe noch nie gehört, dass er etwas gesagt hätte. Keiner weiß etwas über ihn, wenn ihn einer anspricht, nickt er mit dem Kopf, mit dem Max verständigt er sich durch Zeichen. Er geht, als wäre er allein auf der Welt. Der Hannes sagt:

„Wer die Einsamkeit nicht annimmt, wird an ihr zugrunde gehen, denn keiner kommt ihr aus."

Und dann läuft hier einer herum, mit dem ist es genau anders: Er redet ohne jede Pause, überall, wo er ist.

Wenn er einen erwischt, der nicht flieht, redet er auf ihn ein und hält ihn fest. Aber er spricht ukrainisch. Ein Verrückter, wer hier schon länger lebt, weiß, dass er seit dem letzten Krieg hier herumläuft und redet. Er schleppt Plastiktüten mit sich herum, in denen er Bücher hat. Manchmal setzt er sich auf eine Bank und liest stundenlang in diesen Büchern, aber es sind deutsche Bücher, die er gefunden hat, er kann sie gar nicht verstehen. Er behängt sich mit bunten Schals, steckt sich Blumen an, hat sommers und winters einen großen, langen Mantel an, und seine weiten Hosen schleifen auf der Erde. Wenn ich nur ukrainisch reden würde, wäre ich hier auch nicht schlechter dran.

„Und noch a Fall wer ich Ihn beschreiben, wo Sie erkennen könn, dass der Mensch dümmer is wie das Tier. Das Wasser! Sie wissen, dass ohne Wasser niemand kann leben auf der Welt, das Tier nich wie der Mensch. Aber bitte, wo haben Sie a Tier gesehen, welches kaputtmachen würde das Wasser, welches es braucht, nich mal urinieren wird es sich dort rein.

Dumm is der Mensch geworden, seitdem er den Fortschritt macht, wie man sagt. Is schade drum. Prost Härr Alex, trinken Sie ein mit mir, solange dass wir noch läben."

Der Alte mit seinen dünnen Zigaretten steht an der Wand und pafft vor sich hin. Er wird bald gehn.

„Sehen Sie, Härr Alex, fier den Arbeiter wird a scheene Zeit kommen, wo er leben wird, wie a Professor, weil der jingere Mensch, mit welchen ich mich manchmal ieber die Politik unterhalte, hat mir das erklärt. Und zwar soll das eingerichtet werden, dass bald noch viel, viel mehr Leit studiern wern. Es wird a Zeit komm, wo es kein Mensch mehr gibt, welcher a Wasserhahn wird repariern wolln, kein Schuster, kein Tischler, keiner, welcher an Baum kann absägen, vielleicht wer ich das noch erleben, denn ich wer Ihnen sagen: Schon heit is fast soweit. Sie wern dem Arbeiter mit Gold aufwiegen missen. Härr Alex. Jach!"

Ob der Alte mit seinen dünnen Zigaretten dort, ob er sich etwas denkt? Wenn er sich etwas denken würde, dann müsste er auch mit jemandem reden wollen. Warum will ich denn mit jemandem reden? Muss ich denn? Der Hannes sagt:

„Was dir geschieht, ist nicht wichtig. Das Leben im Geist ist wichtig."

Was ist das Leben im Geist? Was ist mein Leben im Geist? Manchmal sehe ich den Alten auf der Straße mit einem Handkarren fahren. Mal leer, mal hat er Kisten drauf. – Vielleicht spielt es überhaupt keine Rolle, ob ich zu Marlene hingehe oder nicht. Ein Beischlaf mehr oder weniger, ist das wichtig?

„Neilich, hörn Sie mich an, Härr Alex, treff ich ein gewissen Nowak aus Böhmen, welcher frieher mit mir bei einer Straßenbaukolonne voriebergehend gearbeit hat. Sagt er: ‚Wann du willst, Gottlieb, komm vorbei bei mir, ich arbeit jetz in Zoo, bin dort Futtermeister. Ich wer dir a kleines Torl aufmachen, dass du ohne Geld dem Zoo kannst besichtigen.'

No, ich geh hin, alles klappt scheenstens, setz ich mich gemietlich vorn Affenkäfig, und was muss ich Ihn sagen, Härr

Alex? Ich konnt beobachten, dass so a Aff ja viel schlauer is als wie a Mensch. Frieher hat man gesagt, dass der Mensch soll von Affen abstamm. Aber ich wer Ihn jetz was sagen, was Sie wern noch nich wissen: Umgekehrt is das. Der Affe stammt von Menschen ab, weil der Mensch steht unter ihm, was den Verstand betrifft. Ich wer Ihn beschreiben, Härr Alex, wie das wird gewesen sein: Sie wern wissen, dass frieher diese ganzen Heiligen und Einsiedler, von welchen man heit noch sagt, dass sie besonders schlaue Leit sollen gewesen sein, die sind gegangen in die Wälder, haben sich abgesondert. Und so wird frieher einmal sich einer gesagt haben, welcher auf eine höhere Stufe stand, schlauer war, wird sich gesagt haben: So geht das nich weiter, weil die Leit auf der Welt wern immer dümmer, gehst du in die Wälder. Hat sich a Frau mitgenommen, ham sich a scheenes Leben einrichtet, ham sich das Sprechen abgewehnt, denn fier was soll der Mensch viel sprechen, Härr Alex? Von was kommt der meiste Ärger in Leben? Weil der Mensch zuviel red. Sehen Sie, die Frau, mit welcher ich leb, was sprechen wir groß zusamm? Nich mehr wie drei, vier Wörter am Tag.

Jetz weiter! Sie ham sich dort in Wald ka Haus brauchen baun, ham ka Kleidung gebraucht und mit der Zeit is ihn a hiebsches Fell gewachsen. Und das ging so lange, bis die anderen Leit kamen und gestört ham. Ham ihnen gefangen und in Zoo gesteckt. Gut, sie stellen sich bissel dimmer als sie sind, aber wenn a schlauer Mensch kommt, kann er beobachten, der Aff is schlauer als wie a Mensch.

Ham Sie das gewusst?

Jach, jach, Härr Alex, a Mensch muss viel rumkomm in der Welt, bis dass er alles versteht. Bin ja in ieber finf Länder gewesen. Sähen Sie, allein wie viel Nationalitäten dass die Bukowina hat gehabt. Brauchte mich nich viel bewegen von zu Hause, schon war ich Österreicher, Rumäne und Deitscher. Und dann Italien, ich war sogar in Italien in Krieg. Russland, Polen, Ukraine und von jeden Land sprech ich die Sprach. Wenn Sie wollen sich mit mir unterhalten, fangen Sie an! No sprechen Sie was!"

Ach was! Was soll ich ihm erzählen? Ich bestelle mir noch ein Bier, der Alte mit seinen dünnen selbstgedrehten Zigaretten drückt die letzte Kippe aus und geht.

Wenn so ein Alter einem Jungen erzählt, er wäre auch mal zwanzig gewesen, und dass er vielleicht so ein ganz verfluchter Kerl war, der die Welt aus den Angeln heben konnte, klingt das immer wie Lüge. Junge und Alte verbindet nichts.

„Sie kennen die Bibel, Härr Alex? Is a schlaues Buch. Und was steht dorten geschrieben? ‚Du sollst sagen Jaja und Neinein, was mehr is, is von übel!'

Jach, jach, Härr Alex, schade is um den Menschen."

Dort, wo ich gearbeitet habe, hat bei einer Betriebsfeier einer von den Elektrikern Sex-Konfekts von der Beate Uhse an die Frauenzimmer verteilt. Er hat seinen ganzen Wochenlohn dafür ausgegeben, dann hat er hinten, hinter dem Lager seinen Kombi aufgestellt, eine Matratze reingelegt und ihn vermietet, pro Nümmerchen zehn Mark. Zuerst hatte er dreimal soviel eingenommen, wie er für den Kram ausgegeben hat, aber dann hatten sie ihm die hinteren Stoßdämpfer durchgerammelt. Draufgezahlt hat er. Und eine bekam ein Kind, wusste nicht von wem. Ein Junge, der jetzt auch schon achtzehn sein müsste.

„Aber warum nehmen Sie Ihnen keine Frau, Härr Alex? Wie oft denke ich: Där Härr Alex, so ein scheener fescher Mensch und noch nich zu alt, weil där Mensch is dafier nie zu alt. Neilich fahr ich in der Straßenbahn, steht vor mir so a scheenes, hibsches Madel, wo man sich konnt die Finger belecken. Alles aufs Hibscheste eingerichtet, hat a scheenes Hinterteil gehabt, weich und dick. Bunte Hosen, a buntes Jäckchen, die Haare gefärbt und scheen lang bis ieber die Schulter. Man konnt ja die Schlipfer sogar durch die Hose erkenn. Hat hohe Absätz getragen von Silber und scheen Schmuck um die Händ. Hab sofort an Ihnen denken missen, hab gedacht, wann där Härr Alex jetzt hier sein möcht! Und wie sich dasjenige hat umgedreht, is a Mann gewesen, hat a Bart getragen. No sehen Sie, so geht das."

Neben mir liest einer Zeitung. Ich lese keine Zeitung, nur wenn ich bei einem anderen mitlesen kann. Ich sehe eine kleine Notiz:

„167. Starfighter abgestürzt, Pilot kam ums Leben."

Der Hannes sagt:

„Die Politik ist ein Tummelplatz für Idioten. Nirgends können sich so viele Dumme ansiedeln wie in politischen Ämtern. Nach spätestens dem 20. abgestürzten Starfighter müsste ein auch nur halbnormaler Mensch sich etwas denken."

Die Freundin vom Hannes sagt, jeder müsse sich mit Politik beschäftigen. Ich verstehe nichts von Politik, ich weiß nicht einmal genau, was rechts oder links sein soll. Habe einmal gefragt, und sie hat mir das erklärt:

„Ganz rechts steht der Faschismus, ganz links der Kommunismus. Dazwischen bewegen sich die verschiedenen Parteien mehr oder weniger links oder rechts. Brandt beispielsweise ist für mich nicht links."

Ich fragte: „Was ist Faschismus?"

„Faschismus ist eine Gewaltherrschaft. Die politische Meinung wird von oben vorgeschrieben. Andersdenkende werden gefoltert und in Konzentrationslager ... politische Haft ... Portugal ..."

Ich habe gesagt: „Russland ..."

„Du bist ein Idiot, mit dir kann man nicht reden ..."

Warum lasse ich mich auf so etwas ein? Mir ist das doch egal, weil ich nichts davon verstehe, es gibt für mich keine Logik darin. Ich weiß doch, wie es immer ausgeht. Oder bin ich streitsüchtig? Einmal hat sie gesagt, Stalin sei nie ein Kommunist gewesen, siehst du, und das verstehe ich nicht. Ich möchte einmal mit einem auch darüber reden. Und er soll mich nicht einen Idioten nennen, wenn ich ihn nicht verstehe.

„Hörn Sie mich an", sagt der Pachulke, „där Mensch! Sehen Sie, där Mensch arbeit und arbeit, und bei soviel Arbeit kommt viel mehr Geld raus, als wie er verbrauchen kann. Und was macht der Mensch mit den Geld, frag ich Sie? Baut sich die scheensten Bomben von größten Kaliberen, wo a halbes Pfund genügt auf die Welt geschmissen, und die Welt ist weg mitsamt die Menschen, verbrannt, explodiert in die Luft, bleibt nich amal a Heifel Asche. Und bitte, frag ich Ihnen, wo wollen Sie sagen, soll der Mensch schlauer sein wie das Tier?"

Manchmal denke ich etwas, und ein anderer fängt an davon zu reden. Marlene nennt das eine ‚ungeheure Übereinstimmung'. Bei fast allen ihrer Geschichten kommt mindestens einmal vor:

„... das war unheimlich schön, weißt du! Es war eine ungeheure Übereinstimmung da. Wenn ich beispielsweise etwas sagte, zum Beispiel sagte ich einmal: Ich könnte mir gut vorstellen, mit dir ein Kind zu haben, dann sagte er: Das gleiche habe ich auch gerade gedacht. So etwas gibt es doch gar nicht, Alex. So eine Übereinstimmung ist doch unheimlich, und deswegen kann ich nicht verstehen, dass er so einfach wegging, sagt, er will schnell etwas erledigen und kommt nicht wieder.

Sag, Alex, verstehst du das?"

Ich sagte nein, aber ich verstehe das, ich wäre auch abgehaun. Der Hannes sagt:

„Es muss beim Menschen eine Art Zentrale geben, die etwa wie ein Radarschirm funktioniert. Sie sendet und empfängt, jeder Denkbereich hat eine bestimmte Zone, ganz verfeinert hat jedes Wort oder jeder Gegenstand seine bestimmte Zelle. Du denkst beispielsweise ‚Himalaja'. Die zuständige Zelle signalisiert ‚Himalaja' zunächst für dich selber, aber ein anderer Sender oder Empfänger nimmt diesen Impuls auf, weiß nichts davon, empfängt ein Signal im Bereich ‚Gebirge' er fängt davon an zu reden oder auch nicht, weil er es verdrängt. Vielleicht schwirrt es in der Atmosphäre nur von solchen Signalen, die wir für Gedanken halten. Sie ‚fallen uns ein', meinen wir. Möglicherweise ist einer, dem ‚viel einfällt' ein besonders guter Empfänger. Wahrscheinlich kann man dieses Senden und Empfangen schulen."

„Sehen Sie, Härr Alex, wie schlau is so a Hunderl. Probieren Sie ihm zu fangen, Sie ham noch nix gemacht, ham sich bloß *gedacht*: Ich fang ihm, und schon is er weg. Weil er spiert das, er weiß, was Sie sich denken."

Der Hannes sagt:

„Wenn du beispielsweise jeden Tag die gleiche Tätigkeit ausübst oder die gleiche Handlung. Nehmen wir an, du gehst jeden Tag um acht aus der Wohnungstür, die Treppe hinunter, durch den Hausflur, aus der Haustür, trittst eine Stufe hinunter und gehst dann über die Straße. Jeden Tag arbeiten in der Zentrale die gleichen Impulse und signalisieren. Es entsteht dort sozusagen eine ‚Signalstraße', ein Dauerauftrag an die Zentrale, diese Handlung erfolgt bald automatisch. Dann nimmt man die Stufe vor der Haustür weg. Du aber trittst monatelang noch hinunter, du stolperst und hast möglicherweise noch nach einem Jahr ein ungutes Gefühl an dieser

Stelle, weil du meinst, da stimmt doch etwas nicht."

„A Hund beispielsweise, welcher sich mehrere Wochen allein im Wald herumgetrieben hat und sich selber ernähren konnt wie die Natur ihm das vorschreibt, schmeckt ganz anders als wie a Hunderl, welches mit ein Freilein zusamm- gelebt hat. Und hern Sie mich an: Nix besseres fier die Lungenkrankheit gibt es auf der Welt, als wie a Hundefett. Härr Alex."

Der Hannes sagt:

„Wenn einer stirbt, verrichtet er nach seinem Tode seine alltäglichen Arbeiten noch eine Weile so wie zuvor, er geht also den gleichen Weg, den er jeden Tag ging, hackt Holz hin- ter dem Haus oder fährt mit der Straßenbahn. Die Zentrale verlischt nicht gleichzeitig, sie funktioniert weiter, vielleicht bleibt sie immer in Funktion. Vielleicht merkst du nicht ein- mal, dass du gestorben bist. Natürlich tut es nur die Zentrale, nicht der Leib."

„Neilich hat einer von uns aus der Nachbarschaft, ein gewisser Katscher, von Mährisch-Ostrau kam er rieber, der hat a goldenes Parteiabzeichen gewonnen. Durch Zufall, sehn Sie. Weil er wie er nach den Krieg hierher is gekommen, hat er keine Wohnung gehabt, haben sie ihm im Hiehnerstall unter- gebracht und ham ihm nix gegeben zum Wohnen, obwohl er jeden Tag is zum Wohnungsamt gelaufen, bis dass ihn einer hat gesagt: Musst in die Partei eintreten, Katscher, weil derje- nige von Wohnungsamt gibt die Wohnungen an erschter Stelle denjenigen, welche seine Genossen sind von der Partei.

No, der is eingetreten, und prompt nach drei Wochen hat er mit der Frau a hibsche Wohnung gekriegt mit zwei Stuben und Kieche. Hat sich vergessen abmelden bei der Partei, die Zeit is vergangen wie in Flug, neilich waren finfundzwanzig Jahre vorbei, harn sie ihn a goldenes Parteiabzeichen fier die lange Treie gegeben. Jach, jach Härr Alex. Wie schnell vergeht die Zeit ..."

Der Hannes sagt:

„Wenn zwei dieser Zentralen aufeinander eingestellt sind, sozusagen Sendung und Empfang auf einer Welle erfolgen, braucht man nicht mehr miteinander zu reden. Je mehr zwischen zweien kaputt ist, um so mehr müssen sie miteinander reden."

„Dann is er zu mir gekommen, hat gefragt: ,Gottlieb, was soll ich machen damit?' Weil Gold wird das nich sein, dass man es könnt verkaufen und frieher bei uns in Mährisch-Ostrau, wie der Krieg vorbei war, hat man bei eim a goldenes Parteiabzeichen gefunden. Mit die Fieße nach oben hat man ihm zur Strafe aufgehängt und unter den Kopf a Feier angezünd und ihm verbrannt. ,Weiß man, Gottlieb', hat er gesagt, ,was passiert, wann sie das eines Tages bei mir finden?'

Jach, jach, Härr Alex, keiner kann sagen, wie die Polizei sich entpuppt heitzutag. Ich hab ihm geraten, er soll das aufheben, vielleicht, dass es ihm noch mal zupasse kommt. Vielleicht wern sie noch mal ganze Heiser an ihre Genossen verteilen, wer weiß das ..."

Ich werde nicht zu Marlene gehen. Das kann nicht gut ausgehen.

„... und sollten Sie amal was auf die Nieren haben, Härr Alex, sagen Sie das Pachulke! Weil es gibt nix, was besser is dafier, als wie a hibsches Katzenfell.

Jach, jach der Mensch. Ärger, Härr Alex! Die meisten Krankheiten kommen von Ärger, weil wann der Mensch sich ärgert, bekommt er a Krankheit. Sehen Sie, derjenige jingere Mensch, mit welchen ich mich immer so hibsch ieber die Politik unterhalte, neilich hat er gesagt, a Revolution werd es geben. Und zwar werd sie veranstaltet werden von die Arbeiter.

Und jetz hern Sie mich an, wie ich Ihnen das wer erklären!

Wie der jingere Mensch mir gesagt hat, bestehen seit längerer Zeit Pläne bei der Partei, dass alles so verteilt werden muss unter die Leit, dass keiner mehr und nich weniger besitzen darf als wie der andere. Jeder egal viel und basta. Und jetz wer ich Ihnen das vorrechnen: Sie wern wissen, dass jeder zweite Arbeiter heitzutage besitzt a Auto und jeder dritte a Heisel. Was wird komm? Sie wern jeden von ihnen, der es nich hat, auch a Auto geben missen und a Heisel. Und das geht nich. Denn von was? Von wo sollen sie soviel Platz auf die Straßen hernehmen, von wo das Land fier die Heisel? Also was wern sie missen machen?

Denjenigen, welche Autos und Heiser haben, wegnehmen, weil sonst stimmt nich die Berechnung, dass keiner mehr besitzen darf als wie der andre. Und das wern sie sich nich gefallen lassen. Und is egal, wieviel Menschen dass es gibt auf der Welt, aber immer schon hat es mehr Arbeiter gegeben wie andre Leit, also wer wird die Revolution veranstalten, frag ich Ihnen? Die Ieberzahl. Und das wern sein die Arbeiter.

So einfach is das ..."

Es ist halb sechs. Ich werde nach Hause gehen. Ich habe Rum zu Haus. Wenn ich keinen Ausweg weiß und mir für ein Problem keine Lösung einfällt, dann trinke ich einen, meistens finde ich dann einen Ausweg. Bier trinken zähle ich nicht dazu, von Bier bekomme ich nicht den kleinen Rausch, den ich dafür brauche.

Ich zahle: drei Bier!

„Es hat schon viele Revolutionen gegeben, Härr Alex, wie Sie wissen wern, aber am meisten genitzt ham sie immer bloß der Partei ..."

Rum ist teuer. Ich trinke ihn nicht pur.

„... und ihre hohen Führer, weil die Führer arbeiten sich

durch a Revolution hibsch nach oben in die Regierung ..."

Ich bin kein Säufer, ich trinke nur sehen, vielleicht ein, zwei Male im Monat und dann nicht zuviel. Ich muss mein Maß genau einhalten. Ein Glas zuviel würde mir die ganze Stimmung verderben. Ich trinke mir diesen kleinen Rausch an, weil mich das glücklich macht. Wenigstens solange er anhält. Ich trinke immer nur, wenn ich alleine bin. Wenn ich glücklich bin, dann brauche ich keinen, der mich dabei stört und lange Litaneien palavert. Dann habe ich Frieden, dann ist alles ganz einfach, na gut, ich würde dann gern mit jemandem etwas reden wollen, aber dann will ich noch weniger den Mist hören, den mir ein anderer erzählen würde. Ich rede dann mit mir selber. Ich gebe mir die Antworten auf meine Fragen selbst. Wenn ich einen anderen etwas frage, weiß ich fast immer im Voraus, was er mir antworten wird. Eine Phrase, eine Floskel, irgendeinen Allgemeinplatz. Aber wenn ich mir selber antworte, kann ich mich mit meiner Antwort überraschen, denn wenn ich einen getrunken habe, fallen mir kolossale Dinge ein, die ich vorher noch nicht wusste.

Ich habe einmal gesehen, wie der verrückte Ukrainer sich an der Theke neben den Klamke gestellt hat, und dann haben sie angefangen, gegeneinander zu reden. Der eine Ukrainisch und der Klamke hat seinen Käse erzählt, und beide haben sich nicht gegenseitig gestört. Ich glaube, dass der Klamke gar nicht gemerkt hat, dass der andere Ukrainisch geredet hat. Eine Fremdsprache, in der auf dich eingeredet wird, stört dich ja weniger, als wenn du dann und wann einen Satz vom anderen verstehen musst.

Ich sitze schon zu Haus an meinem Tisch, ich muss den Weg vom *Maxe* nach Haus gegangen sein, ohne es gemerkt zu haben. Ich könnte nicht sagen, welchen Weg ich gegangen bin. Ich sehe an der Flasche, dass ich schon beim zweiten

Glas sein muss, denn sie war voll, aber auch das weiß ich nur, weil der Korkenzieher mit dem Korken daliegt. Der Tisch steht vor dem Fenster, ich sehe mich in der Fensterscheibe. Immer wenn ich hier einen trinke, sehe ich mich in der Fensterscheibe an. Ich wohne hier seit acht Jahren, der Tisch stand immer an dieser Stelle vor dem Fenster, und ich habe meine Trinkgewohnheit schon seit damals. Ich habe mich in den acht Jahren, immer wenn ich einen trank, hier in der Scheibe betrachtet.

Ab dem vierten Glas wird mich mein Bein nicht mehr schmerzen. Das ist eine Erfahrung, die weiß ich, die kann ich berechnen, früher habe ich drei Gläser gebraucht, bis ich soweit war. Liegt es daran, dass ich dann glücklich bin? Oder schmerzt es mich nicht mehr, weil mir dann alles egal ist?

Ich trinke etwas schneller.

Ich muss jetzt etwa drei Gläser getrunken haben, mein Bein schmerzt schon weniger. Ich trinke noch etwas. Jetzt ist es mir egal, ob mein Bein schmerzt oder nicht. Ich kann nicht sagen, ob es *wirklich* nicht schmerzt, oder ob es mir nur egal ist.

Aber ist nicht auch das egal!

Warum habe ich angefangen, hier zu trinken?

Marlene! Ich wusste nicht, ob ich zu ihr hingehen soll oder nicht.

Aber jetzt habe ich die Lösung!

Es ist egal, ob ich zu ihr hingehe oder nicht.

Es ist wie immer: Wenn ich einen kleinen Rausch habe, kann ich alle Probleme lösen. Wenn es egal ist, ob ich zu ihr hingehe oder nicht, dann kann ich genauso gut hingehen. Ich werde hingehen, und ich werde sie sofort anrufen und ihr das sicher zusagen.

3 --- 7 --- 5 - 1 - 2 - 0.

Nicht zu Haus.

Dann eben nicht.

Jetzt fallen mir schon diese Dinge ein, die ich vorher nicht wusste, Ideen sozusagen, großartige Eingebungen. Ich denke an einen Apfel. Ich denke mir, dass alles nach dem gleichen System geschieht. Der Apfel entsteht, wächst, wird reif, fällt vom Baum, verfault, vergeht – es entsteht etwas anderes aus ihm. Humus oder Erde oder was. Steine sind entstanden, sind eine Weile da, zerfallen. Häuser entstehen, zerfallen, nichts ist ewig. Die Zerstörung im Apfel war schon beschlossen und festgelegt, bevor er entstand. Die Bakterien, die ihn verfaulen lassen müssen, sind mit eingeplant, sind zu diesem Zweck schon vorher da. Mir fällt etwas Geniales ein: Die Zerstörung der Welt ist längst eingeplant. Sie gehört in ihr Gesetz. Und der Bazillus, der sie zerstören muss, sitzt bereits auf ihr drauf. *Der Mensch ist ein Bazillus.*

Er kann nicht anders. Er unterliegt dem Gesetz, Zerstörer zu sein. Solches fällt mir nur ein, wenn ich meinen kleinen Rausch habe. Als ich zwanzig war, schrieb ich es auf, aber ich kannte damals mein Maß noch nicht, ich trank vielleicht etwas zuviel, denn wenn der Rausch vorbei war, hatte ich etliche Seiten vollgeschrieben, und wenn ich es dann las, war es Mist. Jetzt schreibe ich nichts mehr auf, mir bleibt dann mein genialisches Bewusstsein erhalten, das ist besser für mich.

Wenn ich einen getrunken habe, kämpfe ich keine imaginären Schlachten gegen unsichtbare Feinde. Dann bin ich ganz friedlich.

Ich muss geschlafen haben. Ich habe ein ekelhaftes Gefühl. Was war denn?

Ich habe etwas geträumt. Mir fällt ein, dass ich Rum getrunken habe, und dann muss ich geschlafen haben. Mir graust es vor irgendetwas. Mir ist meine Mütze in Scheiße gefallen. Jetzt weiß ich es wieder: Ich habe geträumt, dass mir meine Mütze in Scheiße fiel. Ich darf nicht zum Fenster hinaussehen, damit ich den Traum nicht vergesse, ich mache die Augen zu, und jetzt fällt mir der ganze Traum wieder ein: Ich musste Pferde auf die Weide führen. Aber zwischen dem Stall und meiner Weide waren Stacheldrahtzäune. Ich saß auf einem weichen, kleinen, ekelhaften Gaul ohne Sattel. Er hatte ein rotbraunes, langhaariges verstaubtes Fell und überall Zotteln, war viel zu dick, der Bauch hing durch, und er trabte nicht, er schwankte. Die anderen Pferde rasten davon, ich konnte ihnen nicht folgen, mein Gaul drückte mich gegen einen Stacheldrahtzaun, drehte mir seine weiche, nasse Schnauze zu, hatte große schwarze Lippen, küsste mich ekelhaft ins Gesicht, der Gaul war Marlene. Ich ließ mich hinunterfallen, dabei fiel mir die Mütze in die Scheiße, und als ich sie in die Hand nahm, wachte ich auf.

Mir ist schlecht.

Habe ich zuviel getrunken? Ich werde nicht zu Marlene gehen. Wenn ich von jemandem träume, dann ist es so, als hätte ich es erlebt, das heißt, es kann passieren, dass ich jemanden nicht mehr leiden kann, weil ich etwas Ekelhaftes von ihm geträumt habe, ich weiß, das ist Mist, aber ich bin da machtlos gegen mich selbst. Ich sollte aber dagegen angehen. Deswegen werde ich doch zu Marlene hingehen. Von Scheiße träumen bedeutet Glück, sagte meine Oma.

Ich gehe in die *Margot*. An der frischen Luft geht es mir etwas besser.

Warum habe ich mir einen angetrunken? Was war da gewesen? Mir fällt es wieder ein: Ich habe seit Wochen mit niemandem mehr geredet, ich muss endlich mit einem reden, sonst werde ich verrückt, das war es, warum ich einen ge-

trunken habe. Und dann die Sache mit Marlene. In der *Margot*
werde ich vielleicht jemanden finden, mit dem ich etwas
reden kann.

Die *Margot* gibt es seit 68. Als damals die Studenten auf die
Barrikaden gingen und randalierten, machte einer von den
Jungs, ein gewisser Dieter, diese Kneipe hier auf, damit seine
Kumpane etwas hatten, wo sie hingehen konnten, wo sie
nicht ausgebeutet wurden und billiges Bier trinken konnten.
Ein Bier kostete sechzig Pfennig. Vom ersten Tag an war deswegen der Laden gerammelt voll, nach zwei Monaten verlangte er zweivierzig. Auch das bezahlten sie noch, denn sie
hatten sich an die Kneipe gewöhnt. Dann ging er auf drei-
fünfzig, und sie schissen ihm mitten ins Lokal. Jetzt hat es
sich eingependelt auf zweineunzig.

Ab elf ist es hier so voll, dass man kaum einen Stehplatz
findet. Der Dieter hat inzwischen drei solcher Kneipen und
eine Boutique.

Warum gehe ich dorthin? Das Bier ist zu teuer, die Luft ist
schlecht, und von dem Zeug, das die dort reden, verstehe ich
kein Wort. Wenn ich mir das richtig überlege, dann gehe ich
wegen des Lärms hin. Wenn ich mich in einem gleichmäßigen
Lärm befinde, ist bei mir alles in Ordnung. Wenn bei uns im
Saal alle Strickmaschinen gleichmäßig liefen, bedeutete das,
dass alles in Ordnung war. Heimweh? Das ist vielleicht Heimweh nach damals. Ich habe acht Jahre in dem Saal gearbeitet.
Wenn eine Maschine abschaltete, war die Ordnung unterbrochen. Das konnte man hören. Dann musste ich schnell hin,
den Fehler beheben, das war eine Störung. Und hier ist es
ähnlich: Ein gleichmäßiges Reden, jeder für sich allein, meistens beide oder mehrere gleichzeitig, sie hören sich nicht
gegenseitig zu, jeder redet nur für sich selber, und durch den
Lärm hörst du von irgendwo hinten eine Musikbox. Damals

hörte ich auch immer Musik, wenn die Maschinen eine Weile gleichmäßig gelaufen waren. Ich sah dem Faden nach, der durch die Nadelköpfe lief, und hörte Musik. Damals las ich in der Zeitung, dass in Amerika ein Mann ständig Musik hörte. Wenn er ging, wenn er saß, im Bett lag. Ich konnte das verstehen, nur konnte ich nicht verstehen, dass er auch Nachrichten und Werbefunk hören konnte. Aber dann stand da, dass sie bei ihm einen Metallspan fanden, der sich zwischen zwei mit Metall plombierten Zähnen verklemmt hatte und als Detektor wirkte. Wenn ich an den Maschinen stand, und sie liefen gut, hatte ich manchmal zehn bis fünfzehn Minuten nichts zu tun und konnte grübeln. Ich habe lange darüber nachgedacht, ob die Geschichte mit dem Mann und dem Metallspan im Zahn wahr sein könnte. Denn was sollte ich damals auch groß denken?

Der Hannes sagt:

„Das Leben ist das, was du den ganzen Tag über denkst." Was denkt einer, der den ganzen Tag über redet? Denkt er das, was er redet?

Was denke ich den ganzen Tag über? Ich kann es nicht sagen.

Aber es ist nicht nur der Lärm, weswegen ich in die *Margot* gehe. Hier ist es auch besser mit den Mädchen. Siehst du, früher, da konnte es einem passieren, dass er Stunden an Zeit aufgewendet hat, um eine zu überreden, sich ihm in Lust oder Unlust hinzugeben, und am Ende sagte sie nein. Das ist hier nicht so. Hier kannst mit jeder reden wie mit einer lieben Schwester. Hier kannst du sofort und ganz einfach fragen, ob sie will oder nicht. Du sparst dir viel Zeit.

Leider sagen die meisten:

„Mann, hör doch auf mit diesem alten Hut. Geschlechtsverkehr ist doch Käse, weißt du nichts Besseres?"

Aber genauso gut kann es sein, dass eine sagt:
„O.K. Wo?"

Und du gehst mir ihr weg, machst dein Nümmerchen, ihr kommt zurück, sie stellt sich an ihren alten Platz, und alles ist so, als sei nichts gewesen. Das ist einfach schön. Kein großes Theater, kein Tamtam.

Einmal brauchte ich überhaupt nicht zu reden. Aber diese Glücksfälle gibt es selten. Da stand eine neben der Musikbox, Standbein, Spielbein, die Hand in die Hüfte über dem Standbein gestützt, mit der anderen paffte sie eine Zigarette, hielt sie zwischen dem Zeige- und Mittelfinger, was nach der Tabelle zur Deutung äußerer Verhaltensformen bedeutet: Unsicherheit mit abwartenden Tendenzen, jedoch Bereitschaft, sich auf Abenteuer sexueller Art einzulassen.

Sie paffte den Rauch weit von sich, viel zu stark und mit viel zuviel Aufwand, was nach der gleichen Tabelle Drang zu originellem Verhalten signalisiert.

Ich habe früher solche Notizen gesammelt, meistens aus Illustrierten ausgeschnitten und auswendig gelernt. Man kann das ja brauchen.

‚Orginelles Verhalten!' Ich kann heute nicht mehr sagen, ob ich lange gegrübelt habe, aber ich ging hin, stellte mich vor ihr auf, sie tat, als sähe sie mich nicht, paffte an mir vorbei. Ich schloss meinen Zeigefinger und Daumen wie einen Ring um ihr dünnes Handgelenk und berührte es nur leicht. Sie hätte es wegziehen können. Tat sie aber nicht. Ich hatte in der Illustrierten gelesen, dass der leichte Reiz bei der sexuellen Vorarbeit einen weitaus höheren Stellenwert hat als der starke, der direkte. Ich wartete auf einen Gegendruck, was Sympathie und Zustimmung ihrerseits bedeutet hätte.

Keine Abwehr, kein Gegendruck, also eigentlich nichts. Leichtes Erschauern? Oder Gänsehaut? Auch nicht, soweit ich es bei dem Licht sehen konnte. Sie zog nur stärker an der Zigarette. Na, wenigstens keine Abwehr. Es war ihr egal. Das ist besser als gar nichts.

Ich zog sie leicht von ihrem Platz weg, ohne Gewalt. Zur Tür hin, und sie ging mit. Zur Tür hinaus, die Straße hinunter, wechselte hier den Griff und fasste sie locker, aber für mich bequemer an der Hand, und sie ging neben mir her zu mir nach Haus.

Manche Mädchen ziehen die Gewaltlosigkeit entschieden dem Kraftakt vor.

Sie war mager. Ich musste sie ausziehen, sie tat überhaupt nichts. Sie machte schon die Augen zu, bevor ich anfing, und dann den Mund leicht auf, wie man es im Kino in solchen Filmen sieht, und ich dachte, dass sie sich so verhielt, als hätte sie eine Anleitung gelesen.

Gesagt hatte bis da noch keiner etwas.

Ich hatte gedacht, sie müsste neu wie aus der Fabrik sein, denn sie regte sich nicht, bewegte sich nicht, sagte nichts, nur einmal mittendrin schreckte sie auf und sagte:

„Du bist doch hoffentlich links, oder?"

„Klar, was sonst!"

„Gott sei Dank."

„Warum sollte ich nicht?"

„Weil es bei dir so spießig aussieht. Oder räumt deine Mutter auf?"

„Nein, nein, das war schon ..."

Nachher schlief sie sofort ein. Sie lag angewinkelt und steif im Bett, sie muss ein Einzelkind sein, dachte ich, meint, sie sei allein auf der Welt, ich konnte keine halbe Stunde schlafen. Ich stellte den Wecker zwei Stunden zurück. Sie hatte um sieben geweckt werden wollen. Sie ging dann halt um fünf, und ich konnte noch etwas pennen. Sie wollte nichts frühstücken, paffte nur schnell zwei Zigaretten, ihr wurde schlecht davon, dann lief sie los, weil sie in die Schule musste. Später hat mir einer in der *Margot* gesagt, dass sie fünfzehn ist.

In der *Margot* ist es noch nicht so voll. Ich finde noch einen Platz an einem Tisch und setze mich hin.

Nicht alle hier sind Redner. Es gibt noch die Kategorie der Sanften mit den langen Haaren, die nie etwas sagen, freundlich vor sich hinschauen, keinen Alkohol trinken. Wer die längsten Haare hat, hat gewonnen, ist Meister. Ich könnte mit so einem reden. Wenn man mit so einem redet, lächelt er vor sich hin, und du meinst, er hört zu. Aber dann wendet er sich ab, als habe er deine Sprache nicht verstanden, du hast in den Wind geredet. Sie wollen nicht agieren, nichts tun, keinen Krieg machen, nicht arbeiten, keinem Leistungszwang unterliegen, die Gesellschaft ist reich genug, alle könnten in Frieden leben und ohne Arbeit – meine ich, dass sie denken. Aber Nicht-Tun heißt auch nicht denken, oder nicht?

Ich werde nicht zu so einem reden. Ich möchte mit einem reden, der wenigstens mit dem Kopf nickt, wenn ich etwas sage. Einmal habe ich hier zu so einem geredet. Ich wollte einfach nur etwas sagen, ihm etwas von mir erzählen, was ich mir denke und so. Er hat mich angeschaut, hat nichts gesagt, und ich habe geredet und geredet. Habe ihm von der Fabrik erzählt und wie ich jetzt so lebe. Eine halbe Stunde lang, dann hat er gesagt:

„Mensch, Borowski, zu wem redest du überhaupt? Du bist ein ganz armes Schwein ..."

Und hat sich umgedreht und ging weg. Ich habe mich damals noch viel beschissener gefühlt als jetzt, wo ich seit über fünf Wochen mit niemandem mehr geredet habe. Bei uns im Saal konntest du dich nur durch Schreien verständigen. Da musstest du dir ganz kurze, einfache Sätze zurechtlegen, wenn du etwas sagen wolltest. Denn je länger ein Satz, umso schlechter konnte der andere ihn verstehen. Unter unserem Saal mit den Rundstrickautomaten war die Spulerei, da war so ein Krach, dass du überhaupt nichts verstehen konntest. Wenn der Beneke durch den Saal ging – der Beneke war der Meister –, winkten ihn die Frauen heran, zeigten mit dem Finger auf einen Teil der Maschine und schrien ihm ins Ohr:

„Beneke, du dummer Semmelarsch, du syphilitische Trillerpfeife, Hosenscheißer ...", dann nickte er und sagte:

„Ja, ja."

Er hatte sie nicht verstanden. Das waren ihre Späße, über so etwas freuten sie sich.

Ich habe bei der Marlene einmal eine ganz miese Tour probiert: Ich habe ihr gesagt, dass ich sie liebe. Der Alfred sagt, Frauen würden dann wehrlos werden, sich wie narkotisiert einem hingeben. Es sei eines guten Jägers nicht würdig, mit solchen Mitteln zu arbeiten. Das sei wie Schlingen legen.

Also gut! Ich machte es jedenfalls, und sie sagte:

„Also wenn du unbedingt willst, dann komm halt!"

Alles schien in Ordnung zu sein, aber als sie dann unter der Zudecke lag, sagte sie:

„Was hast du eigentlich davon? Du weißt doch, ich habe es dir ja erzählt, dass ich immer an den Tom denken muss ..."

„Du, das stört mich nicht, das ist mir egal. Wirklich ..."

„Also, du bist eine Sau! Es geht dir bloß um meinen Leib, was ich denke, ist dir egal."

Stieg aus, zog sich an, haute ab.

Einmal saß hier an meinem Tisch eine, die kolossale Reden hielt. Sie sagte:

„... es kommt doch nur darauf an, dass wir in unserer Gesellschaft die Profitgier, den Konsumzwang bewältigen. Kein

Egoismus mehr, kein Eigennutz. Jeder wird das tun, was nötig ist ..."

Kein Egoismus, und jeder wird das tun, was nötig ist – ich nahm sie mit nach Haus, alles lief ohne Profitgier über die Bühne, aber dann am nächsten Tag lag sie im Bett herum, las Krimis, ließ mich das Essen besorgen, ließ mich kochen, Teller abwaschen und ihre Klamotten wegräumen. Ich sagte: „Du hast doch gesagt, jeder muss tun, was nötig ist. Könntest du nicht mal tun, was hier nötig ist?"

„Wo?"

„Hier. Teller abwaschen wenigstens oder Brot schmieren."

„Erstens: Wenn du findest, dass es nötig ist, dann mach es doch. Zweitens: Der Mensch ist ein Produkt der Gesellschaft, in der er lebt. Ich bin das, was die Gesellschaft – und wir leben leider im Kapitalismus – aus mir gemacht hat. Wenn die Gesellschaft verändert wird, verändert sich auch der Mensch. Und drittens ist die Zeit noch nicht reif. Wenn meine Umgebung sich so verhält, werde ich mich auch so verhalten. Kapiert?"

Der Hannes sagt:

„Weltverbesserer verbessern die Welt immer nur an den anderen. Die Kirche verlangte zweitausend Jahre lang vom gehorsamen Christen Armut. Politische Ideologien fordern Aufhebung des Privateigentums und machen aus dem Privateigentum Staatseigentum. Der Staat sind sie selbst."

Ich habe damals die Krimis aus dem Klofenster in den Garten geworfen, und als sie dann nichts mehr zu lesen hatte, ging sie weg.

An dem Tisch, an welchem ich sitze, zanken sich zwei. Das heißt: Sie redet, er muffelt vor sich hin, Intelligenzler würde ich sagen, und sie palavert. Sie sitzt neben mir, ich höre, was sie redet.

„... was ihr Scheißindividualisten für eine Gesellschaft wert seid, das kenne ich! Maulaufreißen, aber wenn es hart auf hart geht, dann seid ihr weg vom Fenster. Das haben wir damals doch in Berlin gesehen, wenn da ein so genannter Individualist eingeteilt wurde, vor dem oder dem Kaufhaus morgen um neun Flugblätter zu verteilen, hatte er keine Zeit, weil ‚er sich nicht kommandieren lässt. Weil das seine Freiheit einschränkt, weil er nicht weiß, ob er morgen nicht etwas Wichtigeres zu tun haben könnte.‘ Arschlöcher seid ihr. ‚Freiheit dem Individuum!‘ Geh mir doch weg! Und das ist eben im Kommunismus in Ordnung, mein Lieber! Wenn da einer eingeteilt wird, das und das hast du zu tun, da gibt es nichts anderes. Sonst ist Sense! Verstehst du mich! Feierabend.

Ihr seid Sklaven, Speichellecker des Kapitalismus und seid zu blöde, das zu merken ...“

„Wenn ich etwas nicht merke, dann stört es mich auch nicht ...“

„Du reaktionärer Idiot, du ...“

Sie steht auf und geht an die Theke.

Ich kannte einmal eine, die sah so ähnlich aus. Ihr Vater hatte eine Elektroofenfabrik. Sie fiel mir auf, weil sie immer lachte. Ich dachte damals, sie lacht mich an, und wir redeten miteinander, über irgendetwas, und ich sagte, ich hätte noch zehn oder zwanzig Pervitintabletten, und sie sagte:

„Wenn du sie mir gibst, schlafe ich mit dir.“

Das war mir noch nie passiert, dass mich eine von sich aus dazu aufforderte, mir das so anbot. Ich war noch nie im Puff. Und du? Also jedenfalls sagte ich „Gut. O. K. Gehn wir gleich weg von hier, gehn wir zu mir nach Hause.“

Und wir gingen. Mir fiel auf, dass sie immer rauchte. Ich habe sie nie nicht rauchen gesehen.

Na gut, ich habe sie im Ganzen nicht mehr als fünf Stunden insgesamt gesehen, aber fünf Stunden ohne Pause rauchen, das ist nicht wenig.

Als wir bei mir zu Haus waren, zog ich ihr den Pullover über den Kopf, nur während der Kopf durch das Halsloch musste, nahm sie die Zigarette in die Hand, steckte sie aber sofort wieder in den Mund. Wechselte sie auch jeweils schnell von einer Hand in die andere, wenn ich den Ärmel auszog und das Unterhemd. Legte sich dann hin und sagte:

„Jetzt kannst du anfangen. Warte noch!"

Zündete sich schnell eine neue an, sagte:

„Mittendrin stört es manchmal etwas, wenn ich mir eine anzünden muss."

Sie hat an die Decke geschaut und gepafft. Als ob das, was ich unten tat, mit ihr da oben nichts zu tun hätte. Ich weiß noch, dass es länger dauerte als eine Zigarettenlänge, denn als sie sagte: „Warte mal, ich muss mir schnell eben eine anstecken", kam ich fast aus der Stimmung. Die Asche tippte sie immer neben das Bett, das hat mich auch geärgert. Ich hörte dann mittendrin einmal auf. Ruhepause oder aus Ärger, ich weiß es nicht mehr. Sie sagte:

„Fertig?"

„Nein. Musst du weg? Hast du es eilig?"

„Nein, nein, ich meine nur ..."

Ich habe mich dann beeilt. In einer Illustrierten stand einmal, Rauchen sei bei Frauen ein Ersatz für sexuelle Befriedigung. Als sie ging und ich ihr die Tabletten gab, steckte sie die in ihre Handtasche, fand dort ein Etui mit einem vergoldeten Taschenmesser, gab es mir und sagte:

„Das schickt mein Vater seinen Kunden zu Neujahr. Kannst du behalten. Wenn du mal wieder was hast, ruf mich an! Valium geht auch."

Das Taschenmesser liegt bei mir in der Schublade im Tisch.

Immer, wenn ich es sehe, fällt mir die Geschichte ein. Solche Messer halten ja ewig, vielleicht wird es in vierzig Jahren noch dort liegen und mir wird diese Geschichte einfallen.

Soll ich mit dem muffeligen Individualisten reden? Er sitzt immer noch da und besäuft sich. Aber wenn einer sauer ist, kannst du erst recht nicht mit ihm reden. Dann ist ihm alles egal. Seine Kameradin, mit der er sich vorhin zankte, steht noch an der Theke und redet mit Molotow. Molotow hat seinen Spitznamen weg, seit er hier im Lenin-Look herumläuft. Schirmmütze, Lenin-Bart, Knobelbecher, Lederjacke und alte Hosen. Ein riesiger, gutmütiger Kerl, der russische Donkosakenlieder zur Laute singt, der keiner Fliege ein Haar krümmen könnte, jedem hilft und vom russischen Paradies träumt. Geboren ist er in Paderborn. Mit ihm kann man gut reden, weil er gutmütig jeden Mist anhört und fast nie etwas sagt.

Vielleicht werde ich mit ihm reden. Ich werde warten, bis er frei ist.

Der Scheibenwischer-Karl kam eben herein. Er stellt sich neben die Tür. Er kommt jeden Abend, stellt sich immer neben die Tür, er trinkt nichts, weil Bier ihm nicht schmeckt.

Er arbeitet an einer freien Tankstelle. Sie sagen, er sei nicht ganz da, seine Uhr tickt nicht richtig. Bei seiner Tankstelle darf er nur Benzin ausschenken, wenn Hochbetrieb ist, sonst muss er die Scheiben wischen, Abfälle wegräumen und Autos waschen. Dafür bekommt er sechshundertfünfzig netto, Trinkgelder fallen kaum an, denn wer an einer freien Tankstelle tankt, will sparen.

Der Karli hat meistens rote Augen, wahrscheinlich von den Auto-Abgasen.

Der Karli hat früher studiert. Seine Mutter ist eine sehr schöne Schauspielerin, sein Vater Arzt. Ich habe ihn einmal mit seiner Mutter gesehen. Er trägt immer einen blauen

Overall. Ich glaube, es ist ihm egal, was er isst, was er anhat, ob er etwas besitzt oder nicht, wie er aussieht und wo er sich gerade befindet. Einer hat mir erzählt, der Karli hätte früher Theologie und Philosophie studiert, und dann drehte er eines Tages durch. Er soll an den Papst geschrieben und von ihm eine Kostenaufstellung erbeten haben über ein Konzil, das einmal stattfand und etliche Jahre gedauert haben soll, in welchem es darum ging, herauszufinden, ob Maria *mit* oder *ohne* ihren irdischen Leib in den Himmel aufgefahren sei. Zum anderen wollte er Vergleichszahlen, wollte wissen, wie viel der Vatikan an Kosten aufgewendet habe – aus der eigenen Tasche, nicht durch Spenden oder Sammlungen –, um Verhungernde zu retten, Kriege zu vereiteln und etliches mehr. Als er keine Antwort bekam, sei er eines Tages nach Rom gefahren, und darüber weiß man nur, dass er auf offener Straße total besoffen einer Nutte an die Titten ging und mit einem Schädelbruch im Krankenhaus aufwachte. Seine Mutter hat ihn abgeholt. Seitdem redet er fast gar nichts mehr, aber er sieht dabei glücklich aus. Seine Mutter wollte ihn zu Haus behalten, er wollte nicht, und sie brachte ihn wieder hierher. Er müsste nicht arbeiten, sie würden ihm genug Geld geben, aber er nimmt es nicht an.

Der Karli ist hier der Friedhof vom Dienst. Wenn einem die ganze Welt zum Hals heraushängt oder einer Sorgen hat, geht er zum Karli und jammert ihm die Ohren voll. Wenn einer zu jemandem reden will und von dem verlangt, dass er ihm zuhört, schnappt er sich den Karli, schleppt ihn an einen Tisch hier, kauft ihm ein Bier, und dann muss der Karli sich seinen ganzen Mist anhören. Das Bier schmeckt ihm nicht, er trinkt es nur, um den anderen nicht zu beleidigen.

Manche zwingen ihn zum Biertrinken, dann kann er sich nicht wehren. Er bekommt Kopfschmerzen vom Bier.

Wenn an der Theke eine Kiste Coca-Cola gebraucht wird, schicken sie den Karli hinten in den Hof, und er holt sie.

Ich habe früher schon einmal mit dem Karli geredet. Wenn man zu ihm redet, hört er genau zu und sagt manchmal zwischendurch:

„Ja, ich weiß."

Eigentlich weiß keiner etwas Genaues über den Karli. Nicht, was er sich denkt, nicht, was er erlebt hat, oder ob er Freunde hat. Aber vielleicht will das keiner wissen, von mir will ja auch niemand wissen, was ich mir denke. Wenn einer umziehen will und jemanden braucht, der ihm hilft, seinen Schrank hinaufzutragen, sagt er's dem Karli, und der kommt.

Er kann nur in der Mittagspause oder abends nach der Arbeit. Weil er meistens Überstunden machen muss, sagt er für den Abend nicht zu, kommt lieber über Mittag, und wenn der, dem er helfen soll, weiter weg wohnt, rennt er den ganzen Weg im Dauerlauf, isst unterwegs eine trockene Semmel, damit er keine Zeit verliert. Er trägt immer das schwerere Ende des Möbelstücks. Will ihm jemand etwas für seine Hilfe geben, nimmt er es nicht an und sagt:

„Ich brauch das nicht."

Er hat immer dreckige Hände. Nicht, weil er sie nicht wäscht, sondern weil der Dreck von der Arbeit nicht mehr abgeht.

Wenn Wahlen sind, schleppen sie ihn in sein Wahllokal und sagen ihm, wen er wählen muss. Aber keiner weiß, ob er sich daran hält.

Der Scheibenwischer-Karli bleibt in der *Margot* bis zuletzt, weil er beim Aufräumen hilft.

Ich könnte vielleicht mit dem Scheibenwischer-Karli reden. Nein, ich werde das nicht tun.

Ich habe früher einmal mit ihm geredet, und er hat mir von

Anfang an zugehört und hat selber nichts gesagt. Mir ist das unheimlich, wenn mir einer zuhört, das habe ich sonst noch nicht erlebt.

Der Musiker kam eben herein, ich kann von hier aus sehen, wer durch die Tür kommt. Jeder weiß, wie er heißt, weil er Schnulzenkomponist ist, aber man vergisst seinen Namen sofort mit Absicht, er ist ein Ekel. Ein großspuriger, überheblicher Idiot, der vor Geld stinkt. Gema. Schnulzen kann hier keiner leiden, und wenn einer vor Geld stinkt, auch nicht. Wenn er hereinkommt, zieht er hier immer die gleiche Schau ab: Tritt schnell durch die Tür, bleibt stehen, nimmt seine dicke Brille ab, schaut kurzsichtig schnell nach rechts und links, als ob er jemanden sucht. Er steht im Stress, er hat keine Zeit, weil er ein gesuchter Mann ist, soll das heißen. Er bleibt in der Tür stehen, putzt seine Brille, geht mal so nebenbei an die Theke, schnell mal einen kippen, aber dann bleibt er. Die neben ihm stehen, wenden sich ab. Wie viele Musiker berlinert er. Sagt: Weeßte und Numro zwo und Nee, det weeß ick nich.

Er fährt Mercedes. Er sagt, auch wenn er nicht danach gefragt wird:

„Ick find dat'n duftes Auto, da kannste drüber denken, wat de willst, is doch meen Jeld, oder?"

Den Schlüssel mit einer Uhr an der Kette legt er neben sich auf die Theke und lässt ihn nicht aus den Augen. An der Theke seit Jahren immer der gleiche Text. „Gieß mir doch mal'n Cuba ein, oder lass! Gib mir lieber ein ... wat haste denn noch? Ihr habt hier wohl janisch! Ick nehm doch'n Cuba."

Wenn er hier aufkreuzt, weiß jeder, er hatte Krach mit seiner Alten, sie hat ihm eine chinesische Vase auf den Schädel gehaun oder ihre silbernen Stiefel auf seine Visage gedroschen. Sie hat die Oberhand. Am Anfang, das heißt im ersten

Jahr ihrer Ehe, hat man sich dafür interessiert, die Klatschzeitungen haben dann und wann darüber berichtet, aber noch mehr die Nachbarn und Gäste haben es weitergegeben, denn sie ist eine zarte Schönheit von außen. Wenn er besoffen ist, zählt er die Schönheitsoperationen auf, die er für sie bezahlt hat. Bei solchen Kämpfen brüllt er:

„Du Schrappnell, du vergammelte Glitsche du, was wärest du, wenn ich dich nicht aus deinem Büro rausgeholt hätte? Die Motten hätten dich gefressen, du wärst ein Nichts ... ein NICHTS ...“

Und sie schreit zurück:

„Du dumme Sau, du impotenter Klimperkasten ...“

Inzwischen will das keiner mehr wissen.

Er trägt immer das gleiche Tangohemd, weiß mit großen schwarzen Blumen, das er bei seinen Auftritten im Fernsehen trägt, wenn er seine Schnulzenheinis dirigiert. Er muss zwanzig oder dreißig von diesen Hemden haben. Vielleicht, damit man ihn auf der Straße leichter erkennt.

Er kommt nach solchen Gefechten mit ihr hierher und möchte mit jemandem reden. Er möchte, dass jemand ihn fragt, was seine Frau macht, und was er macht und möchte dann sagen:

„Na, frag mich nicht! Seit vierundzwanzig Stunden ohne Pause im Studio, da hat sogar der Udo schlappgemacht. Und das will was heißen. Kondition, mein Lieber, das is es! Trinkst du einen mit? Komm, stell dich nicht so blöde an, du Milchbubi, wirst doch einen vertragen! Ihr Säcke habt eben alle keine Kondition, Arschlöcher seid ihr ...“

Aber mit ihm trinkt keiner. Früher, als man ihn noch nicht kannte, als seine ekelhafte Überheblichkeit noch wie ein Spaß aussah, fand er hier und da noch einen, der sich seine Litanei anhörte, aber jetzt nicht mehr.

Er möchte, dass ihn einer nach seiner Frau ausfragt. Er

möchte sagen: „Was die macht? Na, Mensch, lieste keene Zeitungen? Es geht bestens, Mann."

Er hat sie ins Schaugeschäft gebracht.

„Is doch Käse, was die Leute reden. Neid, verstehste, sonst nischt. Wir lieben uns. Mit Scheidung nischt drin, sind doch alles Gerüchte. Die Zeitungen wollen leben. Carola liebt mich, verstehst du das? Sie liebt mich! Das ist doch alles ganz einfach. Sie ist nicht dumm und weiß, dass sie mich braucht. Ohne mich ist sie nichts. Nichts. Und das weiß sie, und deswegen liebt sie mich."

Er möchte, dass jemand es sieht, wenn er aus der Tasche eine Handvoll zusammengeknüllter Hunderter zieht, dabei weiß jeder, dass er sie vorher aus der Brieftasche genommen und genau gezählt hat und wieder zählen wird, wenn er hier herauskommt, ob keiner fehlt.

Er möchte sagen:

„Weißt du, woher das kommt, dass wir nach drei Jahren immer noch zusammen sind? Weil sie frei ist. Sie kann gehen, wann sie will. Unsere Häuser sind von vornherein aufgeteilt, keiner hält sie. Und deswegen geht sie nicht. Prost!"

Aber keiner fragt ihn danach, er hat es schon hundertmal gesagt, wenn er Gelegenheit hatte, und dann steht er allein an der Theke, säuft sich voll, klopft nervös mit den Fingern auf die Tischplatte und klopft mit dem Fuß den Takt zu irgendeiner Melodie oder vielleicht auch zu nichts auf den Boden, er steht keine Sekunde still. Wenn er total besoffen ist, kommt seine Einsamkeitsarie. Dann jammert er den nächsten hier an, der danebensteht, oder er geht herum und randaliert:

„Schweine seid ihr alle. Ganz arme, dumme, verschissene Bauernlümmel. Kommunisten, Memmen, warum säuft denn keiner mit mir? Na los, sauft doch! Hier, komm, sauf! Ihr verpissten Rammelratten, Pinkelmädchen, keiner will. Wisst ihr denn überhaupt, wer ich bin? Ihr verblödeten Bauern ihr ... ich bezahle für alle. Na los!"

Sie tun so, als wäre er nicht da.

Er ist inzwischen an die Theke gegangen, steht da und trommelt mit den Fingern auf das Holz. Er ist fett. Er atmet kurz wie eine Fliege. Wenn man neben ihm steht, wird man nervös von seinem Gezappel. Ich würde nie mit ihm reden wollen. Er will derjenige sein, der ein Gespräch anfängt, wenn ein anderer von sich aus ihn anspricht, dann guckt er ihn mitleidig an, dreht sich weg oder lässt ihn drei Sätze reden und sagt dann: „Hör doch endlich auf mit der Scheiße! Merkst du nicht, dass du da lauter Kalauer quasselst? Und wenn du mit mir reden willst, lern erst mal richtig deutsch. Hau ab, du ödest mich an!"

Er verbessert andere penetrant, hält ihnen Vorträge über richtige Grammatik und zitiert Goethe.

Einmal, als er wieder einen suchte, bei dem er seinen Mist abladen konnte, schnappte er sich den Karli, zog ihn an die Theke:

„Na also, komm her, du dummer Bauer, trink einen mit mir! Prost!"

Der Karli konnte sich nicht wehren. Dann fing der Musiker an zu palavern, bestellte dem Karli einen nach dem anderen, und als er merkte, dass es dem nicht schmeckte, er sich aber nicht wehrte und auch nichts reden wollte, fing er an, ihn zum Reden zu zwingen. Er packte ihn an den Schultern, rüttelte ihn, schrie: „Blöder Bauer, du, wo kommst du überhaupt her? Jetzt sag doch mal was! Oder bist du dir zu gut zum Reden? Ich werde dich schon dazu bringen ..."

Und haute dem Karli eine rein. Der war schon besoffen, lächelte etwas und kippte mit dem Kopf auf die Theke. Erst jetzt griffen die anderen ein und warfen den Musiker vor die

Tür. Fünf Minuten später kam er wieder herein und tat so, als sei nichts gewesen. Ging an die Theke und fragte:

„Habe ich schon bezahlt? Ich bezahle alles, was ich schuldig bin, das ist meine Art. Na los, was kriegst du?"

Dann ging er hinaus, ließ den Motor aufheulen und raste davon.

Der Karli war danach eine Woche krank.

Mein Bein schmerzt. Ich gehe nach Hause. Nachts schmerzt es am meisten. Der Scheibenwischer-Karli steht neben der Tür, ich klopfe ihm auf die Schulter. Soll ich ihm sagen, dass mein Bein mich schmerzt?

„Ich geh nach Hause. Mein Bein schmerzt wie der Teufel. Ich halte es nicht mehr aus ..."

Der Karli nickt.

Ich gehe die Straße entlang, mir fällt ein, dass es noch so vier oder fünf andere gibt, mit denen hier keiner redet. Einer von denen hat einmal gesagt:

„Enteignung ist ein faschistoider Akt, denn Enteignung ist Gewalt. Schon das Wort ist eine Lüge, denn Enteignung bedeutet: Aufhebung des Eigentums, der enteignete Gegenstand soll keinen Eigentümer mehr haben. Dabei meinen sie aber: Das Eigentum wird übertragen auf neue Eigentümer. Es bleibt also weiterhin Eigentum. Deswegen ist Enteignung Diebstahl ..."

Mit solchen Reden kann man die Jungs hier kolossal verärgern. Wer hier so ein Zeug redet, braucht nicht mehr herzukommen. Aber sie kommen immer wieder, trinken ihr Bier und stehen hier herum und reden halt nichts. Einer hat einmal gesagt:

„Der Mensch hat die Gesellschaft zu dem gemacht, was sie ist, weil der Mensch bestimmte Eigenschaften hat. Will jemand die Gesellschaft verändern, muss er erst diese Eigenschaften des Menschen verändern. Er muss den Menschen verändern, dann verändert sich die Gesellschaft. Aber wer kann schon den Menschen verändern? Nur Gott und Marx. Beide sind tot."

Es ist neun, als ich aufwache. Ich bin wahrscheinlich automatisch nach Hause gegangen, ich kann nicht sagen, auf welchem Weg. Was war denn gestern? Gestern war kein guter Tag.

Jetzt fällt es mir wieder ein: Ich bin herumgegangen, habe jemanden gesucht, mit dem ich etwas reden könnte, aber ich habe keinen gefunden.

Draußen singt eine Drossel so laut, dass ich davon aufgewacht bin. Ich ärgere mich über die Drossel. Der Tag fängt nicht gut an. Ich weiß, dass ich schlechte Laune habe, wenn mich Vogelgesang stört. Im Radio haben sie einmal gesagt:

„Lärmbelästigung ist nur dann eine Belästigung, wenn der Belästigte sich dadurch belästigt fühlt. Es ist durchaus möglich, dass das gleiche Geräusch den einen bis zur Unerträglichkeit belästigt, einem anderen aber wie Musik in den Ohren klingt. Ein Beispiel dafür ist das Brummen eines Motors ..."

Dann wäre es so, dass man nur eine Einstellung verändern muss. Dass der vom Lärm Belästigte sich über den Lärm nur zu freuen braucht, anstatt sich darüber zu ärgern, und alles ist in Ordnung.

Was war gestern noch?

Ich konnte es nicht mehr ertragen, ich hätte verrückt werden können, weil ich seit fünf Wochen mit niemandem geredet habe.

Ich muss es umkehren. Ich muss mich darüber freuen, dass ich mit niemandem zu reden brauche. Das ist die Lösung. Vielleicht fängt der Tag doch noch gut an, denn ich beschließe, mich darüber zu freuen, dass ich mit niemandem zu reden brauche. Ich werde heute keinen suchen, mit dem ich reden will. Ich kann machen, was ich will, ich habe einen freien Willen, und ich werde auch nicht zu Marlene gehen. Ich werde den ganzen Tag über ruhig hier sitzen bleiben, werde der Drossel zuhören, ich werde mich nicht bewegen, den ganzen Tag faul sein.

Ich frühstücke ganz langsam. Wenn ich nicht herumlaufe, schmerzt mein Bein weniger. Wenn mein Vater mir anstelle des Onkel Franz einen anderen gezeigt hätte, beispielsweise einen Dichter, und hätte gesagt:

„Der da, Junge, das ist ein verteufelter Kerl! Was der macht, das ist richtig ..."

Ob ich dann ein anderes Leitbild gehabt hätte? Dann hätte ich vielleicht kein verfluchter Kerl werden wollen, den seine Kniescheibe nicht unterkriegt, dann wäre ich nicht in die Türkei geradelt, dann wäre ich ein anderer geworden. Oder nicht? Daran denke ich immer, wenn mein Bein schmerzt.

Vielleicht wäre ich dann einer von diesen Gehirnquerulanten geworden, die so kompliziert sind, dass sie sich selber nicht ertragen können.

Ich bin dann lieber der Borowski, den sein Bein schmerzt.

Draußen scheint die Sonne, die Drossel singt. Der Hannes sagt, er sei früher ein Sperber gewesen. Er sagt: „Auf der Welt geht nichts verloren. Es gibt nichts, was zu Nichts wird. Kein Wassertropfen, kein Blatt von einem Baum und schon gar nicht das Leben kann verschwinden. Der Leib stirbt, das Leben wird frei und geht sozusagen wieder in den Strom aus Leben aus, bis es von einem neuen Leib benötigt wird. Das Leben des Hasen ist aus dem gleichen Stoff wie das des Wurmes, des Vogels und des Menschen. So kann es sein, dass in dem Quantum Leben, das ein Leib sich holt, ein Hasenleben, ein Vogelleben oder das eines Wurmes dabei ist, es kann sogar so dominieren, dass du bei manchen Menschen das Gefühl hast, einen Hasen oder Wurm vor dir zu haben."

Der Hannes sieht in der Tat aus wie ein Vogel.

„Oder ein Mensch erinnert sich an etwas, was er als Mensch nicht erlebt haben kann. Etwa an das Fluchtgefühl eines Hasen oder an ein Reißgefühl in den Zähnen, das nur ein Wolf kennt."

Der Hannes sagt, bei ihm sitze es zwischen den Augen. Er spüre in den Augen die weite Landschaft unter sich und das Lauern auf Beute, dazu kommt dieses Schweben, als ob er mit ausgebreiteten Flügeln in der Luft liege. Er habe lange nicht gewusst, was das sei, aber dann habe er es immer wieder geträumt: Er schwebte über einem grünen, durchsichtigen Wasser. Das Ufer stieg steil aus dem Wasser nach oben, und abends, wenn die Sonne unterging, setzte er sich auf die dünnstämmigen Bäume, die Zweige schaukelten, wenn er sich niederließ. Die Sonne ging gegenüber von diesem Steilufer auf. Er schwebte den ganzen Tag über dem Wasser und lauerte auf Fische. Das Wasser war voller Fische. Er habe nie einen erwischt, aber sein ganzes Lauern richtete sich nur darauf.

Er müsse jung gewesen sein. Er habe noch kein Nest gehabt. Und dann ist er gestürzt. Ein Schlag zwischen die Flügel, kein Schmerz, und dann kam ihm das Wasser entgegen, er stürzte mitten in das, was ihn immer gelockt hatte.

„Das ist ein Gefühl, über das du nichts aussagen kannst. Du weißt nicht, ob es gut ist oder schlecht. Das ist so, als schwebe eine Kugel zwischen den beiden Magnetfeldern genau in der Mine. Jedes Abweichen um einen Millimeter nur würde sie unwiderruflich auf eine Richtung festlegen."

Er kann dieses Sturzgefühl nicht loswerden, sagt er. Und eigentlich macht es sein Leben aus.

Er habe immer noch diesen Schmerz im Rücken. Er sagt: „Man nimmt von einem Leben ins andere das mit, was am stärksten war. Ein Geiziger nimmt wahrscheinlich den Ekel mit ins nächste Leben, der mit dem Geiz gekoppelt ist. Ein Mörder die Schuld."

Ich habe einmal einen gekannt, der sagte, er könne sich erinnern, dass er durch Erhängen getötet wurde. Er habe noch das Bild: Vor ihm eine Menschenmenge, vorn in der ersten Reihe ein Zuschauer mit hohem Hut und mittelalterlich gekleidet. Er hatte Angst, und vor Angst flimmerte es ihm vor den Augen, das war, als zitterte die Luft. Und dann kippte der Horizont von unten nach oben aus dem Bild. Im Traum habe er den Namen des Ortes wieder gewusst. Er habe ihn auf der Karte gesucht und gefunden. Ihm fiel sein eigener Name wieder ein, und nach und nach mehr über seinen Tod. Er habe an den Bürgermeister dieses Ortes geschrieben – ein Dorf an der Loire – habe sich die Chronik des Ortes schicken lassen und fand seinen Namen, an den er sich erinnert hatte. Er wurde um 1600 erhängt.

Der Hannes sagt, er habe noch dieses Bild vor Augen: Zwei riesengroße, dunkle Körper gegen den Himmel mit krummen Schnäbeln, wahrscheinlich seine Elternvögel. Sie verdeckten den Himmel über ihm.

Es gab keine Angst in diesem Leben.

Er ließ sich aus dem Nest fallen, ohne Furcht, ohne zu wissen wohin, dann flog er.

Für ihn sei der Abstieg vom Vogel zum armseligen Menschen ein Sturz gewesen. Und ein Verlust.

Der Hannes sagt, er könne sich erinnern, dass in der Laube im Garten seines Vaters ausgestopfte Vögel hingen. Darunter ein Sperber. Und bevor er – der Hannes – Menschensprache lernen musste, war es für ihn selbstverständlich und ganz einfach, dass dieser Sperber und er eins waren. Möglicherweise war es so gewesen, dass der Jäger, der den Sperber getötet hatte, seinen Kadaver aus dem Wasser holte, ausstopfte, das Leben des Sperbers blieb in der Nähe des Vogelkörpers, und als in dem Haus, wo der Sperber hing, ein Kind geboren werden sollte und ein Leben benötigt wurde, nahm dieser Leib das Vogelleben mit auf.

Es schlägt elf. Die Kirchenuhr. Früher läuteten die Glocken ab vier Uhr früh jede Stunde und bei jeder Gelegenheit. Die Leute rings um die Kirche konnten nicht mehr schlafen. Jede Taufe, jeder Engel des Herrn, jede Messe und jeder Bibelspruch wurden beläutet, keiner konnte das aushalten. Sie schrieben an den Pfarrer. Es nutzte nichts. Einer schoss mit dem Kleinkaliber-Gewehr auf die Stelle, wo er die Mechanik in der Uhr vermutete, und traf. Drei Tage danach war sie wieder repariert. Die Einschläge auf dem Zifferblatt sieht man heute noch. Erst später wurde das unnötige Läuten der Kirchenglocken eingeschränkt, jetzt läuten die Glocken erst ab sechs Uhr jeweils die Viertelstunden und ab neun die Messen. Ich kann es zu Haus nicht aushalten.

Ich werde weggehen, ich muss doch endlich mal wieder mit jemandem reden, ich werde ja noch verrückt.

Mein Vater ging nie in die Kirche. Der Hannes sagt:

„Der Kirche ging es nie um etwas anderes als um ihre Steuern. Sie hat sich mit jedem politischen System befreundet, solange es die Kirchensteuer für sie eintrieb."

Ich werde zum *Maxe* gehen.

Pfarrer sind dazu da, anderen zuzuhören. Wenn ich zum Pfarrer gehen würde und wollte mit ihm reden, müsste er mir zuhören. Ich würde ihm sagen, dass mich mein Bein schmerzt, und er würde sagen:

„Wen Gott liebt, dem legt er eine Last auf. Wir müssen uns

bewähren, denn die Menschen haben große Schuld auf sich geladen durch ihre Sünden. Und wie oft ist der auserwählt, der Schmerzen erleidet! Die Welt ist nicht zu unserem Glück da, sondern zu unserer Prüfung, und wer diese Prüfung besteht, wird Gott in Ewigkeit schauen."

Oder er würde sagen:

„Gottes Wege sind unerforschlich, Herr Borowski. Vielleicht hat Gott Sie gestraft, um Sie auf den rechten Weg zu führen. Seien Sie glücklich über diese Gnade, denn die Ewigkeit wird es Ihnen lohnen. Und die Ewigkeit, Herr Borowski, wiegt mehr als diese Welt. Viel mehr ..." Er wird mir sagen, ich solle beten. Ich solle regelmäßig die heilige Messe besuchen.

Ich werde doch zu Marlene hingehen. Wenn ich es regelmäßig immer wieder probiere, *muss* es einmal gelingen.

Bei uns in der Firma arbeitete einer, der hatte für alles eine passende Geschichte. Einmal erzählte er mir von einem chinesischen Feldherrn, der eine Schlacht verloren hatte und nach der Niederlage hinter einer Mauer lag. Und er sah, wie eine Ameise versuchte, einen kleinen Stein über einen Mauervorsprung zu schleppen, stürzte aber jedesmal ab. Und sie versuchte es wieder und wieder und stürzte immer ab. Beim zweihundertachtunddreißigsten Mal gelang es ihr. Und er sammelte seine letzten Leute und versuchte es auch noch einmal. Und siegte.

Dumme Geschichten, denke ich mir, von Dichtern erfunden, um den Leuten Mut zu machen. Das mag bei Ameisen funktionieren oder bei Chinesen, aber nicht bei Marlene. Ich werde doch nicht hingehen.

Wenn ich laufe, schmerzt mein Bein mehr. Bis zum *Maxe* ist es nicht mehr weit. Marlene macht, was sie will, da passt keine Berechnung, es funktioniert kein Trick, auf sie passt keine Tabelle. Der Hannes sagt:

„Der Mensch kann wohl tun, was er will, aber er kann nicht wollen, was er will."

Ich habe einen freien Willen, ich werde *nicht* in den *Maxe* hineingehen, denn wozu? Ich finde doch keinen, der mir mal zuhört. Ich werde ausbrechen, ich werde ab heute nur noch das tun, was ich tun will, damit werde ich auch automatisch wollen, was ich will. Wenn man jeden Tag wie ein Automat immer das Gleiche tut, gerät man in ausgefahrene Gleise. Programmiert bis zum Lebensende. Aber nicht ich, der Borowski. Ich werde einmal etwas tun, womit keiner rechnet.

Jetzt bin ich doch im *Maxe*. Der Pachulke steht an seinem Platz am Fenster:

„Jach, där Härr Alex! Kommen Sie, stellen Sie Ihnen bei mir auf! Von wo kommen Sie, was haben Sie gemacht, erzähln Sie! Ham a hiebsche Frau bei sich gehabt auf die Nacht? Jach wau! Sehen Sie, das hab ich mir gedacht. No warum nich, wem kann das schaden? Nur dem, welcher sie *nich* hat, und a hiebsche Frau will auch bissel ihre Freide haben, und das soll man ihr machen, solange wie man noch lebt, weil nachher is zu spät, Härr Alex."

„Nein, Pachulke, keine, ich hatte ..."

„Nich? No, das is schade – aber schadet auch wieder nich so viel, weil was Sie heit nich ham gehabt, könn Sie sich morgen leisten."

Im *Maxe* stehen etwa fünf Leute herum. Frauen sind fast nie hier, und wenn ja, gehören sie zu einem.

„Där Mensch, Härr Alex, sehen Sie, wie oft denk ich mir, wieviel is der Mensch wert? Beispielsweise gestern hat einer von der Nachbarschaft mir erzählt, a Auto hat er sich zum Leihen genommen fier a Woch. Und hörn Sie mich an, wieviel dass er hat dafier bezahlt! Das is ihm ieber finfhundert Mark teier gekommen.

Und jetz frag ich Ihnen: där Mensch? Wann Sie sich a Menschen nehmen eine Woche fier die Arbeit, bekommen sie ihm fier dreihundert und weniger. A Mensch weniger wert wie a Auto. Jaja."

Der Pachulke raucht Zigarren, Zigaretten kaum.

„Hab frieher ein gekannt, welcher seine Leich hat verkauft an die Universität, und wann Sie mich fragen, wieviel dass er dafier bekomm hat, kann ich Ihn sagen, nich mehr wie finfhundert. Im Voraus. Fier a ganze Leich.

Aber nähmen Sie a Baum! Sähn Sie, wieviel Beime hab ich nich umgesägt in meim Leben, ich möcht sie nich zählen wollen, weil da müsst ich a Woche a ganze zählen, denn es waren bestimmt ieber die Zehntausende, wenn nich sogar zehnmal mehr. So a Baum, Härr Alex, wann er is gut gewachsen, hat hiebsches Holz, hat ka Würmer, nix is verfault, kost Ihnen heizutage mehr wie tausend Mark. Nich gesägt, weil das Sägen missen Sie extra bezahln. Und je älter a Baum, desto mehr gewinnt er an Wert. Genau umgekehrt wie bein Menschen. A Frau, Härr Alex, wann Sie Glick ham, kann Ihnen Goldes wert sein. Wann sie a gute Arbeit macht, wann sie gut kochen kann, hat vielleicht noch a bissel Mitgift gebracht und obendrein scheen weich in der Hand liegt und nich drückt – was will der Mensch sich mehr winschen auf der Welt? No!"

Ich werde heute nicht lange hier bleiben. Nicht länger als ein Bier. Ich zahle deswegen sofort.

„Wollen Sie schon gehen? Warum das?

Wann Sie Lust ham, komm Sie heit auf den Nachmittag bei mir vorbei, Härr Alex. Möcht Ihn a Braten servieren, wo Sie Ihnen die Finger belecken, so was Feines. Wern Sie komm?"

„Nein, nein, Pachulke. Bin verabredet ..."

„No, so is scheen. Kann das verstehn, mit a Frau. Aber warum nich! Einmal zuviel is besser wie einmal zu wenig. Die

Nacht is lange vorbei, Sie wern sich erholt haben bis auf Nachmittag, sind ja noch a junger Mensch. Wie viele Jahre haben Sie, wann ich fragen darf? Haben Sie schon ieber die Finfzig? Nein, nich? Soso, siebenunddreißig. Is ja noch besser …"

Ich gehe jetzt. Heute werde ich kein Fleisch essen. Wenn Fleisch mich kriegerisch macht, dann werde ich eine Pizza essen. – Ich bin auf dem falschen Weg. Als ich das merke, bin ich schon vor meiner Kneipe, wo ich Steak esse. Aber ich werde nicht hineingehen, lieber gehe ich den ganzen Weg zurück. Ich *will* nicht in ausgefahrene Gleise geraten, jeden Tag automatisch das Gleiche tun. Borowski kann nicht nur tun, was er will, er kann auch *wollen*, was er will. Jetzt bin ich doch drin, sitze schon am Tisch neben dem Richter-Malura, ich kann nicht mehr sagen, wie es dazu kam. Jetzt ist es mir auch egal.

Aber heute werde ich mich auflehnen. Ich werde mir seine Jesus-Geschichten nicht mehr anhören. Ich werde ihn mit einer dummen Frage aus der Fassung bringen, ich werde immer das Gleiche fragen, bis er darauf antwortet. Oder nicht. Ich könnte ihn, während er seine lange Rede hält, beispielsweise fragen:

„Ist es Ihnen egal, Herr Malura, ob es regnet oder ob die Sonne scheint? Ob Ihnen das egal ist, Herr Malura, was für ein Wetter draußen ist?"

Immer wieder fragen, damit er auch einmal merkt, dass ich ihm nicht zuhöre und dass mich sein Jesus nicht die Bohne interessiert.

Jetzt hat er mich gesehen. Er ist mit dem Essen fast fertig. „Ach Sie, Herr Borowski! Sie waren lange nicht mehr hier. Ich habe gar nicht bemerkt, dass Sie kamen, entschuldigen Sie. Wie geht es Ihnen?"

„Ich …"

Ich weiß nicht, was ich sagen soll. Er hat mich aus der Fassung gebracht. Wieso sagt er, ich sei lange nicht mehr hier gewesen? War ich gestern denn nicht hier? Ich überlege, ob ich gestern vielleicht gar nicht hier war.

„Ich war gestern aber hier."

„Soso, Sie waren hier. Ich habe Sie gar nicht gesehen, aber Sie wissen ja, wie das ist. Man sitzt da, schaut sich nicht um, und wenn man gegessen hat, geht man wieder ..."

Er zahlt.

„Wie geht es Ihnen, was machen Sie jetzt? Wir haben uns sehr lange nicht gesehen. Erzählen Sie! Sie reden nie von sich."

Ich bin total verwirrt.

„Mir ja, ich ... mir geht ..."

„Wie viele Jahre kennen wir uns jetzt? Vier oder fünf? Wir haben noch nie länger miteinander geredet. Wohnen Sie hier in der Nähe?"

„Ja, zehn Minuten zu Fuß ..."

„Na, ich will Sie nicht ausfragen, geht mich auch nichts an. Manche reden halt nicht gern. Na, dann nichts für ungut, Herr Borowski, war nicht so gemeint. Bis zum nächsten Mal!"

Er geht. Habe ich ein Pfeffersteak bestellt? Jedenfalls ist es da auf dem Tisch. Mir flimmert es im Kopf. Ich habe mit einmal ein Loch im Gedächtnis, ich weiß nicht, was eben war. Das ist so, wie wenn ich zum Bahnhof gerannt wäre, um eine wichtige Reise zu tun, ich habe den Zug erreicht, wollte einsteigen und habe gemerkt, dass ich das, weswegen ich die Reise tun wollte, zu Haus vergaß. Ich musste den Zug abfahren lassen, dort, wo er aus dem Bahnhof fuhr, ist ein leeres Loch, und mir zittern die Knie.

Habe ich gegessen? Wo war ich, und wenn ich gegessen habe, habe ich bezahlt, und wie bin ich nach Haus gegangen?

Ich könnte es nicht sagen. Ich sitze zu Haus auf dem Stuhl vor dem Tisch. Jetzt weiß ich es wieder: Einer hat mich zum Reden aufgefordert. Und dann war nichts. Ich sehe mich um, sehe das Telefon. Es war etwas mit dem Telefon.

Marlene! Ich sollte morgen zu Marlene kommen, angeblich Spaghetti essen, oder vielleicht auch leider wirklich nur Spaghetti essen, und ich wusste nicht, ob ich soll oder nicht. Ich werde nicht hingehen, es hat ja doch keinen Zweck, weil sie sich nicht wird pudern lassen. Und wegen Spaghetti hänge ich keinen Abend dran, Spaghetti liegen mir wie Zement im Magen. Ich rufe sie sofort an und sage, dass ich nicht kommen werde.

Sie ist nicht da.

Dann eben später.

Es ist drei. Ich werde lesen. Ich lese selten, Bücher geben mir nicht viel. Der Hannes gibt mir seine Bücher, er sagt, wenn er ein Buch gelesen hat, braucht er's nicht mehr. Es läge nur unnötig bei ihm herum und nähme ihm Platz weg. Er besitzt nur wenige Gegenstände, nur die, die er braucht. Einmal hat er gesagt:

„Gegenstände nehmen die Gedanken, Erlebnisse und auch Eigenschaften dessen auf, der sie lange benutzt hat. Kleider beispielsweise. Wenn es heute Mode ist, dass die Kaputten und Übersatten abgetragene Kleider armer Leute tragen und fast jeden Preis dafür bezahlen, dann kommt es daher, dass es kaum ein elenderes Gefühl auf der Welt gibt, als immer satt und vollgefressen zu sein und den Überfluß ertragen zu müssen.

Wenn die Weiseren der Sattheit aus dem Weg gehen und eher in Armut leben, wissen sie, warum."

Ich lese am liebsten Hemingway. Weil ich da jedes Wort verstehe. Aber das kann man hier keinem sagen. Unter

Handke, Uwe Johnson oder wenigstens Uwe Brandner kannst du hier nicht ankommen.

„Der Borowski liest noch Hemingway! Hast du gehört. Hem-ming-way! Das kann doch nicht wahr sein. Sag mal, Borowski, wie alt bist du eigentlich? Wo kommst du denn her? Na, dann lies mal deinen Hemingway!"

Bei Hemingway sehe ich saubere Bilder, die ich mir genau vorstellen kann. Keine verwurmten Sätze ohne Ende, kein krauses Gelinke, wo dir nicht einmal ein Lexikon nützt. Bei Hemingway lese ich einen Satz und ich sehe ein Bild: „Drinnen im Bahnhofscafé war es warm und hell. Das Holz der Tische glänzte vom Abwischen ..."

Ich bin sofort drin. Jemand hat die Tische abgewischt, ich sehe eine Serviererin mit einer weißen, kleinen Schürze und drunter Beine. Schöne, dicke Mädchenbeine. Sie wohnt oben im Haus über dem Café, und abends steigt so ein Junge bei ihr ins Bett, und sie riecht nach ... ich kann mir das alles ausmalen. Jasmin, ja! Sie riecht nach Jasmin und Kaffeehaus.

Der Hannes sagt:

„Ein Buch ist gut, wenn du es irgendwo aufschlagen kannst, einen x-beliebigen Satz liest und ihn verstehst. Und es nicht weglegst, sondern weiter liest. Am schlimmsten sind Bücher, die du mit dem Lexikon lesen oder bei denen du eine ganze Bibliothek auswendig im Kopf haben musst, um zwei Sätze zu begreifen."

Hemingway hat sich umgebracht. Warum hat er sich umgebracht? Meine Bücher liegen auf einem Stapel neben meinem Bett. Ich weiß, es ist nicht richtig, wenig zu lesen, ich will mehr lesen, fange auch immer wieder damit an, denke, dass ich nur durchhalten muss, einmal werde ich die Kurve kriegen und das Zeug da verstehen. Und dann nehme ich eines nach dem andern und verstehe nicht einmal den ersten Satz.

Ich habe nicht nur Romane, ich habe auch andere Bücher. Ich würde auch gern anderes lesen. Ich werde es jetzt sofort versuchen und nehme eines und mache die Probe, schlage es auf und lese einen Satz:

„Die großen Industrienationen können ihre Probleme nicht mehr expansorisch lösen, durch Erweiterung politischer Macht mittels imperialistischer ‚Siege' durch bedenkenlose technische Ausbeutung der Hilfsquellen der Erde, durch permanentes Wachstum ..."

Es geht nicht. Ich nehme ein anderes. Nicht mehr so etwas, ich nehme das nächste:

„Gisela Eisner: Herr Leiselheimer und weitere Versuche, die Wirklichkeit zu bewältigen."

Das werde ich verstehen. Die Überschrift gibt mir zwar kein Bild, aber ich kenne die Wörter. Klappentext:

„Es sind keine soziologischen in Gleichnisse ausartende Gleichungen, sondern – eher den Vorlagen des 19. Jahrhunderts ..."

Was sind in Gleichnisse ausartende Gleichungen?

Wenn man bei einem Satz die Wörter untereinander austauscht, müsste etwas Unsinniges herauskommen, denke ich mir. Ich tausche aus:

„Es sind keine soziologischen in Gleichungen ausartende Gleichnisse ..."

Das ändert auch nichts.

Die Freundin vom Hannes liest so ein Buch in drei Stunden. Der Klappentext stammt nicht vom Schreiber, weiß ich. Vielleicht hat er nichts mit dem Buch hier zu tun, ich lese ihn einfach nicht, ich lese nur das Buch:

„Die Kinder hatten keine Lust zu küssen, jetzt jedenfalls noch nicht. Dass sie, Ellilein, auch Elli und nur in seltenen Fällen, wenn sie die Dinge auf die Spitze trieb, Elisabeth genannt, es war, welche Bobbilein zu diesem Verstoß gegen die Spielregeln verleitet hatte, zeigte die Miene ..."

Der Satz hört nicht auf. Ich suche einen Punkt auf der Seite. Ich habe noch kein Bild, ich kann mir nichts vorstellen. Mein Hemingway liegt immer noch da. Ich nehme ihn noch einmal:

„Drinnen im Bahnhofscafé war es warm und hell. Das Holz der Tische glänzte vom Abwischen ..."

Wahrscheinlich hat die Bedienung ein Zimmer im Giebel. Das Bahnhofscafé muss neben dem Bahnhof, also an der Bahn liegen. Wenn der Zug vorüberpufft, dann könnte der Junge den Akt im Rhythmus der Lokomotive ausüben:

„Puff ... puff ... puff ... puffpuffpuff!"

Ich meine, dass sie lustig ist. Eine Bedienung in einem Bahnhofscafé muss einfach lustig sein.

Aber ich wollte ja nicht Hemingway lesen, ich lege ihn wieder weg, ich will mitreden können, wenn hier jemand über Bücher redet. Ich will auch sagen können, ich hätte die neue Elsner gelesen. Ich lese in der Mitte weiter:

„Sie braucht den Kamm doch nicht, rief Ellilein gereizt, als brächte sie beim besten Willen kein Verständnis für das Unverständnis ihrer Mutter auf ..."

Manche Bücher kommen erst am Ende so richtig zur Sache. Ich lese lieber noch einmal den hinteren Klappentext: Ein Foto! Nicht schlecht.

Ich lese doch noch einmal im Buch:

„Und erkundigte sich der Votzenvölzner, ohne, im Gegensatz zu den so genannten Geburtenhelfern Linert, Meinrad und Bössel etwa, die Frage nach dem Befinden von Frau Loos überhaupt ..."

Votzenvölzner. Ich schaue mir das Foto genauer an.

Aber aus einem Foto kann man nicht alles entnehmen,

man kann sich täuschen. Ich stelle mir vor: sie *sagt* Votzen-völzner.

Aber das muss nichts bedeuten. Nehmen wir doch Marlene! Die redet solche Sauereien, dass ein Matrose jubeln würde. Aber *gehen* tut bei ihr nichts.

Ich lese noch weiter in dem Buch, weil ich mir denke, vielleicht kommt noch mehr davon. Ich fange diesen Satz erst noch einmal von vorn an, um ein Bild zu bekommen. Er hört nicht auf, und am Ende weiß ich nicht mehr, was am Anfang stand, aber ein Bild habe ich immer noch nicht. Ich nehme ein anderes Buch.

Ich habe einmal in der Zeitung gelesen, dass eine Schriftstellerin ihr Buch vor Leuten vorlas und oben nackt war. Da wäre ich gern dabei gewesen, ich finde nackte Frauen fabelhaft.

Aha: Handke! Das nächste Buch ist von Handke. Das werde ich aber todsicher ganz durchlesen. ‚Wunschloses Unglück'. Ich weiß aus der Zeitung, was drinsteht. Wenn ich es nicht ganz verstehen sollte, werde ich wenigstens wissen, was drinsteht.

Auf dem Einband eine kaputte Wiese. Ich denke mir, dass die kaputte Wiese etwas mit dem Inhalt zu tun hat. Wenn ich den Einband verstanden habe, werde ich auch den Inhalt verstehen, meine ich. Auf der Rückseite steht: „Selten wunschlos und irgendwie glücklich, meistens wunschlos und ein bisschen unglücklich."

Das sind einfache Wörter. Wunschlos und glücklich und unglücklich, das müsste ich leicht verstehen.

Ich versuche es nachzusagen, es ist doch nur ein Satz, ich werde doch wohl einen einzigen, kurzen Satz nachsagen können:

„Selten unglücklich, aber ..."

Wenn ich ihn nicht einmal nachsagen kann, kann ich ihn auch nicht verstanden haben.

Kennst du eigentlich so penetrante Idioten, die ein bisschen studiert haben und dann immer wieder versuchen, einen, den sie für dümmer halten, hereinzulegen? Sie erzählen etwas, was nichts bedeutet, was aber nur die Anwesenden ihrer Branche verstehen, und fragen dann beispielsweise mich:

„Wie stehen Sie dazu, Herr Borowski? Haben Sie sich das einmal überlegt?"

Und wenn ich dann etwas sage, bin ich blamiert.

Ich könnte das auch. Ich könnte jeden hereinlegen, der nichts von Strickmaschinen versteht. Ich könnte ihm groß und breit dummes Zeug über die Mechanik eines Achter-Strickautomaten erzählen, um mich herum stehen meine Kameraden, und wenn er's nicht kapiert, ist er ein Idiot.

Ich lese irgendwo in der Mitte:

„Das Fenster ist die Visitenkarte des Bewohners."

Ist das gut? Wenn einer etwas behauptet, was ich nicht hundertprozentig sicher weiß, denke ich darüber nach. Ist das Fenster die Visitenkarte des Bewohners? *Alles* ist die Visitenkarte des Bewohners: das Tischtuch, das Bett, der Kohlenkasten. Der Geruch in der Wohnung.

Lesen ist für mich eine schwere Arbeit. Aber wenn ich lese, fällt mir manchmal die Lösung eines Problems ein. Ich kann nachher nicht sagen, was ich las, aber ich weiß irgendetwas anderes, mir ist während des Lesens etwas eingefallen.

Der Handke wurde berühmt mit der Publikumsbeschimpfung, fällt mir ein. Das stand damals in allen Zeitungen. Da beschimpften die Schauspieler oben von der Bühne herunter die Leute unten im Saal mit ihren teuren Eintrittskarten. Wir hatten auch einmal so einen Fall: Bei einer Betriebsfeier stieg der Scholtis aus der Heizung oben auf die Bühne, wo die

Kapelle spielte, aber gerade eine Pause machte – der war ja stockbesoffen –, und beschimpfte uns:

„Arschlöcher seid ihr. Hurenböcke, Bettpisser und Idioten. Ribantzen und Filzlausfresser. Haut doch alle ab. Was wollt ihr hier, ihr Eisenbahner und Pissbudenluder, ihr verschissenen ..."

Wäre er zurechnungsfähig gewesen, hätten wir ihn verhaun. Aber wenn einer bis oben voll ist, kannst du ihm das nicht anrechnen. Als der Alte ihn entlassen wollte, hat der Betriebsrat sich sogar für ihn eingesetzt, obwohl das Scheiße war, was der Scholtis da gemacht hatte, das war doch nicht komisch. Oder?

Ich nehme das nächste Buch.

Ein Katechismus! Wie kommt ein Katechismus zwischen meine Bücher? Ich erinnere mich wieder. Jemand hat ihn beim Trödler gekauft. Eine Mark, in Leder gebunden und von 1857. Wo bekommst du heute etwas für eine Mark und so alt und in Leder gebunden?

Wenn ich einen Katechismus in die Hand nehme, bekomme ich Magenschmerzen. Ich habe einmal in der Zeitung gelesen, dass es ein chemisches Gedächtnis gibt. Sie haben Würmer in einen Kasten mit jeweils einem roten und einem weißen Feld getan. Krochen die Würmer in das weiße Feld, bekamen sie einen leichten elektrischen Schlag und zuckten zusammen. Später nahm man den Strom aus dem weißen Feld weg, aber immer, wenn die Würmer das weiße Feld berührten, zuckten sie noch zusammen. Dann hat man die Würmer zermahlen, ein Extrakt aus ihnen gezogen und dieses anderen Würmern zu fressen gegeben. Diese anderen Würmer steckte man wieder in den Kasten mit dem roten und dem weißen Feld. Berührten diese Würmer das weiße Feld, das nicht unter Strom stand, zuckten etliche von ihnen noch zusammen.

Will man das Verhalten der Würmer als eine Art Gedächtnis sehen, dann wäre es in einem chemischen Element zu suchen. Dann wäre es übertragbar. Möglicherweise erblich.

Ich könnte den Katechismus weglegen. Werden dann meine Magenschmerzen aufhören?

Ich werde überhaupt nicht mehr lesen. In der Zeitung stand, Sartre habe gesagt: „Literatur ist Scheiße."

Keiner kann sagen, Sartre sei dumm. Ich brauche nicht mitzureden, wenn es um Literatur geht, ich kann sagen, Sartre habe auch gesagt, Literatur sei Scheiße.

Der Katechismus ist keine Literatur, ich schlage ihn auf: Seite 169 Absatz 69:

„1) welches sind die evangelischen Räte?

Die freiwillige Armut.

2) Welches ist überhaupt der Weg zur Vollkommenheit?

Die Nachfolge Christi."

Als ich sieben war und den Satz auswendig lernen musste, wusste ich nicht, *wohin* Christus nachfolgen. Ich wusste aber, dass er immer nach Jerusalem ging, und ich wusste, dass ich ihm dorthin nie werde nachfolgen können. Christus nicht nachfolgen aber bedeutet ewige Höllenqual. Ich habe mich damals sehr damit gequält.

Weiter:

„Warum sagen wir, dass der Mensch in der Taufe von allen Sünden gereinigt wird?

Weil durch die Taufe die Erbsünde und alle Sünden, die er vor der Taufe begangen hat, nachgelassen werden."

Die Taufe fand immer kurz nach der Geburt statt. Welche Sünden hatte ich davor begangen? Ich hatte gepisst. Mit acht wurde ich Ministrant, sie haben mich dazu gezwungen.

„Wenn Gott einen erwählt, darf dieser nicht ungehorsam sein ..."

Ich werde den Katechismus weglegen, meine Magenschmerzen werden stärker. Nur eine Seite werde ich noch lesen:

„130. Welche Pflichten haben wir gegen die weltliche Obrigkeit?

Wir sind schuldig

1) der von Gott gesetzten Obrigkeit Achtung, Treue und gewissenhaften Gehorsam zu leisten und eher Alles zu ertragen, als Aufruhr zu stiften.

2) Ihr die gebotenen Abgaben zu entrichten.

3) In Noth und Gefahr beizustehen und sie gegen die Feinde des Vaterlandes mit Gut und Bluth zu verteidigen."

Und wenn der Feind *auch* eine von Gott gesetzte Obrigkeit ist? Wer unterscheidet die von Gott gesetzte Obrigkeit von der nicht von Gott gesetzten?

Der Papst. Der Papst hat Hitler die Hand geschüttelt, hat Nixon empfangen und lehnt die Sowjets ab.

Ach, das ist mir scheißegal, ich lese nicht mehr weiter, Lesen macht mich ganz verrückt.

Ich werde zu Marlene gehen und aus. Ich werde nicht mehr darüber nachdenken, ich werde über gar nichts mehr nachdenken.

Ich müsste nur mit einem ein bisschen reden können. Es ist sechs.

Bei uns in der Firma hatten wir auch so einen Schlaukopf. Alles wusste er, für alles hatte er eine passende Geschichte bereit, es gab nichts, was er nicht hätte lösen können. Und dann eines Tages kam er mit einer an, wie man sie bestenfalls im Film zu sehen bekommt. So schien es mir jedenfalls damals. Wimpern und Titten wie die Monroe, Beine wie die Marlene Dietrich und alles dran wie im Bilderbuch, wie auf der Titelseite vom *Stern*. Er ließ sich von ihr nach Feierabend

am Fabriktor abholen, damit wir Stielaugen bekommen sollten, und wir bekamen sie auch. Nun muss ich noch sagen,
dass der Kaluschke, um den es sich hier handelt, ein Krepier-
del von eins zweiundsechzig war, dabei mager wie eine
Ziege. Wir haben uns damals die Mäuler zerrissen und Vermutungen aufgestellt, *was* es sein könnte, das sie an ihn fesselte. Fesselte?

Heute weiß ich es: Sie wollte mit ihm spielen. Das hat sie
auch getan. Wir wussten damals noch nicht, dass er mit ihr
durch die Nachtlokale – zwei gab es in dem Ort – ziehen und
seinen ganzen guten Monatslohn an einem Abend auf den
Kopf hauen musste. Champagner wie der Rothschild, aber er
war nur der Kaluschke, und das hat ihn aufgerieben. Wenn er
kein Geld mehr hatte, kam sie ihn nicht abholen. Dann fing
er an, Pullover zu stehlen, er arbeitete im Saal zwei, wie ich,
angelernter Stricker an den Rundstrickautomaten. Einmal
haben sie ihn erwischt, der Alte hat ihn nicht angezeigt, hat
ihm nicht einmal gekündigt. Hat ihm gesagt, beim nächsten
Mal!

In der Firma hat er dann nie mehr geklaut. Aber einmal
feierte er krank. In dieser Zeit war sie bei ihm, sie lagen
immer nur im Bett, sie machten sich eine lustige Zeit, und als
sie kein Geld mehr hatten, brachte sie ihn dazu, ein Fahrrad
zu klauen. Das Fahrrad haben sie für fünf Mark verkauft, dafür haben sie ein paar Eier und eine Flasche Likör gekauft.
Dann musste er einen Telefonautomaten mit einem Hammer
aufschlagen. Ertrag: 2,90. Als sie sich eine Woche später zank-
ten, zeigte sie ihn an. Sie war Tänzerin in einer Operette,
zweite Reihe.

Er bekam acht Monate.

Als er herauskam, wohnte sie beim Ignatz aus der Spin-
nerei, ein Bulle von einsneunzig, der sie geschwängert hatte.

Der Kaluschke suchte sie, man schickte ihn dorthin, und der Ignatz schlug ihn krankenhausreif.

Drei Wochen Krankenhaus.

Inzwischen hatte sie aus dem Ignatz ein Nervenbündel gemacht. Er war froh, als sie abhaute, und schon besonders wegen dem Kind. Sie holte den Kaluschke aus der Klinik ab und zog zu ihm, wo sie auch das Kind zur Welt brachte. Sie ließ ihn weiterarbeiten, er ernährte das Kind und sie, solange es ging. Aber wie lange ging das? Ein halbes Jahr. Dann kam er die Treppen nicht mehr hoch. Nervenentzündung. Einmal bei einem lustigen Abend haben sie den Kaluschke ins Klo eingeschlossen, er war besoffen und schlief dort ein, inzwischen dann hat sie dreien von unserer Firma den Tripper angehängt.

„Das Leben ist das, was man den ganzen Tag über denkt."

Ich denke viel an diese Zeit damals. Mein Lieblingslied war: „Kind, du brauchst nicht weinen, du hast ja einen, und der bin ich."

Alles, was ich vom Leben weiß, setzte sich bei mir in den ersten 21 Jahren fest.

Der Kaluschke hat bis zum Schluss schlau geredet. Immer alles besser wissen, die Schnauze immer oben. Ob das Kind vom Ignatz war, wusste nicht einmal sie ganz sicher. Ein Junge, jetzt müsste er achtzehn sein.

Ich werde weiter lesen. Wenn ich viel lese, werde ich dann den ganzen Tag über das denken, was ich lese? Ich suche mir jetzt ein Buch aus dem Stapel, nehme nicht mehr willkürlich das nächste. Ich habe einen Arno Schmidt. Die Freundin vom Hannes sagt, man könne ihn ganz leicht verstehen, man müsse sich nur erst einmal einlesen, er schriebe ganz einfach. Das würde mir gefallen, eine Art Sprache fürs Volk. Ich habe immer gedacht, Arno Schmidt sei ein Politiker, aber dann hat er einmal etwas über Karl May geschrieben, was auch in der Zeitung stand, ‚Arno Schmidt‘ ist für einen Schreiber aber auch ein unglückseliger Name. Das Buch heißt „Kaff."

Kaff kenne ich nicht, ich weiß nicht, was das heißt. Doch! Mir fällt ein, ein Kaff ist ein vergammeltes Dorf. Eigentlich muss man nicht sofort den Titel verstehen, das macht nicht ein Buch aus, denke ich mir.

Nein, hier steht, Kaff bedeute Spreu. Ist auch gut.

Der Klappentext gefällt mir:

„... die bäuerliche Behausung mit ihren Stiegen und kalten Dachkammern, Küche und guter Stube; altes Gerümpel; Verrichtungen, Redewendungen des gemeinen Alltags ..." Das Buch wird mir gefallen, ich lese so etwas sehr gern. Ich fange an:

„dollaus. –; und ihr Fuß zeigte liederlich eben-dort hinüber: ein Knecht hob 1 Arm (vorn-dran also vermutlich 1 Faust): sofort rieselte 1 Kette darausinsichzusammen. / (Und Luft zwischen Uns & Ihm trübgrau aus Niesel ..." Ich habe es sofort heraus: Man muss die Zeichen mitlesen, sozusagen vor sich hinreden.

„dollaus" heißt wahrscheinlich: das sieht ja doll aus.

„... und ihr Fuß zeigte liederlich ebengleichdorthinüber Doppelpunkt heißt auf einen Knecht, welcher einen Arm hob, vorngleichdran eins Faust also vermutlich Klammer zu Doppelpunkt sofort rieselte eine Kette darausinsichzusammen Strich ..."

Wir hatten einen bei uns in der Firma, der las immer, wo er auch war oder ging, Rätselhefte. Bei der Arbeit hatte er neben der Maschine ein Heft, und wenn sie ruhig liefen, las er Rätsel, löste Kreuzworträtsel, das war für ihn richtig dämlich, denn sie mussten ihn von den Automaten in die Färberei versetzen, wo er keine Sitzpausen hatte, er hat ein Drittel weniger verdient und keinen Akkord. Wenn einer so ein Laster hat, von dem er nicht loskommt, ist er schlecht dran.

Ich lese nicht weiter. Das ist nicht mein Bier. Ich lese gern Zeitung. Ich lese eigentlich überhaupt gern, aber nicht einmal in den Zeitungen verstehst du alles. Wo man hinguckt, überall steht etwas geschrieben, alles ist in Zeitungen gewickelt, hier auf meinem Tisch liegt das Brot auf einem Blatt, ich nehme es, lese einen Satz:

„Es scheint dringend nötig, die kulturrevolutionären, emanzipatorischen Zielsetzungen von ihren Realisierungen in den existierenden subkulturellen Formen zu unterscheiden."

Mein Vater hat immer gesagt:

„Wenn du etwas sagen willst, mache einen kurzen Satz, ich bin müde ..."

Hemingway verstehe ich von vorn bis hinten. Und keiner kann sagen, ich verstünde ihn, weil er genauso dumm war wie ich. Heißt das, dass die, die sich dieses Geschreibe ausdenken, schlauer sind als Hemingway? Aber er hat doch den Nobelpreis bekommen.

Ich esse nichts, ich gehe wieder in die *Margot*, zur Not gibt es dort Bockwurst oder Linsensuppe. Das Lesen hat mir nichts gebracht.

Ich weiß immer noch nicht, ob ich zu Marlene gehen soll oder nicht.

Wenn ich nur mit jemandem reden könnte, irgendetwas Belangloses, nur einmal wieder etwas sagen!

Mein Großvater brauchte mit keinem zu reden. Er konnte Redner nicht leiden. Er sagte immer, wenn einer zuviel redete:

„Wenn du lange Reden halten willst, dann geh in die Partei, dort kannst du quasseln, soviel du willst ..."

Wer eine Brille brauchte, wer keine Zähne mehr hatte und wer lange Reden hielt, war für ihn ein Invalide.

In der *Margot* ist es heute schon gerammelt voll. Ich bekomme keinen Sitzplatz mehr, ich stehe zwischen zweien, die sich über mich hinweg unterhalten, über Chancengleichheit. Ich kann nicht weiter weggehen, es ist kein Platz, ich muss mir diesen Käse anhören. Chancengleichheit, wenn ich das schon höre! Was nützt dir Chancengleichheit, wenn du Bohnenstroh im Kopf hast? Bei uns der Willi, der Sohn vom Beneke, dem haben sie Zucker in den Arsch geblasen, der hatte Chancen, wie sie besser nicht sein können, sie haben ihm nichts genutzt. Ich werde das den beiden sagen. Ich sage:

„Mensch, Chancengleichheit! Das ist doch Käse, pass auf, ich werde ..."

Sie gucken mich an, mitleidig, und dann zieht der eine den anderen am Ärmel weg. Sie reden woanders weiter.

Bei uns der Willi Beneke, sein Vater hat sein Leben lang gespart, damit er studieren kann. Er soll nach Reudingen auf die Textil-Schule, der Alte wollte einen Ingenieur aus ihm machen. Er hat ihn selber in die Lehre genommen. Er hat ihm jede Schraube an den Maschinen gezeigt, hat ihn sozusagen mit dem Schraubenschlüssel gesäugt. Kaum eine halbe Stunde, wo du den Beneke ohne den Willi im Saal gesehen hast. Drei Jahre lang, der Willi hätte, hätte er keine weiche Birne gehabt, der hätte den ganzen Laden übernehmen können. Der alte Henselmann, dem die Firma gehörte, ebnete ihm jeden Weg, wollte ihm das Studium bezahlen zuzüglich Taschengeld und das alles. Nach Reutlingen kamst du damals nur über die Fabrikantenclique, da war anders nicht viel drin. Und dann haben sie ihn hingeschickt, und nach drei Tagen kam er wieder: Durchgefallen. Konnte nicht rechnen. Sie haben ihn im Rechnen gedrillt, der alte Beneke hat ihn weiter in die Zange genommen, der Henselmann soll an den Direktor geschrieben haben, sie wollten beide Augen zudrücken. Und ein Jahr danach haben sie ihn wieder hingeschickt, der Willi kam zurück.

Und da soll mir einer erzählen, es käme auf die Chancen an! Ich gehe zu den beiden hin, ich möchte einmal über so etwas reden, denn woher wollen *die* darüber Bescheid wissen? Sie haben doch nicht gearbeitet, sie können sich hundert blaue Arbeitshosen übereinander anziehen.

„Hört doch mal! Es kommt doch auf die Beleuchtung oben in der Schmalzkiste an. Wenn einer dort in Ordnung ist, braucht er keine ...“

„Du bist ja schon wieder da! Merkst du nicht, dass du ein ganz armseliger Reaktionär bist, Mensch.“

Ich haue ab. Mir ist der Abend versaut. Lesen kann ich nicht, von Politik versteh ich nichts, keiner redet mit mir, heute war ein ekelhafter Tag. Das fing schon an, als der Vogelgesang mir auf die Nerven ging.

Ich werde nicht zu Marlene gehen.

Ich lege mich hin, es ist mir egal, ob ich schlafen kann oder nicht. Wenn ich nicht schlafen kann, dann bleibe ich eben wach. Früher blieb ich manchmal die ganze Nacht auf und ging in der Stadt herum.

Ich muss ziemlich bald eingeschlafen sein, ich hatte schon wieder einen schlechten Traum. Ich habe geträumt, ein Geisteskranker habe durch einen Zufall das Urgesetz zerstört. Ich kann mich an den ganzen Traum erinnern. Ich war nicht dabei, als dieses alles passierte, aber ich *wusste*, wie es dazu kam; und zwar wusste ich gleichzeitig alles, was an *verschiedenen* Orten passierte:

In einer Schule war ein Mathematik- und Physiklehrer verrückt geworden. Ein Spinner. Ein etwa mittelalterlicher Kerl mit Brille und einem grauen Anzug. Sie mussten ihn entlassen, und er ging nach Haus und bastelte in seiner Gartenlaube an mathematischen und physikalischen Experimenten weiter. Ich weiß noch, wie es in der Laube aussah. Auf einem grünen Tisch lagen hölzerne Maße, kleine Gläser, alberne Briefwaagen, lauter dummes Zeug, das für echte Experimente wohl kaum zu gebrauchen war. Und dann hat er zufällig durch ein Versehen das Urgesetz zerstört, von dessen Existenz er nicht einmal gewusst hat.

Ich habe im Traum das Urgesetz gesehen. Es bestand aus einer Zahl oder einem Buchstaben über dem Strich und zweien unter dem Strich. Das Urgesetz war das Gesetz, worauf alles zurückgeführt werden kann, jede Situation, alles, was ist, und alles, was geschieht.

Im Traum wusste ich, wie er es zerstört hat. Es war nicht geschützt, nicht abgesichert gegen Zugriff, denn die, die es erkennen, würden es nicht zerstören. Er rutschte ab in eine absurde Richtung, was durch seine absonderliche Geisteskrankheit möglich war – und mit einmal funktionierte nichts mehr.

Rechts war nicht mehr rechts, aber auch nicht links. Es gab kein Oben und Unten, was geschah, geschah nicht mehr in der bekannten Weise. Es gab nicht mehr klein und groß und nicht vorn und hinten. Als dieses alles geschah, lag ich in meinem Bett hier, und es hätte Morgen sein müssen. Ich konnte zum Fenster hinausschauen, und die Sonne tanzte am Himmel auf und ab.

ALLES WAR WILLKÜRLICH.

Ich flog aus dem Fenster, war ein kleines Ding, das sich, je weiter es sich entfernte, mehr und mehr vergrößerte. Und dann verglühte ich.

Ich versuche, mich zurechtzufinden.

Was war gestern, was war vorgestern? Jetzt bin ich wieder ganz da: Ich sollte zu Marlene gehen, ich wusste nicht, ob ich soll. Und dann habe ich immer jemanden gesucht, mit dem ich einmal etwas reden könnte.

ICH HABE SEIT FÜNF WOCHEN MIT NIEMANDEM MEHR GEREDET.

Das war es, das machte mich verrückt.

Ich frühstücke, ich werde den Traum nicht los. Ein Idiot hat durch einen Zufall die Welt zerstört, mir ist es egal, ob ich zu Marlene gehen werde oder nicht, ich werde heute nicht darüber nachdenken. Es ist zehn, ich gehe hinaus, wahrscheinlich werde ich wieder in den *Maxe* gehen, ob ich will oder nicht. Ich werde auch nicht mehr versuchen, dagegen anzugehen, dass ich jeden Tag das Gleiche tue.

„Mensch, Borowski, wie geht's? Komm her, erzähl doch mal, was machst du? Wie lange haben wir uns nicht mehr gesehen? Das sind doch mindestens drei Jahre her. Los, erzähl mal!"

Der Badewitz. Ein alter Kamerad, wir haben Hunderte von Bieren zusammen getrunken. Jetzt ist alles in Ordnung, wir werden uns wo an eine Theke stellen und reden, reden. Alles, was ich einmal jemandem sagen mochte, und dann brauche ich fünf Wochen nichts mehr zu sagen, werde meine Ruhe haben, und alles wird im Lot sein.

„Badewitz, Kerl! Komm her, gehn wir in den *Maxe*!"

Für ein Bierchen war er immer zu haben. Wir hatten uns aus den Augen verloren, weil er geheiratet hat. Zum *Maxe* ist es nicht mehr weit, fünf Minuten. Ich fange schon gleich an zu reden, mir steckt der Traum noch in den Knochen.

„Du, ich hatte einen wahnsinnigen Traum, Badewitz. Weißt du ..."

„Ach Alex, Träume sind Schäume. Da musst du nichts drauf geben. Altweibergeschwätz. Frag mich nicht, was ich alles zusammenträume. Ich brauch mich nur eine Minute hinzulegen, schon geht es los. Du, und meine kleine Tochter erst! Wenn die aufwacht, fängt sie schon an. Redet und redet und hält das alles für wahr und erlebt. Du weißt doch, dass ich geheiratet habe? Hast du schon mal ein Bild von meiner Tochter gesehen? Kannst du ja nicht, die ist jetzt drei, bleib mal! Komm, warte ..." Er bleibt stehen, kramt ein Bild aus der Brieftasche und dann einen ganzen Stoß; „Hier, wie sie bei uns im Garten auf der Schaukel ... und das auf dem Töpfchen, ist das nicht dufte?

Und hier das ist meine Frau ..."

Ich halte das nicht aus. Aber um ihn nicht zu verärgern, und weil ich endlich mit einem reden möchte, schaue ich mir seine blödsinnigen Bilder an.

„Du, Badewitz, komm, gehn wir in den *Maxe*. Da erzähle ich dir ..."

„Nein, du Alex! Ich bin kolossal im Druck mit der Zeit. Ein anderes Mal, ruf mich doch an! Alte Nummer. Würde mich ehrlich freuen. Du kannst dann mal zu uns kommen, meine Frau kennenlernen. Hat mich ehrlich gefreut, Alex, dass ich dich getroffen habe, jetzt weiß ich wenigstens wieder, dass du noch lebst, und dass es dir gut geht. Servus du, Servus ..."

Auf Fotos sehen für mich alle Leute egal aus, und Kinder erst recht. – Ich gehe schnell in den *Maxe*, denn ich brauche ein Bier.

„Jach, där Härr Alex! Komm Sie, stellen Sie Ihnen bei mir auf, dass wir bissel reden können zusamm. Weil a Mensch, Härr Alex, welcher niemanden hat, mit welchen er reden kann, der geht kaputt mit der Zeit. Weil a Mensch brauch an andern Menschen fier die Unterhaltung. Bissel fragen: Wie geht's, was machst du, was hast gestern gemacht und das alles. Und auch bissel reden muss der Mensch von sich selber. No, sagen Sie, Härr Alex, was ham Sie gemacht von gestern bis heit? Erzählen Sie alles! Weil der Mensch hat ja vieles zu besprechen, sähen Sie beispielsweise mich! Sie können mich fragen von was Sie wollen, Pachulke weiß ieber alles Bescheid. Weil ich bin a alter Mann, und a alter Mensch hat genug Zeit gehabt in sein Leben, sich alles zu ieberlegen.

Aber Sie san ja noch jung. Wieviel Jahre haben Sie, wann ich fragen darf? Haben Sie schon die finfzig? Nein? Siebenunddreißig? No, das is ja wenig, da wern Sie noch nich soviel von Leben wissen wie ich. Dafier könn Sie sich aber Frauen nehmen noch und noch. Warum nehmen Sie Ihnen keine Frau, Härr Alex? Wie oft denk ich mir: Där Härr Alex! Hibsch is er und gäsund. Arbeiten könnt er noch gut, wann er sich a Arbeit suchen möcht, und wann die Frau abissel Geld hätt, was wollen sie mehr? Und wann ich unter vier Augen Ihnen was sagen darf: Nähmen Sie sich a Ältere! Weil, sihen Sie, a Ältere hat bissel was gespart, und werd Ihnen das danken auf Lebenszeit, dass Sie ihr haben genommen. Und vielleicht, was Gott nich soll geben, Sie ieberleben ihr, Sie könn sich a neie nehmen, ham bissel Geld iebrig behalten, vielleicht ieberleben Sie auch diese, und nach und nach nähmen Sie eine jingere und wieder eine, weil sähen Sie mich! Ich hab die finfte nach meiner ersten und bloß *einmal* verheiratet. Was möchten Sie schätzen, dass ich alt bin? Ich wer Ihn sagen, weil Sie könn das nicht erraten. Vierunachzig. Und so alt, verstähen Sie mich, muss a Mensch werden, bis dass er alles versteht. Jach, jach."

„Ich habe etwas geträumt, Herr Pachulke, ein ganz ..."

„Getreimt? Soso, getreimt. Missen nix drauf geben, weil seit ieber finfzig Jahrn treim ich nix mehr. Aber die Frau, mit welcher ich leb, jeden Tag in der Friehe kommt sie und sagt: ,Gottlieb, dasundddas hab ich getreimt, könnst du mir sagen, was das hat zu bedeiten?' – ,Nix', sag ich, ,weil a Traum is wie a Rauch von meiner Zigarre. Kommt und geht wie nich gewesen.' Frieher, Härr Alex, hat man auf die Treime viel gegäben. Man hat verschiedene Biecher gehabt, wo man ieber die Treime alles möglich konnt nachlesen. No und manchmal hat das gestimmt, manchmal nich. Heit is die Zeit vorbei. Heit kann man auf Biecher nich mehr viel gäben, weil wann Sie Ihnen die Leit anschaun, welche Biecher lesen, was kann man mit ihnen viel reden? Die Zeit is tot, verstähn Sie mich. Vergangen ..."

Ist dir schon einmal ein Freund gestorben?

Du hast mit ihm noch ein Bier getrunken, er hat dir gegenüber gesessen, er ging nach Haus, und fünf Tage später kam ein Brief; schwarz umrandet: „... die Beerdigung fand in aller Stille statt ..."

Endgültig und für immer ist etwas geschehen.

Wenn etwas endgültig zum letzten Mal geschieht, was sich nie wiederholen wird, ich meine, alles geschieht nur einmal, aber das ist etwas anderes. Ich meine, einer geht, und du wirst ihn nie wiedersehen, das ist sicher, da kann nichts, nichts geschehen, was dieses widerruft. Kennst du das?

Ich möchte einmal einen fragen, ob er das kennt.

„Ist Ihnen schon einmal ein Freund gestorben, Herr Pachulke. Ich meine ein ..."

„A Freind? Gestorben? Ach gestorben, Härr Alex, wieviel sterben! Hunderte hab ich ieberlebt, weil ..."

Ich höre ihm jetzt nicht mehr zu. Ich höre weg. Dieses Endgültige, etwas, wovon du weißt, dass es das letzte Mal ist, ist ein kleiner Tod auf Vorschuss. Einer ist gestorben. Vor drei Jahren etwa. Nichts war, wir saßen noch bei ihm zu Haus, und dann war er weg. Es ist so, als wäre das erst gestern gewesen.

Er könnte heute hier hereinkommen, und ich müsste ihm sagen:

„Es war nichts, was du versäumt hast. Nichts Wichtiges. Es war egal, ob du gelebt hast oder nicht."

Ich könnte ihn aber fragen:

„Und für dich? Ist es für dich auch egal, ob du gelebt hast oder nicht in diesen letzten drei Jahren?"

Ich weiß nicht, was er sagen würde.

Ich könnte mit ihm reden, ich könnte zu ihm sagen:

„Siehst du, was hätte passieren können? Wärest du nicht gestorben, wäre alles so weitergelaufen, wie es vorher war. Vielleicht wäre etwas passiert, was nicht in der Routine lag, deine Frau hätte dich betrogen, und du hättest sie erwischt. Oder umgekehrt. Es hätte ein Drama gegeben oder auch nicht. Aber eine Rolle hätte das nicht gespielt."

Was spielt denn überhaupt eine Rolle?

„Ich meine ein Freund. Herr Pachulke. Ob Ihnen direkt einmal ein Freund gestorben ...?"

„Wen? Is Ihnen a Freind gestorben, Härr Alex? Von wo kam der, ich meine: Wo war er gebürtig? Wann is das gewesen? Jetz kürzlich ...?"

„Nein, ich meine, ob Sie einen Freund hatten ..."

„Ich hör bissel schwer auf das eine Ohr, Härr Alex, missen entschuldigen. Aber ich versteh Ihnen jetz: Ob ich an Freind hatte? Freilich, freilich, hundert Freinde, tausend. Mehr wie genug. A Freind, das is scheen, Härr Alex, aber noch besser is, wann Sie keinen brauchen. Haben zwei eigne Hände und Fieße, weil der Mensch, Härr Alex, allein kommt er auf die Welt und allein werd er von ihr gehen, und kein Freind werd ihm helfen. Jach, jach, der Mensch ... Härr Alex ..."

Es würde mir ausreichen, wenn ich nur einmal zu einem reden könnte, und er würde nur mit dem Kopf nicken. So als ob er mir zuhört. Nur mich nicht unterbrechen. Ich werde Mittag essen gehen, und zwar in das Lokal, wo ich den

Richter Malura treffe, er wollte gestern von mir wissen, wie's mir geht, er hat mich dreimal aufgefordert, etwas zu sagen. Ich werde schnell dorthin gehen, damit er nicht weggeht, bevor ich komme. Es ist erst halb eins, er geht meistens um halb zwei, aber heute könnte er durch Zufall eher gehen. Ich beeile mich.

„Zahlen."

Zwei Bier einsachtzig. Der Maxe sagt:

„Wie geht's Alex? Geht's gut, na, das ist prima."

„Bist du noch verheiratet?"

Der Maxe hat nur zwei Stehkunden an der Theke, er hätte jetzt etwas Zeit, ich könnte auch mit ihm reden. Aber er würde nicht viel Zeit haben, denn in spätestens fünf Minuten werden neue Kunden kommen.

„Was macht deine Frau, Max? Ich habe sie mindestens drei Jahre nicht mehr gesehen?"

„Ach Mensch, Alex, frag mich nicht! Wenn du willst, erzähl ich dir mal alles. Dann setzen wir uns auf ein Bier zusammen, und ich erzähl dir die ganze Geschichte. Komm doch morgen etwas früher, wenn der Laden noch nicht so voll ist! Ich müsste mal wieder mit jemandem so richtig lange über alles reden ..."

Ich haue ab. Ich werde nicht früher kommen, ich will seine verfluchte Geschichte nicht hören, ich habe diese Geschichte schon zweitausendmal gehört. Alle erzählen mir diese Geschichte, nur die Personen sind ausgewechselt, die Handlung ist etwas anders, aber was spielt das für eine Rolle? Die Geschichte ist im Grunde immer die gleiche.

Ich stehe ja immer noch neben dem Pachulke.

„Jach, jach, Härr Alex. Das Tier! Je greeßer dass a Tier is und je mehr an Gewicht es hat, desto schlechter schmeckt das Fleisch. Weil beispielsweise a kleines Fischerl a besseren Geschmack hat als wie a großer Fisch. A Täuberl schmeckt besser als wie a Auerhahn, und a Hunderl, wenn es mehr hat wie finf Kilo, is bloß noch gut fier Einpökeln. Wann Sie möchten heit auf den Nachmittag, sagen Sie Bescheid, ich wer auf Ihnen warten, kommen Sie vorbei! Wir wern uns hiebsch zusammensetzen, wern a Kimmel zusammen trinken, dann wer ich Ihnen a kalten Braten vorsetzen, und wir könn bissel zusammen sprechen. Där Mensch brauch einen, mit dem er bissel reden kann. Kommen Sie?"

„Nein, nein, Herr Pachulke …"

„No, muss ja nich heit sein, Härr Alex, morgen is auch noch ein Tag. Där Mensch brauch nix ieberstürzen …"

Ich gehe jetzt wirklich los, bin bald im Lokal, und der Malura sitzt an seinem Platz hinten an der Wand. Er isst, bröckelt seine Semmel und schaut zum Fenster hinaus. Ich gehe geradewegs ohne zu überlegen zu ihm hin:

„Tag, Herr Malura. Ist da frei?"

„Bitte? Was? Ja. Ach Sie!"

Dann schaut er weg. Ich bestelle. Ich weiß nicht, was ich bestellt habe, als ein Pfeffersteak kommt. Ich beeile mich mit dem Essen, damit er nicht weggeht. Ich warte, am besten, bis er mich fragt, wie es mir ginge und mich zum Reden auffordert. Mir fällt ein, dass ich heute Abend zu Marlene gehen soll. Wenn ich jetzt ausgiebig mit dem Malura reden kann, werde ich mich besser fühlen, dann kann ich ohne Bedenken zu ihr hingehen, denn wenn bei mir alles in Ordnung ist, macht es mir nicht so viel aus, ob sie sich pudern lässt oder nicht.

Der Malura ist fast fertig mit Essen, er rutscht schon unruhig auf seinem Stuhl herum.

„Jesus, sehen Sie, hat einmal gesagt: ‚Glücklich sind die Armen im Geiste, denn sie haben das Himmelreich', was für ein einfacher Satz ist das, und welch einen unseligen Unsinn hat die Kirche daraus gemacht!"

„Sie wollten gestern wissen, wo ich wohne ..."

„Sehen Sie: Die Armen im Geiste, das heißt nichts anderes, als die Armen im Geiste. Das heißt, wer in seinem Sinne arm ist. Wen sein Geld nicht anficht. Wer sein Geld nicht in sich hineinlässt – nicht in seine Gedanken, nicht in seinen Geist ..."

„Ich bin seit acht Jahren hier. Ich habe früher in ..."

„Sie waren nicht katholisch? Da haben Sie Glück gehabt, Herr ..."

„Borowski."

„... danken Sie Ihrem Vater, dass er Sie davor bewahrt hat. Was war Ihr Vater, wenn ich fragen darf?"

„Er hat in der Gießerei gearbeitet, er ..."

„Naja, ich kann Ihnen sagen, was die Kirche aus diesem wunderbaren, einfachen Satz gemacht hat: Die Armen im Geiste, das sind im Gegensatz zu den gebildeten Pharisäern die so genannten Ungebildeten. Die Dummen. Und Jesus, so sagt die Kirche, kam, um diese zu erlösen und ins ewige Himmelreich zu führen. Nach dem Tode! Bitte, Herr ..."

„Borowski."

„Was für ein barer Unsinn! Und Leben heißt wieder Tod, leben nicht im Leben, Borowski, das ist doch nicht zu fassen. Zweitausend Jahre lässt der Mensch sich diesen Unsinn vorsetzen ... Sie werden nicht wissen, wie unselig das Gefühl ist, Geld oder Reichtum in sich eindringen zu lassen, es in seinen Geist hinein zunehmen.

Was sind Sie von Beruf?"

„Angelernter Automatenstricker, Flach- und Rundstrickautomaten, aber ..."

„Naja, das ist gar nicht so wichtig. Reichtum und Weisheit,

oder sagen wir größtmögliches Glück können so wenig zu-
sammenkommen wie ..."

Ich kann es nicht mehr ertragen! Ich stehe auf, ich zahle an
der Theke, ich werde verrückt. Ich gehe weg, wahrscheinlich
redet er dort drin weiter und hat nicht einmal gemerkt, dass
ich ging.

Ich werde nicht zu Marlene gehen. Mir ist alles egal, ich
gehe ins Kino. Um zwei fängt eine Vorstellung an, bis da
laufe ich durch die Straßen. Ich kann nicht sagen, was ich
denke. Ich gehe am liebsten in Western.

Ich verfolge die Handlung selten, sie spielt auch keine
Rolle. Wichtig sind mir die schönen Bilder. Sie laufen an mir
vorbei, ich glaube, ich denke dann an etwas anderes. Manchmal ist es auch so, dass mir mitten in so einem Film die
Lösung für eines meiner Probleme einfällt.

Ja, ich glaube, das ist es! Ich gehe in Western, weil sie mich
nicht vom Grübeln ablenken. Vielleicht werde ich heute Nachmittag wissen, ob ich zu Marlene gehe oder nicht. Dabei weiß
ich jetzt ganz sicher, dass ich *nicht* hingehen werde. Aber vielleicht werde ich nach dem Film mit keinem mehr reden *wollen*,
vielleicht werde ich so einen alten, zerknitterten Cowboy sehen, der im ganzen Film kein Wort sagt, und er wird mir kolossal imponieren, und ich werde dann wissen, warum ich mit
niemandem reden muss. Ich werde dann vielleicht wissen, dass
es keine Rolle spielt, ob ich zu einem rede oder nicht.

Wenn ich mir das überlege, dann gehe ich am liebsten in
diese Spaghetti-Western. Es gibt da so viele Tote. Je mehr
Tote, umso besser gefällt er mir. Warum ist das so? Ich bin
eigentlich ein friedlicher Mensch. Ich bin nicht mordlustig. In
den Illustrierten auf den psychologischen Seiten steht oft,
dass der Mensch selbst nicht weiß, wer er ist. Psychologen
müssen her, um es ihm zu sagen. Oder bin ich doch mordlus-

tig? Ich bin nicht mordlustig. Ich überlege mir, warum das Sterben in diesen Filmen mir gefällt. Der Hannes sagt:

„Wer nicht stirbt, eh er stirbt, der verdirbt, wenn er stirbt. Du musst den Tod lange üben. Der Tod ist kein Ereignis, sondern eine Tat. *Du musst zum Sterben gehn wie du zum Essen, zum Arbeiten gehst. Anders wirst du es nicht schaffen.*"

Wenn einer auf der Leinwand vom Pferd stürzt, bin ich nicht der Mörder. Ich bin der Getötete. Ich stürze vom Pferd, ich erlebe einen kleinen Tod.

Jetzt weiß ich es: Das ist meine kleine Möglichkeit, den Tod zu üben. Ich gehe so gern in Western-Filme, weil ich meinen kleinen Tod üben muss.

Wie übst *du* den Tod?

Ich müsste einmal mit anderen darüber reden, sie fragen, wie sie ihren Tod üben. Üben sie ihren Tod? Aber ich kann niemanden danach fragen, sie würden mich auslachen.

Aber ich gehe auch gern ins Kino, weil ich dann nicht so allein bin. Ich denke dann, ich kenne die Leute, die da neben mir sitzen, und ich könnte mit ihnen reden, wenn ich wollte. Ich setze mich gern neben ein schönes Frauenzimmer und spüre ihre Wärme. Abends sind mehr Leute im Kino, nachmittags gehe ich nur im Notfall hin, denn wenn zu wenig Leute da sind, macht es mir keinen richtigen Spaß. Aber heute muss ich das in Kauf nehmen. Es ist inzwischen halb drei, und ich sitze im Kino. Wenn es dunkel wird, kann ich mein Bein über die Stuhllehne vor mir legen, dann schläft es mit der Zeit ein und schmerzt nicht mehr.

Ob ich in einen Western gehen will oder nicht, entscheide ich an den Bildern im Aushang. Schöne verknitterte Cowboys wie Charles Bronson, ein paar Westernweiber und weite Landschaften habe ich gern, das ist meine Richtung. Vor einer Woche habe ich einen gesehen, wo ein alter Killer mit Nickelbrille durch die Landschaft zog. Hat sich kaum bewegt, hat nie geredet, aber er war der König. Bei Gefahr zog er blitzschnell, nur die Handgelenke bewegte er und die Unterarme, seine Colts – und war Sieger. Mir imponieren am meisten die, die nicht reden.

So einer möchte ich sein: Nichts sagen müssen, mich nicht bewegen – aber dann, wenn's drauf ankommt, blitzschnell dasein. Warum will ich immer mit einem reden?

Hat das, was einer will, denn nichts mit dem zu tun, was er tut? Und vielleicht muss das Ziel, je höher es ist, sich umso sicherer ins Gegenteil umkehren. Eine ganz verfluchte Automatik! Einstein, ein alter Mann, der gern Geige spielte und immer nur Frieden wollte, hat eines der größten Massaker der Welt, hat vielleicht einen grausamen Tod aller Menschen ermöglicht. Und Christus? Und dann Marx? Marx kenne ich nicht. Ich verstehe nicht, was er schreibt, ich weiß nicht, ob er das geplant und gewollt hat, was in seinem Namen geschieht. Ich weiß nur, dass er sein Diensmädchen geschwängert hat und dann nicht dazu stand.

Haben seine schönen, dicken Bücher über den unterdrückten, aber guten Menschen schon einen halben Meter neben seinem eigenen Hemd nicht mehr funktioniert? Wer die Welt verbessern will, muss er es nicht zuerst an sich selbst vorführen? Ich müsste auch darüber einmal mit einem reden, denn ich versteh das nicht. Und was schon in der kleinen Entfernung nicht funktioniert, funktioniert es im Großen? Wie heißt eigentlich der Film? Ich habe es vergessen, ich weiß nicht mehr, was auf dem Plakat draußen stand. Er muss schon eine ganze Weile laufen. Ich kann mir auch Namen von Schauspielerinnen nicht merken. Ich kenne Jeanne Moreau, Marylin Monroe, Greta Garbo, die Bardot, aber dann ist es schon aus. Ich sehe, wie sie aussehen, manche kann ich voneinander nicht unterscheiden. Bei Männern ist es anders. Burt Lancaster ist mein Favorit. Einer hat mir mal gesagt, er sei schwul. Man meint ja, Schwule müssten eine Fistelstimme haben, stimmt aber nicht.

An manchen Stellen kommt mir dieser Film hier bekannt vor. Es kann sein, dass ich einen Film schon viernal gesehen habe und es gar nicht merke. Weil mich eben die Handlung nicht interessiert.

Da ist ja Paul Newman! Er sieht da ehrlich und sauber aus, spielt aber einen Gangster. Ich stehe hier in dem Film auf Seiten der Gangster. Sein Kumpan heißt Sundance Kid.

Jetzt weiß ich wieder, dass ich den Film mindestens schon dreimal gesehen habe. Ich denke mir, dass der Regisseur sich hier einen Spaß gemacht hat. Hat den Film so angelegt, dass der Zuschauer auf Seiten der Gangster steht. Das gab es früher nicht, früher war alles klar: Hier die Gangster sind schlecht, und du stehst auf der anderen Seite. Die Polizei ist im Bild. Wird wegradiert. Drei gegen ein ganzes Regiment. Die drei bleiben Sieger.

Das ist einfach gut.

Nein, doch nicht! Sundance Kid hat es erwischt. Vorläufig noch in den Arm, aber ich ahne schon, es wird ausgehen wie immer, das Recht wird siegen. Mir hat einer erzählt, dem im letzten Krieg ein Panzerdeckel auf den Arm fiel und den abtrennte, dass man dabei keinen Schmerz fühlt. Ein Schlag und dann ein taubes Gefühl. Die Schmerzen kommen erst später. Die beiden Kameraden da bluten schon wie die Schweine, aber Sundance Kid macht immer noch seine Witze. Jetzt werden sie alle zusammengeschossen, Blut fließt wie im Schlachthof.

Ende.

Mein Bein ist eingeschlafen, es knickt durch, als ich aufstehe. Ich muss etwas warten, bis ich wieder gehen kann.

Dann gehe ich nach Hause.

Es dauert eine Weile, bis ich mich wieder zurechtfinde. Eigentlich weiß ich von dem Film nichts mehr, nur zwei Namen: Sundance Kid und Butch Cassedy, ich könnte nicht mehr sagen, wie die Frau aussah. Und das letzte Bild! Warum weiß ich nichts mehr, woran habe ich gedacht? Mir fällt ein, dass ich ins Kino ging, weil ich es nicht mehr ertragen konnte, dass keiner mir zuhört, wenn ich etwas sagen will, und weil ich nicht wusste, ob ich heute Abend zu Marlene gehen soll oder nicht. Ich dachte, mir würde es im Kino einfallen. Es fiel mir ein! *Ich weiß, dass ich nicht hingehen werde*. Ich werde nicht zu Marlene gehen, ich gehe nach Hause, lege mich hin und werde Zeitung lesen, abends werde ich in die *Margot* gehen.

Es ist sieben, ich habe Zeitung gelesen. Wenn Altpapier gesammelt wird und die Leute ihre Zeitungen neben die Tür unten im Hausflur legen, suche ich mir immer die heraus, die ich lesen will.

Ich werde nicht zu Marlene gehen. Ich habe ihr nicht abgesagt, soll sie doch warten! Mir ist es egal, was sie über mich denkt. Ich gehe hinaus, werde spazieren gehen. Ich kann ja bei ihrem Haus vorbeigehen und schauen, ob bei ihr Licht brennt. Wenn keines brennt, dann hat sie mich an der Nase herumgeführt, dann hätte es ihr nichts bedeutet, ob ich käme oder nicht. Ähnlich wäre ihr das ja. Eine Laune: Den Alex zu Spaghetti einladen! So schnell vergessen, wie sie's gesagt hat.

Aber bei ihr brennt Licht.

Dann war es doch ernst.

Ich gehe hinauf, habe schon geklingelt, und sie macht auf. Im Bademantel. Mir zittern die Knie. Das hätte ich mir nicht in meinem schönsten Traum vorgestellt.

„Geh schon mal rein, setz dich hin, Alex, ich komme sofort. Such dir etwas zu trinken!"

Jetzt bloß die Nerven behalten, Alex! Nichts falsch machen! Du musst so tun, als ob sie dich gar nicht interessiert, sonst geht das wieder so aus wie immer. Ich könnte ihr ins Bad nachgehen, ihr ein Glas mit Gin hinbringen und Belangloses dahinpalavern. Und sehen, wie sie sich anstellt.

Nein, das wäre falsch.

„Wie geht's Alex? Erzähl doch mal! Was hast du die ganze Zeit gemacht? Warte, ich komme gleich heraus, dann musst du mir alles erzählen."

Ich will gar nicht erzählen, ich denke nur an Pudern. Sie kommt heraus, total angezogen, ist parfümiert wie ein ganzer Puff, das kann sie doch nicht für nichts und wieder nichts gemacht haben! Sie zündet sich eine Zigarette an, ich bin durchgedreht, mir schwitzen die Hände, ich darf sie nicht anfassen, es ist ekelhaft, von feuchten Händen berührt zu werden, das könnte mir die ganze Tour vermasseln.

„Na los, Alex, erzähl, wie geht es dir? Was hast du alles gemacht, seit wir uns das letzte Mal gesehen haben? Hast du einen Job? Isst du überhaupt Spaghetti?"

„Ja klar."

Ich kann nicht sagen, dass es mir davor graust, ich muss jetzt unbefangen und lustig sein.

„Spaghetti, du, esse ich furchtbar gern. Dauert das noch lange?"

„Fünf Minuten, sie kochen schon. Hast du noch die alte Freundin, na, du weißt, die kleine Dicke mit den kurzen Beinen ..."

„Das war doch gar nicht meine Freundin ..."

„Ach komm, geh, erzähl doch nicht, ich kenn dich doch, hahaha ..."

Und da wieder diese ordinäre Lache!

Ich glaube, heute läuft alles ab wie im Bilderbuch.

„Erzähl doch mal was, Alex, los! Ich weiß gar nicht, was du so denkst und machst ..."

„Ach erzähl du erst mal, ich habe dich so lange nicht gesehen."

„„Ach, was soll ich denn erzählen, Mensch. Das ist doch alles so eine Scheiße ..."

„Warum, was ist?"

Ich weiß genau, was kommen wird, aber ich darf mich jetzt nicht anstellen, ich muss mir das noch einmal anhören. Sobald meine Hände nicht mehr feucht sind, werde ich anfangen zu fummeln.

„Was ist denn? Erzähl doch!"

„Ich habe mich verliebt, Alex. Zum ersten Mal in meinem Leben richtig. So war es noch nie. Das war eine unheimliche Übereinstimmung. Kennst du das? Weißt du, das war unheimlich. Wenn ich an etwas dachte, sagte er in dem Augenblick das Gleiche. Einmal habe ich zum Beispiel gesagt: ‚Ich könnte mir gut vorstellen, ein Kind von dir zu haben.' Und stell dir das vor, er hat genau an das Gleiche gedacht. Und wir waren vor vierzehn Tagen zusammen in Innsbruck, alles war so in Ordnung ..."

Ich höre nicht zu. Ich fange an, sie auszuziehen, sie lässt es sich gefallen. Oder merkt sie es nicht? Ist mir egal.

„Vor einer Woche saß er noch hier auf dem Bett, wo du jetzt sitzt, sagt, er würde morgen wieder anrufen und ruft nicht an. Ich war den ganzen Tag zu Haus. Aber du findest doch auch, dass ich nicht anrufen kann, oder?"

„Nein, nein, nicht anrufen. Das finde ich nicht gut. Wenn er dich liebt, wird er anrufen."

Jetzt weiß ich nicht, ob es richtig war, das zu sagen. Sie zuckt etwas zusammen. Ich ziehe sie weiter aus.

„Siehst du, das finde ich eben auch. Komm, lass uns zuerst essen!"

Sie zieht sich notdürftig wieder an, aber sie hat ‚zuerst', gesagt. Sie holt die Spaghetti, sie tischt auf, ich würge die Nudeln hinunter, ich esse schnell, denke nur ans Pudern. Sie trinkt viel Wein dazu, ein gutes Zeichen, meine ich. Sie hat Salat gemacht. Im Salat ist Sacharin. Das ist ja ekelhaft.

„Ist da Sacharin im Salat?"

„Ja, warum, merkt man das? Ich mache doch eine Entfettungskur, Zucker hat ja irre viele Kalorien."

Ich habe einen widerlichen Geschmack auf der Zunge, aber lasse mir nichts anmerken. Sie isst wieder sehr langsam. Ich helfe beim Abräumen, damit es schneller geht. Und dann sitzen wir wieder auf dem Bett. Ich ziehe sie weiter aus.

„Komm, ich mach das schon", sagt sie. „Willst du unbedingt?"

Ich sage: „Nicht unbedingt, aber gern", damit ich ihr nicht so rammelig erscheine, sonst überlegt sie sich das wieder anders. Und dann liegt sie schön nackt da. Ich versuche, belangloses Zeug zu reden, ziehe mich schnell nebenbei aus:

„Wann warst du das letzte Mal in der *Margot*?"

„Ach was, da geh ich schon lange nicht mehr hin. Die spinnen doch alle. Kennst du einen einzigen hier, Alex, der nicht spinnt? Keiner, aber wirklich keiner. Du kannst doch mit niemandem auch nur ein Wort reden."

„Wir könnten nachher noch irgendwo hingehen."

Ich sage das nur, um sie in Stimmung zu halten. Sie sagt: „Wozu, Alex? Machen wir uns doch hier einen netten Abend."

Besser kann es gar nicht laufen!

Und jetzt fange ich langsam an, ich will mich auf sie legen.

„Warte noch etwas, Alex, ich rauche nur noch die Zigarette zu Ende!"

Sie raucht ganz langsam.

„Alex, du findest doch auch, dass eine Frau einem Mann nicht nachlaufen darf, oder?"

Ich überlege, was ich sagen soll. Wenn sie ‚oder‘ fragt, dann will sie etwas Bestimmtes hören. Dann will sie hören, dass eine Frau *doch* einem Mann nachlaufen darf. Ich will mir die Tour nicht doch noch vermasseln und drücke mich vor einer klaren Antwort. Ich sage:

„Was heißt schon nachlaufen? Nachlaufen muss nicht gleich nachlaufen sein."

„Du findest es nicht schlimm, wenn eine Frau dich von sich aus anruft?"

„Nein, nein. Natürlich nicht, du tust das bei mir ja schon immer ..."

„Du findest ehrlich, eine Frau kann heutzutage von sich aus bei einem Mann anrufen, und das sieht nicht so aus, als ob sie ihm nachliefe? Ist nichts dabei?"

„Nein, ist nichts dabei ..."

Sie legt die Zigarette weg, ich will zur Sache kommen.

„Alex, ich bin froh, dass du genauso denkst wie ich. Du bist wirklich mein einziger Freund, ich könnte dich fressen."

Sie legt sich auf mich und umarmt mich, steht dann auf und telefoniert.

Er ist zu Haus. Sie ist so rot im Gesicht, als hätte sie Fieber.

„... nichts weiter, wollte bloß wissen, wie es dir geht, ich war die ganze Woche verreist, weißt du, da dachte ich, vielleicht hast du angerufen ..."

„... ich? Klar bin ich allein zu Haus. Nur Alex ist hier. Den kennst du doch. Hab ich dir nichts von ihm erzählt?"

...

„Wann? Jetzt?"

....

328

„Klar! Komm gleich! Prima, du, bis gleich."

Ich könnte mich weigern, aufzustehen. Ich könnte nackt im Bett liegen bleiben. Aber wozu? Das wäre peinlich für alle, ich kann peinliche Situationen nicht leiden.

Ich steh auf, ich zieh mich an.

„Alex, du bist ein Goldjunge. Ich rufe dich morgen an, ganz ehrlich, Ehrenwort ..."

Ich gehe nach Hause.

Ich habe immer noch diesen verfluchten Sacharingeschmack auf der Zunge.

Janosch

SANDSTRAND

Roman
184 Seiten, Leinen, ISBN 978-3-87536-218-3

Wie in Hemingways *Altem Mann* tritt bei Janosch ein alter Mann einen vergeblichen Kampf an: Gefangen vom Glücksgefühl einer Liebe, die er nicht mehr gesucht hat und auf die er nicht mehr gehofft hatte, lässt er sich von seiner jungen Geliebten zu einer Reise ans Mittelmeer überreden. Während sie einen sonnigen Sandstrand sucht, sehnt er sich nach innerem Frieden, nach Ruhe und Abkehr vom lärmenden Getriebe des Lebens. Unmerklich gerät er aus der Wirklichkeit in eine unendliche Imagination.

„Ein stilles, heiteres, berührendes Buch über das Alter, das weise ist und sich trotzdem nicht von der Welt zurückzieht."
Sylvia Treundl, Buchkultur

„*Sandstrand* steckt voller zarter Episoden und bitterböser, schmerzender Betrachtungen. *Sandstrand* macht selig und traurig zugleich."
Alice Natter, Südkurier

MERLIN VERLAG
21397 Gifkendorf Nr. 38

Janosch

DIE KUNST DER BÄUERLICHEN LIEBE

Roman
60 Seiten, fadengeh. Pappbd., ISBN 978-3-926112-26-2

Weiblichen Verliebten rät der Zeichner, nichts von dem zu befolgen, was sie in Zeitschriften zum *neuen Selbstverständnis der Frau* lesen können. Der männliche Verliebte wird ermutigt, vor seiner Angebeteten auf die Knie zu fallen.
Ein beliebtes Lehr- und Geschenkbuch!

„Ein Bilderbuch für Verliebte."   *Der Spiegel*

MERLIN VERLAG
21397 Gifkendorf Nr. 38

Janosch

LEBEN & KUNST

Autobiographisches Selbstinterview
160 Seiten, fadengeh. Klappenbr., ISBN 978-3-87536-318-0

Dieses Buch ist die einzige (Auto)Biographie des Herrn
Janosch. Gestaltet wurde die überarbeitete und ergänzte
Neuauflage von *Vom Glück als Herr Janosch überlebt zu haben*
von Janosch höchstselbst.
Leben & Kunst ist ein einzigartiges Fan- und Geschenkbuch:
„Kaufen, kaufen, kaufen. Und natürlich lesen!", empfahl
Astrid Kuhlmey auf Deutschlandradio Kultur.

MERLIN VERLAG
21397 Gifkendorf Nr. 38

Claire Dowie

CHAOS

Roman
324 Seiten, engl. brosch., ISBN 978-3-87536-255-8

Was passiert mit Revolutionären, wenn sich das Establishment mit ihnen fotografieren lässt?

Claire Dowie macht sich in ihrem ersten Roman auf die Suche nach einer Antwort und findet: Chaos, den Sohn einer wilden Hippie-Kommune, die in den 70er Jahren aufs Land gezogen ist, um fortan die Welt zu verbessern mit Rock'n'Roll, freier Liebe, Drogen, politischen Diskussionen und dem Anbau von Bio-Gemüse.

Chaos wächst mit seiner Band, den Frogs, zu einer Kultfigur heran. Für seine Fans ist er ein Guru, der sich erfolgreich gegen den Ausverkauf seiner Ideale wehren kann. Bis eines Tages Tony Blair neben ihm auf der Bühne steht.

„Revolution im Handtaschenformat."   *ROCKS*

„Verdammt mitreißend."   *Hamburg pur*

MERLIN VERLAG
21397 Gifkendorf Nr. 38

Thomas Fritz

BLICK UND BEUTE

Roman

368 Seiten, Leinen, ISBN 978-3-87536-282-4

Blick und Beute erzählt voller Situationskomik von den Helden unserer Zeit. In Leipzig wird mit dem Industriellen Gregor de Kooning eine Galionsfigur westdeutschen Optimismus' entführt. Seine Kidnapper scheinen den Ermittlern immer einen Schritt voraus zu sein: Dabei sind sie selbst Getriebene des Geschehens. In den Strudel der Ereignisse gerät auch ein zufälliger Zeuge. Der hat eigentlich Wichtigeres zu tun, denn er kämpft um seine Liebe, seine Tochter und seinen Führerschein.

„... nicht nur spannend, sondern von einer Komik, wie wir sie Woody Allen zutrauen würden."   *Günter Kunert*

„Ein fein ironischer Krimi."

Sylvia Staude, Frankfurter Rundschau

„Thomas Fritz erzählt mehr als einen Krimi – seine muntere Verbrecherjagd wird zum kluggewitzten Spiel mit Blicken, die Beutelust machen oder mit Beute, die Blicke auf sich zieht. Aus Umständlichkeit wird Slapstick, aus Humor das reizvolle Stimmungs-Wechselbad der Groteske."

Michael Hametner, mdr Figaro

MERLIN VERLAG
21397 Gifkendorf Nr. 38

© Janosch/MERLIN VERLAG Andreas Meyer VerlagsGmbH & Co. KG
Alle Rechte vorbehalten.
Satz und Umschlag: MERLIN VERLAG, Gifkendorf
Umschlag unter Verwendung der Originalradierung „Der Fusel wird euch
ewig ketten" aus der Grafik-Edition „Da schuf Gott die ewige
Beziehungskiste" von Janosch aus dem Jahre 1986.
Gesamtherstellung: Beltz Bad Langensalza GmbH., Bad Langensalza
1. Auflage, Gifkendorf 2016
im 59. Jahr des Merlin Verlags
ISBN 978-3-87536-319-7
www.merlin-verlag.com

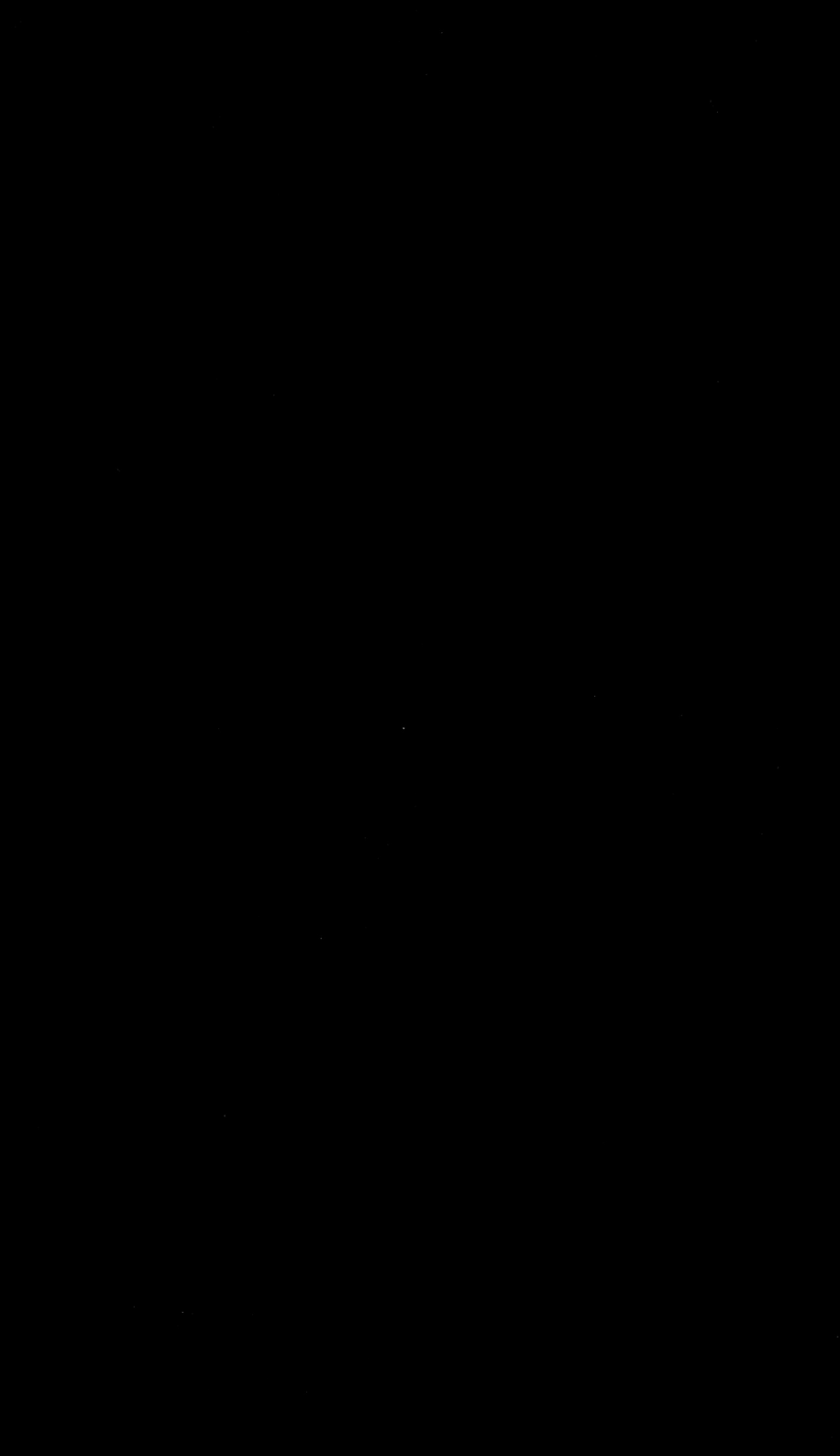